爱如山水

胡昌国 著

作家出版社

胡昌国 河南信阳大别山人，中国作家协会会员。在深山种过田，外出打过工，山窝窝里教过书，1977 年考入省城大学读书，毕业后分到省会机关工作，曾写过诗歌、小小说、评论、通讯、报告文学，创作过电视专题片、广播剧、电视剧。当过报社总编，在多所大学做兼职教授。先后出版了散文集《心归何处》、《心有多远》、文论集《生活的浮光》等作品。

作者像

"接到你的电报，我看我们脸上都有了皱纹了，我认出后边找出了一根白发。我爱了，你会不会不喜欢我了。"

"不管怎么了，你不会变老，也不会变丑，不论你怎么样，我都还是爱你，我们会一起变老，老了一起变丑，变丑后一起成仙，我们去了保山去同一个地方去投身去他。"

"是，去哪山去哪去一起山，山在山北是一家人，恨不得我每天和你说说话，总感觉你很远很远，你就在我身也。"

"我就去你身也，妈妈，亲爱的，我什么时候去找你，今天明天。"

"今天、明天、今天明天，我坐在那条长凳，再不分离。"

"再不分离。"

"我已经跟我爸说了，他说明天会给送过来。"

"那我们约定个时间、你定个地方，我不走让你再来找我，等你来以假我的新娘。"

"新娘，你好呀——你好呀，新娘！"

"对，我们见面时，就是送爱你的大喜好。"

"去梦孩之你给北常成功，从遇恋呢做你的新娘。"

"远方哥哥，我给你寄个童玩。"

"记住，我是记住。"

只是因为在人群中多看了你一眼
再也没能忘掉你的容颜
梦想着偶然能有一天再相见
从此我开始孤单地思念……
想你时，你在天边
想你时，你在眼前

——李健《传奇》

目录

第一章

喜从天降

夜。

姚远方在崎岖山道上急驰。山路虽然异常艰险难走，但难不住山里生、山里长大，近七年又在山里工作生活的姚远方，更重要的是姚远方心潮澎湃、激情四射，他高兴到了极点，他幸福到了顶峰。姚远方真可谓双喜临门。

一是到林场七年，先是做了一年半场长，仅仅因为木材换水泥事件，被灵山市林业局搁置在林场劳动改造了五年。半个月前，林场实行改革，民主选举场长，姚远方以百分之九十八点九的得票率，被选为场长。市林业局经过一天一夜的酝酿、争吵、讨论、平衡，最后不得不尊重林场绝大部分职工的意愿，下发红头文件，正式任命姚远方为灵山地区最大林场的场长。

第二喜是姚远方思念了多年又寻找了多年的只见过一面的恋人找到了。而找到恋人左梦玲的不是别人，正是父亲从家乡为自己挑来的"儿媳妇"，这个女孩叫张秀巧，她两上灵山，至今未走，一心想嫁远方。但张秀巧因为得不到姚远方的承诺，得不到姚远方的爱，心力交瘁，四处求仙，听说这灵山头有一龙凤顶，龙凤顶有一真灵寺，就去真灵寺拜佛求仙，求佛家指点，看自己与姚远方能否修成正果，姻缘美满。因为远方给秀巧讲了他与左梦玲的故事，讲得秀巧泪如雨下，感动不已，但姚远方也不得不许诺，他要找左梦玲十年、等左梦玲十年，如果十年后还找不到左梦玲，就与张秀巧结婚。但眼见得日子一天一天过去，秀巧多么想尽快得到远方的爱，尽快与远方完成秦晋之好，秀巧在真灵寺一遍遍烧香叩头，一遍遍倾心许愿，一遍遍祈求佛祖，希望她爱的远方哥能放下那遥不可及、不着边际的思念和爱恋，早点与自己完婚，她有时候甚至想，佛祖保佑，让远方哥找到"梦玲"姑娘，而这位"梦玲"姐恰好没结婚，就让两个相爱的人在一起，也了却了自己多年的爱恋，自己也能打点行装，回老家开始自己的生活。秀巧拜完了真灵寺大大小小的佛家尊者，又到龙凤顶四周游看，她转着看看，突然看见一棵参天大树，远远就看见七八个人环抱的老槐树干上挂着"合欢树"的牌子，秀巧一阵欢喜，冲着大树兴奋而去，秀巧首先看到关于合欢树的介绍：

> 合欢树，有两千余年的树龄，树龄虽老，却极有灵性，真心祈福者，无不应验，尤以对男欢女爱，真诚爱情者、许愿者、承诺者，求成者多有应验。此树原是一古槐树，但因在情爱上多有应验，诸位香客信徒取名为"合欢树"。

秀巧看完，欣喜异常，对着古树三拜九叩，无非是求古树显灵能保佑自己与姚远方成就美好姻缘。求完拜完，秀巧就在古树旁转悠，她看见了许许多多的善男信女在合欢树那巨大无比的树枝树干上，刻下的、挂上的许愿词句，有作文的，有写诗的，有画图的，有挂连心锁的，有挂鸳鸯结的，有书并蒂莲的，有画连体鸟的，有在树上写画的，也有在外写好画好挂在树上的。因为树大，占地面积也大，北边多是祈福祈情祈爱的，而西边多是完美了心愿，实现了目的前来拜树还愿的。秀巧先从许愿求成的树北方看起，走着看着，突然一块题目为"思恋远方"的木牌诗引起了秀巧的注意，可能是小木牌上的"远方"与她爱着的远方一样文字的缘故，本来秀巧已经走过，就是因为"远方"两字的原因，秀巧又倒回来，仔细认真地看了看小木板的全文：

思恋远方

香山邂逅情难忘，

时光增长爱更长。

但愿古树显神灵，

送我真爱至远方。

香山一别，已经六年，袁方，你在哪里，你知道，我在等你，找你爱你吗？

宝山滴水岩小学　左梦玲

秀巧从大树小牌子旁走过又回来，回来又走过，走过又回来，在这块牌子前站了很久很久，也看了很久很久，她仿佛处于云雾之中，又仿佛异常清醒；她仿佛遭遇一团乱麻，又仿佛弄清了缘由，她既异常兴奋激动，又十分忐忑失落，她既想弄清楚这牌子上写的一切，又特别害怕牌子上写的东西水落石出。思绪赶不走，不管张秀巧怎么想，牌子上的文字一字一字在她眼前出现，又一字一字在脑海中，在心田里落实，远方，肯定就是自己爱的男人远方，因为远方不止一次给她讲了自己与梦玲在香山邂逅的故事，聪明的张秀巧从落款就知道：其实远方等的爱人且思念的女孩子就是这个梦玲。在这个世界上远方讲的这个女孩子叫梦玲，原以为是姓孟名玲，但四年前，从左梦玲写给远方枫叶夹里的纸条里知道她不是"孟玲"而是"梦玲"。这一次看牌子，秀巧知道，也许有许多个叫"梦玲"的人，但在香山上与远方邂逅的人能有几个，发誓一直等远方找远方的"梦玲"又能有几个，而能够在千年古槐树公开表达爱情的"梦玲"又能是谁，肯定是她，就是远方爱恋的、永不愿放弃的爱人梦玲。题目写的远方，小字却清楚写明是"袁方"，这分明与枫叶夹里的"袁方"是一致的，题目用的是谐音，也意在说明"袁方"可能在远方。张秀巧长嘘了一口气，"唉——"，真为远方哥高兴，他终于找到心上人了。但同时秀巧又变得焦躁不安，变得懊悔不已，真不该爬灵山头，真不该拜真灵寺，真不该上龙凤顶，更不该看"合欢树"，真相大白了，自己怎么办，毕竟她与姚远方有一个十年后的承诺，现在已经七年了，再过三年，如果姚远方找不到这个左梦玲，像远方这样顶天立地的男人，是不会不兑现承诺的。可现在怎么办？怎么办？怎么办？张秀巧在合欢树下，在左梦玲的留言牌下坐了很久很久，一直到她不得不离开的时候。

张秀巧从灵山头龙凤顶合欢树下回来以后，整个人都变了，过去那位活泼、热情、机灵、好动，嗓门脆、笑声朗的美丽姑娘变得沉默寡言，眉头紧锁了。最早发现的是姚远方的父亲姚大壮，是姚老爷子把姑娘从老家带出来的，姑娘上山六个月后，发现远方并不喜欢她，一气之下下山回了老家，但下山一个月后又回到了山上。张秀巧回来的理由，是她自己找的，我不聋又不傻，也不丑，你姚远方凭什么不喜欢我，我就在你身边，一定让你爱上我。张秀巧这么一回来，在山头一待就是四年，四年之中姚远方的确发现了张秀巧的许多优秀品质，知道她是一个美丽善良、能干聪慧的姑娘，远方欣赏她、尊敬她，甚至也喜欢她，但同时远方也实实在在告诉她，自己已经有心上人了。并多次给秀巧讲他与梦玲传奇的爱情故事，特别是他上山三年后发现梦玲夹在香山红叶诗里面的爱情誓言，让张秀巧这位心地善良的山里姑娘也感动得热泪迸流，感慨不已。而现如今，一切都水落石出真相大白了，秀巧感到这四年多的坚持和等待，变成了竹篮打水一场空，变成水中捞月全是虚。而且做到这一切的正是自己的求神拜佛——她怎能不沮丧、怎能不丧气、怎么能不沉默寡言和萎靡不振呢。秀巧是姚老爷子从灵山西地带来的，是姚大壮自己认可的"儿媳妇"，"儿媳妇"的喜怒哀乐无不牵挂着老爷子的神经。老爷子先是找远方发怒："方（头），你又惹巧儿生气。"

"没有哇，我招惹她干吗?"

"真没有?"

"你没看我忙吗? 正忙着竞选场长呢，我已有好几天没见秀巧了。"

"量你也不敢，方头，儿啊，你没看变了。"

"爹，啥变了?"

"秀巧变了。"

"秀巧怎变了?"

"这有两个月了，秀巧一天也说不了一句话。"

"她忙干活呗，干活呢，说那么多话干吗。"

"你个臭小子，秀巧是那种三天不说一句话的姑娘吗，她的脾性你不知道吗?"

"那倒是，秀巧是一个快乐活泼的姑娘。"

"她不仅少说话，而且经常死盯着一个地方发呆，愣神，像丢了魂一样。"

"真有这事?"

"老子会唬你?"

"爹，那还不容易，那是你闺女，你问问不就齐了。"

"问……问不……"

"爹，我还有事呢，你问问秀巧吧。"

"狗东西，我怕问不出来，还得你问……"

"找时间吧，爹，我走了……"

姚老爷子非常正规齐事，非常慎重认真地把张秀巧叫到了身边:

"闺女，你碰到不舒心的事了?"

张秀巧摇头。

"闺女，你是不是得啥病了，我是你大……"

张秀巧依然摇头。

"巧儿，闺女呀，是不是远方那混蛋小子惹着你了?"

张秀巧抬起了头，满脸泪水，双眼充满着失望和悲伤，但还是坚决地摇摇头:"没有!"

"闺女，到底是咋地啦，你跟你大，还不能说吗?"

张秀巧依然低头不说话。

"闺女……"

"闺女?"

张秀巧突然站起来:"大，我要回老家。"说完，低着头哭着跑走了。

张秀巧说到做到，因为姚远方忙于竞选场长，她告诉远方父亲:"大，远方竞选完，我就回去，你跟我一块走，还是留在山上，您自己定，但我一定要回去!"

"巧呀，到底咋地啦，你得告诉大呀。"

张秀巧仍然低头不说话，再问多，秀巧就是哭，不停地流泪。

姚老爷子想找姚远方问清楚，但远方已经在竞选的关键时刻，姚老爷子要去找他问个明白，但被张秀巧坚决制止了:"大，您放心，等远方哥忙完回来，什么都会明白的。"

竞选结果出来，灵山地区林业局也批复了，姚远方竞选成功，被任命为灵山林场场长。

傍晚，远方从场部归来，他要把喜讯第一时间告诉父亲，还有一直在山头上陪他等他的秀巧姑娘，远方刚进家门，还没把话说完，副场长洪健仓、办公室主任龙太贵、一队、二队、六队的队长，还有小学校长马云霞、卫生所所长梁红玉，还有位地质队刚来不久的队长女儿李琳琅十几个人都拥进了远方的家，有的掂着酒，有的端着菜，还有人从家掂了两块腊肉。

喝酒。

庆贺。

欢呼胜利。

山上小院欢乐无比、人们兴奋无比，人们喝酒、猜拳、唱歌、欢呼，但逐渐从高度兴奋的气氛中冷静下来的姚远方突然发现，过去在家里一直忙里忙外，从不闲着的张秀巧坐在角落里低头不语，而热情好客、豪爽大方的老父亲姚大壮也只是在桌上喝了一杯酒，对着大家伙干笑几声，"大家慢喝"，然后就坐到灶台下抽旱烟袋去了。

姚远方走到老父亲面前："爹，客人都在呢……"

老父亲这次出人意料地没给远方留面子，低吼道："你咋欺负巧儿啦？"

这声音尽管低沉，但房子里的十几个人都听得清清楚楚，大家不由自主地停止了歌唱、停止猜拳行令，大家把目光都投向了灶台前的父子俩。

姚远方十分知趣，没敢再与父亲说话，但老父亲却没有善罢甘休，猛地站起来，用旱烟袋使劲敲打着灶台，"你给老子讲清楚，你当场长怎么着，老子照样修理你。"

"爹，你看……"

"别怪老子不给你留面子，秀巧上山四年多了，对我对你还能怎么样？你不能没良心。"

"大，"这次说话的不是姚远方，而是张秀巧，"大，不要怪远方哥，跟他没关系，远方哥，当着大伙的面，当着爹的面，我要说，我该回家了。我不用再等你了。"说这话时的张秀巧，满脸泪痕，而且说这话时，泪水还不断地顺着脸往下流落，让人感到心痛，感到不忍，因为在场的每一个人都知道，张秀巧是一位多么善良、多么聪慧又是多么美丽的姑娘，每一个人都知道张秀巧在山上辛勤地工作了四年，也痴痴地等了四年，更无怨无悔地服务侍候了远方爷俩四年。

张秀巧的哭、张秀巧的泪也深深触动了姚远方，他感到深深对不起秀巧，甚至他想撕毁让秀巧等他十年的约定，甚至想马上与他完成百年姻缘，他油然升起一股从未有的柔情，他走向张秀巧，轻轻地唤了一声"秀巧"。

而张秀巧并没有回应姚远方的呼唤，而是走到人群中央，"是的，我该走了，该回老家了。今天，大家为远方哥哥祝贺，祝贺他如愿当上了场长，他应该当这个场长，这灵山是他的，是他的舞台，是他的战场，只有他才能把这里变成金山银山、把这里变成人间天堂，我哭是因为我高兴，为远方哥哥高兴，高兴他终于实现可以施展抱负的愿望，我高兴还因为我还为远方哥哥找到了另一种幸福。"

"另一种幸福?"马云霞惊奇地问。

"应该说又一个喜事,为了远方哥哥的这个喜事,我痛苦了三个月,迷茫了三个月,纠结了三个月,但我到今天终于想清楚了,终于解脱了,我可以说出我的秘密了。"

"什么秘密?"听到这个秘密惊奇的不是其他人,而是参与今天聚会的灵山林场的所有美女,林场老师马云霞、林场医生梁红玉、刚上山不久就喜欢上了姚远方的地质姑娘李琳琅,她们三人对这一"秘密"至为关切,所以她们三人睁大眼睛,张大嘴巴盯住张秀巧发问。

张秀巧没有回答三位美女的提问,而是变得十分轻松,她首先走到远方父亲面前:"大,我等你的回话,你是留在山上陪你儿子,还是回灵西老家,守咱老家那片林子?大,你放心,做不成你的儿媳妇,你也是我爹,什么时候我都是你亲闺女,我为你养老送终。"

张秀巧转过身对姚远方说:"远方哥,为什么说这话,因为你的心大,你的事业大,你不是不孝顺,而是你没有时间孝顺,所以孝顺大的任务就交给我吧,以后我去哪,大就跟到哪,如果我找的丈夫不接受俺大,我就不嫁他。"

张秀巧走到梁红玉梁大夫面前:"梁医生,你是个好医生,我知道你其实也是喜欢远方哥哥的,但你从不直接表达,你的爱在内心,在骨子里,放弃吧。还有你马老师,你爱得坦诚直接,爱得无私无畏,但有人在山下等你呢,那个男人很优秀,好男人不是很多,千万别丢了机会。琳琅美女,我原来琢磨对我威胁最大的就是你了,你不仅十分美丽,而且非常聪慧,你虽然来山上只有半年,虽然你年轻最小,但你思想新、学问大、读的书多,你不仅长得特好看,而且又比我们三人多了份幽默,你最容易得到男人的欢心,但山外的世界大着呢,你一出山也许都会把这里忘了,你们三人,加我四个,都是远方哥哥的追求者。"

李琳琅冒了一句:"我才不追他呢!"

"对,你是城市姑娘,可你为什么在山上不走,你爸撵你你都不走?说白了,是因为这里有你喜欢的人。我们四个人都喜欢远方哥哥，"秀巧朝姚远方凄美地笑着说，"远方哥，你够臭美的了。"

秀巧又一转身面向三位美女："诸位姐姐妹妹，我们都爱姚远方，但我要告诉你们，我们都没希望了，因为远方哥哥苦苦等待相恋了七年的爱人找到了。"

"啊——"众人一齐惊呼。

而姚远方愣在当场，傻傻地看着张秀巧。

"在哪找到的？"

"谁找到的？"

"在哪？"

人们在纷纷议论。

张秀巧又凄美一笑："找到了。是我找到的，三个月前就找到了，在灵山头龙凤顶的合欢树下找到的。"

"真找到了？"大家一齐追问。

"远方哥哥，你愣什么愣，你不想知道吗？"

姚远方终于从极度震撼中清醒过来："秀巧，我相信你。"

"七年前你们在香山邂逅对吧？"

"对。"

"她叫梦玲是吧？"

"是。"

"其实她叫左梦玲。"

"怪不得找很多人找不到她。"

"远方哥哥，你猜猜她在哪里？"

"在哪里？"

"远在天边，近在眼前。"

"噢？"

"她就在这灵山的那一边，我们叫灵山，他们叫宝山，但怎么看都是两个省、两个县、两座山名……"

远方还有点不相信这是真的，硬是不能回过神来，还在那里愣愣地呆想，而地质美女李琳琅脸色苍白，她冲到秀巧面前："秀巧，我问你。"

"请讲。"

"三个月前发现为什么现在才说?"

"为什么?我想你这么聪明,你能不清楚吗?"

"我是清楚,但我想弄清楚的是,你为什么又说了……"

"我为什么又说出来是吧,那我告诉你,我虽然喜欢远方哥,我还懂得一点,就是尊重他,有谁能像他这样为了林场不计生死,有谁能像他这样为了林场任劳任怨,有谁能像他这样不计恩仇,又有谁能像他这样面对这么多美好的爱慕和青睐坚守爱情。我虽然舍不得远方哥,要不我也不会纠结三个月不说,但我不是个坏姑娘,我不能因为我喜欢远方哥,因为他对我有一个十年承诺就隐瞒事实,如果那样,即使得到了远方哥哥的感情,我也会在痛苦和折磨中度过一辈子。"

"可你这样却阻断了每个人的希望。"

远方这会终于从愣神中清楚过来,有点迫不及待了:"秀巧,再说一遍,在哪发现的?"

"龙凤顶上有座真灵寺,真灵寺旁有一棵大槐树,大槐树名叫合欢树,合欢树西南角上有一个木牌子,上面的题目就叫'思恋远方',落款是宝山滴水岩小学左梦玲,明天你上山去看看吧,我打听了,滴水岩就在山北一边,离这有一百多里地。

"不,我现在就去。"

"孩子,天太黑。"

"场长,明天再去吧。"

"还是白天去吧,夜晚去不安全。"

"非去不可!"所有的祝愿、所有的劝告、所有的语言,远方都听不见了,他此时只有一个心愿,上山、上山,去看那个小木牌,去核实找到梦玲的信息、去找自己的幸福、去找自己的心上人。他胡乱吃了几口饭,换上登山鞋,拿上手电筒,带上军用热水壶,跟秀巧说:"秀巧,真的谢谢你,你先别走,等我回来后咱再商量,我爹他怎么办,由他自己做主。我不想等明天了,我现在就上山,我是山里人,不怕跑山路，"远方看看表，"不到九点，虽说上山顶要五个小时，但估计四个小时我就爬上去，明天上午十点，场里还要开全体职工大会呢，九点我一定要赶回来。"

大家都想劝姚远方，但好像谁都不好开口，有人要陪远方一块上山，也被远方拒绝了。姚远方把行装打点完毕，就准备出发，"谢谢大家，我该出发了。"地质姑娘李琳琅急忙从外面赶来："等等，带上这个。"

大家一看，是地质探矿和井下用的头顶矿灯。"我把硬壳去掉了，比较轻，它的好处是灯亮，照射时间长，你带一把手电筒，我怕不够用，再说头上戴矿灯，碰个动物什么的，打开照明，也能防身。"李琳琅说。

远方心里一热："谢谢。"

"谢什么谢，我们都是一群傻子。"

第二章

密林遇险

　　远方在高低不平、陡峭难走的山路上飞似的急走，有月光的地方，能看清路的地方，他健步如飞，山头影罩、树荫盖住的路径，他打开手电照一照，看清了路况，又大步快走。来灵山林场以后，他上过两次龙凤顶，见过合欢树，也曾在那里默默许过愿，希望能找到爱人，但那只是一般的许愿祈福而已。坦诚讲，远方不信这个，但只是别人祈拜，自己在心里默想而已，早知道真灵，自己也拜拜，早知道梦玲会上山，自己也一定会经常上山。远方翻过鲤鱼脊，爬过龙颈崖，穿过插旗尖，越过乌云寨，在二十里陡峭的虎背岭上攀登，在三十里密密森林里穿行，身上背的水，他忘了喝，头顶上戴着的矿灯，也没顾上打开，在二十里紫藤沟里，几乎漆黑不见五指，远方也只是偶尔打开手电，实在看不见时，才让手电光牵引着前面的路程，不停地穿行、不停地攀登、不停地跳跃、不停地急驰，汗水顺着额头、脸颊不停地流淌，上衣湿透了，裤子流水了，山风吹来，汗水变凉，拐弯到山洼，密不透风，闷热闷热，又一身热汗，就这样浑身热汗变凉水，凉水变热汗，远方一路狂奔，五个小时不到，远方攀上了龙凤顶，虽然真灵寺就在眼前，但远方仍飞步奔向那棵巨大的合欢树。

"西南方向"，这是秀巧说的。远方打开了头顶上的矿灯，又按下了手电筒，两束强烈的光柱直射合欢树，合欢树的一切照得清清楚楚。终于，"思恋远方"的字样映入远方的眼帘，就是那块小木牌，远方扑上去、摘下来，把小木牌紧紧地抱在怀里。这一刻，姚远方浑身颤抖，这一刻，姚远方满眼热泪，这一刻，姚远方心胸周身充溢着幸福。

远方把小木牌看了很久很久，也抱了很久很久，在心情稍为平和之后，才打开手电，又把小木牌看了一遍又一遍，小木牌上的每一个字，每个笔画都深深地印刻在他的心里。

远方起身，拿着小木牌就往回走，但走了十几步，他又转回身，郑重其事地把小木牌子挂在原来的位置上，接着又双膝着地，对着合欢树拜了三拜："合欢树，谢谢您，不久，我和梦玲一块来拜您，您是我们爱情的见证。"

起身后，姚远方又甩开大步，他要往回走，因为找到了爱情归宿的姚远方，还有人生的另一项责任，他要赶回去参加当天上午的全场职工大会，他在竞选中承诺，要让林场强起来，要让职工富起来，七尺男儿，在事业上说话也必须算数，带着找到爱情，找到心爱的人的满满当当的幸福，同时，也带着由爱情支撑的雄心壮志和干好事业的满腔豪情，下山，往回走，远方打着手电看看表，差十几分钟就凌晨两点了，一定要在十点之前赶回林场，林场有许多工作要安排、要启动、要前进。

远方兴冲冲往回走，这时候在他的心胸中，一直有两条思绪在碰撞，一条是找到左梦玲，知道了她在哪里，下一步怎么去见她，见她以后怎么办，怎么安排两人以后的生活，又如何幸福地憧憬未来两人的甜蜜生活。另一条思绪是如何对林场实行改革，如何激发职工的创造性和积极性，如何开辟林场新的生财之道，又如何完成好省、地区交给林场的生产任务。就这样工作、爱情，爱情、工作一直在脑海里碰撞交融、交融碰撞。他想着走着、走着想着，走到光线十分不好的三十里黑森林，因为这里是原始森林，除了高入云天的云崖松之外，还有茂密杂集的荆棘。正走之间，一个黑糊糊的东西"嗖"地从远方面前窜过，远方本能地朝一棵树外躲着，接着又一个黑糊糊的东西，又"嗖"地撞向自己，远方又本能地跳起，又躲在一棵树后，远方刚从树后闪出，想继续赶路，但黑糊糊的东西又一前一后向自己撞来。

"野猪!"远方惊出一身冷汗，别看家养的生猪憨笨平和，但山上的野猪却是十分凶悍和暴怒。据乡亲们讲，一口野猪，一晚上能把两亩地的玉米全部啃光，而在暴怒的时候，猎人捕杀它的时候，它会冲着枪口扑来，即使中了枪，只要不死，它就会狂怒，找人报复。如果人躲在树上，碗口粗的树，野猪三五口就能把树干咬断。姚远方是山里长大的，见识过山里人打野猪，知道野猪的厉害，而在这片黑森林里，碰到野猪更是件麻烦的事，估计是这初夏，山上的玉米、红薯还没长成，野猪闹饥荒，远方知道，尽管野猪凶狠，但在一般情况下，是不会主动向人发动进攻的。远方急于赶回去，就不想与野猪纠缠，想早点脱身，踏上返家的路，但似乎野猪盯上他了，他往东，野猪扑向东，他往西，野猪也往西。最让远方心惊胆战的是，不是一头野猪，而是两头，远方已经无法继续往回家的方向走了，而是尽可能躲闪野猪的攻击，保住身体保住命。远方是山里长大的，见过狼，见过豹子，见过野猪的，所以经过起初的惊吓之后，已经不畏惧了，而是想办法躲闪，当然他也想到了最后一招，就是爬上一棵大树，野猪是不会爬树的，树大，它也是咬不断的。远方之所以没爬上大树，是因为他还想着回林场、回家，他还想着今天上午十点的全场职工大会。如果他真的爬上一棵大树，野猪是奈何不了他，但势必形成双方的对峙，野猪上不了树，但树上的远方也势必下不了树，双方只能等到天亮，甚至等到有其他人来的时候，那样，就耽搁了回林场开会的大事。远方相信，凭着自己强健如牛的身板，凭着自己灵巧如猴的姿态，不信就躲不过野猪的纠缠，不信就转不到回家的路上。

"首先保命，不能受伤害"，远方凭着一身虎胆，在密林里穿行、跳跃，跑着、跳着、闪着，两只野猪的撞击和围攻似乎迟缓了，而远方由于躲闪，也不知躲闪在森林的什么位置了，只看见了一棵巨大无比的银杏树就在自己前面不远，远方向银杏树奔去，而两只野猪也不紧不慢地跟随而来，远方此时也已经非常疲倦，上山四个多小时的路，下山又跑了两个多小时，刚才为了躲野猪，又在森林里奔波了近一个小时，远方已经不躲闪了，而是边退边走，而正在此时，远方又惊出了一身冷汗，恐惧和害怕像泰山一样向他压来，因为他看见了更为恐怖的东西，那是一双绿色的眼睛，放出森寒的绿光，不是一双，而是两双、三双——总共有五双绿色的眼睛。

　　"狼！"五只狼也已经靠近了自己，两只野猪也离自己只有三四米远，七只野兽，而且是都可以吃人的野兽，向自己围来，远方浑身的冷汗一个劲地往外渗，他也失态了，他也害怕，他也真正感到恐惧了，他忙不择路地跑到巨大的银杏树下，他粗略地观看了一下地形，银杏树旁的地形更让姚远方绝望，因为银杏树就长在悬崖旁边，银杏树身后和两边都是万丈深渊，而银杏树的正面，虽然是森林，虽然有路，但两只野猪、五只狼，七头野兽正龇牙咧嘴，张开血盆大口等着自己呢。

　　"这下真完了！"恐惧油然充斥着远方的每一根神经，他感到这次可能真的渡不过难关了。

　　"怎么办，怎么办？"野猪好像并不在意姚远方的恐惧，而是优哉游哉地坐下了。野猪虽然坐下，但头不断地在拱动，好似随时都可能向远方扑来，最有意思的是五只狼，有两只面向野猪，两只侧面向着姚远方，而另一只身材比较大的狼，半坐半立，正视着姚远方，而它的腿上好像有一根红红的东西，这东西在远方心灵一闪，好像在哪里见过，但一时又忘记了。

　　远方无路可退，他想冲过去，返回森林，但七只野兽把路封得死死的，走是走不掉的。远方回头看看银杏树，银杏树树干有六七个人环抱那么粗，粗粗的树干离上面的枝条太远，又无法攀登，远方又把目光投向树的两侧，悬崖峭壁，下面是无底的深涧，根本无法走过。

"看来这一次是真的死定了！"

"反正是一死。"远方似乎感受到轻松了，"既然活不了，跑不掉，我干吗这么紧张。"想到这里，远方反而不怕了，他大大咧咧往树前的一块大石头一坐，"嘿嘿"一笑："野猪哥，狼兄弟，让我歇歇，过会儿再让你们吃，可惜了，如果两口野猪吃我一个，它俩还能饱餐一顿，你们五只狼兄弟又加入进来，你们可就谁也吃不饱了。好了，我不操这个闲心了，过一会儿，你们爱咋地就咋地。"

远方想开了，有一种解脱的感觉，也就在这个时候，他也才真正感觉有点累了，也才感到爬山爬了七八个小时，连口水也没喝，他把军用水壶从身上解下来，拧开壶盖，对着嘴"咕咚咕咚"一口气喝完了半瓶水："真爽。"

野猪头又抬了起来，这个时候，远方才想起来他带的东西有手电，就打开手电，对着野猪照了过去，看见手电光的野猪好像害怕光亮，又趴在地面上不动了，再用手电照照五只狼，看见手电光的狼也耷拉下脑袋。而与此同时，远方又想到了地质姑娘李琳琅临走时交给他的矿灯，他打开开关，矿灯的光束更为耀眼，灯光所照之处，既能照见野猪，也能照见狼，灯光照射着它们的时候，这几个野兽就低着头，闭着眼，有的趴在地上不动弹，但灯光一不照射，七只野兽又抬头挺胸，睁开眼睛盯着姚远方。

姚远方此时的心情可以说是悲喜交加、苦甜相伴，说悲说苦是因为在这深山密林，悬崖峭壁前遭遇七只野兽，他感到无路可走，凶多吉少，如果七只野兽对他下口，他是无论如何也逃脱不了的。说喜说甜是因为他真的找到了自己心爱的姑娘，找到了他七年苦恋的爱人，而此时，他找不到摆脱眼前困境的办法，这里离林场至少还有两个多小时的路程，离山顶有三个多小时的路程，因为是深夜，不可能有猎人到此，而这一路上几乎没有一户人家，如果硬闯，自己肯定不是七只野兽的对手，就目前这种对峙，相安无事，恐怕是不幸中的万幸了。如果攀树，就眼前的体力和精力，也是不能的了，如果往悬崖下跳跃，恐怕不死也是残疾。自认为一生有多少难关都能闯过去的姚远方真是无计可施了，没有办法了。

野猪又发出了低声闷吼，与此同时，狼也发出几声嗥叫，野猪在悄悄向自己靠近，远方似乎知道，野猪是想向自己发动进攻了，而五只狼也悄悄地靠近了自己，姚远方的心又一次抽紧了，他打开手电筒，又打开矿灯对着两只野猪和五只狼说："兄弟，我知道你们饿了，想下嘴了，但是吃我之前，我得把我的喜事告诉你们，我本来已实现人生的两大目标，事业起步、个人幸福，一是我又当场长了，领导和职工又给了我一个施展抱负的平台；二是我相恋了七年、找了七年的爱人找到了。来，我给你们这帮哥们讲讲我的爱情故事，反正要死了，说说，我的心敞亮，我痛快，我高兴……"

第三章

香山邂逅

北京。

香山。

阳春三月。八十年代中期。

香山的春天，似乎比北京城来得要晚，北京城公园里的桃花、杏花、迎春花早已花落遍地，残絮飘飞了，而香山上的杏花却仍开得如火如荼，满山青郁把杏花映衬得更加灿烂，而起伏错落、或成片、或单放的杏花倒把香山装点得更加壮丽，更加青翠，更加富有生机。据说，这香山，是因"杏花"而得名。因此，虽说是清晨，来香山观花的、踏春的、晨练的、旅游观光的、写生绘画的、拍摄风光的、观赏杏花的，便纷至沓来，不到八点，东门外已是熙熙攘攘站满了排队的人们。

一辆红旗轿车停在了排队的后面，从车上下来了四个人，江景天（某省宝山地区林业局局长）、何家慧（宝山地区人事局副局长、江局长的夫人）、江凤丽（宝山地区卫生防疫站的医生，江景天的女儿）、姚远方（宝山地区林业局办公室工作人员）。上班不久，就陪局长一家到北京香山来游览观光的。

刚下车，就听江局长的千金江凤丽喊喊喳喳的叫声："这么多人呀？"江局长夫人从车上下来，"叫你早点起床，你不起，早来，这里人就不会这么多了。"

江凤丽一脸不高兴："还不早，五点就起床，我在家什么时候五点起过床，困死了，姚远，姚远，帮妈拿包。"

"我叫姚远方，要么你叫我姚远方，要么叫远方。"

"我不管，我就喜欢叫姚远，姚远，爸的手提包你也拿着。"

姚远方认真看了一眼这位长得漂亮，却不讲道理的局长千金，没表示不满和愤怒，而是默默地把东西拿在手上。

"姚远，把我的包拿着。"

"姚远，还有我和妈吃的东西，拿着。"

姚远方看看手上已经拿满的东西，有局长的包，局长夫人的包，还有四个人充当午饭的水和食品，而江凤丽还要给姚远方的东西，既有江凤丽的手提包，还有她喜欢吃的一大兜水果，确实有点拿不了，姚远方就说："江医生，我看，水果我可以帮你拿，但是，包，是不是你自己拿，再说，你那小包包也没多重。"

江凤丽愣了一下，一张漂亮的脸蛋沉下来："什么？不行，你拿着，我不管，你必须拿，包，给你，水果给你。"

姚远方一股血直涌脑门："对不起，江医生，包，请你自己拿。"

"我不拿，你拿着。"

"江医生，你也有一双手。"

江凤丽抬眼看了看一脸认真而坚决的姚远方，"你当真不给我拿？"

姚远方坚决地点点头。

江凤丽举起手，向姚远方脸扇去……

"凤丽！"江景天怒吼着制止了江凤丽，"太不像话！你没看见远方已经拿了很多东西吗，你自己拿个小包为什么不可以，不像话，不像话。"

而此时的姚远方，把江凤丽拿过来放在地上的水果塞进已经鼓囊囊的装着水、食品的大包里，又把江凤丽没有三斤重的小包放在江凤丽的脚下，背起大包，手掂着局长及其夫人的两个小包，准备往前面排队买票。

"你站住！"江凤丽满脸怒气，"我这个小包，你今天肯定不拿？"

姚远方点点头，一脸的从容和肯定。

江凤丽转而对着江景天两口子："爸、妈，姚远今天太不给面子，今天我绝不会跟他上香山，要么他不去，要么我不去，你们选。"

何家慧满脸堆笑："凤丽，别闹，别闹，小包又不重，拿着，你不拿，妈替你拿，乖，听妈妈的话，跟爸妈一块上山，你看看那边杏花正开着呢！"

"我不去，他不拿我不去。"

何家慧又走到姚远方面前："远方，要不你拿着，过一会儿你再转给我拿。"

姚远方坚决摇摇头："阿姨，你不能这样惯着江医生。"

姚远方的话更激怒了江凤丽："姚远，你……咱们走着瞧！"说完怒冲冲向售票口一侧跑去。

姚远方没有理会江凤丽，而是背着行李掂着包，在长长的队伍后面跟着队伍买门票。

江景天、何家慧夫妇看着怒气冲冲跑走的女儿，又看了看那么认真、勤恳而又有耐心排队买票的姚远方，江景天说："远方这孩子，有性格！"

"你相中的这个女婿看来真不简单。"

"如果远方真能同意做咱们的女婿，那是咱俩烧高香，前世修来的福，就你这女儿，谁能容得了她。"

何家慧嗔笑道："还不是你娇惯的，要啥给啥，从不骂她，也不打她，人常说树不剪枝不成材，孩子不管不成才啊！"

江景天叹了一声："谁想到这孩子会变成这样。这个姚远方也是太认真了，拿了那么多东西，还在乎凤丽一个小包吗！你看他，不发作也不屈服，这小子，有股劲。"

"他爸，我在人事局干了这么多年，见的人多了。这个姚远方，是一块好材料，我这一路上都在观察他，这孩子不光人长得棒，一副好模样，更重要的是你看看，他一脸的纯真相，一股子认真劲，在北京学习四五年，还是那副山里人的执拗，坚定，正直，无邪，是块好材料，就我来讲，我喜欢你从档案里相中的这个女婿，但我担心哪——"

江景天忙问："你担心什么？"

"如果找一个城里的大学生，即使凤丽脾气坏点，性格怪点，但这个人会从自己的前程着想，容忍凤丽，但远方这孩子不会，他不可能会容忍凤丽。"

"就他一个山沟子里拱出来的大学生？"

"对，就他一个山里人。"

"为什么？"

"因为在他眼里，没有庸俗的、等级的理念，他只从真实出发，只相信真理，这孩子我喜欢，一身正气，可惜，唉……"

"我是局长，我不信治不了他。"

"千万别。要想让远方成为咱们的女婿，只能动之以情，晓之以理，多用情感化他。"

江景天不置可否，对妻子的话既理解，又不服气，既认为妻子说的有一定道理，也认为自己作为灵山地区林业系统的最高负责人，还收拾不了一个刚出茅庐的大学生。在江景天家里，何家慧的认识总是占上风，而屡在生活中应验，所以江景天不想与何家慧抬杠，江景天有自己的打算，这次出来，包括上香山，都是为了拉近女儿与姚远方的距离。

原来，江景天过去一直在县里工作，女儿江凤丽呢，长期在地区爷爷奶奶家里生活。爷爷奶奶就这么个孙女，从小，江凤丽就长得像画中的漂亮娃娃一样，非常靓丽，非常可爱，不仅爷爷奶奶特别放纵娇惯这个小孙女，就是街坊邻里，看见这么漂亮的小女孩，也是人见人爱，有好吃的、好玩的都拿到凤丽这里。而江景天夫妇呢，由于长期与女儿离多聚少，见了孩子以后，也是特别的娇纵，可以说到了要天给天、要地给地的地步，江凤丽成了全家人人怜惜、人人宠爱的公主、天使，一个劲地吹，一个劲地惯，一个劲地宠。从爷爷奶奶到姥爷姥姥，再到父母、叔姑、舅姨甚至连凤丽的哥哥弟弟们，也都让她十分，因为江家江景天这一辈，就江凤丽这一个宝贝闺女，谁都把江凤丽当作仙女一样侍奉着，捧养着，没人教育，没有批评，只有人说这姑娘长得像鲜花一样，像天使一样。这一切养成了江凤丽娇横霸道、无所不为的性格，小时候如同小树一样没人剪枝，没人管理，长大了，性格成形，想管也管不了，唯一让江景天、何家慧有点放心的是，尽管江凤丽蛮横娇纵，但还没发现她品质上的大毛病，比如说说假话、骗人、作风不正等。但这种骄横霸道的性格，已给江景天夫妇带来了不少负面效应。何凤丽已经二十二岁了，由于从小娇惯，只是江景天上下打点，多方求人，才勉强让女儿上了个地区医专，三年学习勉强毕业，虽然是学医，但江景天不敢让女儿去当医生，只能让女儿在地区防疫站干一般的行政工作。因为江景天与地区卫生局长、防疫站长都是好哥们、好朋友。江凤丽在防疫站也只是占个编制，顶个名额，每月定期领取工资，江凤丽不大定时上班，地区防疫站也不大认真考核查岗，睁只眼闭只眼而已。但姑娘大了，总这样也不是个办法，夫妻俩就决定亲自给女儿物色一个对象，让这个对象与女儿相处一段，最好结婚后能帮助女儿改一改脾气。在江景天夫妇这里，女儿小时候是一朵人见人爱的鲜花，人人包容着，但长大了的江凤丽，是朵带刺的玫瑰，看见了让人心动，接触后让人心烦，时间长了让人讨厌，你说江景天夫妇急不急。

正好，正赶上这次大学生分配，因为这是改革开放后头五六届大学生，是时代骄子，这批大学生就跟宝贝一样，到哪都有单位急着要。而姚远方呢，因为学业优秀，学校征求他的意见，希望他留校，远方问老师，我留校能干什么？当老师，做研究。在学校怎么研究林业？要研究应该在山上研究，去林场研究。于是姚远方谢绝了老师的留校的好意，填报了去基层林场或林业科学研究所的志愿。灵山是远方的老家，远方的档案首先在人事局大分办被人事局副局长兼大分办主任的何家慧发现，何家慧回家向江景天一说，江景天自然称好。于是何家慧把姚远方的档案拿回了家，两口子在家研究了一晚上，从姚远方的学业成绩得出了结论。姚远方，北京林业大学校团委副书记、系学生会体育部长、班长，每门文化课成绩都是九十三分以上，实践课九十八分以上，四年学习，每年都是三好学生，优秀学生会干部，优秀团干部，校刊特约记者，特约评论员，校园诗人。重要的是有一副健壮的身材，一米七八的身高，俊朗的长相。更重要的是，学校给姚远方的评语：立场坚定，信念执着，意志坚强，为人真诚朴实，乐于助人……评语上几乎没找到缺点。还有更重要的是，当江景天夫妇把姚远方的照片放在女儿面前，向女儿介绍姚远方的情况后，居然女儿认真地看了看，没有反对。这让江景天夫妇大喜过望，在姚远方以前，给江凤丽介绍的有省公安厅副厅长的公子，有省委组织部年轻有为的处长，有地委书记的儿子，有地区行署副专员的侄子。照片放在江凤丽眼前，她扫了一下之后，便从窗户扔了出去，更别说见面了，在灵山地区，好像没有江凤丽看上眼的男人。这可把江景天夫妇急坏了，俗话说，男大当婚，女大当嫁，在农村，女孩子十八岁就可以结婚了，现在女儿江凤丽已经二十二岁了，不谈恋爱，还没嫁人，怎能不让江景天夫妇着急呢。

　　这一次，江景天夫妇到北京办事，叫上女儿，自然为了促进女儿与未来女婿的感情，把姚远方带上，名义上是为局长掮包的，实际上是让女儿考察她自己基本认可的女婿。一路上，尽管江凤丽有时候大呼小叫地把姚远方支配得不亦乐乎，姚远方这孩子也够意思，不发火，不着急，局长让干啥就干啥，局长夫人让干活也干活，局长千金呼来唤去，也一脸的认真，都应承、都干，而且都乐呵呵的。这更让局长夫妇喜出望外，虽然姚远方对局长一家的考察茫然不知，但作为年轻人，姚远方想，陪局长一家出来，干活、掮包、跑腿，那是自然的事，在家不也听老父亲的吆喝吗？自己有一身的力气，不动脑筋就要动体力，没什么了不起的。反正，现在脚已经踏上社会了，什么都要经历，什么咱都不怕。

　　尽管姚远方拒绝了江凤丽让他掂包的要求，但他并没当成多大事，你江凤丽是局长家千金，你发脾气，你发火与我有什么相干，我跟你计较、跟你急，我划得来吗？我才不干呢。所以，他依然背着东西掂着包，排队买票，一会儿上山才累呢，我背这么多东西，再与你这个千金小姐置气，我才不干呢，我傻呀！

　　江景天和何家慧正着急呢，傻乎乎的姚远方去排队买门票了，情绪上貌似没什么大问题，但女儿不知去了何方，不得而知，江景天夫妇不敢离开，离开了又怕女儿回来找不到人，还怕女儿回来了与姚远方吵架。江景天真急了："家慧，你去厕所看看，有没有人赶紧回来，啊。"

　　何家慧应声去了女厕所，很快，何家慧从厕所出来，向江景天摆摆手，摇摇头，"没有！"何家慧回来，江景天又在四周转了一圈，仍不见江凤丽的影子，眼见得姚远方要排到售票口了，如果姚远方把票买回来了，凤丽还不回来，怎么办？何家慧此时也有点沉不住气："这个死女子，昨晚问她，她还说远方人不错，可以接受，为什么今天又耍牛脾气，老江，你怎么养了这么个不讲道理的女儿呀！"

　　"不是你女儿啊？"江景天不服气。

　　"还不是你惯的，小时候我打她你拦着，我批评她你拦着，有时候正面教育她几句，不是你不愿意，就是她爷爷奶奶不愿意，真后悔，当初我把她带在身边就好了，唉……"

　　"这孩子像天使一样，模样俊，惹人疼，谁忍心说她，谁让咱就这一个宝贝女儿呢。"

　　"江局长，何阿姨，票买来了。"

　　"爸、妈！"

　　在江景天夫妇心焦如焚，不知女儿会闹出什么场面的时候，不仅姚远方把门票买回来了，而且，女儿江凤丽也回来了，只是她身后跟了一个女孩子。

　　江凤丽把女孩子拉到江景天、何家慧眼前："爸妈，这是我找的导游，我们自己上山，有专门的导游介绍。"

何家慧急了："凤丽，那远方呢？"

"人家大学生多牛呀，不带他去。"

江景天大吼一声："凤丽，你怎么能……"

江凤丽拦住了江景天："爸，我去他不去，他去我不去，再说姚远他不了解香山，我找了个导游，她会把香山介绍得活灵活现。"

何家慧也感到女儿干的这件事让人匪夷所思，有点出人意料，她还有点不理解，又似乎从女儿的行动中隐隐约约感到什么东西，"凤丽你这样，那远方怎么办？"

江景天说："让远方跟着走。"

"绝不，他去我不去。"

"凤丽！"

"听我的吧，没错。"

姚远方终于说话了："局长、阿姨，没关系，我不跟你们去。"

何家慧说："还是远方这孩子懂事。不去就不去，你自己上山玩玩，在山下等我们也行。"

江景天一看这阵势，自己发脾气肯定拗不过女儿，强行批评姚远方又找不到过硬的理由。再说也不怪人家远方呀，再说了，即使训了远方，女儿也不一定让远方跟着呀："那就这样吧，远方，你把水果和水凑成一个小袋，我拿着，我的包不带了，放车上，你阿姨的包她自己拿，我们约定一个时间，你看，下午五点，我们还在这里会合。远方，这两天你陪我们也累了，自己休息休息，想上山转转也行。"

姚远方一脸傻笑："没问题，下午五点，我在这里等你们。"

而正在此时，江凤丽对小导游说："张小姐，我只一个要求，我这个小包并不重，你帮我拿着。"

小姑娘一脸堆笑："没问题。"

江凤丽两只美丽的大眼睛死盯着姚远方，姚远方回看了江凤丽一眼，无动于衷，弯下腰开始把袋子里的水果、水等东西分好装好，把上山的东西交给了江景天："江局长，那你辛苦了，上山的路比较陡，注意安全。何阿姨，你心脏不大好，上山不要走急了，走累了就歇会儿……"

姚远方的几句话把何家慧的眼泪都说出来了："好孩子，对不起，凤……你别跟他计较……"

"阿姨，抓紧上山吧。"

江景天一家，由小导游陪同进了东大门。到一段平路走完，开始进入爬坡的时候，何家慧一把拉住了江凤丽："你这个死丫头，你到底要干什么？"

"干什么？"江凤丽接下来的一席话说得江景天夫妇目瞪口呆，但又不能说江凤丽说得没有道理。

江凤丽说："干什么！你女儿够牛的吧，够霸道吧，但你们相中的这位女婿比我还牛哪，别看他不吵不闹，他做得狠，我不治治他，以后他会听我的？会听你们的？我以后日子怎么过。"

江景天大吃一惊："原来女儿是这心思，真没看出来，你不只有蛮横霸道不讲理呀！"

"爸——你看你——"

何家慧正色道："治治他，这样治他太过了，傻女儿，弄不好，你把这么好的女婿治没了。"

"没了拉倒。"

姚远方呢，当江局长一家消失在人群中，他把江家的东西收拾好，消停下来的时候，才回过味来，才明显感到自己被江家扔掉了，才意识到会不会惹恼了、得罪了江局长一家。在姚远方看来，江局长一家人还是不错的，江景天在单位挺严肃的，但一路出差以来，还是和蔼可亲的。而江夫人何阿姨，为人很好，对自己像对待孩子一样，关心体贴自己。姚远方很小的时候，母亲就过世了，很长时间以来，从未得到年长女性的关爱，何家慧的关心和体贴，让姚远方感到很亲切，很温暖。虽然局长的这位貌若天仙的女儿张牙舞爪，横直不讲道理，远方奉行男不跟女斗的原则，能忍则忍，能让就让，又不是原则问题。况且，又是局长的闺女，又是位大美女，远方压根就不想搭理她，反正这趟差一完，江家千金去她的防疫站，自己呢准备下基层，到林场了解情况去。想想今天这档子事，想想江凤丽霸道的形象，想想江凤丽不让自己上山的事，姚远方不由得也来了一股气："什么人啦，这么不讲理，就你这样，看你将来嫁给谁，看谁要你。"

"管她呢！"远方在东门外转圈，"到底干什么？上不上山？"远方犹豫不决，虽说上学期间和同学们来过香山一趟，但来的时候公交车坏了，等到香山的时候，已经下午两点多，同学们只能草草地爬了一段山路，赶紧往回走，赶开往市里最后的班车了。那次来在山上只有两个多小时，没看几个景点就回去了。这一次，为了陪局长爬香山，在灵山的时候，远方就到图书馆翻了些资料，前天到北京以后，又利用昨天的时间去北京图书馆查看了香山的资料，还找几个北京老同学问了情况，"如果就这样在山门外溜达，岂不亏了。上山。"

姚远方拿定主意，就从车上拿了瓶水，掮了两个面包，交代司机师傅五点前在这里会合，就大踏步进门，开始登山了。

年轻力壮，在山里长大的姚远方，几乎是蹦蹦跳跳上山的，一个人爬香山，既无负重，又不用伺候江局长一家，身体轻松，心情大好，姚远方有了自己的打算，毕业了，远离了北京，还不知道什么时间能再来北京，再来北京还不知道有没有时间再来爬香山，"何不好好地看看香山，好好欣赏这香山美景。"

姚远方进东门，过牌坊，看见了一座半月形的水池，这也可能就是所谓的"月牙河"，实池名河，未免有些夸大，但水质优异，清澈见底，池旁水草鲜花，青翠艳丽。这方水池，这个月牙河也不简单，据说，孔夫子的学生们，在学习时均围一方池水而坐，有水则生、有水则灵，在水边学文习武，无不生机迸放。而清朝皇帝正是受孔圣人的启迪，也建了这方"月牙河"，远方想，看来古人学习也不是死待在书斋里，死读书，读死书呀。乾隆是位想象力异常丰富，最善于借题发挥的帝王，又自称孔圣人的学生，在勤政殿前方建一半月形的水池，以示尊重儒学，尊重正统，重视传统文化，同时也诫勉自己勤奋好学、奋发有为，看来，这位乾隆皇帝老儿，还是挺勤谨好学，发奋有为的！

　　过了月牙河，姚远方来到一片残垣断壁前，建筑前竖一牌子——勤政殿，远方自说道："这可能就是静宜园二十八景之首的勤政殿。"看着残存的殿基，远方不由怒火燃起："该死的英法鬼子，毁了圆明园，毁了这香山的众多历史建筑，如果这些东西都在，该是何等的辉煌庄严、壮丽奇观呀！对研究中国古代建筑、文学该是多么有价值有意义呀。"这几天查阅资料远方隐约记得：勤政殿由正殿、南北配殿、朝房、假山、月牙河、牌楼等组成，是香山最具皇家园林特色的标志性建筑，勤政殿是皇帝接见大臣，处理朝政的场所。勤政殿的得名来源"勤政务本，勤于思政"的意思。"历史沧桑五千年，昔日辉煌何处寻呀！"远方走上残存的地基，抚摸着沉默无言的假山，望着静静流淌的月牙池水，清朝如果不没落腐败，这地方也许不会这样呀，可历史就是历史，已经走过，就无从改写，这也可能既是历史的权威，也是历史的遗憾。

　　姚远方仿佛记得，书中有乾隆御制的勤政殿居中悬挂的匾联。"与秘气游"，寓意多好哇：人与天调，天人共融，天人合一，天地一合。那一副对联把帝王勤勉励志之胸怀描绘得酣畅淋漓：上联为："林月映宵衣，寮案一堂师帝典"，下联为："松风传昼漏，农桑四野绘豳图。"虽然姚远方认为自己的记性好，但"静宜园记"是背不下来了。但乾隆御制"勤政殿"的诗屏风，还意犹未尽："悦心期有养，好乐励无荒。漫拟灵称囿，偏宜山号香。问农频驻跸，咨采喜同堂。家法传勤政，孜孜敢暂忘。"

　　从勤政殿出来，姚远方有些惆怅：中国有多少古代文化和建筑让战火焚毁了呀，你英法鬼子，你抢了财宝，抢了文物，你为什么还放火焚毁呀，你这干的是断子绝孙的事呀！有本事你把大英博物馆和卢浮宫也放火烧了呀。

　　姚远方在听雪轩前没有多留，因为这里建筑多已毁坏，找不到书中写的踪迹，而且虽然听雪轩名字起得特有创意，但阳春三月阳光明媚，山花灿烂，哪来的雪，没有雪，怎么赏，怎么听？

知松园一下子跳在了姚远方眼前，这里古松青郁、翠色满园，一块巨石上正面"知松园"三个字写得苍劲有力。陈毅元帅那首"大雪压青松，青松挺且直，欲知松高洁，待到雪化时"，也赫然镌刻在巨石的西面。"知松"二字可能取自《论语·子罕》里面的"岁寒，然后知松柏之后凋也"。巨石掩映在绿树丛中，煞是壮观，蓝天、白云、绿树、红字。相映成景，真的是古木参天、浓荫蔽日、百花齐放，令人心旷神怡。

看见这古松巨石，姚远方想起了家乡山上的原始森林，原始森林里的无数古松，那松树一辈子也数不过来，这松树在城市里面，在香山是一个宝，在我们老家灵山，多了去了……

"同志，男同志！"

姚远方一扭头，看见身边有人在叫他："你叫我？"

"是的，男同志。"

"有什么可以帮助你吗？"

"你，你能帮我照张相吗？"

"没问题。"

女同志把照相机递给了姚远方，自己则往巨石下面走去，在学校，姚远方看见班里一位父亲是北京某报社摄影记者的同学拿过照相机，毕业时同学们互相合影留念，姚远方也用手操作过几次，虽说不怎么熟练，但基本会用。

"光圈我都对好了，你看我在镜头中间，就可以摁快门了。"

借着照相机的镜头，姚远方这才看清楚，眼前的这位女同志，身高在一米六八至一米七〇之间，圆脸，大眼睛，皮肤白皙，身材姣好，但头上戴着帽子，把头发束得很紧，只剩下鼻子、眼睛、嘴，身着海蓝色风衣，这衣服远方在学校很少看到，只有少数领导干部子女或学校教师的孩子才穿。在镜头里，眼前的女孩子给他的印象是端庄大方，但眉间紧锁，一脸正气。

"镜头中间看见我了吗，看见了可以摁快门。"

"好啦——"远方摁下了快门。

"你从镜头看，那里还可以照，再照一张。"

远方开始从镜头里搜索好的位置："喂，女同志，你站在石头的左边，对，这里有灰石、红字、蓝天、流云，身后有绿树、黄花，哎，对，就在这里，好，照一张。"

"你再站在石头的右边，在石头和那棵大古松之间，哎，站对了，有点高，要不，你坐在石阶上，我蹲下给你照，哎，好了！""咔嚓"远方又摁下了快门。

远方又帮女同志照了一张。然后把相机还给女同志，女同志嫣然一笑："谢谢您了，男同志。"

"不客气。"

女同志拿了相机，扭转身又开始了她自己的登山旅程。

远方又到了"来秋亭"。远方一看就清楚，这里和"知松园"一样，刚刚建成，虽然充斥着水泥砖土和油漆木头的气息，但境致清雅倒也十分耐看，一座凉亭，四角飞翘，前临水池，后连密树，碧波荡漾与满目青翠，与知松园红字古松相交成景，相映成趣，可以把王维的诗改成"艳阳松间照，巨石清泉流"。

从来秋亭出来，远方开始攀上十八盘，由碎石铺成的石板路，走上去别有一番感受，石子如尖尖小树桩，顶在脚底上，舒痒可脚。这条所谓的十八盘，在古代文人和清朝皇帝看来，似乎像九曲十八盘，"行人九折云中坂，来往三生物外缘"，而乾隆皇帝则把这里比作蜀山栈道，还说"非五四之岭，九曲之坂崭绝而不可上者比也"。在姚远方看来，这里所谓的九曲十八盘，不说比不上"蜀道难，难于上青天"的蜀道，就连自个儿家灵山古栈道，也差得远呢！小时候，自己跟父亲攀过灵山古栈道，那时候，基本上没有路，是父亲边砍山边攀上去。据父亲讲，灵山古栈道，曲曲六十四道弯，从沟底到山上大约有六十里地，而有些地方坡陡八十度，有笔直笔直的台阶。站在下面，前面的台阶可以碰着自己的鼻子，不过后来这些年，特别是自己在北京上大学的这些年，这条路开辟出来，一般行人可以走上去，但还是陡峭艰险，攀登困难。这里的所谓十八盘，可能是帝王当年为了形容山势陡峭，故意造的景而已。由于是经过人工修凿的十八盘，尽管是十曲九环，有峭有坡，但毕竟是皇帝要攀，大臣要爬，达官贵人要行走，对姚远方这样的山里孩子，登上这十八盘也还是比较容易的。

一路上，姚远方用心地数了数，好像弯弯绕绕虽不少，但不够十八盘。"管他呢，在皇帝眼前，在京城附近，能造出这样的景观还是难能可贵的。"

姚远方健步如飞，在芙蓉馆驻足，在玉华岫流连，在重翠崦观赏，扫了静宜山庄几眼，又在多景亭上放眼远眺，在栖月山庄转圈，登香山如走家乡平常山路的姚远方，很快就来到了香山半山腰一块比较平坦的地方，虽然还有些残墙断壁，但姚远方仿佛还回忆起，这里就是所谓的香雾窟了。据史书记载，这里过去还是比较幽静安然的地方，登香山，累了可以在这里歇脚，吃点干粮喝点水，歇息一会儿再爬山。

香雾窟附近已经会集了不少游客，远方走得快走得急，出汗了，他也坐下来，从小包里掏出一个水杯，拧开盖准备喝水。"同志！"突然又一个声音，好像在叫自己，远方一扭头，"是你——"对方惊异道。远方看清了，眼前的这位姑娘，就是在知松园请自己帮助照相的女同志。

"巧了，是我，男同志。"

"巧了，女同志。"

"还要照相？"

"对，我看了，大部分人是结双成对的，或者是成团成伙的，就你一个人坐在这里，想请你帮我照张相。"

"好呀——"

"你往西看。"

"西北没有什么呀，石、房、山，噢，好像那里是西山晴雪的旧址。"

"聪明，虽然春天看不见冬天西山晴雪的盛景，但不知冬天能不能来到这里，照张相，算是个纪念吧。"

姑娘向背靠西山晴雪的岩石走去，姑娘选好景后，脱掉了外面的海蓝色风衣，一袭鲜红的上衣瞬然把姑娘映衬得光彩照人。远方不由一阵心动，"这姑娘恁漂亮呀！"

远方先是直接观看，接着从镜头里看，远方叹道：无论从外看还是从里面看，眼前这位让他帮助照相的姑娘都是位绝色的大美人。虽然从外在看，姑娘比不上江凤丽明媚，但从气质上观察，这位姑娘可以说得上国色天香。"哎，这身红衣服照相好看。"

"我站这里行吗？"

"行！""咔嚓"照一张。"再往左边站一点，对，好。""咔嚓"又照一张。

"我给你出个主意行吗？"

"你说。"

"你半抱着树，半看着我。"

"看你干什么？"

"看镜头。"

"嘻嘻，"姑娘笑了，"都一样，这样抱着行吗？"

"很好！""咔嚓"远方又帮姑娘照了一张很耐人寻味的照片。

远方帮姑娘照完，把相机还给了姑娘，姑娘拿回相机，浅浅地笑了一下："谢谢你，男同志！"

"不用！"

姑娘走了。远方没有看也没有说话，只是想了想眼前的这位姑娘，因为走近了远方，上身红衣、下身白裤的姑娘，给他的感觉不仅气质高雅、英气逼人，而且言语柔和，声音甜美，"真美！"

在远方看来，美在他眼里是客观存在的，但他从不多想，更不妄想，他知道自己该怎么做。

远方歇了会儿，喝口水，他知道马上要开始攀登香山山顶香炉峰了，这是香山最艰难的攀登道路了。放眼望去，能看到的是陡峭的山坡，据书上记载，从这里往上走，就是"鬼见愁"，可见攀登之难。

远方自恃年轻力壮，又在山里长大，"这点陡坡算得了什么。"但是爬着爬着，坡度越来越陡，有些地方真是可以与家乡的灵山古栈道相媲美了。尽管坡陡，这里的好处，是经过历朝历代的开掘修建，路虽然陡，但比较宽，左右身体能摆动得开。这是比灵山古栈道好的地方。爬着走着，远方感到自己也出汗了，也开始喘粗气了，"看来，攀登这一路，比作鬼见愁，所言不虚呀！"

远方爬在一个弯弯处，碰见一位六十多岁的女同志，正喘着气在路边休息。远方看见老太太大汗淋漓，而且身边放着拐棍，还有个包包，就上去问："大娘，要不，我帮你把包拿着吧？"

老太太满头银发，神情康健："好哇，年轻人，谢谢你！"

"大娘，您老当益壮，这么陡的山路，年轻人都害怕呀！"

"我还行，每个月我都来爬一次，这次有点累，主要是昨晚家里有点事，休息晚了。所以今天有点累，没事，小伙子，我能行的，我老头已经上去了，你要有事，你先走！"

"大娘，我没事，我陪你。"

远方帮着老大娘拿着东西，一步一步往上攀登，碰到险陡处远方搀扶着老人走几步，老人家也的确坚强，有了姚远方的陪伴，虽然慢点，但再也没休息，一步一步攀上了山顶。香炉峰就在眼前，刻写着香炉峰的那块大石头就在眼前，可以俯瞰整个北京城的重阳阁就在眼前。

远方把老大娘送到已先期到达的大爷身边，没有前往香炉峰的石头边观看，而是先到重阳阁扶栏远眺：北京城，茫茫青山，尽收眼底，那遥远的，隐隐约约可以看见的一大片灰色建筑，就是北京城了，但是，中南海在哪？天安门在何处？在这香炉峰上是看不太清的，那茫茫一片白色闪光处，也可能是北海的海水或者中南海的内海了吧！建国后，兴建的人民大会堂，前几年修建的毛主席纪念堂也看不清在哪里。远方不由叹道："如果有个高倍望远镜也许能看清楚。"再看近处，整个香山都处在一片建设中，据传说，北京市有一个计划，要把香山修建成一个复古观光的大公园，准备按当年乾隆皇帝建设的静宜园的样子，把大部分景点都恢复重建起来。"这当然好！"再往稍远处看，有许多工厂的大烟囱，高高耸立，像画家高举着画笔，有的举白笔，吞吐着白色的云雾，有的举黑笔，涂染着明净的碧空，远方从浏览的许多外国资料看到，这些大烟囱，是不符合环保要求的。那比较集中的大烟囱，可能是电厂，如果没有电厂，这北京城，这香山的每一处景点，现在就不可能正常运转呀，看来生活需要与环境保护很难两全，怎么两全，是个大课题。乾隆朝的时候，恐怕是没有电的，皇宫那么繁大，不也正常运转吗？但一旦过惯了有电的生活，如果突然让电从每个人身边消失，恐怕很多很多的人是不能适应的，也会很不习惯的。再看看香山的景致，那白的粉的，黄的红的紫的，是香山春天的各色鲜花，点缀盛开，并把香山装点得更加好看，特别是杏花、桃花，缤纷灿烂，彩虹片片，如果没有这些鲜花，香山怎么会有这么精彩，这么有活力。当然，香山最大的特点是青翠，是绿色，香山以绿色著称。香山的山，香山的丛林，香山的绿色是与整个北方的自然地理特点相应衬托的，茫茫华北平原，山少平川多，过了燕山，又是茫茫草原和无尽的沙漠，西北山的香山这一带，既有北京城西北屏障的意思，也有大平川陡起一座绿色山林，改善大地气候的原因，所以，绿色在北方，在大平原，在北京城尤其让人感到珍贵。据说，明代的皇帝嘉靖就感叹道："西山一带，香山独有翠色。"明万历皇帝就曾为一座山斋题名为"来青轩"。清代皇帝给山上建筑起名与绿色、青翠有关系的就更多了："绿云舫"、"翠微亭"、"青未了"、"来青轩"、"重翠崦"，等等，可见，香山的绿色，香山的青翠在北京人的心目中，位置是多么重要，皇帝如此，每一位热爱生活、热爱生命的人，对绿色都不会不喜欢吧！

　　至于香山的另外两大特色，秋季红叶和西山晴雪，这次远方是看不成了。远方暗暗沉思，上一次来香山，主要是看枫叶，但季节来早了点，时间来晚了点，那一年是初秋，满山的枫叶刚刚泛黄，还没变红，又加上是下午到的，还没看到山上大片的枫叶，就到返程的时间了，下一次来，一定到深秋，到漫山红叶烂漫时。

　　远方欣赏了近山远水的风景，也进行了足够的休息，便扭转身，准备去看香炉峰，然后，就准备下山了。

远方从重阳阁一出来，就看见一位穿红衣服的姑娘在向这边招手。"会是那位女同志吗？"远方心里默默想着。

"喂，男同志。"

"果真是你。"远方甚感意外，这已经是第三次与这位让自己帮助她照相的姑娘见面了。

"还要留影?!"

"对！早看见你进重阳阁了，这么长时间才出来。"

"爬一次香炉峰不容易，我要好好看看远处的北京城，要好好欣赏这香山的美景，要好好想想清朝皇帝为什么如此地厚爱香山，为什么不惜花费巨额民脂民膏来这里大兴土木。"

"你发千古之畅想，起万代之忧思了吧。"

"看看想想是件自然的事，怎么，你在等我?"

"是，我等你给我照相。"

"好！"

"你等我一下。"

姑娘在石头后面不到一分钟时间走出来，走出来的姑娘与第一次见面大不一样，与第二次照相也不一样。第一次是穿着比较庄重典雅的海蓝色风衣，头戴着花格帽子，显得既庄重，又精干。第二次是换掉了风衣，着一身艳丽时尚的红色上衣，配上白色长裤，显得明丽、时尚、高贵、漂亮。这一次，也就是第三次出来的姑娘，脱掉了帽子。一头瀑布般浓密黑亮的长发，山风吹起，长发飘起，姑娘更显得美艳无比，仪态万方。姑娘往香炉峰的大石旁一站，一道美丽的风景，一幅秀美的画图，一个绝色美人就站立在姚远方的眼前，姚远方此时不仅是心动频率加快，而且几乎达到了惊撼的地步，这姑娘怎么会是如此的美丽，怎么会变化这么大，第一次照相的时候只是感到这姑娘长相好，没想到这么一变，竟会如此的倾城倾国，对异性、对姑娘、对爱情一贯相对比较木讷的姚远方，此时也不仅弹响了心声："真美呀！"

"好了，照呀，你磨蹭什么呢？"

"我，我没想到——"

"没想到什么？"

"没想到……没想到你这么美。"

姑娘羞涩一笑："胡诌什么呢，快照吧。"

"美学专家说，美是客观存在的，你美就是美，谁也否定不了。"

"好啦，别说废话了。"

"照啦！""咔嚓"一声。远方开始为姑娘照相。

"姑娘，你站在石头后面，对，只露个脸，哎，这张好，照了……"

"姑娘，你与石头比着站，最好与石头一般高，这叫石头身，美女头，好啦。"咔嚓，咔嚓……

姚远方调动自己的智慧，为姑娘前后左右又照了好多张相，把姑娘照得喜笑颜开。

姚远方为姑娘照完相，把相机还给了姑娘，只是认真地看了姑娘一眼，没说话，准备下山。

"坐一会儿吧！"

远方停住了脚步。

"男同志，在这里坐一会儿吧。"

远方犹豫了一下，没有说话，默默地在姑娘身边坐下。

坐下的两个人，谁也没开口，沉默了好长时间，姑娘开了口："就你一个人登山？"

"陪局长一家登山，不知怎么惹恼了局长千金，把我开除了，开除了好，我一个人登山，自由得很。"

"姑娘开除了你？"

"可能是吧！"

"姑娘看上你了吧。"

"她看上我？"

"姑娘很漂亮吧？"

"还行。"

"男同志，这里面有文章。"

"管它呢，我不想那么多，我也不跟她置气，跟她置气，划不来。"

"我提个建议。"

"请讲。"

"你一个人，我也一个人，我们俩结伴下面的行程吧。"

"我们，做伴而行？"

"对，我们俩。"

"你不害怕我？这深山密林的。"

"什么深山密林？这是旅游景区。我看得出，你是一个正直的人，有你在我感到安全，再说，你还能帮我照相。"

"我……你放心？"

"你是个坏人吗？"

"想坏都坏不了。"

"我能看出来，如果可以，我们就一块往下走。你对这里了解吗？"

"知道一些。"

"好，你带路，来，相机你拿着。"

远方接过了相机，同时把姑娘手上装东西的旅行包也背在身上，姑娘看见了，没吱声，算是认可。

"唉，咱们俩萍水相逢，就不问姓名了，我就叫你男同志，你呢，干脆就叫我女同志，叫姑娘也行。"

"好，女同志。"

俩人在香炉峰上远眺了一会儿，谁也没有说话，还是姑娘开了口："咱们走吧！"

"你先请。"

"你先请。"

又是姑娘决定了先后："男同志，你来过香山，对这里比较熟悉，你在前面带路，算是义务给我做一次导游吧。"

远方感到姑娘说得有道理，也不谦让，大踏步迈开："你跟我来，现在基本上是下山的路，你上山一定很累吧，所以这下山也很费力，没听人说，上山容易下山难吗？你走慢一点，我在前面探着路，你如果实在太累，就把你的风衣也给我拿。"

"现在还不累，没看出来，你挺细心，很会关心人。"

"这些是人之常情。"

"知道了，我会很小心的。"

两个人走了一段路程，远方发现姑娘沉默了，扭头看看，发现姑娘眉头紧锁，姑娘知道远方在看她，没有说话。

"你有心事？"

"没……没什么。"

"开心点，如果单位里、家里有不开心的事，先放一边，难得来香山一次，放开胸怀，尽情欣赏大好河山，欣赏这美丽的自然风光。"

姑娘勉强笑了，有点苦涩。远方感到自己与这位美女萍水相逢，连对方姓名都不知道，多问不宜，也不应当。远方感到自己作为一个男人，作为一个素不相识而被别人信任的男人，有责任有义务让眼前的姑娘高兴起来，快乐起来，至少，今天香山这半天多时间，应该如此。

"哎，女同志，你不是说第一次来香山吗？"

"是第一次。"

"那好，咱们说说香山吧？"

"唉。"

远方想了想："女同志，我现在给你提问题，回答正确，有奖赏。"

"什么奖赏？"

"奖赏——晚上请你吃饭。"

姑娘"扑哧"笑了起来，她知道这是不可能的，因为他们在五点左右都要各奔东西，怎么可能由这位好心的男同志请她吃饭呢，但她不愿打破这美好的许愿，而是会心一笑："好，你请我吃大餐。"

"第一道题，你回答我，这里为什么叫香山，也就是'香山'一名的由来？"

"这还不容易，刚才在香炉峰上看到说明了，因为这香山山顶像香炉，原来曾叫香炉峰，后来就简称香山了。"

"就这么多？"

"我就知道这些。"

远方十分认真："女同志，你只说对了三分之一，还有两说。"

姑娘也听得一脸认真："愿闻其详。"

"这第二种说法源于花香，明朝这里有漫山遍野的杏树，据说有数十万棵，花开时节，漫山雪白，万里飘香，人称十里香雪海，香山因杏花香而得名，这个得名，史书还有记载，好像是明朝一个著名文人说的。"

"第三说呢？"

"这第三说，有点幽奥。说香山此名来源于佛经。据记载，佛教创始人释迦牟尼出生地迦毗罗卫国都城，佛经中称为父城，附近有山名香山，释迦牟尼去世时其弟子也有入香山修道者，其后也有许多佛教徒在香山修道。故《华严经》把香山名列第二，成为仅次于须弥山雪山，也就是现在所说的喜马拉雅山的佛教名山，随着佛教的传入，中国出现了许多处以香山取名的山，北京的香山仅是其中之一。"

"没想到你知道的还不少呢！"

"没什么，都是书上说的。"

两个人来到了下山最陡峭的地方，远方建议："我看你下山挺吃力的，要不在这里休息一会儿。"

姑娘点头表示同意："我的左腿有点风湿，爬山时间长就会有点疼痛，所以走起路有点吃力。"

远方把姑娘的风衣也拿了过来，姑娘看了他一眼，"我给你叠好，放进旅行包里吧，你空着手，不要拿东西，下山减少一些负担。"

姑娘默默地看着远方，不置可否。

"你看下面的不少地方正在大兴土木了吗。据有关消息，北京市要按照乾隆皇帝当年修建静宜园的样子，把许多大建筑都恢复出来。"

姑娘笑了："那应该是件好事。"

"是好事。说起静宜园，来，咱们调节调节气氛，分散分散你的疲劳，这静宜园是当年那位风流倜傥、留下不少故事传说的乾隆皇帝修建的，你知道静宜园的建筑布局吗？"

"不知道！"

"你当然不知道。我给你讲讲。书上是这么写的，说这个乾隆爷第一次，大概是一七四三年第一次来到这个地方，便被这里的山水陶醉，因为这里是他爷爷康熙皇帝的行宫，他用了好几年的时间，征集能工巧匠扩建这个地方，他建成了二十八景，并赐名'静宜园'。建成后，他还不满足，又陆续丰富园林景观，到他七十岁的时候才完成全部建设，形成独具特色'三垣'布局。"

"三垣布局？"

"对，你知道哪三垣吗？"

姑娘摇摇头。

"三垣就是内垣、外垣、别垣。"

姑娘笑了："看来你是学历史的，对香山了解得这么多。"

远方也笑了："学历史倒不是，一是因为我在北京上了四年大学，来过香山两次，二是因为要陪局长一家登香山，说我是北京学校毕业的学生，不会不知道香山。为了不露底，我事前专门做了点功课，这倒好，在你面前卖弄起来。"

姑娘又笑了："你说吧，我喜欢听。"

"这三垣的内垣，主要是香山园区的东南部，是静宜园主要建筑的荟萃区，也是乾隆驻跸静宜园时的居住、游赏区，这里主要包括勤政殿、致远斋、韵琴斋、听雪轩、丽瞩楼、绿云舫、虚朗斋、带水屏山、璎珞岩、翠微亭、青未了、松坞山庄、栖云楼、香山寺、欢喜园、洪光寺、霞标磴、玉乳泉、绚秋林、雨香馆等景观。

"这外垣，是香山中上部的山林地带，这里是乾隆登高远眺瞩望京城、憩香品茗的好地方，包括晞阳阿、朝阳洞、芙蓉坪、香雾窟、西山晴雪、栖月崖、重翠崦、玉华岫、森玉笏、隔云钟等景观。

"别垣，是香山东北部的平原地带，主要有宗镜大昭之庙、见心斋等景观。

"这静宜园的确是个好玩的地方，乾隆每年都要来这里玩上几次，最有意思的是在这里举行的'九老会'，就像咱们现在，请顾问委员会的老人们在此聚会一样。这'九老会'是请满朝文、武、致仕三班各九人在香山举办'香山九老会'，以此庆祝皇太后七十大寿。到皇太后八十岁的时候，乾隆又在这里举行'香山九老会'，为皇太后举行万旬万寿庆典。"

　　姑娘接口道："看来这皇帝还挺尊老爱老的。"

　　"是，中华民族的传统美德嘛！"

　　远方说："咱们再歇会儿，我有点口干舌燥了。"

　　姑娘说："你是应该歇歇啊，你先歇着，我去那边一趟。"

　　远方一看，那是指卫生间方向，就点点头，示意姑娘过去。

　　远方趁姑娘方便的时候，把旅行包放在地上，舒舒双臂，然后坐下来，既是休息，又是等待。

　　十分钟过去了，远方靠在台阶上几乎快要睡着了，突然"啊呀——救命——"

　　声音从姑娘去的方向传来，远方瞬间从台阶上跃起，直奔有卫生间箭头指向的方向。

　　"救命——"

　　远方飞奔而起，终于看见了姑娘，姑娘不是在厕所里，而是厕所旁边的一棵古树的树枝上挂着，姑娘的一只手紧紧抓住树，两条腿乱伸乱踢。

　　远方一看着急了，因为姑娘的衣服剐在了树枝上，可能是树枝剐住了衣服，姑娘不知道，走急了，树枝把人带起来，因为是九十度的陡坡，陡坡根处离树枝有七八米高，树枝不大，勉强挂着姑娘，姑娘可能是求生的本能，一只手又抓住了树枝。让远方着急的是，他不能上树去救援，因为从肉眼可以看出，再加十斤左右的重量，那树枝就会折断，树枝折断，不仅姑娘会掉下去，远方也会跟着掉下去，姑娘喊叫声中看见了远方，双眼发出哀叹的光："救我——"

　　"放心，有我！"

远方正在迅速作出判断，如何救人，要快，要稳。因为不快，姑娘肯定坚持不长，随时都有掉下去危险，要稳，不能让姑娘身体受任何损伤。几种办法飞速在远方脑中闪过，突然，他有了主意，他从姑娘身边飞快跳下，借着几棵树根，三跳两跃，远方来到了姑娘的下方，远方伸出双手："姑娘，你听好，你松手，稍微动几下，就会掉下来，你放心，我接着你。"

　　姑娘借助余光，看见了古树下面的远方，她不由一阵头晕。"我好怕——"

　　"别怕，我能接住你。"

　　"我怕——"

　　"不怕。"

　　"怕——"随着姑娘的一声叫喊，姑娘的衣服被树枝撕破，姑娘突然感到全身的重量全压在了手上，手一松，"轰——"她从树上坠了下来。

　　远方双手接住了姑娘，但由于惯性加重量，远方重重地摔在了陡坡底部不大的地面上，远方感到屁股、腰部和头生生地硌痛了，但为了保护姑娘，他生生地仰面躺在地上，由于地面不平，屁股、腰和头都被石头撞了一下。最痛的是屁股，远方估计，肯定是受了伤，至少是破皮流血，好在头保护得好，腰也只是顶了一下。

　　姑娘一定是被吓蒙了，躺在远方身上没有了声息。远方实在有点承受不住，就用手推推姑娘："嘿，女同志，你睡着了。"

　　"啊——"姑娘这才从惊魂中醒来，赶紧从远方身上爬起来，伸手拉远方，"对不起，你怎么样，我拉你起来。"

　　"你还是让我躺一会儿吧。"

　　姑娘这时意识才完全清醒，才知道眼前的这位男人为她做了什么事，才意识到刚才情景的危险性，她"哇——"的一声哭了起来，扑在远方身上，"你有没有受伤，有没有摔坏，有没有……"

　　远方任姑娘哭喊了一会儿，他感觉身体不会出大问题，才慢慢坐起来，"不哭啦，我没事，告诉你，我从小就在山里长大，这点伤不算什么，倒是你，怎么，怎么跑到那树上荡秋千了？"

姑娘"扑哧"被逗笑了："多险呀，你还开玩笑。"

"我怕把你哭坏了。"

"你站起来，让我看看，你受伤了没有。"

"没有，你看，这脑袋瓜子没摔烂，这胳膊腿呢，还齐全着呢，这腰呢，有一点疼，问题不大，一会儿走下山就好了，就是就是这屁股，我看看，啊——我以为摔成八瓣呢，还是两瓣，你看没事！我担心，你这位大美女，别摔坏了，你自己看看，特别是脸蛋，别让树枝划着了。"

"我，没划着，你放心。"

远方已经完全站起来了，屁股的确比较疼，但他不能说，也不好意思说，他只能说："女同志，我没问题的，只要你没事，我肯定没事，只要你没受伤，我也不会受伤，我是谁呀，我是山里的大力士呀。"

姑娘既是微嗔，也是真诚地说："真服了你了。"

远方突然跳起来："忘了，咱们的行李，别让人顺手牵羊了。"

远方拉着姑娘攀上了下山的石阶，又开始了返还香山的旅行。

刚刚的遇险，拉近了两位萍水相逢的年轻人的距离，两个人似乎有很多话要说，但又不知从何说起，两个人都想问问对方姓啥名谁，但也都不好意思开口，出事之前，远方还喋喋不休地介绍香山的历史风土人情，但有了这次救险之后，远方好像口拙了，言少了，也没有了言语，而且姑娘更明显地感到，远方的步伐慢下来，心细如发的姑娘，慢慢放缓脚步，走在了远方的后面，她终于发现，这个男同志走路有点迟滞，于是她建议："男同志，咱们在这歇会儿，你喝点水，歇歇脚。"

其实，此时的远方的确在受煎熬，因为屁股很疼，但他又不能说，听见姑娘要休息，赶忙说："太好了，歇会儿。"

姑娘这会儿比远方殷勤多了，把自己包里的热水杯拿出来，递给远方："你喝点热水。"又从包里拿出水果，剥开香蕉皮，把香蕉递到远方嘴边，"香蕉，你吃点。"

"哇呀，对我这么好呀，谢谢，水，我喝点，香蕉嘛，你自己吃吧，中午了，你肯定饿了吧，你先垫点。"

姑娘不由心里一热，眼前的这位男生，什么时候都是关心别人，体贴别人为先："你吃，我包里还有呢，你是男生，尊重点女生吧，我让你吃。"

远方一脸纯真地看了看姑娘："我一定得吃？"

"对，给我点面子嘛！"

"好，我吃。"

远方喝了水，吃了根香蕉，然后郑重地跟姑娘说："你也吃点，上山活动量大，消耗多，吃点东西，补充点热量。"

姑娘"嗯"了声。

两个人来到阆风亭的时候，远方感到身上的疼痛没有减轻的迹象，就对姑娘说："你歇会儿，我去那边活动活动。"

远方离开姑娘，有两个目的，一是为了方便一下，同时检查一下身体，看到底摔成什么样了，为什么屁股还那么痛。二是要活动一下筋骨，毕竟自己是学过点武功的人，活动活动，舒展一下身体，好走完以后下山的路程。

在洗手间，远方脱掉裤子，扭头看了看，这一看，他吃惊了：背后的腰、腿和屁股有六七处擦伤，有三处还不停往外渗出血，屁股上已形成拳头大的血块，那是顶着一块圆石后留下的，远方伸手摸摸，屁股上有一个明显的坑，小坑旁边的肉黑紫黑紫的，看来已经淤血，摸上去，非常的疼痛。其他地方，手触摸上去也很痛。远方从包里拿出来为江局长准备的擦伤药，把自己受伤的地方擦上药，又从卫生间出来，在旁边的空地上扎马步，深呼吸，吞吐丹田，又练了一会儿功，把身体调整了一下，又回到姑娘身边。

姑娘冰雪聪明，远方走过来，她连忙走过去："身体到底怎么样？受伤了没有？重不重？"原来姑娘感觉到远方可能利用去卫生间的机会，看看身体有没有受伤。

远方也不掩饰："没事，就是有几个地方擦破了皮，屁股上顶了个坑，都是皮外伤，没大碍，唉，想不到为江局长准备的擦伤药，我自己用上了。"

姑娘更是焦急："究竟怎么样了？让我看看。"

远方笑笑："傻姑娘，不能让你看，真没问题。有问题我也不会装，咱们走吧，你看都中午了，咱们找地点弄点吃的吧。"

姑娘拉住了远方，关问之情，溢于言表："说实话，到底有没有事？"

远方再次舒展了几下腰腿："没事，咱们走吧！"

姑娘想帮远方拿点东西，但远方仍然早把姑娘的行李包挂在肩上，又拿上自己的东西，大踏步上路了，姑娘只好小跑步跟上远方。两个人已经走过了比较艰难、坡度在七八十度的路段，来到香山中部的地方，"哎，女同志，你看前面……"

"这是什么地方？"

"驯鹿坡。"

"驯鹿……？"

"现在只有几间破屋、满坡青翠了。乾隆年间，有一位叫宁古塔的将官，为了孝敬皇帝，讨皇族欢心，专门从遥远的东海进贡来几十只驯鹿，放养在这一片山上，皇帝先生很高兴，因为在北京城哪里能见到鹿呀，经常来这里观赏驯玩，在此还建有奔鹿园，皇帝和王室大臣们在此看鹿走鹿跑，看鹿从出生到长大，皇帝还真有闲情雅致，还写了不少描绘驯鹿生活的诗歌呢。"

姑娘也接言道："是吗！乾隆皇帝本来就是位喜欢题诗赋字、处处留墨的风流皇帝。"

"可惜呀，康乾盛世也好，风流皇帝也罢，都已灰飞烟灭了，就连这里动物生活的地方，也已经地是物非了，哪里去见驯鹿，哪里去找昔日的盛景。"

"说的也是。"

两个来到了一爿小吃摊前："姑娘，咱们吃点东西吧？"

"好的，早有点饿了。"

"该饿了，都一点多了。"小吃摊前，吃饭的人不少，但还不是太多，还能找到位置，远方找到两个小板凳，把行李放在上面，对姑娘说，"你坐在这里，我去买吃的。"

姑娘比较疲惫："好！"

远方走出去几步，又转回来问姑娘："对不起，你喜欢吃点什么？"

"我，啥都行，有稀软的更好。"

"明白。"

远方不久就回来了，买来了一碗面条，一碗云吞，还有两个烧饼，"女同志，只有这几样吃的，怎么样，这碗云吞，还有一个烧饼，请用。"

"谢谢你，男同志，辛苦你了。我吃碗云吞最好。我在家就喜欢吃馄饨，烧饼不要，我吃不了，你吃，你上山付出多，多吃点。"

远方也不客气，狼吞虎咽，三口并着两口，姑娘一碗云吞还没吃完，正准备喝汤的时候，远方已经拿起姑娘的水杯，去打水了。

两个烧饼，一大碗面条，这人怎么吃的，姑娘有点吃惊，也可能自己因为怕云吞汤烫，不敢快吃，但小伙子也太快了吧。

远方蹦蹦跳跳回来了："好啦，热水也给你准备好了，女同志，你是不是就喝热水呀？"

"嗯，我不能喝凉水。"

"看来，我判断得正确。"

"你判断得对，你也想得很周到，你做得也很好。"

"别别别，我是自我表扬一下，开开心，你就别夸我，你一夸我多不好意思！"说着，远方脸有点发红。

姑娘笑了，愣大小伙子，本来一路挺轻松大方，怎么表扬几句就脸红了。看来呀，这位大帅哥，还青涩着呢。姑娘不愿多想，就问："男同志，你怎么吃饭恁快呀？"

"快？跟你比是快。但那是逼的，一九六〇年吃大食堂，仅有那么点玉米高粱饼子，吃慢了，饿死的就可能是我。"

"有这等事？"

"你在城里生活，你一定没有体会。"

"是！"

"我以为我吃饭快，结果上大学军训时，我发现解放军战士吃饭比我还快。"

"还快？"

"对，他们快有两个原因：一是好多战士都是贫困农区的，过去都有忍饥挨饿的经历，见不得有吃的，有吃的就得抢，就看谁吃得快，谁快谁能多吃。二是解放军训练的要求，有时候规定一顿饭必须在规定时间内吃完，谁吃慢了，不仅吃不饱，而且影响集体的行动。"

"你说得不错，我军训时看见战士吃饭都特别快。"

"我是小时候吃大食堂培养的。"

"你过去的经历很苦吧？"

远方抬头望向远方："唉，不提了，那些苦日子应该过去了。不经历痛苦就不会珍惜今天的快乐生活了。"

"你给我说说……"

"女同志，该走了，"远方不想提起往事，催姑娘上路，"已经下午两点了，五点我要赶到东门，你几点到东门？"

"我五点半，有人接。"

"那好，出发！"

远方和姑娘两人出发后，人熟了，路较为平坦，自然交流也多了，两个人说笑间，走过洪光寺，来到白松亭，看见了半山亭，更看到了香山寺石屏，远方开始了自己的导游角色，"你别看这香山既没有华山之险，也没有峨嵋之秀，既没有泰山之高，也没有青城山之幽，但这里经过历代皇家和官府修建完善，还是很有特色。你比如说，咱们刚才经过的洪光寺，过一会还要经过香山寺，这香山的一个显著特点，就是寺庙多。"

姑娘不知所解："说寺庙多，怎么解释？"

"寺庙多，很好解释，就是在这香山之上，建了许许多多的寺庙。"

"有多少？"

"多少，反正很多，有一句诗写得好，'西山三百七十寺'，就是指西北一带，包括香山很多寺，你听着，比如刚才说的洪光寺、香山寺，还有东门外的碧云寺，离这里较远的卧佛寺，还有记载庆祝清朝作战胜利的实胜寺，还有象征民族团结和谐的宗镜大昭之庙，这里有几点值得记忆。"

"哪几点？"

"一是保存最为完好，甚至经过一八四〇年英法联军放火焚毁而侥幸保存的……"

"是哪个寺院？"

"这个寺庙自一三三一年始建至今已有六百多年的历史，虽经风雨沧桑，却仍能益显依山叠势，气势恢弘之庄严之势，其严整的寺院布局，精美的建筑工艺，行宫寺庙融为一体的设计理念以及金刚宝座塔等众多珍贵文物都赋予它无可替代的历史地位。它就是碧云寺，一会儿到东门，咱们还可以去看看它。"

"是应该看看。"

"寺庙大多数都毁于战火了，很多都是英法鬼子放火焚毁的，真是可惜。这里还有点意思的是实胜寺和健锐营。"

"你给我说说。"

"先说健锐营，因为实胜寺因健锐营而改造兴建。说的是乾隆十一年，大致上是一七四六年，四川大小金川地区土司发动内乱，清朝出兵阻止，大金川土司遂起兵叛乱。因为大小金川地区山高路险，沟壑相连，勇守攻难，特别是当地土司在险要路口及交通要道处构建了许多高大坚固的石碉楼，并派兵把守，清兵久攻不克，伤亡惨重。乾隆皇帝日思夜想，与大臣们多方琢磨，终于想出一良策，从八旗将士选出精锐士兵，并在香山地区仿建八十六座碉楼，演练攻碉战术。演练成功后，乾隆把这支部队派往大小金川，并一举取得了胜利。乾隆皇帝仿效他先祖皇太极在沈阳修建实胜寺的做法，在香山脚下也修建了一座实胜寺，以颂其战功。同时，乾隆把这支作战得胜回来的部队命名为'健锐云梯营'，并作为常设的特种部队，驻扎在香山脚下，并在实胜寺附近修建兵营，演武厅。这支部队成立后，多次受到皇帝的检阅，并在以后的多次作战中屡立战功。这也可能就是中国特种部队的前身。"

姑娘从包里掏出水杯："辛苦了，边走边说挺累的。"

"我这个导游还凑合吧。"

"不是凑合，是很好。"

"是吗，太高兴了，有了美女的夸奖，我还不好好干活呀！"

"又贫！"

"不是贫，你真的……很漂亮。"

"漂亮，漂亮有什么用？"说着姑娘眼圈红了。

远方不知哪句话说错了："对不起，好好的，怎么就哭……"

姑娘放低声音："咱们坐一会儿吧！"

远方只好在姑娘身旁坐下："你没事吧？"

姑娘的头更低了。

"对……对不起，我……我不会说话。"

姑娘"呜——"哭了起来。

感到自己什么都能对付的远方不知所措了，坐着搓着手，站立起来乱摇头，一会儿坐一会儿站，走近姑娘又瞬间离开，远方真不知自己该说什么，该做什么，突然，远方几句闷雷似的字正腔圆的话放了出去："姑娘，有什么为难的事，你说，天塌下来，我个大，我顶着。"

姑娘抬起头，美丽的脸上布满泪珠，她看见了远方满脸的庄严，双手握拳，神情凝重，但远方的眼，那么干净，那么无邪，那么纯真，那么善良，这个人如果是自己的哥哥，是自己的同学，哪怕是自己的同乡也好呀，可茫茫人海，今天是萍水相逢，两个小时后各奔东西，自己因为骄傲、因为矜持，既不愿告诉对方自己的姓名，又不愿询问对方的姓名，问也无奈，知道了也无果。想到这里，姑娘又低头哭起来。

远方真的不知怎么应对这位哭哭啼啼的美丽姑娘，他依然是既站又坐下，突然，他又坐在姑娘身边，"那我也哭吧，嗯——"没料到这一招收到了奇效，姑娘突然被逗笑了，并挥拳打了远方："你，怎么这样啊！"

远方也没想到，姑娘会破涕为笑，就趁机做思想工作："美丽的姑娘，虽然我们今天萍水相逢，但认识了就是好朋友，我仔细地认真全面地观察了你，你是美丽的、漂亮的、骄傲的好姑娘，好人，我更不是个坏人，我长这么大，还没干过坏事呢。小时候肚子特别饿的时候，我也没偷过生产队的红薯，饿了，我会上山采野果子吃，会打野味充饥，所以呀，你有什么委屈事，有什么难心事，你说出来，咱给你诊诊病，即使解决不了问题，有些窝心的事，说出来心里会畅快些，开心些。"

听完远方的话，姑娘平静了很多，她微微点点头："我也是一个人来香山的。我来北京已经七天了，我爸爸已派人找到我，下午五点半在香山公园门口接我。我这次出来，既是离家出走，也是逃婚的。"

"逃婚？"

"是的。大学毕业后，我分到我们市教育局工作，但我父亲希望我与市委书记的儿子结婚。这人我认识，从小一块长大的，小时候感觉这人还不错，但我上大学这几年，他吃喝嫖赌，无恶不作，虽说是小时候双方父母开玩笑说过这件事，但我怎么能嫁给这样一个恶棍呢！所以我跑出来了。"

"离家出走是怎么回事？"

"我父母过去感情挺好的，这些年母亲长年有病，父亲在外面好像又有了女人，母亲三个月之前过世了。"姑娘说到这里，又哭了起来。

远方无言了，听见这样的状况，看见这么美丽的姑娘碰见这么痛苦的事，自己与姑娘又是刚刚相识，想帮姑娘，可也不知怎么帮呀。

姑娘哭着，远方沉默着，时间在一分一秒地飞速而过。

远方思想快速地闪烁，怪不得姑娘一个人上山，怪不得姑娘经常闪现痛苦忧伤的眼神，怪不得姑娘不肯说出自己的遭遇，这么多窝心痛苦难受的事情呀！帮，一定要帮姑娘。

"姑娘，你有没有相爱的人，爱你的人，或者你爱的人。"

姑娘依然低着头："没有。"

"那——"远方又着急搓手。

"我上学时，那个男的就来学校。那时候表面上看人还不错，行为不错，人长得也不错，没想到四年大学下来，会变成个坏人。"

"人是在变化的。姑娘，你起来，咱们该走了，离出园只有一个小时多一点了。对，咱们边走边说，咱们想想办法，就像清兵打大小金川的碉楼一样，开始不行，后来总会有办法的。"

姑娘擦干眼泪，跟着远方下山了。

远方："你呀，我是这样想的，既然事情已经出来了，明摆着，怎么办，就要坦然面对，这可能是冠冕堂皇的话，但也是实话。我问你，你爸爱你吗？"

"爸还是爱我的，尤其是妈妈去世以后。"

"他会不会逼你成婚？"

"过去可能，现在不会了。"

"那个坏小子呢？"

"他可能利用他父亲的权威压父亲。"

"他父亲什么官？"

"市委书记。"

"官不小，你爸呢？"

"市财政局长。"

"够有钱的。我看这样，如果你不爱那个男的，不想结这个婚，就跟你爸讲，给那坏小子他爸讲，甚至跟坏小子讲。"

"嗯，我会的。"

"我们都还年轻，都刚从学校毕业，今后的路长着呢。你这么漂亮，还这么善良，一定会碰到爱你并值得你爱的人。"

"会吗？"

"会的。我在大学坚持不谈恋爱，但我也不反对别人谈，我的想法是，真正走向人生的是毕业后，毕业后在社会上如果碰上自己心仪的人，轰轰烈烈恋爱一场，未尝不可。"

"你心仪的人在哪里？"

"不知道，可能还没看见。"

"你没谈恋爱？"

"没有！挺遗憾的。"

"不遗憾，上学追我的人很多，我没敢谈，怕伤着自己，也没有自己特别中意的。"

"那就好啦，今后眼睛放大点，可不，你眼睛够大了，一定能在芸芸众生中找到自己的归属，谁能找到你，那一定很幸福。"

"你这样认为？"

"当然，我的感觉绝对准确。"

"谢谢你！"

远方看见姑娘的情绪稳定下来了，又开始以他兼职导游的角色说："我们啦，是春天来香山，香山的春天当然很美，很漂亮，香山春天不仅杏花香桃花艳，花开满山川。而且青满沟，翠满山，绿色涵盖香山美。但最有特色的我以为是……"

"是什么？"姑娘总是被远方引导，受远方情绪感染。

"是满山红叶的秋色和遍地银装素裹的冬天，所以，香山红叶和西山晴雪是香山最亮丽的两道风景。"

"这两个景倒是听说过。"

"再来考考你，你知道香山红叶主要是什么树？"

"不就是枫树吗？"

"不完全对，"远方指着身旁的一株树的树枝，树枝上有几片西瓜子形的树叶，还有小枝上虚虚点点的树花，"这就是香山红叶最多最红艳的树种，叫黄栌，你闻一闻。"

姑娘拿过树叶，有一股较浓的清香味。"很香。"

"这就是黄栌树，据说，这种黄栌是乾隆时代从南方引进过来的，这种树叶到了秋天，尤其是深秋，树叶由黄变浅红，由浅红到深红、艳红，满山满坡，层林尽染，非常壮丽好看。"

"真想到秋天能来香山赏红叶。"

"我们还年轻，会有时间来香山看红叶的。说起香山红叶，有一个美丽的故事传说……"

"快说……"

"香山红叶是美丽的，而红叶仙女的故事更是动人的。据说，很久很久以前，香山脚下住着一位老汉，老伴早年去世，身边只有一个爱女，父女俩相依为命。有一年秋天，老汉带着女儿上山采果，遇到了山里的一条蛇精，蛇精看到这个仙女一般的女孩子，顿起占有之念，便把老人和女儿分开，并将老人逼上悬崖，让老人摔死在山谷里。而蛇精的所作所为被巡查至此的九天圣母看见，于是派人把蛇精捉拿并压在青龙山下，女儿在山里见不着父亲，万分着急，就满山遍野地寻找，她跑过了一沟又一沟，越过一梁又一梁，翻过了一山又一山，嗓子哭哑了，眼泪流干了，嘴里吐出了鲜血，最后终于在悬崖下找到了父亲，她哭了喊，喊了哭，最后活生生哭死在父亲身边。少女的行为感动了九天圣母，于是她手所指处，凡女孩走过、哭过、喊过的地方，都长出了许许多多的红叶树，于是，后来的人都把香山的红叶说成是姑娘用鲜血染成的。所以，到秋天，这万里香山，忽而成块成片，艳如红霞灿如鲜红的黄栌树叶，让人心醉，让眼着迷。"

远方富有煽情色彩的讲述，又把姑娘眼睛说红了，姑娘又想掉泪了。

远方见如此，赶紧转换话题："香山的传说故事不讲了，现在，要对你进行革命传统教育吧，双清别墅到了。"

两个人拾级而上，看见了别墅门口"双清别墅"字样，远方说"据说这'双清'是乾隆皇帝御笔亲写的"，"那为什么门上是四个字?""双清在哪里?"

"在院内。"姑娘在院内墙上发现了"双清"两字。

"这香山之上，乾隆留下的文字墨宝多了，写下了这两字，不足为奇。"

"应该是这样。"

姑娘进门以后，欢喜叫道："好一池碧水，还有迎风招展的杨柳，精致的六角凉亭，很静很美。"

远方也有同感："这里很是清幽雅静，这里呀，原是静宜园二十八景之一的栖云楼，一九二〇年，曾出任过袁世凯政府国务总理的熊希龄在香山建'香山慈幼院'，将此处辟为私人宅邸。"

姑娘也开始了她的想象和议论："双清别墅真正有名，恐怕不是熊希龄先生把它辟为私人别墅，而是毛主席他老人家解放前夕进驻双清别墅，并在这里完成了具有划时代意义的事情。"

"完全正确！"远方接口道，"一九四九年三月至八月，中共中央迁往北平，进驻香山，毛主席暂住双清别墅，在毛主席进驻的这六个多月里，可办了不少大事。"

"他老人家在此成功地指挥了渡江战役和国共谈判。"

"频繁会见各界爱国人士，开始筹备第一次全国政治协商会议。"

"开始筹建伟大的中华人民共和国。"

两个来到了毛主席住的一排平房，"这可能就是老人家当年住过的地方。"

入门的正厅是会客厅，应该是当年毛泽东、朱德、周恩来、刘少奇、任弼时开会的地方，墙上面的地图已经灰暗不清了。

从毛泽东住处出来，"这地方私人住是好地方，但作为大国首脑的办公场所，未免太小了。"

姑娘笑道："你要多大？"

"要海那么大。"

"海那么大？为什么？"

"不要海那么大，为啥后来毛主席搬进中南海去办公呀！"

"又贫！"

"开个玩笑，毛主席在这里写了著名的《南京政府向何处去》《丢掉幻想，准备斗争》《论人民民主专政》等著名历史文献。更写了《七律·中国人民解放军占领南京》的著名诗篇。"远方是位校园诗人，他清清嗓子，放声朗诵起来：

钟山风雨起苍黄，
百万雄师过大江。
虎踞龙盘今胜昔，
天翻地覆慨而慷。
宜将剩勇追穷寇，
不可沽名学霸王。
天若有情天亦老，
人间正道是沧桑。

姑娘也来了兴致："还有一首《七律·和柳亚子先生》。"

饮茶粤海未能忘，
索句渝州叶正黄。
三十一年还旧国，
落花时节读华章。
牢骚太盛防肠断，
风物长宜放眼量。
莫道昆明池水浅，
观鱼胜过富春江。

远方十分高兴："哈哈，我们俩都成导游了。"

"再跟你两天，我也会成为香山通的。"

"我记得的，大多是书上写的，好多地方，还没实际去看呢！"

"是，这香山历史、文化、建筑、宗教内涵太丰富了。"

远方说："咱们坐一会儿，过一会儿就是出东门的路了，剩下的没几个大景点。"

"好。"姑娘刚要坐下，一个叫声从不远处传来，"梦玲——梦玲。"

姑娘迎了上去："长云，怎么会是你？"

"老同学，知道你来北京了，因为要陪外国人，刚从上海回来，一直没时间去看你。"

姑娘回头歉意地对远方说："我大学同学，我去说说话。"

远方点头称好，远方这才清晰地听道，也清楚地意识到与自己旅游一天的美丽姑娘叫"孟玲"。

"看来，不用问了，知道姑娘的姓名了。"

叫"孟玲"的姑娘与孟玲叫"长云"的姑娘走到拐弯处，走到了远方看不到的地方。

长云说："为啥不介绍一下，你男朋友？挺帅的。"

"胡说。上山刚认识的，他不知道我姓名，我也不知道他叫啥，搭帮上山，他是业余导游。"

"啊——你连姓啥名谁都不知道，两个人多长时间了？"

"一天。"

"天方夜谭，你不问他，他也不问你。"

"他是局长的未来女婿，被女朋友考验下来的。我呢，开始找他临时照个相，后来发现人很真诚，很正派，就相约一块上山了。"

"那也得问过姓名呀。"

"长云，你过得不错，和男朋友怎么样？"

"还那样，挺好的，但我们俩一样，他出差回来，我又走了，我回来，他又在飞机上。"

"只要相爱，怎么都好。"

"爱，还是有的，但将来怎么样，我也不知道。"

"充满信心！"

"我是充满信心，你呢，那个公子哥不是来过学校两趟，长得蛮清秀的，怎么会是那样的人？"

"不清楚，不想提他，也不会与他有瓜葛。"

"那你将来怎么办？"

"如果他再来纠缠，我就到深山里去。"

"去深山？干什么？"

"当老师。"

"梦玲，不要草率决定，我听说老家的许多山区还穷着呢。"

"只要远离他，再穷也不怕。"

"坚强点，谁叫你长这么漂亮，可不能红颜薄命。"

"你才红颜薄命呢。"

"对不起。"

两人谈兴正浓，突然不远处传来红鼻子、白皮肤的外国人生硬的中文："长——云，Let's go。"

"梦玲，我该走了，外国佬叫我呢，日程有严格时间安排，晚上不走去我那里，咱们彻夜长谈。"

"好，你多保重。"

"你多保重。"

两人眼角都红了，紧紧拥抱在一起。

借着梦玲姑娘与同学说话的机会，远方放下行李休息了一会儿，因为后肩还隐隐作痛，屁股还痛得比较厉害。梦玲来到后说："咱们走吧。"

远方迅速从地上跳起来："走！"

姑娘说："不好意思，耽搁时间了。"

远方说："没有，还剩两个多小时，估计还能看一两个景点，你看，东门已经可以看见了。"

姑娘把自己的小包和风衣拿在手上："这一天你太累了，给我背这么多东西，还给我做这么多讲解。更重要的是，还因为我受了伤，真不知怎么谢你。"

"女同志，我说了，咱们不用客气。我感到我们虽然只有一天的相处时间，但好像是老朋友一样。"

"对对！我们就像老朋友，我什么话都想跟你说，什么事都愿跟你说，你，你是个大好人。"

"我，大好人，对，我是好人。"

"刚才，是我大学同学。"

"你在北京上大学？"

"不，我在上海上大学，这同学家是北京的，毕业后分回来了。"

"你同学挺精干的。"

"是，她在国家对外贸易部工作，既是公司的职员，也是英语翻译，她英语水平特别好。"

"你英语也很好吧？"

"还可以。"

"我英语不行，所有功课里，就英语最差，毕业时考了个八十九分，其余所有的都在九十分以上，可能是初中高中没学英语的缘故。"

"你高中没上过英语？"

"我们深山区，哪里去找英语老师呀！"

"没有英语基础，能考八十九分也很不错呀。"

"同学们都找捷径，我不愿意，死记硬背，背得天昏地暗的，口语居然得了满分，但卷子考试，成绩不好。"

"可惜……"

"可惜什么？"

姑娘摇摇头。

远方笑笑说："是不是可惜我们不在一个学校，要在一个学校你会教我？"

姑娘笑了，脸红了："你真聪明。"

"我以后还会认真补习的，一定要把英语学熟练，现在祖国改革开放了，以后肯定能用得上。"

"相信你能学得好。"

"那是当然。刚才看到了双清别墅，知道了解放前毛主席在双清别墅的事情，我再考问你个问题，你知道香山历史以来有哪些著名人物？"

"毛主席是一位，那乾隆皇帝自然是，乾隆皇帝的爷爷康熙皇帝也算一个，其他的我就不知道了。"

"你说得不错，上述三位是，而且是伟人，还有很多比较重要的人物，不能不说。"

"你说说。"

"有北辽开国皇帝耶律淳，金章宗完颜璟，书法大家赵孟頫，元散曲名家张养浩，明代'吴中四才子'之一的文徵明，明朝嘉靖、万历皇帝，明朝的大文人王世贞、李梦阳。清朝除康熙、乾隆外，还有嘉庆、道光，大臣王士祯、陈廷敬，以及六世班禅，还有一个非常有名的人物，曹雪芹。"

"《红楼梦》作者曹雪芹？"

"正是此人。据记载和有关传说，曹雪芹于雍正六年（1728）跟随家人由南京返回京城，大约在雍正末、乾隆初年，曹雪芹一家搬到了北京香山正白旗居住，曹雪芹在这里生活著述了二十余年，一直到他离开这个世界。曹雪芹及其代表作《红楼梦》，不仅作为华夏文明最重要的文学符号扬名世界，而且以其不凡的家世背景，传奇的人生经历，出众的才华和独特的个性，给香山，给香山周围的百姓留下了极其深刻的印象。"

"评价这么高？"

"其实在香山，比曹雪芹作品《红楼梦》有更大影响的不是作品，而是有关曹雪芹的传说，书上把它归纳为曹雪芹的西山传说。"

"我是学中文的，有关《红楼梦》作品说法有很多种，但有关曹雪芹的西山传说，知之甚少。"

"那是因为你很少来香山，来多了，深入群众采访你就知道了。正巧，我读过这方面的书。"

"你说说，所谓的西山传说主要有哪些内容？"

"应该说，这些传说，不仅记载了曹雪芹的一生真实的人生经历，更重要的是，有关曹雪芹西山传说在传承流转的过程中，加进了传说者们的理想、寄托、是非观和善恶观。这些传说，大致上有五六个方面，有反映曹雪芹生平的；有反映曹雪创作的；有反映曹雪芹行侠仗义的；有表现曹雪芹多才多艺的；有解说曹雪芹西山居所的；还有反映曹雪芹死后的四十回如何缺失的。"

"哇，真是很多。"

"时间不早了，我不一一介绍了，你看，静翠湖到了，多么美丽的湖，来，大美女，我给你照相，留下个倩影。"

静翠湖很静，很美，说是湖，其实是一个较大的池子，一池春水，随风荡漾，水边长着几簇水葫芦和几株绿草，把静翠湖点缀得更加翠丽，几对鸳鸯在湖水里轻轻戏水，湖水向岸边涌起一道道美丽的波纹。湖边的凉亭，几位老人在打拳，还有几位在闲谈，几对年轻人相拥而坐，或照相，或亲昵，或谈笑，东边的几株杨柳，幽幽长长，随风舞起，飘洒飞扬，杨柳枝星星点点掠过水面，又飘在行人的身上。

姑娘照完相，坐在湖边的木椅上："这里真美，真不想走了。"

为姑娘收拾相机的远方，听见了姑娘的自言自语，没有说话，只是认真地抬头看了姑娘一眼。

"男同志，如果把你留在香山，你愿意吗？你要留，我也留在这里。"

"留香山？"远方知道姑娘在开玩笑，"可以呀，你留香山，可以做形象大使，因为你漂亮。我留下干什么呢，我只能当搬运工。"

远方低头一边说话，一边为姑娘收拾东西，因为公园大门转眼就要到了，自己与江局长一家约定的时间也要到了，要尽快把姑娘的衣服、行李包、相机、水杯一并收拾好，统一放在姑娘的行李包里，出公园分手时一并交给她，免得到时候搞得手忙脚乱的。

正忙着的远方，耳朵里传进来一阵"唏唏嘘嘘"，好像是哭声。远方顺声望去，是姑娘在抽泣，在低头哭。

"你看你，怎么，怎么又哭了？"

姑娘怎么不泪水涟涟，怎能不悲从心来，这一天在香山是短暂的，又是幸福的，一个素不相识的人，不仅给了她无私的帮助，而且给了她巨大的鼓励，这是一个多么高大无私、完美善良的男人呀，自己多想再与这个男人多待一些时间，多了解他一些呀。然而几分钟后，这个男人就要离开，就要远去，就可能永远也见不到了。而自己呢，回转家乡的自己，前途在哪？家在哪，归属在哪，我自己的心，该放在哪里呀，爱自己疼自己的慈母已经撒手人寰，远离了自己。还有那位书记的公子，过去的儿时伙伴，还会不会死死地纠缠自己，会不会把他的丑恶行径施放在自己身上，我怎么能摆脱那个坏人的骚扰。自己出来前，那个坏小子曾经暗示过，如果不从，他可以使强，反正他已经糟蹋了不少女孩子。还有工作，教育局的副局长向她明白地表过态，如果不顺从书记的儿子，教育局可能会调整她的工作。而教育局的一把手，也对她作过这方面的暗示，我该怎么办，我一个弱女子，如何去面对这复杂的局面，如何去对付这么多事。想到这些，姑娘不觉悲从心起，啼哭不止。

远方在姑娘身边坐下来，没有言语，没有动作，过了两分钟以后，远方开始说话了："女同志，你同学叫你孟玲，那，孟玲同志，我理解你的心境，体会你的难处，知道你回去以后会面临很多困难的局面。但是，车到山前必有路，你是一个好姑娘，你是改革开放时代的大学生，你是时代骄子，总会都过去的，我相信好人有好报，所谓道路是曲折的，前途是光明的，主要是对好人而说的。我认为，你要相信你父亲，尽管你父亲可能对不起你母亲，但你说过他是爱你的，在你与那个坏小子的关系问题上，我相信你父亲一定会站在你一边的。另外，那个坏小子不是市委书记的儿子吗？真不行，直接找他父亲，作为共产党的市委书记、高级干部，不能连起码的为人操守也没有吧，爱情不是拉郎配，婚姻不能勉强，只要你坚持住，你一定会找到真正爱情。你这么优秀，这么美丽，好小伙会争着抢着找你的。"

姑娘在远方的劝说下，终于抬起头来，抬起头来的姑娘，让远方看了心痛，美丽的大眼睛哭红，白净的脸洒满泪珠，大眼睛里充满着忧伤和悲戚，美丽的脸蛋被泪水涂抹，不忍观看。姑娘急切地对远方说："你相信我，会有好结果。"

"绝对相信。我认为爱情绝不能勉强，不能凑合，更不能强制。"

"如果你的局长硬压给你一个婚姻，一个漂亮姑娘，你怎么办？"

"绝不屈服，我要等我爱的人出现。"

"你爱的人……"姑娘在喃喃自语。

远方看看表，时间到了，就背起姑娘的行李包："走，放心吧，有我呢。"

"有你？"

"有我给你撑腰打气，你怕什么？"

"……"姑娘想说什么，但没说出来，跟着远方出了香山公园大门。

刚出公园大门，远方就看见江景天、何家慧夫妇，二人也看见了远方，何家慧抬手招呼："远方，远方，在这里呢！"

远方来到了江景天身边，姑娘也跟着到了江局长、何家慧身前，看见远方身后的姑娘，江景天、何家慧大吃一惊，因为这姑娘无论是长相，还是气质都不比自己的女儿差，何家慧心急，赶忙问："远方，这位姑娘是？"

"我朋友。"远方说着，弯下身把行李放下来，准备把行李递给姑娘。

"朋友，什么朋友？"

"何阿姨，女朋友，山上认识的。"

"女朋友？"

"阿姨，对方是位姑娘，当然是女朋友了。"

姑娘站在远方身边，默默地把远方递给她的行李背在身上，她想扭身走掉，但好像走不动，她想不看远方，但又忍不住，她扭头看了看远方，不知怎么着，泪水又夺眶而出，远方一看，忙对江景天、何家慧说："凤丽呢？"

"去跟导游结账了。"

"江局长，何阿姨，你们等一下，我跟这位姑娘说几句话。"

远方拉着姑娘来到一家商店前："你，怎么又哭了？"

"你这就走了？"

"我——"姑娘的哭声和言语也勾起了远方内心的某些情愫，他也感到鼻子发酸。

"你……我……"姑娘想说什么还是没说出来。

"我，你……"远方一时也不知说什么好，因为姑娘的哭，姑娘的表情，姑娘的支支吾吾也把自己对姑娘的留恋和感觉全部挑起来了。此时的他，突然感到："怎么就这样走了，走了以后怎么能再相见，走了以后再怎么可能碰到这样美好的人。但不走，又能做什么，为什么不能做点什么，可做什么……"

远方抬头，看见这是一家卖香山红叶的商店，千姿百态、各式各样的香山红叶，被展示得万紫千红，"先生，小姐，买枫叶吗？"

"买！"远方拉着姑娘走进了商店，他突然想起，要为姑娘买一些香山的红叶，作为纪念。两人一走进商店，商店服务员就热情地介绍："我们店里的红叶，品种最全，花色最多，样式最美，价钱最低，有金装的，有压膜的，有成组的，有成袋的，有按四季划分的，有按颜色分类的……"

远方开始在挑选香山枫叶，一组是赞美香山四季的，红叶配上古诗词，另有一番风味，有描写感情的，亲情、爱情、友情。有……

姑娘突然问："服务员，有纸有笔吗？"

"有！"

姑娘离开远方，走进里间，拿起笔和纸，不知写下了什么："服务员，这几张我要了，你把我写的这个东西，一块压膜压在枫叶里面。"

远方和姑娘都买好自己中意的枫叶饰品，远方把几组描写四季"三情"和香山风景的香山红叶送给了姑娘："送给你，看见它，就看见了我。"

姑娘眼圈仍然红着，泪水在眼眶里转悠："这几张我送给你的香山红枫，你不能送人，不能丢弃，不能毁，你务必天天看，那是我的……我的心。"

姑娘轻如蚊叫的话语重重敲打着远方的心扉，远方似乎看透了姑娘的心思，但似乎又不能用语言表达出来。姑娘想要说什么，远方似乎知道，但又似乎不知道。"应该问一问，讨个明确的说法。"

"远方，远方！"江凤丽急切而快速的喊叫声很快飘进了商店，原来，江凤丽刚从导游处回来，就听说远方被一位十分漂亮的姑娘拉进商店了，而且，何家慧告诉江凤丽："这姑娘不仅漂亮，而且与远方的关系也非同一般。"

在商店门口，江凤丽看见了姑娘，姑娘的绝色美丽和高雅气质也让江凤丽惊叹，本该对远方发作的她，突然改变了姿态，伸出手："你好，我叫江凤丽，和远方一块游香山的。"

"你好！"

"远方，咱们该走了，爸妈都等咱们呢。"

远方看了看姑娘，姑娘此时显得很平静："你走吧。"

远方变得不知所措："你——你放心。"

姑娘很坚定："我，放心！"

"走啊！"江凤丽还没等远方再说什么，拉着远方跑走了。

姑娘也跟着远方和江凤丽从商店走了出来，姑娘站在商店门口，看见远方被江凤丽拉走，顿时百感交集：这一天的经历如过电影一般，一幕幕闪过。三次偶然照相，一路认真讲解，许许多多细心的照料，舍身救己而受伤，苦口婆心劝自己。而对自己，这么漂亮的姑娘，在远方的眼里看不到一点邪念，只有一脸的真诚，只有满眼的善意，只有任劳任怨地付出，受伤了、疼痛了，不吱声、不叫苦、不叫痛，总是关心别人，体贴别人，照顾别人，不图表扬，不图回报，不图感恩，甚至连个姓名都不愿留。如果不是在大门口，江局长一家"袁方"长"袁方"短地叫着，自己还不知道这位让自己永生难忘的男人姓什么、叫什么，这样的男人，如同能遮风挡雨的大山，如同能顶天立地的巨树，如同能容纳万物的大海，哪里去遇，哪里去找，哪里去寻，自己梦想中的白马王子，自己理想中的俊朗大哥，自己千寻万唤寻找的如意郎君，不就在眼前？自己千回百转，千思万虑，千言万语没说出口，没说出来，不就明明白白吗？这就是自己理想的伴侣，自己倾心的爱人，还犹豫什么，担心什么，追上去，跟他说，向他表白……姑娘想到此，加快了步伐，然后放飞了脚步……

可远方和江局长一家已经钻进汽车，汽车已经启动，由慢加快，开走了。

"袁方，袁方，等等我，等……我。"

姑娘放开脚步，飞奔起来追赶飞速的汽车。

远方乘着的汽车越开越快。

汽车开了很久很久，坐在汽车副驾驶的江凤丽突然发话："远方，那姑娘，是你什么人呀？"

"朋友。"

"女朋友吧！"

"你也可以这样认为。"

"她叫什么名字？"

"名字，好像叫孟玲。"

"还女朋友，姓名都不知道。"

"不知道姓名，也一样是好朋友。"

"你是不是拿了她什么东西。"

"东西？没有呀！"

"那为什么她拼命地喊叫，追赶汽车。"

"她叫我？追赶汽车？"

"是。"驾驶员也说了话，"咱们刚开走，就看见跟你一块出来的姑娘拼命地喊叫着，拼命地追赶汽车。"

"你为什么不停？"

"我……"

江凤丽："我不让停。"

"你！"坐在后排中间的远方猛然站起，"砰——"头碰在了车顶篷上。

"你怎么能这样？"

"我问你了，你不欠她东西，她也没东西丢在你这里。追上你无非多说几句情话呗。再说，谁叫你自己不看见。"

"你，不可理喻。"

江景天发话了："远方呀，我们坐车后面，都没看见，你又是在后排中间更看不见了，你看看，现在都六点多了，你回去也找不到人了，你们不是朋友吗，以后联系一下，问问情况，看到底怎么回事。"

远方沉默了，只是听她同学叫她孟玲，这应该是她的姓名，就叫她孟玲吧。心里在深深地责怪自己，为什么不问问对方姓啥名谁，为什么不问问在什么地方上班，在哪里工作。孟玲在分别的时候，很多次欲言又止，自己为什么不鼓励她把话说出来，她说出来，无论是工作上的事，还是感情上的事，说出来一块商量，该多好呀！一路上都帮人家了，为什么分别时不能帮帮人家呢？即使是感情上的事，即使是与自己有关的说法，自己一个堂堂老爷们，为什么不能坦然面对呢，胆小、畏缩、犹豫，这是我姚远方吗！如果孟玲真的碰到了难以克服的困难，自己在而又不去帮助解决，那才是自己的毛病，自己的罪过。远方眼前又浮现孟玲布满泪珠的脸，忧郁的眼神和洒满泪水的双眼，"找到她，帮她解决问题。"远方暗自下定决心。

第四章

突然下放

　　远方讲完回忆完与梦玲在香山美丽的邂逅，心情十分惬意，就又把灯束对准野猪和狼，"怎么，你们还不动手，是不是被我的爱情故事感动了？是的，我自己就被我的故事感动了，梦玲是天底下最美最善良的姑娘，你们这帮兄弟应该为我高兴。哎，兄弟们，你们可要把我吃干净呀，因为我要遭遇不幸，林场院的同志也会找到梦玲的，如果只看到我的胳膊腿，那她多伤心呀，如果你们把我吃干净，大家找不到我，那梦玲还会存个念想，可那也不行呀，那就耽误梦玲一辈子了，唉……这可怎么办呀……不说了，既然你们还不动手，那我再给你们讲讲我的故事吧，我上灵山已经整整七年了，七年来我经历了多少事呀，只要你们不吃我，我就慢慢给你们讲……"

　　姚远方从北京回到了单位，一点也不轻松。

　　姚远方上班的第一天，就被局长江景天叫到了办公室。

　　"远方，你这次跟我们到北京出差，我和你

何阿姨对你很满意，你这孩子，吃苦耐劳、尊重长辈，我看了你的档案，你在学校成绩很优秀，很好，我和你何阿姨很喜欢你。"

"谢谢局长信任。"

"今天叫你来，没有其他事，就是表达我和你何阿姨的谢意，这一路多亏你照顾，我们很高兴。"

"不客气。"

"没什么事，你去工作吧，以后有什么事直接找我。"

"好的。"

远方走到门口的时候，"远方，"江景天又叫住了远方，"你这几天找凤丽，一块吃个饭，有些事沟通沟通。"

"我——"远方不知是答应还是不答应。

"约吧，凤丽对你没意见，她只是耍小孩子脾气，你不要跟她计较，她还是很认可你这位品学兼优的大学生的。"见远方面有难色，"远方，听我的，年轻人嘛，一块坐坐，互相取长补短，你多帮帮她，帮她改掉那坏脾气。"

"我能吗？"

"互相帮助吧！"

"那——好吧。"

从江局长办公室出来，远方一直在想，我为什么要约江凤丽吃饭，她在防疫站上班，我在林业局工作，哪跟哪挨不住呀。如果说刚一块去北京时，远方感到江凤丽有点耍大小姐脾气，有点霸道，但远方放开了想，反正我姚远方与你江凤丽又不在一个锅里吃饭，不在一个单位工作，你泼、你辣、你疯、你厉害，与我何干呢！但因为在香山认识"孟玲"以后，特别是司机看到"孟玲"拼命追自己，司机想停车，而江凤丽不让停车的事情发生以后，远方对江凤丽不仅是不与之为伍了，而且是有些厌恶。看到同是女孩子的"孟玲"哭着喊着拼命追赶汽车，你江凤丽为什么连点起码的同情心也没有，为什么不让停车？为什么不让自己弄清梦玲发生了什么？这样的女孩子，尽量不招惹为好。

因为江凤丽，远方不能不想起在香山邂逅相识的"孟玲"。想起"孟玲"，远方胸中油然涌起一股柔情，多么漂亮，多么善良，多么美好的女孩子，而恰恰这样的女孩子，又命运多舛，前途危难。她回去有那么多人生难题要面对，远方感到心胸都隐隐作痛，如果"孟玲"在自己身边，自己会不惜一切去帮她、助她、鼓励她、支持她。如果"孟玲"是江凤丽该多好哇，远方回来以后，经常心揣不安、经常追悔不己，经常拷问自己，很多次梦里惊醒的是，不知道"孟玲"拼命追赶自己，又哭又喊的，到底为什么。虽然和"孟玲"在香山只待了一天时间，但好像是找到了几辈子都想找到的好朋友，好知己。更重要的是，碰到了这么好的朋友，这样的女孩知己，为什么分别时，或者在山上时不问问对方的姓名和单位住址，就因为是萍水相逢，就因为以后要各奔东西，就因为怕徒添烦恼。现在既不知对方的真实姓名和单位住址，对方也不知自己的姓名和单位住址，不是更增加烦恼吗，特别是对方会不会又有什么困难，会不会又碰到新的难题，自己怎么能知道，不知道又如此牵挂，怎么不让人心烦。我姚远方从来都不是这种犹豫拖拉，拖泥带水的人呀，就因为人家是位倾城倾国的美女，就因为人家是位人见人爱的大姑娘吗，人呀，首先是好朋友，好知己，然后才能想其他呀！远方这才注意到，因为心里有一个"孟玲"，自从从香山回来以后，自己变得多愁善感，变得心事重重了。

　　生活还要继续。

　　姚远方白天上班，夜里学习，他准备参加国家刚刚恢复的研究生招生考试。这天，他在办公室处理好工作上的任务，翻开书本，想自学一会儿，突然，电话铃响起来了，"铃——"

　　远方拿起电话："你好，请问你找——"

　　"姚远，我是凤丽。"

　　"噢，你好。"

　　"吃饭的事早忘了吧。"

　　"啊，对不起。"

　　"别道歉了，我请你，山河酒店，你下班，出门左拐，走十分钟就到了。记住，二楼218房间。"

远方一脸苦笑，只好赴约。

远方进入包间的时候，江凤丽已经把菜点好了。

"江局长、何阿姨呢？"

"就我们俩，吃不了你请的，那就我请你。"

"我们两人，点这么多菜。"

"你是一堂堂大学生，时代骄子，我还不要好好巴结你。"

江凤丽笑靥如花，让座、倒茶、夹菜、说话、谈笑风生。

"谢谢，不敢当。"姚远方在江凤丽的美丽和辛辣的语言面前反应有些迟缓，多少有点不知所措。

"姚远——"

"对不起，我再次纠正一下，要么你叫我姚远方，要么你叫我远方，如果你再这么叫，我会不理你。"

"哟——"江凤丽立起身，依然是一脸堆笑，"对不起，小女子错了。但我也要声明一下，以后凡在众人面前，或者有其他人在的时候，我叫你远方，或者姚远方，但如果就我们两人，我可能记不住，还有可能叫姚远，因为——"江凤丽又回到座位上，很低很柔和地说道，"我习惯了这样叫"。

远方没有言语，不表示意见。

"你一个男子汉，堂堂八尺大男人，连这一点也不能让着我。"

远方这才感到，因为自己的名字与女孩子计较，有点不怎么豪气，他想到这里，用哭笑不得的腔调说道："行，行，你爱怎么叫就怎么叫。"

"这还差不多。"

两个人边吃边聊："姚远——远方，你感觉我爸妈对你怎么样？"

"挺好的，我很感谢。"

"你是大学生，又是高才生，分到我们这里的大学生很少，像你这样学习成绩全优的更少，爸妈把你当作宝似的。"

"我，山里人，愣头青一个，刚踏入社会，懂得太少。"

"没想到，挺谦虚的。那你为什么在北京不能帮我拿一个小包？"

面对江凤丽的问话，远方没有回答，也不知怎么回答，只是生涩地笑笑，继续吃东西。

"远方，你回答我，为什么不能帮我拿一个小包，那包沉吗？重吗？你拿不动吗？当着爸妈的面，那么不给我面子。"

远方没有回答，继续吃饭。

"远方，请回答我。"

远方放下手中的筷子，停止了吃东西："必须回答吗？"

"必须回答，为什么在爸妈面前伤我自尊。"

"好，回答你，当时，我已经拿了上山必须拿的水果、干粮、水、医用药品，已经一大包了，对不对？"

"嗯。"

"又要拿上你爸的小公文包，还有你妈的小包，我呢，还要拿上我自己的东西，这些东西加起来，是不是已经够多了。"

"嗯。"

"这个时候，你把你的包也扔了过来，是的，的确我也可以把你的包往大包里一塞，我也扛得动，但是，在我们要上山的人中，是不是除了你父母以外，就你我年轻？"

"嗯。"

"既然这样，既然我们年轻，你拿一点东西，就你那么个小包能有多重。再说了，你那么漂亮的包包，塞进大包里，挤压坏了，合算吗？"

"但我在爸妈面前没面子，在你面前……"

"在我面前怎么啦？"

"说话不算数。"

"哎哟，我的大小姐，你在我面前说话还不算数，这次上北京，一路上，你让我干的事还少吗，你说除此之外，还有什么你让我干的活我没干。我想了，我个大小伙子，正年轻力壮，多干点活有什么呀！就这一次，我没帮你拿包，我没想到你的面子问题，你在你爸妈面前还那么讲面子吗？再说了，我已经拿了那么多，那么沉的东西，作为年轻人，你为我分担一点，不也显示出你姿态高，风格高吗？"

"反正，你不帮我拿包，我接受不了，反正，是你不对，不对！"

远方不回答。

"远方，你只要说一声这次是你不对，这事就算过了，我再也不会计较，我们还是好朋友，我爸妈会对你更好，我也依然会对你……"

远方开始一脸的严肃，一脸的庄重，但他没正面回答江凤丽的问话。

"远方，求你了，就说一句。"

"远方。"

"别说了。"姚远方站起来，义正辞严地说，"江凤丽同志，感谢你请我吃饭，也感谢你爸妈对我的关照。关于上香山拿包包这件事，本来是件小事，不说不记也就过去了，我甚至已经忘了。你要你的大小姐脾气，那是你的事，我不会说三道四，但你一定要我在这个事情上表明态度，并向你认错，对不起，我告诉你，我没错，所以你要求我说的话，我说不出，我做不到，可能让你失望了，我希望你也把这事忘了，你有你的工作，你的生活，你没有必要就这么件小事分个高低上下，或者你是我非。以后，我们如果碰到一起，能帮你干的事我还会干，不能帮你办的事，我也不会干，所以，对不起，我告辞了。"

远方走了，江凤丽先是大哭一场，然后掀翻桌子上的饭菜，也扬长而去。

江凤丽回家后，可真是大要了一次大小姐脾气，先是与父亲江景天吵，接着与母亲何家慧吵，吵得天昏地暗。江凤丽大小姐还摔了花瓶，砸了台灯，江凤丽边哭边喊，边喊边摔，边哭边砸，把好好一个家弄得乱七八糟，乌烟瘴气。等江凤丽哭累了、喊烦了、砸不动了、摔不动的时候，江景天、何家慧才把江凤丽弄到客厅里，"凤丽，你想翻天了是不是，你不把家砸烂你不高兴是不是，你爸你妈与你有仇是不是，我们白把你养大是不是？你信不信，我可以一巴掌扇死你，别以为我不会动手……"

"他爸!"何家慧制止了江景天的发泄,"你不要发作了,女儿已经怒气冲天了,你还火上浇油,让我来跟凤丽说。"

"凤丽,你晚上没回来吃饭,回来就发脾气?你老老实实告诉我,你是不是和远方见面了,吃饭了?"

江凤丽停止了哭泣。何家慧知道说到点子上了。

"远方你们之间怎么啦?发生什么了?"

江凤丽低着头,不说话。

"你们吵架了?"

江凤丽依然低头不语。

"老江,你去把姚远方叫来。"

这句话起作用了,江凤丽尽管霸道、任性,但她知道,如果把姚远方找来,理不一定在她这里。而她的父母又是讲道理的,尤其是她母亲,如果姚远方来了,不仅今天的发疯要受到惩罚,而且将来,她在姚远方面前更没有占理的地方。她要报复一下姚远方,她要治一下姚远方,她要姚远方受折磨,遭受点痛苦。想到这里,江凤丽突然从沙发上弹起来:"你们相中的这个姚远方,不是什么好东西,人前一套,人后一套,人面兽心,狼心狗肺,坏蛋,人渣,王八蛋。"

"好啦,他怎么你了?"何家慧对女儿的这一套司空见惯。

"他气我!恨我,骂我,打我,还,还……欺负我……"说完这些,江凤丽放声哭了起来。

"啊?!"江景天夫妇一齐张口结舌"会这样吗?"

"妈的!"江景天首先发作,"这还得了,狗东西,胆大包天,欺负到我的女儿头上了,明天看我怎么收拾他。"

"老江,"何家慧把江景天拉进卧室,"老江,女儿的话你能信?"

"这种事,凤丽能胡说吗?"

"老江,我提醒你,你冷静对待,姚远方是个什么样的孩子,咱们应该清楚。你女儿是个什么样的孩子,你也应该清楚,千万不要胡来,你先弄清情况再说,找远方谈谈,耐心谈,不要发脾气,千万记住。"

江景天依然是气呼呼、浑身发抖："我……我饶不了他。"

第二天一上班，何家慧就把电话打到了姚远方办公室，详细询问了远方与凤丽一块吃饭的情况，远方把具体情况向何家慧介绍了一遍，"何阿姨，我们分手时凤丽没说什么，我虽然没答应她那点小要求，但她不至于怎么地吧。阿姨，我向您道歉，尽管我认为凤丽要我认错是不对的，但我也不应该气呼呼离席而去。我认为凤丽本质不错，就是太任性了，所以我认为应该扭一扭，治一治，因此我没认错，其实也不是什么大原则问题，只是一个小原则问题，我没认错。怎么？何阿姨，伤着凤丽了？如果是这样，我向她道歉。另外，凤丽的身上这个小缺点，还真应该改一改，要不，以后生活中会碰钉子的，你说对吗，何阿姨。"

何家慧"嗯""啊"地应付着"远方，你说得对"，尽管何家慧是个特别通情达理的人，尽管她特别相信远方说的话，尽管她知道女儿的毛病，尽管她认为远方说得很有道理，但在感情上还是不舒服。因为自己的女儿自己说呀、骂呀哪怕是打呀，都可以，但让其他人说，心里总是不情愿，但是，因为姚远方是她和江景天认定为女婿的人，因为何家慧认定远方的人才人品，所以，虽然听姚远方说到江凤丽，但情感上还是让何家慧不舒服，不得劲，然而何家慧毕竟是何家慧，她是见过世面，知道轻重大小，是非分明的人，她很快恢复了情绪："远方呀，你说得对。你看这样好不好，我们一齐来帮助凤丽，我和你江叔叔，专门找凤丽谈，对她提出批评，提出要求。你呢，也找她谈，劝劝她，让她改正缺点。当然喽，她的小的不违反原则的小毛病你也就不要计较了，毕竟你是堂堂男子汉，要有担当，有承让。远方呀，你是知道的，我和你江叔叔是欣赏你，支持你，甚至是喜欢你的，我们对你寄予厚望，所以，我希望，咱们娘俩共同帮助凤丽改正缺点，纠正毛病，你看这样好吗？"

"好！"

何家慧想把这一情况向江景天通报一下，正要抓电话，传来了敲门声。

"请进！"

"何局长，局党组会正等你呢！"

"哟，只顾说，忘时间了。"

姚远方刚放下电话，就被局长江景天请到了他的办公室。

远方进江景天办公室的时候，江景开并没有在椅子上坐着，而是手拿一个小喷壶，在为房内的几盆花草浇水。远方进到办公室站定，江景天就说了一个字："坐！"

远方没有多想，就在专门为来访者安置的椅子上坐下。

江景天在远方坐下以后，没有说明，而是继续为他房间的花草浇水，一盆、一盆、又一盆，五六盆花花草草浇完了，也没见江景天发话，这种沉默，加上房间只留下的微弱的浇水声，气氛有点凝滞，远方没有多想就问了一句："江局长，您有什么指示？"

江景天依然没有说话，又过了十几秒钟，江景天突然发话："小姚，对，姚远方同志，我，我们家对你怎么样？"

"很好，您和何阿姨对我很关心。"

"我们关心你？是很关心你！你还知道？"

"当然知道。"

"姚远方，我告诉你，我和你何阿姨把你当作自己的孩子一样对待，我们想，你家在深山区，离这里又远，你一个人在这里无依无靠，我，尤其是你何阿姨，对你，比对凤丽都好，我们把你当作一家人看，可你呢，你……"

"江局长，我是个知恩图报，明白事理的人，您和何阿姨对我好，我知道，我感动，只是现在无以回报，但我会铭刻在心。"

"算了吧。"江景天已经放下浇水壶，转到办公桌前，猛地一拍桌子，"你知恩图报？你恩将仇报还差不多！"

姚远方一惊："我？恩将仇报？"

"你告诉我，你对凤丽怎么了？"

"凤丽？对她怎么了？我对她没怎么！"

"男子汉，要敢作敢当。"

"好，敢作敢当！我是批评她了，我让她不要耍大小姐脾气，我要她不要蛮横无理，我要她不要无理取闹。"远方也来了横劲，对江局长寸步不让。

"混——凤丽是我的女儿，她好她坏，她骄横她无理，轮得上你批评你管教吗？"

"江局长，不是你让我与江凤丽互相帮助，让我帮助她改改大小姐脾气吗？"

"混蛋，这些都是无所谓，我问你，你对凤丽干什么了，你为什么欺负她，我女儿长这么大，还没人敢欺负她。"

"欺负她？她说我欺负她？"

"凤丽是有大小姐脾气，但你欺负她是绝对不能允许的，是要付出代价的。"

"江局长，我姚远方是什么人你应该清楚。是的，昨天江凤丽请我吃饭，本来两人说得好好的，她一定要我为在香山没帮她拿包向她认错、道歉，对不起，这一点我没同意，用你的话，这叫帮助她。我认为帮助江凤丽同志改掉大小姐脾气，对你们家，尤其是对江凤丽同志是有益处的，特别是对她将来的生活，肯定是大有帮助的。如果说这就是欺负，那我承认，我认为这样的欺负能对她有好处！"

"混蛋理论，你欺负她，还对她有好处，你这是强盗逻辑。你必须作出交代，你必须认错，你必须向我，向你江阿姨，尤其向凤丽道歉。"

"我没错我道什么歉。"

"你没错？你没错凤丽会说你欺负她了。"

听到这里，远方笑了："江局长，您女儿的这话你也能信？"

"我为什么不信？难道凤丽她受你欺负的事也能瞎编？你老实交代，你怎么欺负她的。"

"怎么欺负她，我已经说过，如果说真有欺负的话，那就是我批评了她，帮助她？"

"这么说，远方同志，你是既不承认做错事，也不愿就此事道歉？"

"是的，江局长，我不会认错，因为我没有错，也不会道歉，因为我没有欺负过江凤丽同志。倒是提醒您江局长，凤丽如果真这样无中生有，黑白颠倒，那才真应该认真管教，那可不是一般的大小姐脾气和个性问题，而是品质问题。"

"住口，不需要你教育我们，我们的女儿我们知道。我再给你说一遍，我们一家包括凤丽都对你很好，对你寄予希望，你不买账可以，但不能恩将仇报。对待凤丽这件事，你必须有一个真诚的实在的交代，你必须承认错误，你必须向凤丽道歉。做不做，是你的事，我不与你谈了，你回去写一份检查，我和何阿姨不会说什么，只要凤丽点头，原谅你，这件事就此作罢，否则，我们饶不了你。你去吧，我还要开会。"

远方只好起身，离别，在走近门口时突然冒了句："我没有错怎么道歉？！"

"混蛋！"正是这句话彻底激恼了江景天，本来，他知道姚远方是个理性的青年，是个有才干的大学生，对自己的女儿江凤丽做出出格的事，他不会相信，但你一个山村里出来的愣小子，动不动就批评教育自己的女儿，甚至对我这个局长讲道理，听起来太让人不舒服了。况且女儿回家闹得那么厉害，又哭得那么伤心，女儿又长得那么漂亮，远方正值青春年少，看见女儿美貌，突起邪念，偶起贪欲，揩女儿油，占女儿小便宜也不是不可能的事。尤其让江景天不能容忍的是姚远方的态度，一副大义正气，真理在握的架势，一副得理不让人的姿态，即使是凤丽错了，你姚远方堂堂一个男子汉，让一让女孩子，你表示点绅士风度，你向凤丽赔个礼、认个错，又有什么，这违反党纪国法吗？这背离组织原则，这违背做人道义吗？看来，根本上就是你姚远方看不上江凤丽，看不上江凤丽，就是看不上我江景天一家，就是看不上江景天局长，看不上我们一家的人，我还看重你什么！江景天在办公室越想越气，越气越恼，他迅速抓起电话："人事科吗？叫钟科长接电话。"

"江局长好，请你指示！"

"钟科长，下放锻炼的名单不是已经定了吗？这样，你再加上一个，局办公室的姚远方！"

"局长，可名单已够了呀？"

"多一个不多。"

"局党组还开会吗？"

"我会跟局党组织成员挨个交换意见，会就不开了，你们行个文，我批了之后，挨个局长转圈就行了。"

"好，执行局长的决定。"

江景天放下电话，正自言自语地说："不把我江景天一家放在眼里，你会有好结果！"

"铃——"电话响了

"老江，是我！"何家慧打来电话。

"家慧，有事啊？"

"你还没与远方谈吧？"

"已处理过了，臭小子，先下放到林场锻炼再说。"

"你糊涂！我已问过远方了，根本不是远方的事，是你女儿的事，你别冤枉了远方，那是个好孩子。"

"好孩子？没办法，已经决定了，年轻人，下基层磨炼磨炼也不是坏事，是金子总会发光的。再说了，孩子再好，人家不喜欢凤丽也是白搭，就这样吧。这里是林业局，家里的事你当家，可在林业局，我当家。"

"唉，你这样可能害不了远方，却害了咱闺女了。"

"胡说！"

第五章

拒绝示爱

　　远方不是个多愁善感的人，自从林业局通知他下林场锻炼以后，他想也没有多想，没想到这种下放锻炼在有些单位，实际上是一种贬放，更没有想到是因为他顶撞了江局长，被江局长一怒之下打压、临时加指标下放下来的。姚远方认真地在做下林场的一切准备工作，远方首先到局资料室查找资料，又走访主管林场工作的林场科，他要把灵山林场的底数摸清楚，经过三天的调查询问和翻阅资料，对灵山林场的基本情况有了大致了解。灵山林场是市属国营林场，面积两千平方公里，林木储存量三百万立方，资产价值二十亿元，林场固定资产就是一百二十间房子，林场账上资金九万八千元。林场职工两百人，但据林场科的人说，现在只有八十几个人了。大多数人因为林场发不了工资，出去打工了。看到这些，远方不禁犯犹豫，让我下去到林场，到底有什么任务，于是，远方又走访了主管林场工作的副局长乔望山。

　　"乔局长，我去灵山的任务主要是什么？"

问起这个，乔局长笑了："小姚哇，原来下派干部没有你，其他下派同志的任务，局长办公室多次研究，很细致、很认真、很具体，很早就定下来了。但是，来，小姚，喝点水。"乔局长从座椅上站起来，很热情地为远方倒水，"小姚，你是江局长要来的。你来局里不久，但表现很好，大家都很满意，这次又是江局长要你下去锻炼，我问过江局长，他没表示什么。我想，我只能从下派干部的基本任务职责谈你的任务，你们下去，就是学习、调研、锻炼提高，锻炼提高为主，参与管理为辅。然而，灵山林场的情况又十分特殊，灵山林场几位副场长都调走了，还有两名后备干部因为发不了工资，都去南方打工了，就剩一位老场长，老场长不仅到年底就该退休了，而且身体很不好，早就要求调回局里，老场长老伴身体也不好，天天到局里反映，要求把老场长调回来，局党组已经酝酿过了，准备把老场长调回来，所以，从这个情况看，你去灵山林场的任务，恐怕就与其他同志的任务不一样了。我从主管这项工作的角度，我认为，你去了以后，恐怕要把林场的工作挑起来！"

　　"啊？我？"

　　"对，我和人事科、林场科的同志议了一下，也对你在学校的表现进行了全面的分析，我们认为，你有很多有利条件。首先，你是灵山大山里长大的山里人，你喜欢大山，你爱大山。其次你是林业大学毕业的，你有丰富的林业知识，你有经营好林场的基本条件，其三，也是最重要的，你是共产党员，你是一个有责任心、有正义感，有智慧有能力的青年，相信你能把灵山林场的工作做好，做出色。"

　　"我能行？"

　　"你能行！"

　　结果，姚远方与乔局长商定，远方先去灵山，摸摸情况，拿出一个下步林场工作的方案，报局党组研究。

　　远方向乔局长告别的时候，乔局长亲自出来送姚远方，而且一直送下楼，送到了大门外。两人一路走，一路说，远方不停地说："乔局长，不用送，不用送。"

而乔局长总是笑眯眯地说："没事，你到我们林业局最大最远的林场工作，我一定要送。"

两个人来到大门外，握手道别时，乔局长紧紧抓住姚远方的手深情说："小姚，虽然你是改革开放后第一个分来的名牌大学毕业生，又是品学兼优的好青年，不仅江局长，而且我们局领导班子都很关心你，局里广大干部也看好你。真不想放你下去，但江局长决定让你下去，我突然醒悟，这是一个具有远见的大胆举动，如果你在灵山林场干好了，干成功了，区区一个林业局还在你话下吗？所以，你一定要在灵山干好、干成功，我们大家都看好你。我呢，过几年也要退休了，还剩这几年，我就是你的后勤部长，有事尽管找我。"

一席话说得姚远方热血沸腾，激动不已，姚远方赶忙表态："乔局长，你放心，我一定拼命努力。"

"小姚，临走也要提醒你，那里不好干呀，大部分骨干都走了，剩下的大部分是老弱病残，还天天找你要工资，要看病，子女要上学，困难很多呀。"

"我……我有思想准备。"

"好，大胆干，到时我去看你。"

"谢谢。"

远方把上山前的一切准备工作都做停当了，在他的单人宿舍打点行装，准备第二天大早就出发赴灵山林场，远方刚想躺下，因为明天要早起，他要早睡，突然听见了"咚咚"的敲门声。

远方打开门，惊讶一声："何阿姨，怎么是……"

"怎么会是我，对吧，你这小姚，说你是个没良心的不为过吧。你来林业局才半年多吧，我们一家对你怎么样？就这样不声不响地走了。好，就算凤丽她爸、凤丽得罪你了，可阿姨没有得罪你，阿姨一直喜欢你、欣赏你、看好你。"

一席话说得姚远方哑口无言，是啊，江局长一家，尽管江局长有些武断，尽管江凤丽有些骄横，但这位何阿姨真的很好，远方母亲去世得早，远方感到何阿姨就像母亲一样关心自己，从没有强加于自己，从没有以势欺人。呈现在姚远方眼前的形象，何家慧不是人事局副局长，不是领导，而是一位母亲，一位体贴人、关心人、理解人的母亲。想到这里，姚远方心头发热，真诚地说了一句："对不起，何阿姨。"

"行啊，咱娘俩也别客气了，让我们进去坐会儿吧！"

远方这才看见，不仅何家慧来了，何家慧身后还站着她的宝贝闺女江凤丽呢！远方忙着迎接客人："来了凤丽，快，请坐。"

"收拾得差不多了吧，什么时候走？"

"何阿姨，我都准备好了，明天一早就走。"

"这么快？我跟老江说了，不急着催你走。"

远方这才明白，为什么决定让自己下去锻炼，自己做了这么几天的准备工作，却没有一个人为自己规定时间，什么时间出发，什么时间到。"谢谢您，谢谢江局长。"

"远方呀，你不要生你江叔叔的气，让你下去也是给你更多锻炼的机会，也是给你一个施展才华的空间。我和乔局长也说了，你尽管去干，关系留在局里，工资也由局里发。"

"这样，行吗？"

"有什么不行，其他下派锻炼的人都是这样安排，你是下派锻炼，又不是下放调动。"

"谢谢何阿姨的关心，我在林场会好好干的。"

"好好干可以，但不要在那里扎根干。局里还等着你这个大学生干大事呢！"

"何阿姨，你看，我能干什么大事？"

"阿姨相信你，你一定能把事干好。"

"谢谢！"

"凤丽，过来，跟远方说几句话。"

一向骄横任性的江凤丽此时变得像小绵羊一样，柔顺、温和，她有点发怵地走到姚远方面前，像蚊子一样轻轻说了句："对不起。"

凤丽尽管说得轻、声音小，但在这小小房间里，远方还是听得清清楚楚，远方本来就是个心胸豁达的人，江凤丽的骄蛮虽然让他不舒服，但他从没记在心上，也没计较，人家是领导闺女，城市的姑娘，有点刁蛮不讲道理，似乎可以理解，最主要是跟自己没什么关系，反正自己找对象，绝不能找这样的人，远方想到这里，"我也做得不好，也对不起，凤丽，言语不到之处，请你原谅。"

远方的道歉，让江凤丽大出意外。在北京，他不是这样的，在饭店吃饭，他也不是这样的。今天的姚远方难道变了，今天的姚远方难道喜欢上自己了，难道——想到这里江凤丽流泪了，赶忙批评自己："是我不好，是我害了你，不是我任性，你也不会下乡去，对不起……"

"凤丽，我去林场跟你有什么关系，别把责任往你身上推，哪有的事。局里下去的又不是我一个，有四五个人呢，下派锻炼，这是一项制度，年轻干部都应该去的，说不定哪一天你们卫生局也派你下去锻炼呢，所以呀，别多想，局领导派我下去，我愿意，我高兴，趁着年轻，在基层多学习，多实践，一定对提高自己有利，对我们成长有利。你说是不是，何阿姨。"

听姚远方说话，受震惊的不是江凤丽，而是何家慧，她心潮难平：本来就是江景天一气之下，认为姚远方得罪了女儿江凤丽，冒犯了女儿江凤丽，认为姚远方顶撞了他这位林业局的一把手——江局长，才临时动议，以惩罚加报复的手法将姚远方添加在下派之列。林业局几乎无人不知，是姚远方惹恼了江局长，江局长发火了，才让姚远方下派锻炼的，林业局几乎没有人不认为姚远方一定会记恨江局长，一定会满腹怨气，而何家慧今天之所以来送姚远方，主要目的不是一定要让姚远方喜欢江凤丽，让远方成为江家的女婿，而是来探访一下，姚远方对江景天包括对江凤丽到底痛恨到什么程度。何家慧毕竟和江景天、江凤丽是一家人，她要缓解姚远方与江景天之间的矛盾和怨恨。但是何家慧明显感到自己错了，自己虽然看好姚远方这个青年人，但还是小看了他，这个青年人太令人不可思议了，也太纯真了，他居然从不认为这是打击，是贬放，是江局长收拾他的一种手段，而是心安理得地接受下派的安排，心安理得地认为下派是一种提高和锻炼，是成长和学习的好机会。"这孩子太好了！"

"何阿姨，你怎么啦？"

"噢，对，我……我想哪，远方，你说得很好，年轻人应该下去多锻炼、多实践，只有这样，才能提高自己、丰富自己，才能健康成长。"

"太好了，何阿姨和我想的一样？"

姚远方的话再一次击痛了何家慧，这个天真淳朴的年轻人的内心一定是一片蔚蓝纯净的天空，一定是一汪清澈透明的山泉："远方，好孩子，阿姨一直把你当作自己的孩子，因为我没有儿子，凤丽没有兄弟，所以，你放心，你不管在哪里，阿姨都不会忘了你，都会关心你、支持你。凤丽，咱们该走了。"

江凤丽幽幽地看着姚远方，好像她真的犯了什么错，她不知想起了什么，突然坚决地说："妈，你先走，我跟远方再说几句。"

"好，我在大门外等你。"

何家慧一走，江凤丽似乎又恢复了昔日的风采，美丽且任性。从对姚远方的感觉来讲，江凤丽是喜欢姚远方的，江凤丽眼很高，很多男人，包括很多领导干部的孩子，几乎没有她相中的，何家慧把姚远方的档案拿回来以后，半夜趁她父亲睡着的时候，她把档案前前后后翻了无数遍，最后停在了远方的照片上，这个年轻人一看就让她心动，可能是远方一米七八的身高，可能是远方全优的学习业绩，可能是远方助人为乐的品格，可能是远方英俊的外表，嘴角微翘，似笑非笑的脸，这些都吸引了她。特别是远方母亲早逝，父亲一人在大山里，家庭负担少，不担忧与婆婆过日子的烦扰，反正自己是女孩子，总要嫁人的，要嫁人总要嫁一个自己喜欢的，没有那么多花花肠子，自己又能控制着的人。从与远方接触以后，凤丽很满意，因为给凤丽留下的印象，远方不仅人长得英俊潇洒，而且心地善良，品质高尚。不仅聪明好学，而且乐于助人，性格真诚。不仅能力非凡，而且体贴人关心人。唯一让她不满的是远方过于认真、过于执拗的脾气。特别是在众人面前，在自己面前不给自己留面子、较真、不听话，江凤丽有一个计划，就是要改造姚远方，使远方成为自己能驾驭得住、又深爱自己的人。但是，远方又有许多自己不了解、不知道的事情。江凤丽认为她一定要尽快了解、尽快知道。姚远方的一切一切，她都要了解、知道、掌握、控制着。尽管何家慧已经看清了江凤丽的意图，不止一次地劝她："凤丽，不要企图掌控远方，远方需要的是平等交流、真情相处。"可凤丽不信，"我不信我弄不住你！"但从香山以后，江凤丽发现，她与姚远方越来越远，不仅控制不住，好像姚远方对她这位漂亮的局长千金似乎一点都不感兴趣，在香山治他，在饭店治他，在爸爸面前告他，都解决不了问题，而且，因为她在父亲江景天面前的一次诬告，却把事情推到了她更无法掌控的局面。姚远方被父亲下放到离这里一百多公里的深山丛林，派到了自己看不见，摸不着的灵山林场，这让江凤丽深深的后悔，也让江凤丽那么的不甘心，她不想失去自己反复筛选认可的女婿，不想失去一位品学兼优的好男人，她不想再在茫茫人海中去重新选择。这次来送远方，既是妈妈何家慧的意思，也是江凤丽的想法。刚进门，江凤丽的自我批评和道歉起到了很好的效果，由此她更喜欢远方的为人，远方是个心胸如天地的年轻人，别人一般都计较的事他不计较，别人认为是坏事的他却从好的方面去着眼，这样的男人哪里去找。所以，进房间后，一直是妈妈何家慧与远方在交流，在谈话。自己想说的，想表达的一直没机会说，所以，当何家慧提出告辞时，她毅然决然地留下，她要再作一次努力。

　　远方看见低头不语的江凤丽，不知怎么开口，因为是江凤丽主动留下的，远方不知她要说什么，一直耐心地等待，但江凤丽留下又一直不说话，倒把远方弄蒙了。远方这才认真回忆一下与江凤丽的交往，其实，江凤丽不是一个坏人，除了任性蛮横以外，作风、人品、素质还是很不错的，想想自己有时故意跟她过不去、不满足她的要求，是不是有点过了，于是，远方开口道："凤丽，过去呢我们交往，我有很多不对的地方，我呢一个大男人，为什么要跟你斤斤计较，有失男人风度嘛，对不起对不起呀，你不要介意，不要介意。好在我要下去了，离你远远的，你眼不见，心不烦嘛，你这么漂亮，你有美好的人生，到你办喜事的时候呀，说不定我把灵山林场改造成旅游风景区，到时候，欢迎你们去旅游。"

"别胡说八道，我们，我们是谁?"

"你这么漂亮的好姑娘，一定会找个好女婿，到时候你们一块来，你们在我口中不是'我们'吗?"

"越说越离谱了，我谁也不会嫁。"

"你要单身呀!"

"你真是个混——混头。"

"随你便，混蛋混头都一样，反正明早我就去大山了。"

"远方，我问你。"

"请问。"

"你可不可以尽快回来?"

"回来? 尽快? 怎么讲?"

"最长三个月，最短一个月，你马上回局里。"

"这怎么可能，我刚下去，工作还没接头呢，怎么能回来?"

"你只要开口，我去做工作。"

"怎么做工作?"

"我找我爸。"

"找你爸，找他干什么?"

"想办法把你弄回来!"

"回来? 我回来干什么，既然决定下去，不干出点成绩，怎么能回来，回来怎么拿脸见人。"

"你不愿回来?"

远方无语。

"你不回来，我……怎么办?"

"你挺好哇，我那么让你讨厌，还不是离你越远越好。"

"你……你对我不好。"

"凤丽，我承认我对你有时候是态度不好，那我也说实话，我看不惯你大小姐脾气，看不惯你蛮横不讲道理，看不惯你不尊重别人，但我对你个人不存在私怨。我反思过，我对你的态度的确有失当的地方，我为什么这样呢？这样不对，你有你的生活，我有我的生活，世界上看不惯的东西多着呢。现在不是推崇萨特的存在主义吗，存在的总是合理的，凡存在的东西，总有它存在的理由吧，所以呢，我向你致歉，你呢也不要介意。从明天开始我们就各奔东西了，如果你不计较，我们还是朋友。如果你认为我做得不好，从此你可以认为这个地球上没有我这个人。所以呢，请你消消火、去去气，不要与我计较，到明天，太阳又是一个崭新的太阳。生活又掀开她新的色彩。"

"你，你，我再问你。"

"请讲。"

"香山上那个漂亮女孩是谁？"

"她，我……一个朋友。"

"什么朋友。"

"……"

"是不是女朋友？"

"她是女孩，当然是女朋友。"

"你们是北京的同学？早就认识？"

"对，早认识，好同学，好朋友。"

"这么说，她是你女朋友？"

远方什么也不想说。

"是不是？"江凤丽突然又凶起来，昔日刁横的形象又显露出来。

远方大眼盯着江凤丽，他突然意识到江凤丽这么凶，这么厉害的目的是为了什么，为了减少麻烦避免纠缠，为了断绝这个不讲理姑娘的欲望，远方突然十分坚定地说："是我女朋友，我们已经好几年了。"

江凤丽"哇"地哭了起来："你，你，你就是个骗子。"说完，哭着跑走了。

江凤丽走了，远方本来想早睡，因为第二天要早起。但江凤丽母女俩的到来，勾起了他情感世界最敏感的部位——爱情。是啊，大学毕业了，参加工作了，爱情这个作业该开始做了。想想在大学期间许多男女同学之间的恩恩怨怨，许多男女同学在小树林里在银水河边，甚至在宿舍里卿卿我我，自己作为一个情感和生理正常的男人，能没触动，能不动心吗？也心动，也有感觉，包括对自己有好感的本班女同学、系学生会的女干部、大学生诗社里多情善感的女诗人以及邻校漂亮的女老乡，只要自己愿意，肯定能擦出火花来，也说不定能结出甜美的果实来，但自己学习过控制论，创业要会控制，做事要会控制，爱情大门什么时候叩开，也有个时间上的控制和机会的把握。远方给自己规定的时间就是大学毕业后，但刚毕业，就碰上这两位十分漂亮美丽的女人，一位是刚刚送走的江凤丽，一个就是在香山邂逅的"孟玲"。两个女人的共同点就是漂亮、聪明，但江凤丽霸道，"孟玲"和善，江凤丽热情似火，"孟玲"温柔贤淑，江凤丽英气逼人，"孟玲"春风化雨。江凤丽成熟烂漫，"孟玲"典雅艳丽。就外在而言，江凤丽如带露玫瑰，"孟玲"如极品牡丹。就内在气蕴来说，江凤丽如嫔妃，而"孟玲"则是皇后。说得通俗点，就形象而言，两个人各有千秋，不相上下，但就内在素质来讲，两人差别就大了。一个是大家闺秀，一个是市井俗人，自然，姚远方的感情天平往"孟玲"一边大大地倾斜了。可是让远方十分苦恼的是，"孟玲"到底姓啥名谁，到底家住何方，人居何地，她的家庭生活感情世界虽然在香山上知道了一些，但怎么深入的了解，进一步的交往，无从谈起，"就是想交往也没机会呀。"每每想到这里，姚远方就不停地自责、后悔，甚至骂自己，骂自己是个胆小鬼，是一个老世故，是个糊涂蛋。想到这里，远方极力地搜寻他在香山与"孟玲"邂逅的一言一行，一屏一幕，虽然把在香山的一天无数次回放电影，无数心动感叹，无数追悔莫及，但"孟玲"在香炉峰上黑发、红衣、白裤的靓丽形象，在静翠湖边伤心落泪的凄婉场景，以及拉自己进商场羞涩着急、欲言又止的画面，无不深深印刻在自己心头。远方突然想起临别时"孟玲"赠送给自己的香山红叶，他从小木箱里找出来，反复地翻，反复地看，好多都已烂熟于胸：李白的《客中作》：

> 兰陵美酒郁金香，
> 玉碗盛来琥珀光。
> 但使主人能醉客，
> 不知何处是他乡。

又背起了杜甫的《赠花卿》：

> 锦城丝管日纷纷，半入江风半入云。
> 此曲只应天上有，人间能得几回闻。

还背起了刘禹赐的《乌衣巷》：

> 朱雀桥边野草花，乌衣巷口夕阳斜。
> 旧时王谢堂前燕，飞入寻常百姓家。

远方把十首诗制作成的香山红叶反复翻看了多少遍，因为分别时，"孟玲"反复交代要仔细看这些诗，可自己看了、读了、背了，就是不知其中有何秘密，看得累了，就把红叶诗装好："带上山去，有空再看看。"

想起了"孟玲"，想起了就要去遥远的深山林场，想起以后恐怕更难见到更不易找到"孟玲"，远方心潮澎湃，激情难按，于是就伏案提笔，写下了一首藏头诗《相思》：

> 孟是嫦娥天上来，
> 玲珑艳丽放神彩。
> 在地如同月宫过，

哪见佳人入情怀。

　　想起了第二天又要奔向新的工作岗位，想起了灵山，那是家乡的山，虽然都是灵山，但自己老家在灵山的西侧，而自己要去的是灵山南麓，灵山林场离自己老家还有一百多里地，几乎是灵山市到灵山林场的距离，想到未来工作不知会怎么样，自己的前途不知怎么样，远方提笔又作诗一首：

　　　　即赴灵山心浩茫，
　　　　前途美景系林莽。
　　　　笑对苍天不负我，
　　　　志在穷山换新装。

第六章

初露锋芒

姚远方经过一天的行程，在下午五点的时候，赶到灵山林场场部，老场长三天前就接到了市林业局的电报，说来了位年轻的林场负责人。老场长热情地接待了姚远方。

"姚远方同志，你好，我是灵山林场场长，我叫魏进步，我这名字跟我人一样，我在林场三十年，二十年前当场长，二十年未进一步，名副其实，哈哈哈……"

老场长感染了远方，远方感到老场长是位直率人，也跟着大笑起来，老场长说："小姚同志，你看，咱这山里黑得早，今晚呀，也不带你上山转了，咱先为你接风，喝点山里吊的米酒，喝完你美美睡一觉，明天咱上山，咱也边遛山边给你说说场里的情况。"

"好！"

到了灵山林场，就如同到了家一样，远方感到惬意，感到踏实，甚至感到了安全，这不仅因为远方是山里人，对林场的一切感到亲切、妥帖，不仅因为远方的家就在灵山林场的西侧，虽然有点远，但远方能感到，自己的老父亲姚大壮就住在隔壁一样。还因为来到灵山林场，就如远离了城市的喧嚣，远离了机关明里暗里的勾心斗角，远离了江局长的威严，远离了何阿姨的亲切，远离了江凤丽的蛮横，远离了机关上上下下对这位新来大学生的指指点点和品头论足，所以，也可能是有点累了，也可能是有点倦了，也可能是心放回了肚子里，远方故意喝了点林场自己吊的米酒，晕晕乎乎地回到林场为自己准备的房间，倒头便睡，睡得呼声大振，睡得一夜无梦，睡得实在沉香，应该是夜晚九点之前就入睡，一觉睡到第二天早上六点半，这是长期以来远方为自己规定的起床时间。一觉醒来，顿感目清脑爽，继而听见了房后山上的鸟叫，先是几声，接着就叽叽喳喳欢歌一片了。远方从床上跳起，套上衣服，开门，窜上了山。

山上春色灿烂。因为已经是暮春时分，接近夏天了，山上所有的植物都开花返青、枝繁叶茂，涌入满眼的是郁郁青青的树草，在无边无际的绿色波山浪谷中，间或点缀着黄色、白色的、粉色的、紫色的花，山风掠过，或淡或浓的山花香扑鼻而来，山左边那片浓郁泛黑的，是一片大松林，山右边那抹浅显见绿的，是一片竹林。直线可以直视的那片粉紫色花簇，那盛开的杜鹃花，那竹林之上星星点点白色的东西，既可能是白露驻足，也可能是竹子开花。远方来到一片较为平坦的地方，就在小河边捧水洗了洗脸，然后住脚观察地形。"难得林场有这么一大片平展的土地呀！"

"小姚，早呀！"

"老场长，早。"

姚远方起得早，老场长起得更早，老场长已经过六十了，早上六点钟起床，走路半个小时，来到这块平川上，打半个小时拳，然后回场部吃饭。

"老场长，你每天都起这早。"

"几十年了，都习惯了。"

"老场长，身体好呀！"

"前些年不行，不锻炼，不走路，后来有病了，逼得没办法就爬山，走路，打拳，哎，好多了。我呀，主要是我那老伴身体不行，每月有一半时间躺在床上，我不回去不行了。再不回去，老伴的命就没了，俺对不起她呀，几十年了，一直在山上，没有时间陪她。"

"老场长，应该回去，听说局里已经研究过了，你很快就可以回去陪老伴了，应该带老伴好好看看病。"

"依我个人，我不想走呀，这山里多好呀，山高路远，空气清新，用现在时髦的字眼，这里环保无任何污染。"

"还养生、保健，我父亲现在七十多了，早上起来跑六十里山路没问题。"

"小姚，你也是山里人？"

"我就是灵山人，我们家住灵山西地，离这百余里地，我是山里生、山里长，灵山这山上我小时候爬过的地方多了，就是不记得这地方小时候来过了没有。"

"太好了！太好了！"

"老场长，怎么好？"

"小姚呀，你的情况我也打听了一些，一呢，知道你是新毕业的大学生，大学生是个宝呀！这么些年，你是分到林业局的第一个大学生。听说还是江局长要去的呢。二呢，听说江局长很器重你，想培养你，所以呀，年轻人，前途无量。三呢，我也就担心，你是大学生，有知识、有文化，可你年轻，是不是，我怕呀，一怕你不懂山、不知山、不尊重山，二怕你是飞鸽牌自行车，来这里镀镀金，过几天，有了个跳板，有了基层的经历，然后飞走了。可我马上退休回家陪老伴了，可这么大一个国营林场，几十亿身价，我交给谁呀？你说你是山里人，又是灵山长大的，我就放心了。"

"放心？老场长你说，怎么放心，怎么不放心。"

"放心，是山里人绝不会糟蹋山不爱山。从你昨天下午到今天，依我的经验，你是个靠得住的人，你会喜欢灵山的，你会爱林场的，所以我放心。"

"那不放心呢？"

"唉，还是怪我呀，要不是老伴身体不好，我会一直守着这片山，这是片宝山呀，对啦，邻省山那边的可能叫这里为宝山，这灵山是国家的，是全体老百姓的，要看护好才对呀。我不放心，是因为你人再好，再喜欢山，你总是要走的，你不走，江局长一家也不愿意呀。"

远方听出话音了，看来，江局长一家的用意，连远在上百里之外的灵山林场都知道了，远方思忖道：我下来是对了，远离城市是对了，远离江局长一家，尤其是远离江凤丽是对的。自己不仅要远离他们，而且要在这灵山林场生根开花，把灵山林场建设好。想到这里，远方对老场长说："老场长，你放心，我一定在灵山林场扎根，除非开除我，否则，我绝不离开灵山，我一定接过你的班，把灵山林场建设好。"

"好，小姚，小姚，好！"

"老场长，林场难得有这么块平地呀。"

"小姚，不愧是山里人，有眼光。这块平地叫'马平川'，原因呢是这平川的头部像马头，你看前面的山头，像不像马头。"

远方仔细揣摩地看，还真像马昂头嘶鸣，"像！"

"因为像马，还因为有'一马平川'这个词，后来林场就把这里叫马平川了。这马平川最早的时候有一千亩地呢，很难得的山中小平原，可这些年年年发山洪，每年滑坡泥石流，总被冲掉几亩，现在只有八百多亩了。"

"那怎么行？没有办法治理吗？"

"也不是没办法，可没人没钱怎么治。"

"老场长，你告诉我，用什么办法？"

"马平川那个地方，要筑坝，筑坚实的坝，再大的山洪也冲不垮的坝，这是一。二呢，这平川的根部和四周要建成小水渠，要让山洪从渠里走，而不是冲着平川地走。"

"这办法管用？"

"我待了三十年了，每年山里发洪水我都顺着山洪跑，这法子十年前就想好了，只要建肯定管用，只要建，咱这个千亩平川一定能保下来。"

"知道了!"

"小姚,咱爷俩不说了,回场部,吃饭,吃完饭,我带你上山。"

"好嘞——"

吃罢早饭,老场长告诉远方:"这次进山,多则七天,少则三天,看你想看多少,看你身体能跑多远。"

"老场长,没问题,爬山我不怕。"

"你带上这个竹筒,再带上这根木棍,还有要带一身换洗衣服。"

"噢——?"

"一定是问为什么吧,你是山里人,你应该知道,这竹筒里是带饭团的,山上路太长,晚上一定能找到吃饭睡觉的地方,但中午不行,中午在大山上,带饭团是解决午饭。这个木棍可是好木头,金丝楠木的,北京八宝山用咱的木材,拿到手上不是当拐棍,怕走路摔跤,而是赶猴子的,有片山,很大的一片,山上猴子多,不怕人,不用棍子打,它抢你的包。"

远方笑了:"真有这么邪乎?"

"不是真有这么邪乎,而是实际上比这更厉害。前年一个摄影记者,被猴子把摄影包抢走了,扔进了万丈深谷,把个记者气的,唉,据说那包里有俩几万块的镜头呢,所以必须带个棍。"

远方点头:"我带,我知道猴子厉害,我老家山上也有。"

老场长又说:"带衣服,是因为上山肯定要出汗,所以每到晚上,衣服湿透了,又干了,贴在身上不舒服,就在晚上洗,让山上人用山火烤干了,每天汗,每天换,每天洗,每天烤。"

"对,我还可以多带一身,反正单衣也不重。"

"一身足足够,带多了显重。"

"还带什么?"

"我想想,我带这么多就够了,看你还带点什么……噢,对,山蚂蟥,你一定知道的吧,会飞的'叭——'从树枝一下弹到你脖上,爬上就咬，咬了就吸你血，有点让人害怕。"

"不怕，老家山上也有。"

"如果怕，就带点清凉油之类的东西，先涂抹在脖子和胳膊露在外的地方。"

"我准备了。"

实际上，远方的旅行包已经把这些都带上了，除了这些之外，还有擦伤药、手电筒、攀登绳以及两本有关森林的小书，一个小笔记本及笔之类的东西，总共不到十斤，这点东西对爬惯大山的远方来说不算什么。

"小姚，准备好了。"

"好了！"

"咱们出发。"

"出发。"

老场长带着远方先来到"万亩杜鹃林"，哇，好不灿烂，好不绚丽，虽然杜鹃花已近尾声，但由于是深山，大部分杜鹃花青春艳丽，昂扬怒放，一层粉红，几点翠黄，几片嫣紫，星星雪白，放眼望去，万亩花波随风涌动，此起彼伏，千千万万朵花朵，或怒放盛开，或羞涩刚睁开眼，或哀叹低头，叹年华已逝，或嬉闹碰头，摇曳生辉，或长袖起舞，叶起花沉，或整齐拂动，频频示意，千般色彩，万般姿态，花雨花雾，荡漾山间，忽见几星几点的黄色蜜蜂，点在万花丛中，又起一片生机，又添一番秀色。

"这是灵山林场一景。"

"真是好美！"

老场长从小背包里掏出一个东西。

"照相机？"

"这是那年那位摄影记者送我的。"

"太好了，有照相机。"

"只可惜，只有一个胶卷了，一个地方只能照一张，来，小姚，给你照一张。"

"照我？胶卷这么金贵。"

"照你，你是未来的场长，就照你。"

"老场长，我给你照吧！"

"我有，那记者给我照的有，放家里，挺好看。"

老场长坚持给远方照，折腾了一段时间，一直到老场长满意了，老场长这才摁下快门，"胶卷金贵，不能浪费。"

老场长、远方来到了灵山林场的原始森林。这是灵山林场最大的地方，也是林场最多的资产，灵山林场的大部分木材存储量都在这个地方。"小姚啊，跟你托个底，这个地方，我打了点埋伏。"

"啊？"

"向局里上报的是三百万立方的木才储量，实际，这片森林就不止。"

"怎么会？"

"三百万的贮量是十年前报的，这十年，又长了多少，你看看，这里的木材，这红松木，有几个人环抱的，东北大兴安岭，也不一定能找到这么粗的红松。这是真正的原始森林啊，对面山头，有一片古松林，有几十棵古松都老死了，我拍的还有照片呢。据前年来的专家说，那片林子，恐怕有几千年了。"

"那可是个宝。"

"对，就是个宝。"

"老场长，这块林子这么大，这么远，木材储量这么多，保护下来一定不容易吧！"

"是啊，小姚，孩子，这块林子比我孩子、比我的命都金贵呀。为了这块林子，老婆病了打电报，我没去。为了这片林子孩子上学，让我回去找人，我没回去。文化大革命，一帮学生娃要上山来造反闹革命，说保护原始森林是'四旧'，说要放火烧了这林子。我那个急呀，那帮无法无天的孩子，如果说不好，什么事都弄得出来。我怕，我急，我怕这块林子毁了，对不起国家，对不起组织，对不起这里的山神土地呀。终于，我想着一个吓学生娃的办法。那天，我拿着一个火把，沾油点着了，我说：'学生娃，怎么样，烧吧，这片林子烧了，我的任务也就完成了，可以回家帮老婆抱孩子了'。我说完，一帮不知天高地厚的学生娃高喊：'烧、烧、烧。'但是，我对学生娃说：'可是你们会飞吗?'"

"会飞?"

"对呀，你不会，大火一旦烧起来，这山路崎岖，你们怎么跑出去。"

"啊——"学生娃吓得一片尖叫。

"你们看过森林大火吧，那可是水火无情，所到之处，寸草不留，你们个个细皮嫩肉，还不被烧焦烤煳呀!"

"学生娃一个个你看看我，我看看你，吓得没人敢说话。我看到这里，把火把往水里一扔，继续吓唬学生娃，这块林子是有山神保护的，你们要不怕，你们要认为是迷信，你们不要走，看看晚上会不会暴雨倾盆，山洪暴发。说完，我进屋休息了。学生娃你争我斗，形不成一致意见，但火是不敢放了，因为他们怕跑不出去。好在老天真帮忙，晌午一过，电闪雷鸣，大雨倾盆，一个下午山上遍地是水，沟里洼里山洪肆虐。这一招真把学生娃们吓住了，他们真相信山神发威了，几十个人在林场饭厅里蜷曲一团，第二天天一放亮，几十个学生连滚带爬都跑了。以后再也没有学生呀、造反派呀上山捣乱了。"

"老场长，怎么那么巧，正好天就下雨了。"

"不是巧，是我在山上二十几年总结的气象经验，我知道那天下午最迟晚上要下大雨，所以我连唬带吓，把学生娃赶走了，终于保住了这片林子。"

"我听说，现在偷树，偷砍的人多了。"

"看来你是了解点情况的。"

"报告，老场长。"正说着，一个身穿公安服装的人到了，向老场长行礼。

"辛苦了，小胡，来来来，给你介绍一下，这就是森林派出所的森林警察，也是能保住这片林子的根本原因。小胡，这是新来的姚场长。"

"姚场长？"

"老场长，你？"

"我退休了。再说老伴也需要我陪了，我要还账呀。"

"老场长，我们舍不得你。"

"好啦，天下没有不散的宴席。小胡，你去吧，告诉你们杨所长，晚上我和姚场长去你们那里歇脚。"

那个叫小胡的小伙子带着对老场长发自内心的尊敬，一步一回头地走了。远方从小胡眼里看见了泪光，看见了依依不舍，看见了深深的眷念。

"老场长，你可是这大山的魂呀，我也不想让你走呀！"

"小姚，我孩子比你还大呢，孩子，把这片林子这片山交给你，我放心。开始，我真担心呀，我真担心来了个不稀罕山、不珍惜山的人，那这山就毁了，孩子，你接我的班，我放心。"

"谢谢老场长。"远方的眼角也湿了。

"咱们书归正传，你也看见了，我们灵山林场有森林警察，我们有个森林派出所，二十年前就有的，但十五年前就没有正式警察了，城里警察谁愿意来呀，离城里一百多里地。后来我到县城反复跟县公安局、跟地区公安处商量，他们承认这个派出所，但所长由我选，由我任，警察由我选，由我聘，但进不了公安局的正式编制。实际上，别看他们都穿着警服，戴着警徽，没有一个正式警察，但县里认、市里认，最重要是我们林场认，周围的老百姓认，因为有了这个派出所，因为有了这森林警察，周围的犯罪分子，很少敢来这里偷树的，我给派出所下了命令，如果有人偷树，警告不理的，可以开枪。"

"啊？"

"没有真枪，多半是土枪，猎枪，吓唬人的。"

"老场长，真有你的。"

"这帮警察干得很好，我呢，把他们当作眼珠子护着，林场大部分发不了全工资，可他们发全工资，有贡献的还要奖励，他们要谈对象，我帮忙牵线，他们孩子要上学，教育局长不答应，我三天三夜在局长家门口不走，他们有个病有个灾的，优先看病，无钱林场补助。因为，有了他们，这片林子安全，这片林子保住了。"

远方静静地听，静静地思索着，这片山，这片林子价值连城，这片山，这片林风华绝代，绮丽壮观，多亏了有这位老场长，好场长，老场长是这片山林的守护神，是国家财产的守护神，远方对老场长由衷的敬佩和信服。

"老场长，你是我学习的榜样！"

"孩子，别客气了。"

"真的，我真的崇拜你了。"

"傻孩子，别贫嘴。"

"老场长，我有个要求，希望你每年都上一次山，来给我指导指导。"

"那没问题，别嫌我啰唆就行。"

第二天，远方又跟随老场长来到了一片大树林旁，远方发现，进山的地方，全部用铁丝网拦住。入口处还有俩森林警察站岗，看见老场长来，俩警察就放行。而老场长呢，也没说话，径直领着远方，进林子，来到一片石崖上，老场长站上石崖，"来，小姚，你也站上来。"

姚远方也站上石崖，老场长指着崖下一片密密森林说："你看看，小姚，石头下这一沟两边近万亩林子，是灵山林场最金贵的地方。"

"最金贵？"

"对，就是有钱人用的那个金丝楠木，也就是做棺材最好的实木材料。"

"噢——"远方也不禁称奇。

"这块地方，知道的人不多，县里市里除少数领导之外，没几个人晓得。这个地方，虽然放在林场里，但省里管，最重要的是国家民政部、林业局都管。"

"他们主要管什么？"

"管计划，管贮量，管栽植，多亏了他们管，每年给我林场拨款几百万。除了用到这片林子，我还能补贴场里其他用途。你想想，每年县里市里往林场的拨款不到五十万元，连全体职工的三分之一工资都不够。"

"那这里的楠木贮量是多少，计划是什么样子？"

"贮量，说的是五万立方米，但这几年我卡得紧，种得多，伐得少，可能要超过这个数。"

"多余的不能变成钱吗？"

"能呀！可咱不敢呀，咱这里的楠木，直接拉北京用了。"

远方再次把眼光投向崖下的密密森林，山下这片林子与昨天看的原始森林有很大的不同，原始森林不仅多，而且密，树挨树，棵挨棵。而崖下的这片树林，可以看见是一大棵一大棵，每棵树就像一大片胡杨，占地大，枝干壮，枝叶多。如果在近处看，如果用照相机拍摄，每棵树都可以入镜，每棵树都是一片风景。

"老场长，要不要下去看看。"

"从这里看，全景能看得见，但从这里进这片林子，必须从悬崖峭壁下去，异常危险。我只是二十年前下去一次，还差点摔下去了，从山那边进去，那有一条进去采伐的专门公路，是国家林业部拨资修建的。但基本上是长年封着，没人进去，等咱转到那里再进去吧。"

远方点头称是。

"小姚，说起来你不要笑话，前年，国家有一个部带着国家民政部的计划来这里要五方楠木，他们与其他部门不一样，他们不是把木头拉走，在北京做，而是带了一帮人，在林场做，实际上就是在这片林子里做。这片林子里有一个简陋的原木仓库，每年按计划按季节要先采伐一批，放在仓库里备国家征用，他们在仓库旁的小平场里做了一个星期，做成了两副棺木，拉走了，但还剩下一方多实木，他们也不要了。咱林场好事的小肖木匠，趁着我去市里开会，悄悄地为我打了一副，这臭小子等我回来后还喜不唧唧地向我表功，我一听，这还得了，这是犯规，还是犯忌，这是要吃官司的，我算什么人，一个芝麻绿豆大的小场长，怎么敢享受这样的待遇？我跟小肖木匠说我知道你的心意，我感谢你的美意，但如果你不想让我犯错误，不想让我坐牢，你就拆，这楠木棺材，谁能用谁不能用国家有严格规定，这不是生产队的林场，这不是农民自留山上长出的楠木，这是国营林场，是国家几个部管住的这片林子，这些木头，我敢用，我还要命不要命啦！"

"经过我的劝说，小肖被迫接受了我的意见，把棺材拆了，但他没拆碎，而是拆成了五大块，我去看了，做得挺好的，拆也拆得有学问，丝毫不影响棺材以后的复制和打成。没办法，那么金贵的木材，总不能劈碎当柴火烧吧，拆成五大块的楠木放在小木屋里，锁着，反正，我不会用，看以后谁能用，别浪费了！"

远方听了也感到新奇："老场长，你说的有意思。"

"别看这在山上，在林场，也有不少人才呢。唉，可惜了，小肖木匠已经离开林场了，去沿海打工去了，可这小子还恋着林场，恋着这里的好木材呢，每年都要给我写封信，说只要林场工资能发全，能养家，他还回来，他喜欢林场，喜欢山上的林子。"

"老场长，就不能咱自己想点办法，把大家的工资发了。"

"办法是有，但都不合规，都不合法呀！"

"如果林场职工基本生活得不到保障，工资都发不了，怎么留得住人，留不住人，怎么发展事业，怎么把林场建设好？"

"哈哈哈——"老场长听完远方的话，大笑起来，"小姚，你问得好，你的问题我没法回答你，你是接任我的，这些问题恐怕只能由你自己回答了。你放心，我能做的，就是全面、细致、具体地向你介绍林场的情况。除此以外，你尽管问，你尽管提，只要是我知道的，我会毫无保留地告诉你。"

"老场长，如果我言语不到之处，敬请你原谅，这两天跟你跑了这么多地方，我已经非常非常喜欢林场了，这灵山林场不仅山美水美、草美、树美，而且气候美、空气美、环境美，人呢，更美，而且，更重要的是，我感到这莽莽青山、青青密林，这大树、这楠木、这山花、这清泉、这巨石、这高崖，到处都是宝，到处都藏有宝呀，我赞成老场长的说法，这灵山是宝山，是金山。"

"说得好，小姚，不愧是大学生，说话充满诗情画意。有了你，灵山就有希望，林场就有希望。小姚呀，林场的事，有些招数我也想上，有些老办法，我也想改，但有两条捆住我了，一是我老了，早到退休年龄了，我不想退休时摔跟头，这可能是私心；二是上级没规定，没政策，没说法的事，我不敢干，我也干不了，所以，许多问题都累积下来了，我已经没心没力干这些事了，好在你来了，你来了，就要冲着这些问题去做。我不敢但我希望你有胆子，我不做希望你敢做，因你年轻。"

"谢谢老场长，我一定会努力去做。"

"走，小姚，带你去我们林场最有潜力，可能是最有钱的地方。"

"还有比楠木林更值钱的地方？那是什么地方？"

"你跟我走，到了再说。"

老场长、远方，还有后来几个跟随过来的人，来到了大片大片的荆棘丛林前，放眼望去，一望无际，满山满沟的丛林，没有参天大树，没有名贵树木，有的只是十分完好的植被，密密匝匝的小树、野草，老场长开始了他的介绍："小姚，这个地方，没有森林，没有名贵楠木，也没有黄花梨、紫檀木，但这里有三大宝：一是山茱萸，二是薪炭林，三是这山里蕴藏着的矿藏。"

"什么矿？"

"金矿。"

"金矿？"

"对，前些年来了好几批地质探矿队，这不，下个月又要来一批，据说，这次来是探铝锌和镍矿的，金矿是肯定的了，但这事保密，地质队不让说，政府也不让说。"

"金矿的开采权在国家，是不是？"

"是在国家，但听说这几年河南、陕西都有个体户开采了。"

"是，我也听说，好像很乱。"

老场长接着说:"为什么说这个地方最值钱,最有发展潜力,因为一则有金矿,如果国家开采,这地盘是我们国营林场,他们必须给我们补贴。二呢是这满山树林的中草药,光这山上的茱萸果,每年就能收成上千万斤。"

"这么多?"

"是,这茱萸肉可是难得的好东西,不仅是好中药,全国都用得上,而且人饿了,还能充饥。一九五九年搞浮夸,吃大食堂,农民饿得没办法,就跑上山打茱萸肉吃。不仅有茱萸,咱林场方圆几百里,中草药有上千种呢。"

"好!"远方听了眼里放着光。

"这片山林里面还有大面积的薪炭林,就是可以烧制木炭的栗木,这树,长得快、长不大,最大长到碗口那么大,长大时间长,但长到烧木炭的时间就短,三五年一茬,三五年一茬,咱这一片县城里,镇子里的人们,过冬过年都习惯烧木炭过冬,烧木炭取暖。"

老场长说的这一点,远方十分清楚,因为远方的老家也属于这灵山山脉,风土人情,生活习惯基本一样。老场长说的东西,让远方感到亲切自然。

"当然这里还有一个十分重要的经济作物。"

"板栗!"

"对。这薪炭林的栗树最大的用处就是嫁接板栗。但是板栗好是好,就是后期加工不行。卖板栗总受大年小年影响。"

"是!"

老场长不厌其烦地介绍,姚远方呢,态度诚恳地听,虚心认真地记。一路倾心交流,一路真诚沟通,一路深入探讨,老场长尽其所有,把看到的、想到的,把经验、把教训、把成绩把问题一股脑儿都端给了姚远方。

老场长、姚远方在山上整整转了五天,回到林场场部,已经是第六天两点了。老场长毕竟年纪大了,回到场部后,倒床就睡了。而远方呢,一点睡意也没有,甚至是兴奋、激动、按捺不住。他没有睡觉，而是提笔想把这几天的感受和下一步工作的构想写下来，远方提笔写了三个词。

一、优势

二、问题

三、对策

关于灵山林场的"优势"，说起来可以有很多，但想想归纳起来，就是林木资源，就是山，山上有下步发展所需要的一切，山上有树，有花，有草，有中草药，山上有矿，金矿、钼矿、锌矿、铜矿，山上有水，有矿泉水、温泉水，山上有名贵木材，楠木、梨木、檀木，还有不少稀有的近几年刚发现的如鸽子树之类的树种。现在要做的，是如何在现在政策的框架下发挥这里优势，远方脑海里逐渐地有了一些想法，而这些想法既不成熟，也不完善，所以，远方并没有把它写出来，他要把这些想法同老场长，同场里领导班子商量，还要广泛征求广大林场职工的意见。等所有这些做完之后，再回市里，向局里汇报，局党组织研究同意后方可组织实施，实际上这一部分就是第三个问题"对策"了。

至于灵山林场存在的问题，远方根据这两天看到的和从老场长那里了解到的，大致上有如下几个：一是林场人员老化，职工脱岗多，说是二百多人的国营特大型林场，现在只剩下不到一百人，而且好多中青年骨干，迫于生计，都外出打工了。二是拖欠工资，经费奇缺，现在整个灵山林场，除了森林派出所的职工干部工资发全了以外，其他所有人，包括老场长都只发百分之三十五的工资，而且还拖欠了好几年。同时，由于没有经费，林场的基本建设基本上都停滞了，房子基本上都还是林场创办那十年盖的，而林场要修的路，要做的防洪堤坝，要修的泄洪渠道都没有着手。原因就一个，没有钱。三是机制僵化，生财无由，现在的林场还沿袭的是五十年代中期计划经济体制，按省市的计划育树、维护、采伐，上级让干什么就干什么，上级不让干的决不能违规违法。林场成立三十多年了，每年还是那么多任务，每年的经费也还是那么多，没有经营权利，没有开发资格，只能按计划行事。在灵山林场，有生财之道，无生财之权，有生财之计，但无生财之门。所以，要想彻底改变灵山林场的面貌，要让林场职工过上好生活，要让迫不得已出去的职工回来，就必须让林场充满活力，必须让林场迸发生机，要实现灵山林场的富足安康，远方油然想起了一个关键词："改革。"

"改革，只有改革，林场才有出路。"

远方不由得想起了全国已经涌起的改革浪潮，农民率先在农村广阔的土地上实行了土地承包，把过去由生产队统一掌管的土地，以承包的形式分散给农民经营，这是多大的进步呀。在城市，工厂也在实行改革，工厂生产的东西，再也不完全是按计划安排的组织生产，而是要结合市场需求，生产的东西，消费者不买你的账，你生产再多，有用吗？广大老百姓喜欢你生产的东西，用句经济学的名词叫市场配置资源，说得通俗点，工厂生产的产品要市场认可才行。在政治领域，邓小平同志已经宣布，要废除领导干部终身制，实行任人唯贤，能上能下。国家许多大的地方都已经迈开了改革的步伐，为什么我们远离大中城市的小小林场，不能尝试一下改革。而要彻底改变灵山林场拖欠工资，经费短缺，人才流失和无力办事业的困难局面，办法只有一个，"改革"。想到这里，远方脑海已经明确了下一步林场工作的主线，那就是改革，用改革的思想改变认识上的僵化，用改革的理论去拓展林场发展的蓝图，用改革的措施去解决林场面临的困难和问题，用改革的办法去招揽更多的人才回归和集聚。

远方睡不着还因为，天一亮，八点钟，远方要与林场中层以上骨干见面，会议的主要目的是迎来送往。送往，是送老场长顺利回城，光荣退休。迎来，是欢迎新的年轻的姚远方场长，挂头联尾。远方来林场已经一周了，一周的大部分时间，远方随着老场长一块看山看树看路看水，老场长实地让远方了解灵山林场的情况，同时一路上反复分析了林场发展和生产中存在的问题，也拐弯抹角地议论了林场今后的发展。老场长是个有心人，把这一切都安排得自然天成，天衣无缝，让远方能感觉得到，也能体会出来。从这个意义讲，远方十分感谢老场长，老场长给远方留下了一大堆发展的难题，但也给远方留下了一大笔有形的，无形的，物质的，精神的财富。远方更知道，他无法更不能苛求老场长，不能责怪老场长留下了那么多问题，除了老场长年纪大，只想守成不出事的原因之外，更重要的是体制和机制固有的模式造成的。远方把前前后后的事情回想了一遍，又把自己的思路理了一遍，研究了第二天林场大会发言的基调，写下了十个字的发言要点，感到一切都准备差不多的时候，他这才看看表：差十分五点，便歪躺在床上，很快甜甜地进入了梦乡。

灵山林场干部大会在林场职工食堂进行。

灵山林场唯一仅存的副场长庞有志主持会议，市林业局没来人，委托县林业局参加会议，县林业局来了副局长参加会议，会场坐满了人，有七八十人吧。不仅是厂里骨干，在林场的所有职工，只要在场子里，只要在家，都来参加会议了。

县林业局副局长宣布了市林业局的两个决定，一个是宣布老场长魏进步退休的决定，二是姚远方为林场负责人的决定。这位副局长还专门作出解释："为什么姚远方同志是负责人而不是场长，因为姚远方同志虽然素质优秀，学业优秀，表现优秀，但因为姚远方同志大学毕业后不满一年，严格意义上还在试用期内，再加上他年轻，所以，先任命负责人，履行场长职责，行使场长权利，只是名称的区别，市林业局党组织交代过了，对林场广大职工来说，叫场长也行，叫负责人也行。"

宣读完市局的决定，请老场长讲话。

老场长还没开讲，眼睛就湿润了，"同志们，我魏进步在灵山林场整整干了三十二年了，从建场到现在，我一步也没有离开过林场，可以毫不吹牛地说，我把老命都交给这块山林，都交给灵山了。这么多年以来，我看着林子过生活，从没长胡子的小伙子，到有儿有女的中年，再到满头银发的老家伙，我的全部心思都在这片林子上。我怕林子被水冲走了，我怕林子被火燃着了，更怕那些黑心肝的人把林子偷了砍了毁了。三十多年了，我成了林子里的一棵老树，一棵衰草，一缕枯藤，这片林子的一草一木，一枝一丫也成了我的血、我的肉。我爱这片林子，我喜欢这片林子，如果说这三十多年来，我魏进步还有一点成绩的话，那就是，我为国家守住了这片林子。"

老场长的话音没落，会场响起了热烈的、长久不息的鼓掌和欢呼声。

老场长双手下压，示意大家停止掌声："可我这个场长还是不及格呀，守住了林子，那是对组织，对国家负责了，可对林场本身呢，对场里二百多名职工呢，我有愧呀！我没把林场发展好，没让大家富起来，没让职工们过上好日子，还让许多人背井离乡，出远门去打工，我对不起大家！"

说到这里，老场长满脸是泪，站起来，向台下的干部职工深深地鞠了一躬。

台下又响起了掌声。

老场借着掌声，擦擦眼泪，清清嗓子："对不起大家，也对不起新上任的姚远方同志，我把困难和问题留给大家，把矛盾和包袱扔给了远方同志，真是对不起了。"老场长站起来又要给远方鞠躬，被远方按住了。

老场长结束讲话，主持会议的副场长庞有志宣布："下面我们请林场负责人姚远方场长讲话，大家欢迎。"

掌声又起，但明显地没有对老场长的热烈。

姚远方站起来："同志们，我跟大家说实话，一是没想到大家还能给我这么多掌声，这掌声一下子给了我很多信心。我知道，虽然大家心里有疑问：这小子嘴上没毛，干事不牢，这么年轻的负责人能行吗，但大家疑问之下还能给我掌声，说明大家对我还寄予希望，希望我这个嘴上没毛的小子能和林场的老少爷们一起，把林场建设好，所以，我真诚地感谢大家，感谢广大职工对我寄予希望。最要感谢的是魏场长，我认为，魏场长的功劳是巨大的，无人可比拟的，是要记入林场建设的史册的。毫不夸张地说，如果没有魏场长，就不可能有古树参天，风景如画的林场，就不可能有平安和谐，安定平静的林场，就不可能有贮藏巨大财富和丰厚资源的林场，就不可能有具有巨大发展潜力的林场，最重要的是老场长尽职尽责，爱场如家，爱民如子，为林场鞠躬尽瘁，所以说，老场长不仅留下了无可估量的物质财富，而且也给我们留下了不可比拟的精神财富。"

台下掌声又起。

远方继续说道："同志们可能非常关心我这个嘴上没毛的年轻领导就职有什么新招，我没有什么新招，但我能学来新招，新招老场长已教我了不少，更多更好的新招，就在你们身上，我随时向你们讨教，向你们学习。

"我刚到，我要先了解情况，然后才能谈如何发展林场，我今天还是要说几句的。说到这里，我想起了小时候上学，老师让用词造句的事，我们这位老师极为严厉，特爱批评学生，他上课的时候，没学生敢在课堂上发言，因为稍有不好，老师便把学生批评挖苦讽刺一番。这一天，上语文课，讲到了'讨厌'这个词，老师让同学们用'讨厌'一词，同学们你看看我，我看看你，都不敢发言，为什么怕，因为怕挨熊，同学们一个个低着头，不敢看黑板，不敢看老师。而老师呢，拿着小教棍，在教室里转悠，走着，用小教棍敲着桌子，'说呀，造呀，你们不是都很聪明，很能吗？怎么不说话呀'我那时混呀，不知哪里来那股天不怕地不怕的劲头，我'噌'地从座位上站起来，'老师我造！'

"我瞪大我的眼睛，盯着老师，突然蹦出了句：如果我造对了，老师不能批评。老师答应了。

"我大声念道：'老师讨厌我们不积极发言。'

"'不错。'老师居然笑了。

"'可是，我们也讨厌老师动不动就训人，挖苦人。'

"老师的脸色突然变了，也正在此时，我们班的讨厌鬼黑蛋带头鼓起掌来，他一带头，全班的同学都喊着叫着，鼓起掌声。老师的脸黑了很长时间，突然笑了：'同学们批评得对，我这一段心情不好，总拿同学们出气，总爱批评人，是我不对，对不起，同学们。'说罢老师向同学们鞠了一躬。

"为什么讲这个插曲，我今天的发言，只是造几个句子。具体到灵山林场建设的这篇文章，还要等我和大家把句子造完整了，才能开始做。

"首先的一个词，叫'回家'。到灵山林场就如同回家一样。为什么这么说，因为我就是山里人，就是灵山人，我的老家就在灵山的西山，离这里不过百十里地路程，我是山里长大的孩子，是大山养育了我，培育了我。来到灵山林场，真如同回到自己家一样，这山上的树、山上的花、山上的草，甚至山间刮的风、山泉里流出的水，一切一切看到都那么亲切，那么熟悉，那么让人喜爱。你们说，既然灵山林场是俺的家，是咱的家，是大伙的家，我不认真干，不踏实干，不泼下命干，我对得起这个家吗，我还是这个家的成员吗？所以大家放心，我一定像珍惜家一样珍惜林场，一定像疼爱自己家人一样敬爱林场的每一位职工，一定像期望自己家幸福安康一样对待林场的事业。总之，这里是我家，我是你们中的一员。

"第二个词：'优势'，咱们林场的优势是什么，咱们林场有哪些优势。老场长这几天多次给我讲，林场其他同志也跟我讲，我自己也在看，也在听，也在琢磨。我想，我们林场有两大优势。一是山，山是资源，是根本，是基础，是我们一切工作的起点和源泉，灵山林场的山是宝山，是金山，是我们的活命山，发财山，大山是我们的战场，是我们的舞台，是我们赖以生存和发展的无比美好和神圣的地方，我们不仅要靠山吃山，更重要的是我们靠山发家致富，开创新生活新天地。那么，第二个优势是什么呢，是这几十年，可以说是林场成立以来，广大干部职工通过工作实践积累的丰富工作经验和战天斗地的精神，特别是在老场长的带领下，所形成的以场为家，艰苦奋斗，耐得寂寞，甘于奉献的精神，这种精神是我们林场今后发展壮大，干事创业，开创新局面的最强大的精神武器和力量支柱。大家说，我们有大山有储备了无穷宝藏的大山，有引导我们改天换地的精神武器，物质的，精神的优势，我们都有了，我们还有什么奇迹不能创造出来。"

"第三个词'问题'。灵山林场存在的问题是计划经济体制留下的问题，是客观存在的问题，是经过努力奋斗可以解决的问题，灵山林场存在的问题老场长已经说过了，我想，我也不回避，我们承认问题是为了解决问题，我们弄清楚存在的问题是为了采取措施解决这些问题，那么，我们存在的问题究竟是什么？我受老场长的教育启发，感到主要有两个大的方面，一是工作层面上，二是体制方面，而工作方面许多问题根源又回到了体制上。我们是国营林场，人、财、物都归市里管，经费由市里下发，解放这么多年，下拨经费还是六十年代定的基数。大家都知道，物价翻几番，市里下拨的这点经费，别说发工资了，连林场办公费也多不了几块钱，而我们自主的经费呢，国家又限定在百分之二十以内，下拨经费只够百分之三十，自筹百分之二十，还有百分之五十哪里来，林场没有开发权，没有自主经营权，国家只给任务，不给条件，这叫巧妇难做无米之炊。所以，关键是体制不活，政策不灵，老场长空有宏图大志，也干不成事，可现在形势不一样，现在已经进入八十年代后期了，农村已经实行了联产承包责任制，工厂也计件工资，面向市场，所以我们从优势、成绩说到问题，最后来到了最后两个字，'改革'，我们克服困难、解决问题、发展林场，让林场、让林场职工富起来的根本对策是什么，是'改革'。我考虑关键是市里要松绑，要变体制，要给政策。改革是根本的途径，改革是最有效的办法，改革是最终的出路。"

"好——"不知台下谁叫了声好，然后爆发雷鸣般的掌声。

远方喝了口水，接着演讲，"我相信，通过改革，我们林场会增加巨大活力，通过改革，我们林场会积累可观的经济财富，通过改革，我们林场会率先富起来，通过改革，我们林场会招龙引凤，会让许多游走四方的人才流回来，会让许多漂泊流浪的职工回家。具体怎么改，采取哪些措施和办法，林场领导班子要经过认真的分析研究，要反复征求林场干部职工的意见，要请老场长指导，要报市局研究审批。我们国家已进入全面改革开放的大好时期，我相信我们林场也会伴着改革的大潮，取得骄人的业绩。"

远方讲到这里，又停了停，喝口水继续说道："同志们，我说的这些都不算定论，还只是开空头支票。所以，我拜托大家支持我，同时也请大家观察我，以一年为限，如果我只说不做，或胡说乱做，大家可以撵我滚蛋！"

台下"轰"地笑了起来。

"好了，我要讲的就这么多，看大家还有什么意见。"

"我有。"突然从台下站起位年轻姑娘。

老场长赶紧在远方耳朵边说："这是林场今年分来的大学生，因为父母是林场职工，母亲有病，就放弃了大城市回林场来了。"

"请讲。"

"姚场长，你说的的确激动人心，但听说你是市局主要领导器重的人，你怎么敢保证，你好话说了一筐，办法说了半山沟，今天说得天花乱坠，明天一纸调令又把你弄回城市了呢？"

远方一时语塞："你说的这种情况——不——不是没有可能。"

"怎么样？我说吧，你一走，林场还不是老样子。"

"因为，因为我是党员，我不能不服从组织安排。"

"不对，组织安排？组织既然安排你来，组织就应该对你实行责任制，比如三年改变面貌，五年林场富起来，组织上应该给你有任务上的要求，应该有时间上的限定，不能早上来，说一些煽情的话，到下午又调走了。"

"你说得有道理。"

"不是有道理，是真理。灵山林场是个好地方，但灵山林场如果不改革，如果不进步，灵山林场也会被时代淘汰的。"

"说得好，那你教教我，我应该怎么做。"

"教你不敢当，但市林业局应该给你责任，给你目标，给你时限，给你奖惩措施，而你呢，也应主动明确责任，明确任务，明确工作时限，明确奖惩指标。还有一条。"

"还有什么？"

"如果你有和林场同呼吸，共进退的决心，你就应该把你的户口迁到林场，工作关系转到林场，最好……"

"最好什么？"

"最好把你的媳妇或你对象也迁过来，这样你是灵山林场的人，你说话才能有说服力，你干起来才真有责任。"

"这……"

"怎么样？你敢把你和你对象的户口迁过来吗？"

远方还真是碰到对手了，但远方也不得不承认，这姑娘说得对，远方感到，应该找这个女同志好好谈谈，她对建设林场一定有很多想法。正想着，女孩子咄咄逼人："姚场长，不好意思，可能戳到你痛处了。"

远方笑了："女老师，请问你尊姓大名？"

"姓马，名云霞，马云霞。"

"挺好听的名字，马——云霞同志，我的户口可以迁过来，但我没结婚也没对象，所以就谈不上把对象的户口迁过来。"

"那你就在林场找媳妇，结婚安家。"

"好，云霞同志，你的意见提得对，提得好，这叫釜底抽薪，这叫置之死地而后生，你放心，这次回市里我就争取把户口迁过来。"

云霞脸红了，轻轻地嘀咕了一句："我有什么放心不放心的。"

"大家还有什么？"

"姚场长，林场拖欠我的工资怎么办，我已经一年半没领到全工资了。"

"我回市里要，争取尽快补发。"

"姚场长，我小孩该上中学了，可县里不接收怎么办？"

"我们会与县教育部门联系的，孩子不能没学上。"

"姚场长，俺有俩姐姐，过去是林场职工，前年因发不了全工资去南方打工，俩姐姐想回来，请问什么时候能回来，回来有工资发吗？"

"让你姐姐等我的信，多则半年，少则三个月，如果愿回来，一定让他们回来，回来也一定要发全工资。"

"姚场长，今年的山茱萸又是个大年，怎么收，怎么卖？"

"大年？"

"大年！"

"太好了，你是几队的。"

"三队的，我姓刘，是三队队长，专门负责那片林子的，今年的山茱萸，如果收得好，可以收二百万斤。"

"二百万斤?!"

"这不刨掉周围农民偷摘的。"

"今年山下供销社的收够价是多少？"

"一块五到两块，至少可以卖到一块五。"

"好，我现在就当个家，你组织三队的全体职工，早收早卖，如果山下的供销社收不了，咱帮助联系其他地方，你告诉职工们，因为是第一年这样干，咱们这样干，噢，对了，过去你们收，职工留多少？"

"百分之五到百分之十。"

姚远方又问："这样每年通过林场能收多少呢？"

"三十万到五十万斤，最多收五十五万斤。"

"太好了，"姚远方激动起来，"刘队长，现在就开始改革，就从你这里开始改，你回去动员一下，让你队的职工放开了去收去采摘，你们可以自己采摘可以雇山下的农民帮助采摘，无非你给人家工钱而已。我先定个比例，咱们按每斤一块五计划，二百万斤就是三百万元钱，当然你能卖高价更好，你们以林场名义采收，以林场名义卖，每斤卖出的钱，你们留百分之七十，给场里上交百分之三十。

"啊——"台下一片惊呼。

"难道场里留多了？"

"不是，是职工留得太多了。"

远方松了一口气："如果是这样更好，这样子，就给你们部门的职工留下二百一十万元，刘队长，你们队有多少职工？"

"五十人。"

"这样，你折算一下，这样每个职工平均为四万元，当然，要去掉工时费、去掉请人的费用，还去掉设备费用，至少，每个职工有三万元的纯收入。"

"啊——"台下群情激动，议论纷纷。

姚远方低头问老场长："老场长，这样行不行？"

老场长已经激动得热泪盈眶："怎么不行，太行了。我过去为什么没想到呢，过去由于激励措施不到位，每年只有百分之五的提成，职工都没有采摘的积极性。过去呀，如果林场管得松点，山下的老百姓借机会发财了，如果管紧点，山下老百姓上不了山，好多山茱萸过了季节就烂掉了，这样太好了，既保住了林场的产品，又富了大家。好好好，更重要的是这样采摘山茱萸，市里没文件规定，那是我们林场自己可以决定的。"

姚远方又站起来："好，同志们，老场长也赞成这样弄法，不过呀，刘队。"

刘队长满脸通红，激动地"噌"一下站起来。

"你们啦，这每位职工的三万元。就算你们职工的工资了，三万元，折算到每个月，那就是两千五了，你们现在每月多少工资。"

"最高八百，少的五百。"

"那你们都是万元户了。"

"好——"台下一遍欢呼。

"刘队长，我还要跟你说两点，你们队管的那片林子是块宝地，光中药材这一块就够你们吃的了，我想将来不是一年成万元户，可能，你们每个月都成万元户，你回去好好琢磨琢磨，怎么开发中草药，但有一点，可不能斩尽挖绝哟，应该像这山茱萸树一样，年年长年年有。再有一点，今年从你们那里提成可能有点多，但没办法呀，好多职工发不全工资，林场好多事，比如建学校，建医疗室，还有林场派出所，都需要钱，所以，你们要发扬风格。"

刘队长说："姚场长，要不咱倒三七，林场七，俺队三。"

姚远方又笑了："那不行，俺说话算话，说三七就是三七，但可以这样，你们超过二百万斤的倒三七，你们超过一块五定价的部分倒三七，你看可以不可以？"

"太可以了！"

姚远方站起来："同志们，今天的会议开得差不多了，本来是个简单的送老迎新的会议，开成了诸葛亮会，开成了改变林场面貌、富场富民的动员会，我深受感动，一是为老场长的高风亮节感动，二是为广大职工的积极性创造性感动，三是为林场丰厚的资源感动。有了这些，我们的林场一定会成为平安美满的家，成为殷实富裕的家，成为人人向往的家。我呢，还要在林场多作些调查，要多与林场干部职工沟通交流，你们随时都可以找我，有什么问题，什么思想都可以找我交流。我们都是一家人，我就不再说客气话了。"

在热烈的掌声下，姚远方结束了讲话。

第七章

誓言改革

　　远方在林场又逗留了半个月，这半个月，他白天爬山、翻岭、钻沟、进林子，力求多看多实地了解林场。夜晚，不是他找林场的干部职工谈话，就是有许多热心林场建设、关心林场发展的干部职工来找他出谋献计，谈心交流。每天都谈到深夜十二点，而这些人走了之后，远方又反复酝酿、修改灵山林场改革和发展的方案，不断地修改、不断地征求意见，又不断地修改。半个月后，方案完成了，远方回到了灵山市。

　　远方带来的灵山林场改革和振兴方案给灵山市林业局带来了巨大的震动，几乎可以说是地震。远方带给林业局的是个以退为进的方案，或者说是两个方案，第一方案，林场实行收支两条线，林场呢每年的收入全部上交，而市局里每年定拨经费五百万元，这样既保证了职工的基本工资，又能维持林场的一般发展，同时，申报林场公路项目，通过林业局向市政府、向市交通局申报三千万元的公路项目，在林场修盘山公路，这是一个最为稳妥的方案，但也是一个难以兑现的项目。为什么？因为整个灵山林业局全系统每年财政拨款也不过六七百万元，一下子给灵山林场五百万，那么，整个林业系统，或者包括林业局都没有饭吃，都干不成任何事，都难以维系。所以，这一方案基本上被否决了。那么只剩下第二方案了，即大承包的办法，从本年起，灵山林场再也不要市局一分钱，但要给政策，给经营开发的权力，而且这一方案还承诺，八年后，甚至五年后，林场回头向市局交钱。方案承诺，五年后，灵山林场每年向市局上交林场经营利润的百分之十，然后，逐年递增，直至百分之三十，这个方案最容易通过，因为这个方案不给林业局增添任何经济负担，但这个方案又成为让林业局党组最不放心的方案，为什么？因为这个方案实际上是改变整个林场的体制，是要给林场新的政策，这个政策到底包括哪些内容，哪些政策能给，哪些不能给，这个最让人放心不了，因为整个灵山市林业系统还没有这样的先例，因此，灵山林业局经过一个星期的讨论，经过三次局长办公会、局党组会议反复讨论，还多次让远方现场汇报方案，现场听取领导提问并回答问题，最后定下了调子，虽然不能决定能给灵山林场什么政策，要求林场怎么做，但可以规范哪些不能做，哪些必须得到保证，这样远方带回来的是局党组会议纪要：

局党组、局长办公会经过反复酝酿讨论灵山林场负责人姚远方代表林场提出的"灵山林场改革和发展的报告"，局党组认为，这个报告是个充满改革和创新精神的报告，是立志林场脱贫致富，促进林场事业大发展的报告，报告的出发点是好的，应该充分肯定的。但是由于方案牵扯到许多与现行体制、管理机制和政策不相吻合的地方，因此，在鼓励改革创新、允许探索的基础上，特对灵山林场下步的改革和发展提出如下规定：

一、不能改变林场的国有性质。

二、保证完成国家下达的造林任务和采伐指标。

三、保障灵山林场的环境不遭到破坏。

四、保证林场的稳定和和谐，切实提高林场职工的福利待遇。

五、保证林场安全，严禁火灾，盗抢等现象。

六、加强林场的文化教育建设。

……

文件下发后，远方返回林场之前，江景天夫妇又分别召见了姚远方。只不过，一个是公事，一个是私事。

江景天见姚远方，心情是十分复杂的。首先他还是非常佩服老婆何家慧的识人能力。姚远方的确是个人才，不可多得的人才，姚远方仅仅在林场一个多月，就摸透了林场的情况，切切实实为林场发展谋划，为林场职工着想。而通过姚远方的多次汇报，解答和相互交流，江景天不得不承认，姚远方是位立场坚定、意志坚强、头脑清醒、热爱事业、敢想敢为又充满智慧的年轻人，虽然是自己头脑发热，一怒之下把远方发配到很远的灵山林场，甚至还给这个刚毕业不久的年轻人弄了个林场负责人的头衔，但没想到因错成福，把姚远方放到了一个他特别能发挥才干的地方，江景天是个老林业了，姚远方汇报到的灵山林场的优势、问题和对策，他一清二楚，他太了解了，也太认可了，所以，再次召见姚远方时，江景天已经不是带着恼怒和轻视，而是带着欣赏和支持的态度了。

远方一踏进江景天的办公室，江景天赶紧从座位上站起来，并亲自为远方倒水沏茶。

"远方，坐！"

"谢谢局长。"

"远方呀，我看出来了，方案基本上是你的构想。"

"不完全是。老场长、场领导班子、广大职工都出了很多主意，应该说是集体智慧的结晶，特别是老场长，出了很多主意。"

"远方，这一点你做得很好，魏进步同志是位很优秀的干部，但也是个很自负的人，他能看得上的人不多，但他特别欣赏你。"

"主要是老场长为人好。"

"好，我们不夸奖了。远方，找你来，是想和你谈谈林场工作上的事情。"

"请局长指示。"

"灵山林场是座老林场，建国初期就成立了，林场贮有丰富的林木资源，还有极珍贵的金丝楠木、小叶紫檀和黄花梨树，还有新发现的鸽子树、望乡木等，说灵山是宝山一点不为过。而这个山的北麓，邻省称这灵山叫宝山。但林场又是国营林场，灵山林场上的一切又都是国有资产，山上的一草一木都是国家的，这跟许多地方上的集体山林不一样，这里是我要跟你讲的第一点，也就是国家的资产你不能丢、不能毁、不能糟蹋、不能浪费，不仅如此，而且还要让国有资产增值，比如植树造林面积，每年种的树要比采伐的树要多，要不断增加。"

江景天喝了口水，继续向远方提要求："这第二点，绝不能出问题，林场这么大，国家几十亿、上百亿资产交给你这么个年轻人，坦率地说，现在我还很是担心。林场怕什么？老林场的人都知道，一是火，二怕水，三怕偷，四怕抢。我给你仔细讲讲：怕火，这一点你懂，方圆几百公里的大林子，一旦失火，谁也救不了。怕水，你可能不大清楚，这灵山林场大部分年份都是风调雨顺，春种秋收，但十年八年之间、三年五年之中，也会有水、旱两灾发生，青山绿水似乎不怕水，但也有伴着台风的特大暴雨，山上那点可以种粮食的地，已经被山洪冲得差不多了。如果再被山洪冲走的话，山上几百号人的吃饭都会成问题的，至于旱灾，虽然灵山水源丰沛，但也怕大旱，据说清朝雍正年间，灵山曾大旱一百八十天，大旱产生大灾，山上的人除饿死的外，剩余的背井离乡都出去要饭了，最危险的是大旱容易产生大火。至于偷采偷伐，这些年从没间断过，只不过因为有了森林派出所，偷的人做不成大案，但在广阔的林子里偷伐几棵树，怎么也避免不了。还有一怕是怕抢，你会说，这是国有林场，是国家的财产，还有人敢抢吗？有！五年前，靠近地方有一片林子，清一色的白桦木，因为地方上搞土地承包，集体山也搞山林承包，地方上有些人非说那片桦木林是他们的，先是要，接着闹，闹到省里。省里明文规定，这片林子是林场的，是国有的，但一些农民硬说那片林子是他们的，于是鼓动了二百多人去哄抢那片林子，林场森林派出所的所有干警都去了，不但没压住，还被打伤了四个人，后来闹到省里，公安厅、消防总队都出马了，还动用了军分区的部队，一下子抓了四十多人，事情虽然被制止住了，但那片林子算是毁了，好大一片林子，好漂亮的榉树呀，十年树木，毁于一旦呀！"

远方也不禁惊叹："真是可惜！"

"远方，有一点你要清楚。这些年改革开放，权力下放，灵山县、灵山县靠近林场的好几个公社，还有邻省宝山县的几个公社，都想要林场的林子，把林场看成一块肥肉，谁都想分一杯羹，所以，林场一个十分重要的任务，也是难题，就是处理与地方的关系。"

"是，林场职工上学、就医、就业都需要地方上支持。"

"这第三点是关于改革，改革是中央提倡的，是小平同志力主的，改革我是赞成的，但改什么？怎么改，却是慎之又慎，反复斟酌的大问题，具体怎么改，你们林场自己定，但不能出问题，不能捅娄子，不能惹麻烦。让你们改，是因为你们提出的问题，我解决不了，你要的经费我没有，你要的政策我没有，你的设备人才我也没有，所以寄希望于通过改革解决一些问题，但我的立场是小心谨慎，不能出问题，而且，出了问题你是要负责任的。要改革就要承担风险，要做事就要勇于担当。"

"江局长，其实我有一个更大胆、更超前的想法。"

"讲讲。"

"既然市里在经济上给不了我们支持，我有一个彻底断奶的方案。"

"怎么断奶？"

"市里停拨一切经费，停发一切工资，停止一切用人管制，而由我们自主经营，自负盈亏，自定工资和福利，自我发展壮大。"

"啊？"江景天满脸惊诧。

"可能有点大胆！"

"不行，不行，绝对不行！"

"不行？"

"自主经营？那我们如何对林场实行领导和管理。自负盈亏？国家的财产和资源如何才能得到保障和增加？自定工资和福利，你们哪来的经费哪来的钱，职工的权益如何保障？自我发展壮大，怎么才能做到，又如何验证，如何实现？出了问题怎么办，林场性质怎么办，广大干部职工的权利怎么办？"

这一次轮到姚远方笑了："江局长，你不用担心，我只是说说我的设想而已，还没有真正到实施的地步。再说了，真正要那么干，也得局里批准才行，也得有你认可才行，所以，局长不要担忧，目前这样做的时机也还不成熟，还要看我们目前的改革能不能取得进展。"

"那就好，那就好。我要警告你啊，远方，改革是有条件的有框框的，有底线的，不能想怎么改就怎么改，我还要重申几条，一、任何改革都必须坚持共产党的领导。二、任何改革都必须坚持公有制性质，灵山林场姓国，是国有林场。三、任何改革在涉及到分配体制时都必须慎之又慎。"

"好，我知道了。"

"远方，不能再往前走了，你能在现有体制基础上把林场管理好，不出事，就行了，我不指望你将林场变成摇钱树、聚宝盆，我要说的，局党组在给你们报告的批复上已经讲清楚了，不再重复，但我作为个人，还是希望你以国家和党的事业为重，以组织要求为重，以个人前途为重。你好好干，林场一旦稳定，我还可以把你调回来。"

"局长，谢谢您，不用，在林场挺好，我是学林业的，我喜欢在林场工作。"

"咱走一步看一步吧！"

通过这次谈话，江景天掌握了姚远方改革的信心和步骤，他知道这个年轻人，一旦确定下来之后，是绝对不会停下来的，江景天认为，他作为局长要做的，就是掌握方向把准舵，该支持的一定支持，该提醒的一定要提醒，而该叫停的也一定不能含糊、坚决叫停。而姚远方呢，通过这次谈话也清楚知道，在对待灵山林场改革的问题上，江局长是支持的，但也是谨慎地、小心地、有保留地支持，对远方下一步更为彻底和激进的改革，江局长是肯定不会投赞成票的。所以，远方给自己定下标准和尺度，定下行为准则，多做少说，只做不说，坚定走过每一步，不留后遗症，不留尾巴，不留大问题，要用事实说话，用成绩说话，用灵山林场的进步和变化说话。

何家慧与远方的会见则要亲切得多，温馨得多。

何家慧选择一家火锅店，饭店安静、淡雅，何家慧不叫姚场长，也不叫姚远方、远方，而是叫孩子："孩子，咱娘俩好久没在一起吃饭了，阿姨挺想你的，因为你不仅是一个事业心、上进心很强，水平能力很高的干部，而且你还是一个尊长辈、爱亲人，特别通情达理的孩子，我如果有你这样一位善解人意、知书达理、极富才干的儿子，我会天天高兴、日日快乐的。孩子，我知道，你母亲去世得早，如果你不嫌弃，我就是你母亲，你也不必叫妈，你在心里把我当作妈就行了。"

何家慧的一番话说得姚远方热泪盈眶，心底发热，他感到鼻子发酸，轻轻地、怯怯地说了句："谢谢阿姨。"

"孩子，今天咱娘俩吃顿饭，阿姨没什么目的，就是想与你聊聊天，看你有什么需要我办的事没有，你去林场工作了，我是老大不愿意，为此，还与你们江局长争吵了几次，我既不希望你走，也舍不得你走。你是个好孩子，你就像我亲生的儿子一样，阿姨喜欢你，希望你事业进步，各方面都好。"

"谢谢阿姨！"

"孩子，以后你从林场回来，就来家里住，阿姨给你做饭吃，阿姨的家就是你的家。"

远方的眼泪下来了。

"孩子，如果说有事，阿姨今天是向你道歉来了，关于你和凤丽的事，我和你江局长太主观了，也太武断了，我不瞒你，我和你江局长是相中你了，看上你了，而凤丽那丫头呢，前后左右那么多人给他介绍对象，她没有一个相中的，也没去见过任何人，但把你推荐给她，这丫头认可了。"

"啊？"姚远方张大了嘴巴，他不相信，他认为不可能。

"是的，孩子，你相信阿姨，阿姨这一辈子从不唬人、诳人。当把你的照片及档案材料交给凤丽后，凤丽破天荒地没有拒绝，也没有反对接触。过去呀，递给她的照片，介绍的对象，她一概不看，一概不见。你可以回忆一下，凤丽尽管有些霸道，耍小姐脾气，但在去香山之前，你们相处得是不是还可以？"

　　"是，还可以。"

　　"但我知道，你不喜欢凤丽的骄横霸道，不喜欢凤丽的胡搅蛮缠，但是，你并不讨厌凤丽这个人对不对？"

　　远方声音低沉："对！"

　　"孩子，怎么对你说呢，过去，我跟你江局长一直在县里工作，凤丽呢就放在市里她奶奶家，爷爷奶奶就这么一个乖孙女，就十分惯她宠她，凡事都依着她，这样就养成了现在的性格，但孩子品质不坏，改掉坏毛病后还是好孩子，远方，请你相信我。"

　　"阿姨，我相信。"

　　"孩子，我还要郑重问你一个问题。"

　　"请讲。"

　　"我们在香山碰见和你在一起的女孩子，是不是你的对象？"

　　何家慧的话又勾起了远方内心深处最甜蜜、最柔美、最纠结的地方，远方不知怎么回答才好，何家慧是何等聪明的人，见远方不表明态度，她已经明白怎么回事，"孩子，女孩子叫什么名字，在哪里工作，如果你们真诚相爱，那为什么不调过来，放心，阿姨是人事局的，这事包在阿姨身上。"

　　姚远方还是不知怎么回答。

　　"孩子，既然阿姨把你做儿子对待，你的爱情和婚姻大事阿姨怎么能不管，你告诉我，我回去就想办法办。"

　　"……"

　　"远方，你不要不好意思。"

　　"阿姨，我……我是很喜欢她，可……可……"

　　"看看你，挺英俊潇洒的小伙子，怎么在爱情上就吞吞吐吐的呢。"

"我……我不知道……"

"孩子，阿姨不为难你，阿姨只是想帮你。"

"阿姨，我就说了吧，我是喜欢她，可不知道，不知道她喜欢不喜欢我。"

"不会吧，看见那姑娘对你含情脉脉，我是过来人，在门口我已经看见了，那女孩子的全部心思都在你身上，她的眼里脸上全都是你。"

"不，不一定。"

"你就是个木头疙瘩。我能看出来，那女孩子不仅是喜欢你，而且是爱你，但有一点我不明白，你们俩在山上一整天，有什么话说不清楚，为什么你坐上车后，女孩子一直拼命地追你喊你。"

"阿姨，真是这样吗？"

"真是这样，我后来做了些调查，司机小张告诉我，我又问了凤丽，他们说你和我们坐上车后，那个女孩子便发了疯似的一路追、一路哭、一路喊，开始司机想停下来，等女孩子，但凤丽这个死丫头，硬是没让司机停，姑娘撵了很远很远。真对不住你，远方，但你也应该知道，凤丽为什么这么做。"

何家慧说完，姚远方从吃饭桌上"嗖"地站起来，来回地搓着手："都怪我，都怪我……"

何家慧站起来，亲切地把姚远方按在座椅上，"不着急，孩子，有什么问题，阿姨帮你解决。"

坐下来的姚远方依然在自责："都怪我，都怪我！"

何家慧："到底怎么回事，你俩在山上待了一天，有什么话没说清楚吗？到底为什么？"

"因为，因为我不知道她叫什么名字，也不知道她是哪里人。"

"啊？"这次轮到何家慧惊奇了，她惊奇地从座椅上站起来。

"而且，她也不知道我叫什么名字，是哪里人，在哪里工作。"

"怎么是这样？你们这是怎么回事？"

这次是姚远方站起来，伸手把何家慧扶在座椅上坐定，并以深情的口吻说："阿姨，你不要急，听我慢慢跟你说。"

"你说你说。"

"阿姨，那天，凤丽不让我跟你们一块登香山，我就一个人爬香山，在山上因为她让我帮她照相，而且后来给她照了三次相，就此认识了她。在中午刚下山的时候，她碰见了她的一个同学，她同学叫她'孟玲'，所以我就叫她孟玲，我估计她也知道我叫远方，因为，我们俩出来的时候，你们一直这样叫我，我想她是个聪明人，她也能记得住。我们在山上玩了一天……"就这样，远方就把在香山邂逅孟玲的故事，三次偶然照相，香炉峰同路，盘山路讲解，陡坡救险，静翠湖倾诉，以及远方在山上为女孩子义务当导游，一路同行的事讲了一遍。远方讲完了这些后，把眼睛投向很远很远"她是那么的美丽可人，那么的温柔贤淑，那么的善解人意，那么的让人难以忘怀，但是我们谁也没问对方姓啥名谁，哪里人氏，在何处工作。可能我们都认为，我们只是萍水相逢，我们只是机缘相遇，我们只是各怀苦衷，我们虽然相互欣赏，相互怜惜，但我们天各一方，问对方姓氏名字，问对方家住何方，哪里人氏，又有什么用？又有什么意思，可能会多添苦恼，会陡增愁绪。我分析，我是这么想，她也一定这么想。"

何家慧说："你们这些年轻人，年纪轻轻的干吗那么世故，认识了，介绍下各自的单位、姓名，又有什么。"

远方说："可能——可能是太——太喜欢对方了。"

"但是，你现在后悔了，对不对？"

"是的，阿姨，我后悔，我之所以后悔，不仅仅是我喜欢她，我爱她，更重要的是她的生活遭遇了许多困难和难题，她母亲刚过世，她与父亲的关系不知会怎么样。更重要的是，市委书记的儿子一直纠缠她，骚扰她，教育局长还一直要挟她，要她答应市委书记的儿子，否则，可能把她赶到偏远山区去，她多难呀！都怪我，我太不是人了。"

"孩子，你不要责怪自己。根据我的经验判断，那个女孩子比你醒悟得早，从那个女孩子对你充满爱意的表情看，在你们分手的那一瞬间，她是想告诉你，她姓啥名谁，更重要的是，她拼命地喊你追你，她要告诉你，她爱上你了。"

"阿姨，是这样吗？会吗？真的吗？"

何家慧说到这里，有些后悔了，因为说破这些，等于断绝了女儿可能的希望，断绝了姚远方成为她女婿的可能性。但看到正直善良，在爱情上有点愚钝的姚远方，又不忍心伤害他，她稍微思考了一下，就问远方："回想一下，对方有什么特征，可以证明对方是什么地方的人。"

远方想了想，摇摇头："没有。"

"那说话呢，什么口音？"

"她说一口标准的普通话。"

"你呢？"

"为了适应她，我也说了普通话。"

"唉，这就难了，没留下任何能证明你俩地域特征的信物吗？"

"没……有。噢，对了，她只是在香山大门外的小商店里给我买了一大串香山红叶，上面有香山红叶，有名人诗句，那枫叶那诗词我看了无数遍了，看不出什么。"

"我也记得，当时，我们喊你上车的时候，那姑娘说要跟你说什么话，就拉你进了小商店。"

"阿姨记性真好，我以为她要说什么，但商店里有不少人，她很急想说什么又没说，出来就看见她找店主要红叶要钢笔什么的，然后就送我一大串美丽的香山红叶，然后，然后，凤丽就拉我上车了。"

听过远方介绍，何家慧的脑海在迅速转着圈，这个聪明淑慧的女人迅速作出两点决定："远方，好孩子，我为你找到了一个中意的你喜欢你爱的姑娘高兴。你是个好孩子，应该有个美好的归宿，这样啊，你得想办法找到孟玲姑娘，你找，阿姨也帮你找。一定要找到。但阿姨还要跟你说，如果时间长了找不到，或者找到了，女孩子已经结婚，你要想开，你要重新选择新的爱情归宿，到时候，阿姨还帮你。"

"好，谢谢阿姨。"

送走了何家慧，在返回灵山林场的路上，姚远方给自己定下了两大人生目标，一是把灵山林场建设好发展好，二是找到孟玲。但是被感情烧晕了头的远方又开始犹疑。孟玲追他，真的是爱上他了吗？在山上，在路上，在大门口，在小商店里，可她为什么又一字不说呢？假如找到她，她不爱自己怎么办？"我，该怎么办？"想到这里，远方不由得诗兴迸发，拈诗一首，倾诉感情。

香山种下爱情根，
日积月累长成林。
海枯石烂刻心里，
待愿秋收硕果成。

第八章

舍身救险

　　"嗷——"

　　"嘎——"

　　一阵激烈的撕咬和搏斗惊醒了正在做美梦的姚远方。说着讲着回忆着的他睡着了，沉浸在对往事难忘的回忆中。被打斗惊醒的他，睁大了眼睛，看见野狼与野猪在撕咬搏斗，"嗷"，"嘎"的声音此起彼伏，地面荡起一阵狼烟，远方看得惊心动魄。狼与野猪不知发生了什么，开始了拼命地攻击，野猪非常凶猛，跃起身，露出长长的牙齿向野狼撞击，而野狼十分灵巧，三跳两跃躲过野猪的攻击，反而从野猪的后面，向野猪发动进攻，就这样撕咬，打头、进攻、反扑交替进行，而且，离远方所待的地方渐行渐远，很快，野猪走了，野狼跑了，打斗声撕咬声销声匿迹了。远方感到似乎自己安全了，脱离危险了，但一看表，四点，离天亮还有两个小时，远方想站起来，但浑身疲乏，尤其是被野狼野猪围困以后，高度紧张，神经紧绷，全身提劲，野兽的突然消失，使姚远方被绷紧的神经和被提起的情绪刹那间放松了，崩泄了，他感到了无比的累、无比的乏、无比的困，他几乎连站立的力气也没有了，他想起了上午九点的全场职工大会，但仍处黑夜的山路仍不能走，野猪和野狼的威胁依然没有解除，他不能走，也不想走，更走不动，他的眼皮在拼命打架，他想睡，他要睡，他要继续做他的美梦，他要接着回忆他在灵山七年的难忘经历……

远方正准备返回林场的时候，灵山市下起了大雨，而且一下就是三天，雨下得太大太长，远方去车站几次买票，车站说雨太大，不发车，远方担心林场，就想尽快返回林场，但车站不售票、不发车，远方总不能走回去，一百多里地呢，但不回去不行了，因为林场发来了电报：

姚场长：

　　山里雨太大，山洪下来了，"马平川"那块平畈田面临被冲垮的危险，望速归。

短短二十几个字，把远方变成了热锅上的蚂蚁，他虽然去林场不久，但他对"马平川"那块平畈田太了解了。因为这块平畈田约八百多亩，难得的山间一块平坦地，山上几百口子吃的粮食就靠这块平畈田了，而这块平畈田的两边又是山洪下泄的必经之地，如果山洪大了，会不断地冲刷吞食这块平畈田，甚至如果碰见山体滑坡或泥石流之类的自然灾害，会毁掉整个平畈田。而且老场长已经回来了，回到了市里，自己又在市里开会，山上只有一位主持工作的副场长，而这位副场长也在三天前带女儿去省里看病了。想到这里，远方迅即把文件证件等东西找个皮口袋装好，又套上几层薄膜，又从市局食堂买了几个馒头，一扭头，便冲进风雨中，直奔汽车站。

雨，依然在下，汽车站依然不售开往灵山的车票。远方急得如没头的苍蝇在汽车站乱撞，因为雨下得太大，所有开往山区的汽车全部停止了运营。远方在车站外转悠，他在想辙。他看见了停在汽车站外的三轮车，就上去问，但拉三轮车的说雨太大，不去。他又问开拖拉机的司机，得到的答案依然是："那地儿，太危险，不去。"在汽车站拐弯处，远方看见了一辆由拖拉机改装的带篷车，说是带篷其实只是一个盖，车的篷盖七零八落，七个窟窿八个眼的，既不遮风，又不挡雨，但远方一想，只要能去，总比自己走着去强，他考虑了一下，就踱到改装车前，上去跟驾车司机搭讪：

"师傅，不容易，这么大雨还在外淋着。"

"废话。"司机根本没看姚远方。

"哎，咱有钱咱也不会在这大雨中溜达，在家里多好，风不着，雨不着的。"

"有屁放，有话说。"

"我清楚，这么大雨在这等着，不就是想揽个活呗。"

"废话。"

"想挣钱吗？"

"废话，谁有钱不想挣。"

"我给你算笔账，这到灵山县五元钱，到灵山林场九块钱，我给你二十，不，我给你三十，跑趟灵山怎么样？"

"雨太大。"

"雨大，回家呀，在这磨叽啥，再给你加十元，四十。"

"你到底到哪？"

"灵山林场，到灵山县二十，多一分钱都不会给你，但到灵山林场有段山路，我给你四十。"

"灵山林场——"

远方抓住了拖拉机改装车的车门扶手："我说个日天的价，你爱去不去，去灵山林场，五十元，考虑到你回来不一定能捞上活，我给你个来回价，一百元，这可是你十天八天都不一定能够挣到的钱。"

开车的师傅没说话。

"去不去？"

开车的依然没说话，但见雨水顺着他的脸颊在流，只见他的嘴角在抽动，远方知道差不多了，就在开车师傅肩膀拍了一巴掌："不去拉倒，我再去汽车站碰碰运气，我坐汽车，几块就够了。"

说完，远方大踏步走了，但还没走到拐角，就听开车师傅发出低沉的吼声："跟你去。"

远方知道开车师傅会去："那，咱们出发。"

"你上车，我们先去隔壁修车铺，把车顶篷包一下，我再买一兜包子或馒头，灵山远，灵山林场更远，这鬼天气，老天就像拉破肚皮，雨跟撒豆子一样猛下，不灌饱肚子，这么远的路，我怕顶不住。"

远方只好跟着师傅去修车，路上，远方问："师傅贵姓?"

"姓湛名单，湛单。"

"什么，剩蛋?"

师傅笑了："随你便，湛单也行，剩蛋也中，不就是个名嘛，俺这个姓少，又加上我家五辈单传，到了俺这一辈，爹说叫啥冲啥，就给俺取了个单字。别说，老头挺灵了，我这单字叫得挺灵，我妈一股劲生了，连我六个兄弟姐妹，四兄弟，俩姐妹，再不单了，我嚷着要改名，老听人剩蛋剩蛋叫的，听到老不舒服的，但老头不让，老头说，吃亏你一个，幸福全家人，可不，兄弟姐妹五个上学的上学，参军的参军，进工厂的进工厂，就我是老大，没上学落得个好身体，卖苦力。"

湛师傅的一席话，把远方逗乐了。两个人把车修好了，又在小包子铺往肚子里塞进了十几个包子，两人才钻进了改装车。为了保险，远方要把一百元钱先给了，湛师傅不要："我见的人多了，我一看你就是个实诚人，也知道你急着回林场做事，钱你先拿着，等到了林场你再给，咱虽然是个体户，但也讲信用，本来应是先付一半，到了再付另一半。我知道你不会诓我，到了你再给我吧。"

"湛单师傅，够哥们，放心，我不光会给你钱，而且到了林场，我会管你吃管你住，等你休息解乏后再让你走。"

"兄弟，一看你就是个通情达理的人，遇到你，别说还给一百块，就是你不给钱，哥哥也拉你走。"

"那以后我就叫你哥，哥——"

"哎——"

刚走不到半里地，湛师傅把车停下来，对远方说："兄弟，后面顶篷风大，你也挤进来坐吧，这里暖和点，再说了，你在驾驶室，也帮我盯着前方，雨大雾更大，看不清，你年轻，眼尖。"

"哥，好，哥哥。"

姚远方钻进了改装车驾驶室，这驾驶室虽然挤点，但也是正副驾驶的配置，坐进驾驶室，的确风小多了，雨水尽管大，但能挤进驾驶室的毕竟还是少。

尽管一路上风雨交加，尽管一路上泥泞难行，尽管一路上雾浓水大，两个人开着"砰砰喳喳"的拖拉机改装车，驶进了苍苍茫茫的雨幕里，改装车最大时速可以开到五十公里，但由于雨大、路滑，视线极差，实际时速只有二十公里，最大时速三十公里。改装车就这样从上午十点一直开到下午七点半，天完全放黑的时候，才"砰砰喳喳"地开到了灵山林场场部。

场部的人喜出望外，以场部办公室主任洪永恒为首的场部工作人员，他们怎么也没想到，这么大的雨，这么远的路，这么烂的道，而且长途车都停了，姚远方场长却坐着"砰砰喳喳"最差劲的拖拉机改装车上山来了。场部的人都围了上来"场长"长"场长"短地问个不停，这个说"场长辛苦了"，那个说"场长太难得了"。

场部漂亮的女老师马云霞也来了："远方场长，你跑了十来个小时吧。"

姚远方面对大家的热情，显得十分严肃："同志们，我是林场人，回来是应该的，辛苦也是应该的。这样啊，咱们不寒暄了，办正事。洪主任，你安排专人，陪湛师傅吃顿饭，最好给他烫壶酒，这哥哥太仁义了，大风大雨大雾的，硬是跑十个小时把我拉回来了。好好谢他，运费我已经给他了，给他弄点好吃好喝的，明天再给他弄点土特产，安置好啊，患难见真情。而我们呢，更要干正事，去弄几把好电筒，我要上山去看看，去看看咱们的马平川。"

而正逢此时，天公总算作美，大雨变成了零星小雨，一行人走了一个多小时，借着月光和手电筒的光亮，来到了平畈地。刚接近平畈地，只听见山洪轰轰，如闷雷低吼，借着手电光，但见山洪夹杂着泥土、碎石、林枝、碎叶、乱草滚滚而下，平畈地东西两边自然形成了两条河道，西边因为地势高，坡度高，洪水能冲上去的不多，而大部分山上暴雨积累的洪水都蜂拥着，挤滚着冲向东边的河道，而河道的东边是高耸入云的巨大的石壁，挤拥出来的洪水就疯子般的冲刷、啃咬着平畈地东侧的田地，已经有好几亩完好的良田被洪水吞食了，洪水怒气冲冲，像大象的鼻子把平畈地的土地一块一块地撕碎，又一块一块地抛走扔掉，而抛扔掉的土地被滔滔洪水卷走，瞬间便没了踪影。而更严重的是，原来为了防止山洪冲击平畈地，在平畈地东侧打了几百根水泥桩，水泥桩之间是用山上的石块垒成的，这一次大雨下了五天五夜，由于山上积攒的水太多了，冲下来形成的山洪太大了，又加上石块壁经过多日雨冲水泡，土软了、土泥了，再加上巨大的山洪的冲击，连着水泥桩的石块壁经不住外冲内泄，很快一片一块一片一块地塌了、倒了，冲走了、消失了。虽然不是大块大片的倒塌崩溃，但一点一点，如果不采取措施，这一夜就可能把几十亩地，甚至上百亩种粮食的好地，让洪水无情地冲走，这土地还不是其他成形的东西，冲走了，连个影子都找不到。

远方意识到问题的严重性，他对着山洪，对着大山，也是对着跟他一块来的几十口人高喊："很严重！怎么办？"

在场的人都清楚，今年这次的雨是八十年未遇，八十年前下没下过这么大的雨，谁也不知道。如果不采取措施，任凭这狂暴如猛虎下山的山洪继续冲刷平畈地，本来就不多的山间良田就会失去一半，甚至更多，而一旦被冲刷掉几十亩甚至上百亩地，不仅失去了土地，山上几百号人吃饭的粮食也失去了保证，而且这块平畈地会因为山洪冲刷而形成巨大的土地缺口，不仅修复起来耗费巨大，而且会产生多米诺效应，再碰见山洪，土地会失去更多直至这块土地完全消失。

远方又吼了一声："这是咱们的保命田，吃饭地，谁有什么好办法？"

"用大树填。"

"大树?"

"也就是木材。"

"有吗，近处有吗?"

姚远方脑海里灵光一现，用圆木顺着水泥桩填下去，这样在石块墙的外面形成一层由圆木组成的保护墙，既防止洪水冲刷，又阻挡石墙垮塌，也可能是最好的办法，也可能是唯一的办法。

远方想到这里，下定了决心，他问身边的洪主任:"这附近有木材吗?"

"有是有，但没有市里的指令，咱不敢动。"

"为什么?"

"山后腰就有三千立方圆木，省公路局要买的，但省公路局总拿不到省里的计划，也拿不到省领导的批示，公路局多次来林场，想让我们变通一下，他们急用，但老场长不敢，人家说哪怕分批给，一次只给五十方，但老场长还是不敢，公路局没办法，说要给高价，让我们以自采的名义卖给他们，老场长依然是不敢。"

"我现在要用。"

"姚场长，敢吗?"

"为什么不敢?让大水把农田冲走了，山上的人没饭吃了，你还问敢不敢?"

"那……?"

"在场的几十口人作证，我负责。"

"场长决定，我坚决执行。"

"好，大家听我指挥:洪主任你记一下:一、通知附近的职工，全部来这里，能来多少，就来多少;二、通知一队，尽快把圆木运到这里，三千立方能运来多少，就运来多少。有砍树运树的吊车吗?"

"有两台。"

"好，全部调来!三、通知林场电工班，争取尽快往这里拉一把电线，这里需要照明，两个小时后，最晚三小时后，我们要实施填木方案，要保住这块良田。现在，大家行动起来，该找人的去找人，该找工具的去找工具，该清场地去清场地，两个小时以后，我们背水一战。"

参与夜晚抢险救地的都是热爱林场，心系林场的老职工，大家对林场的情况熟，道路熟，东西熟，大家在新场长的感染下，迸发出了超人的干劲。不到两个小时，就有一百多名职工赶来了，刚到两个小时，电工班硬是从山顶电线杆上接过来一根专用电线，山上电压低，不敢用大电灯泡，但一下子用上了十几个四十至六十瓦的小电灯泡，一下子也把场地照得清清楚楚。刚过两个小时，洪主任硬是从山上找到了四辆大汽车，拉过来六十七方木材。所有的东西基本准备好了，抢险救地的战斗即将打响。

说句真实话，姚远方毕竟年轻，没有经历过这么严重的事件，等这一切准备好了的时候，他突然感到不知所措，甚至不知道下一步怎么干，他看见眼前忙碌的人们，感到神情恍惚，而正在此时，林场办公室洪主任不失时机地跑过来："场长，准备好了。"

"啊——噢——怎么啦？"

洪主任以为山洪声大听不见，又吼了一声："我说准备好了，你得下命令了。"

"我下命令？"

"对，因为你是场长。"

"场长，我是场长。"这时候，远方才从恍惚中醒来，才意识到自己应该清醒、镇定，并尽一个场长之责任。他清清嗓子，声音低沉而洪亮：

"同志们填木抢险救地的战斗开始了，现在我宣布：一、电工组高举电灯一定要做好照明工作，听见了没有？"

"听见了！"

"投木组一百人，每两人一根圆木，往沟里一投，迅速向两侧退出，去准备下一轮的圆木，要快，要准，要稳，大家准备好没有？"

"准备好了！"

"监视组的位置很危险，一定要站准位置，观察清楚，看圆木投下去是不是扔到了指定位置，观察要清楚，但一定要注意安全，大家听清楚了吗？"

"听清楚了。"

"好，各就各位。"

"都到位了吗？"

"到位了！"

"准备好了吗？"

"好了！"

"开始！"

随着远方一声令下，一百人的投术队快速地、准确地投下圆木，又快速地转身抬下轮的树木，转瞬间，就投了五轮，二百五十根圆木很快投了下去。

"怎么样？"远方大声问两组探视的人。

"挡住了。"

"投准了。"

第二轮拉圆木的大车到了，远方、洪主任和几个队长商量，估计这一轮三百余棵圆圆长长的木材扔下去，会形成一道天然的圆木屏障，而再有这样三百余棵圆木下去，整个平畈粮地就可以保住了。

山洪还在不断地冲刷着水泥桩后面的土地，泥土随时还在崩塌，时不我待，刻不容缓，远方继续下令："第二轮投木，开始——"

伴随着淅淅沥沥的中雨和呼啸的山洪，圆木一轮一轮往下投，一棵、两棵、五棵、十棵……又有上百棵圆木投下去了，眼见得平畈地的稀松土壤就要与怒吼的山洪分开了，山洪与土壤之间，因为有一堵圆木组成的墙壁阻隔，洪水的巨大冲撞力，全部发泄在粗大坚实的圆木上，眼见得平畈地保住了，突然，传来监视组齐一的焦虑的呼喊，"停——"

远方焦虑万分，急忙奔向监视组，"怎么回事？"

"圆木被一个大石块挤住了，木头落不下去。"

"有什么办法？"

"必须把石块撬掉。"

远方跳到能够观察投木情况的监视组，借着手电筒的灯光看见了隔在圆木之间的石块，这石块有一米长、一米宽，估计重量在上千斤左右，由于这块不大不小石块的阻隔，抛下的圆木既不能踏实地靠紧水泥桩，也不能使上下的圆木紧连在一起，形不成阻挡洪水的屏障。而更危险的是，如果石块不去掉，上面又不断堆积圆木的话，在山洪的巨大冲击下，圆木会因为洪水冲刷而改变方向，圆木会形成乱七八糟的支离状，圆木不仅不能保护土地，甚至会扭别水泥桩，如果水泥柱出现扭歪扭斜的话，那会出现更大的危险，不仅投下去的圆木会随着巨大的山洪消失殆尽，而且平畈的土地损失会更大，更多。后果不堪设想。想到这里，远方从监视组跳上来，对着洪主任和几位队长说："必须把石块去掉。"

"怎么去。"

"去找一根铁钎，我去撬掉。"

"你去？"

"对，我去。"

"你不能，你是场长。"

"正因为我是场长，我必须去。"

"姚场长……"

"大家不用争了，我是山里人，这爬沟跳梁的事，小时候干得多了。再说了，我水性好，我有这个能力，来，我们商量一下。"

远方和洪主任，还有三位队长一块商量以下方案：在远方身上系一根粗绳，粗绳由山边十几个人拉着，而远方呢，顺着圆木往下、深入到水中，用钢钎撬掉石块，石块撬掉后，圆木自然会整齐下落，形成圆木墙。但由于石块的阻隔，圆木之间有一个大缺口，洪水顺着缝口直冲平畈地被雨水浸泡的松软的土壤，眼见得水愈来愈大，远方下去之后说："我撬掉石头后，洪水被挡回，会有一股更大的冲击力，你们如果拉不动我，说明我被卡住了，你们就松手，继续抛填圆木，保住这块土地是大事。"

"那怎么行，我们一松手，你就被大水冲走了。"

"放心，我有办法。"

"反正，我们不能松手。"

远方想了想："这样，我撬掉石头后，如果你们能拉上我更好，如果拉不上来，我一定被卡住了，我如果被卡住了，我就把绳子拉三拉，我拉三下，你们放手，继续填投圆木。"

大家只好接受这个方案。

数十只电灯泡，十几个手电筒，上百双眼睛一直盯着远方。大家怎么也没看出，这么一个年纪轻轻，嘴上没毛的初来乍到仅仅只有三个月的场长，怎么会有如此的胆魄和胸怀，最危险的地方抢着去，敬佩、关心、欣赏，所有的美好之意都化作一个心意，一个愿望，愿场长平安，愿场长安全上来。

远方手握钢钎，顺着已经垒起的圆木墙一截一截往下探，架格圆木的石块不在平地，而在水中，而且洪水由于大雨没有停止，还在不停地涨水，所以，远方究竟要深入水中多少尺寸才能到达，大家不清楚，远方也不清楚，他只能根据十几分钟前和监视组齐一的观察，默记着、计算着、估摸着。而更艰难的是，由于是山洪、泥沙俱下，雨水混浊，人下去后根本无法用眼睛看见石块，又特别在夜间，根本无法看见水里任何东西，只能靠肢体触摸。这一点远方心里清楚，而岸上观看的人心里更清楚，所有岸上的人的心都揪在了嗓子眼上。

远方已经入水了，先是脚，接着是腿，再看见腰也入水了，再看看水已淹到脖子了，此时，远方停了停，作了两次深呼吸，然后他向岸上的人扫了一眼，迅速鼓着腮帮子，猛地钻进水里，水面上已经没有了远方的身影。

岸上一片呼喊："姚场长——"

时间一秒一秒地度过，岸上出奇的静，没有人呐喊，没有人挪动，只有山洪"呼呼""哗哗"的流动声。

"都已经五分钟了。"突然，不知谁说了一声。

洪主任也才意识到时间有些长，忙问："绳子有反应吗？"

"没有。"

"再等。"

又过了不到一分钟时间，监视组的同志发出呼声："圆木动了。"

"圆木——"

"圆木下去了——"

"石块去掉了——"

"漏洞堵住了——"

"好——"

洪主任说："快拉姚场长。"

十几位拉绳子的人开始拉系着远方的绳子，很顺利，能拉动，大家又是一片欢呼：

"拉动了——"

"没卡住——"

然而，刚没拉动两米的时候，再也拉不动了，而且，连一厘米也拉不动了，十几位拉绳子的年轻小伙子异口同声高叫："怎么办？"

洪主任几乎是带着哭腔说："同志们，大家要镇定，姚场长已经把大石头撬掉了，圆木墙围成了，可以说，这块我们几百名职工吃饭的地保住了，但现在姚场长生死未卜，姚场长是好领导，好干部，是好人，我相信一定会平安回来，一定会没事的。"

"唏——"参与救险的几位女职工开始哭泣。

"大家静一静，等姚场长的回音。"

又两分钟过去了，所有参与抢险的人都焦急万分。

"洪主任，有动静了。"

"别说话！"实际上，此时的洪主任也双手紧拉着绳子，他在等姚场长的回音。

一下，绳子抖了一抖，那是远方回拉绳子的动作。

又一下。

再一下，三下了。

"场长被卡住了。"洪主任哭了起来。

"场长——"整个山野，整个洪水旁，人们发出撕心裂肺地呼喊。

紧接着，绳子那头又传出了紧促的连续三下的拉动，洪主任和几个队长都知道，姚远方场长要弃绳逃生了。

"场长！"洪主任又一声惊呼，他放弃绳子，又奔向洪水旁，在电灯和手电筒灯光下，只有奔腾呼啸、混浊奔流、不知消歇的洪水，"场长，你可要回来呀——"

"绳子松了。"在人们的惊呼下，十几位年轻人没怎么费劲，很轻松地把绳子拉了回来。谁都知道，绳子那头，已经没有了场长，场长怎么样？场长被洪水冲到哪里了？场长是否平安？场长是否活着？大家都不清楚，都不知道。

洪主任带着悲愤，发出怒吼："继续填木。"

圆木又一根一根地填下去，一千多根圆木抛下去，在洪水与土地之间形成一道坚固的不可冲垮的墙壁，洪水蚕食土地的脚步被斩断了，土地保住了，人们胜利了。

最后一根圆木刚投下去，洪主任就站在了高处，用他那已经十分沙哑的嗓子高喊："同志们，我知道大家已经很累很累了，但是我们不能歇，不能睡，不能回家，我们要找场长，姚场长是我们的好场长，他为了农场，连命都不要了，我们怎么办？我们要找场长，大家说对不对？"

"对！"回应声地动山摇。

"好，女同志、年纪大的同志不参加了，回林场等消息，其余年轻力壮的同志分成二十个组，我们分段、沿河找，最远的可先坐车直接去水库尾子，那里是洪水最后的通道。从这里到场部由一队负责，场部往下十里由我负责，再往下十里由二队负责，以下由三队负责，明天中午十二点，我们在场部集中，汇总情况。"

一百多号人在各自单位领导的组织下，开始分段搜寻远方，大家都不愿说，但大家心里都比较明白，姚场长生还的可能性不大。因为，有太多的因为了，因为天黑，什么也看不见；因为水大，洪水有巨大的力量，可以冲击大树巨石，而远方只有一百多斤，还是血肉之躯；因为远方已经在水里忙活了十几分钟，还撬掉了一块大石头，他的力量已经耗尽了。因为远方坐了一天破车，又组织了一晚上的抢险救地，他是个人，他能有多少精力，又有多少体力可以消耗；因为远方初来乍到，对这条河、对这里的水势山势不清楚不了解，就是他身体再壮、水性再好，他怎么能逃掉这生死之劫？但所有的人又只有一个心愿，那就是希望姚远方场长活着，希望他不出事，希望他平安归来，因为从这一次抢险中，所有农场的职工都知道，这是一位难得的好场长，这位场长不仅有知识、有文化、有学问，而且和场里职工心贴心，心连心。这位场长不仅有带领职工建好林场、富强林场、富裕职工的构想和办法，而且有关键时候，生死关头舍己为人、舍生忘死的胸怀和气魄。和老场长比，这两个人都爱林场，都爱职工，都关心林场，关心职工，但老场长怕事，怕有作为，怕出问题，而远方呢，心地宽广，无私无畏，不仅爱林场、爱职工，而且要富林场、富职工，这样的领导，也许多少年也碰不上一个。所有的人都默默地祈祷，"姚场长平安，活着"，正是因为有了这样的信念，大家忘记辛苦，忘记了疲劳，甚至忘记了伤痛，就连洪主任让回去的女同志和年纪大的人，也没有回去休息。这其中，就有后来从小学校赶来的马云霞老师，她跟着搜寻队伍，一边寻找，一边不停地流泪，一边在心里一遍又一遍地呼喊："姚场长回来，姚场长回来。"

到了第二天中午，洪主任满身疲惫地回到场部办公室，他要在场部汇总消息，看有没有姚场长的消息，而且他还有一个重要的任务，如果到下午下班之前，还没有姚场长的消息，他必须向市林业局报告情况，他不希望向林业局报告消息，他希望姚场长活着归来。洪主任想着想着，也可能是太累的缘故，竟然趴在办公桌上睡着了。

"丁零零"，电话声惊醒了洪主任，他急忙拿起话筒："喂，你那里？"

"洪主任，我是王队长。"

"怎么样?"

"我们的人一直在青龙河入水库的库口等待观察,没看见姚场长。"

"你在哪?"

"我在水库办公室,怕你着急,先给你打个电话。"

"继续观察,你晚上六点赶回来,我们汇总情况。"

"好!"

洪主任再也睡不着了,他又陷入新一轮焦虑之中。眼见得十二点已经到了,除了这条河的最末尾处打来电话,报告没有发现以外,其他的几个路段还没有任何消息,怎么不让人心焦,怎么人不让着急?

"洪主任!"洪主任一听就知道是一队队长黄长虎的声音。

"黄队长,什么消息?"

黄长虎太累了,他摇摇头,就跌坐在椅子里,头耷拉下去,无力多说什么。

"洪主任,有没有什么好消息?"一个浑厚低沉的声音从门外传来,洪主任知道,这是二队队长焦大力。

洪主任摇摇头:"没——"

"那怎么办呀?"

一队长从椅子上跳起来:"还找,怎么办,活要见人,死要见尸,这么好的场长,多少年才碰上一个,我们不能让他丢了。"

"是还要找,但要想个办法,看如何找才有效果。"

"我们找得够仔细了。"进来的是场办公室副主任吕公望,洪主任回来后,场部搜索这一块由他负责。

"还剩三队和四队没来。"

正说着,三队长刘怀金,四队长欧阳广也都走了进来,一看两个人的面部表情大家都知道,没有奇迹出现。

陆陆续续一些寻找的人也都回到了场部,其中包括场部医生梁红玉、场部教师马云霞,二人进来,眼睛都哭得红肿一片,马云霞一进来就哭着说:"洪主任,还要找呀,咱林场不能没有姚场长呀。"

"是啊,我们不能没有姚场长。"

马云霞又说:"我有一种预感,姚场长一定会活着,他是好人,好人是不会死的。"

洪主任说:"我也希望这样,来,我们大家商量一下,下一步怎么找。几位队长留下,其他同志回去休息,大家辛苦了。"

马云霞、梁红玉以及十几位参与寻找的林场职工带着不舍、带着期盼、含着热泪从洪主任办公室出来,他们多么希望能有远方活着的消息呀!

云霞等人拖着铅一样重的腿前往宿舍,突然听到一个声音,由远及近传来:

"洪主任,找到了,找到了——"

洪主任冲出了房门,五个队长冲出了办公室,云霞、红玉等突然来了精神,他们又返回场办公室。

"找到,找到了!"来人是二队的一个小组长,二队长来场部的时候安排他们继续搜索。

"找到什么了?"

"找到姚场长!"

"好——"人们一阵欢呼。

"人——怎么样?活——着吗?"

"不知道!副队长说人找到了,在龙劲湾边的一棵柳树边,他让我赶紧回来报告。"

"红玉,带上急救药品,同志们,走,去见姚场长。"

洪主任一行十几个人,拼命地往龙劲湾奔跑。场部的、各队的职工听说找到了姚场长,陆陆续续都跟来了,先是十几个人,走着走着,有了几十个人,跑着赶着,又汇拢了上百号人。人们谁也不说话,谁也不言声,只是无言地急促地往龙劲湾赶,等到龙劲湾,找到那棵柳树,找到姚远方的时候,姚远方已经被在场的职工从柳树边拉到了地上。

洪主任就问二队副队长尤太贵:"太贵,场长怎么样?"

"场长——场长怎么也不说话,不说——话。"尤太贵说着说着,痛哭起来。

"红玉，赶紧检查一下。"

梁红玉已经累得气喘吁吁，跟着一大群男子汉在山路上跑，她实在跟不上，但一想到要救姚场长，她硬是凭着一股气在支撑着，支撑着她跟上队伍，赶到了姚场长身边。更重要的是，与她同是女性的马云霞也一言不发，一直跟着队伍，一直没有掉队，一直拼命地撑着。她知道她也看出来了，云霞的那颗心一直围着场长走，她对姚场长的那份关心，那份眼光，她能读懂，她知道那是什么。梁红玉作为一个美女医生，面对着姚远方这样人又帅、心又好的男人，谁会不动心，谁会不动情，只不过云霞表现得更为直率，而梁红玉不善于表达，而又羞于表达而已。其实梁红玉无论是作为医生的她，还是作为姑娘的她，对姚场长的关心丝毫不亚于马云霞。

带着十分复杂的情感，梁红玉几步就跳到了姚远方的身边，她看见姚远方脸色铁青，双眼紧闭，从腮帮上可以看出牙关咬紧。梁红玉先用手放在鼻子上，她心里一喜："有呼吸。"

梁红玉又伸手搭在了姚远方的脉搏上，姚远方的脉搏还在强劲地跳动着："有脉搏。"

梁红玉又拿出听诊器，她撩开姚远方的衣襟，袒露出远方强健的胸膛，梁红玉从听诊器里听到了心脏的跳动，也跳得十分有力。"有心跳。"

梁红玉把这一切做完，她已是满头大汗，她收起听诊器，站起来，有些羞涩地笑了笑："还活着。"

人群欢呼起来："场长还活着，场长活着。"

洪主任和几位队长再也控制不住担心、紧张、害怕的情绪，泪水夺眶而出："好了——"

马云霞扑到了姚远方身上哭喊着："姚场长，醒醒，远方，醒醒——"

姚远方还活着，呼吸还正常，脉搏也正常，心跳也正常，可就是昏迷着，不张嘴，不说话，甚至没有意识。

洪主任很着急："红玉，怎么办？"

"洪主任，姚场长这是高度紧张造成的昏迷，估计没有什么大问题，但我的技术达不到，我看还是从县医院请两位有经验的大夫来。"

"可以。我马上派人去请。"

一群人用担架把姚远方抬上，浩浩荡荡地回场部。在回场部的路上，洪主任才从二队副队长尤太贵的嘴里了解到，他们发现姚远方的时候，姚远方紧紧抱住河边的一棵柳树，由于浑身泥污，如果不仔细观察，根本看不见。看见了姚远方，但姚远方没有声音，不会说话，特别是他一双手死抱住柳树，怎么也不松手，怎么也不放开，几个人用了很大很大的力气，就是掰不开，"场长死不松手，人们又不能太用力，还怕弄伤了场长，我们五六个人急得满头大汗，没办法，我就一边派人送信，一边慢慢想办法让场长松手。"

"后来怎么松的手？"

"唉，我的办法几乎想尽了，场长的手、胳膊都被我拉红了。但场长还是不松手，没办法，我让大家歇歇，我呢就趴在场长耳边说，场长，洪水下去了，田地保住了，填木成功了，我们胜利了。我的话刚说完，场长紧闭的双眼露出了一点星光，他手一松，呼地倒下了，我赶紧抱住了他。"

"场长真不容易。不是洪水太大，他绝不会死抱住柳树不松手。"

"场长是大英雄。"

"老天保佑，咱场长平平安安。"

远方被抬到了场部卫生室，洪主任一面派人到县医院请医生，一面安排梁红玉、马云霞守护远方："都太累了，你们轮流看护。"

红玉说："洪主任，真不用那么多人，我一个人能行，再说了，我是医生。"

洪主任向红玉使了个眼色："你没见——我就是不让云霞留下，云霞会愿意吗？"

红玉只好无语应承，而马云霞当然听到了洪主任的话，但她充耳不闻，依旧紧握住远方的手，轻轻地呼唤："场长，醒醒，场长，醒来。"

到下午四五点钟的时候，场部的大卡车终于把县城的医生请来了。

医生迅即为远方做了全面检查，远方的身上除了有多处擦伤以外，身体无大碍，呼吸正常，心跳正常。洪主任问及远方场长为什么至今昏迷不醒，医生解释说："这是高度紧张引起的心理休克，即神志昏迷。"医生接着给远方打了解除紧张的针，并建议林场医生对远方身体进行热敷，医生还开了药，医生临走说："你们场长可是个大英雄，那么大的洪水，居然没被冲走，也居然没有受重伤，大难不死必有后福，我估计，两三天内就能醒过来。"

洪主任等还是不放心："医生，肯定没事？"

"肯定没事，如果两天后姚场长再不醒来，你们打电话，我派救护车把他接到县城治。"

"谢谢。"

洪主任要给林场医疗室排班，轮流看护远方，但被梁红玉拒绝了，"本来我一个人就行了，但估计马老师不会走，有我们两人看足够了，大家都很累，很辛苦，都回去休息吧。"

洪主任和几个队长还是依依不舍，一定要陪远方场长，梁红玉把大家往门外推，"这不是抗洪抢险，这是医疗室，姚场长身体不好，需要休息，需要安静。再说你们都留下了，也帮不上忙，都回去吧，场长一醒，我用广播喇叭告诉你们。"

人们依依不舍，但还是离开了，洪主任临走还撂下一句话："我会定时来看场长的。"

人们走了，医疗室只剩下梁红玉和马云霞，马云霞此时还伏在远方的床边，紧握住远方的手，紧盯着看，还不停地流泪："场长，你可要醒来呀。"

梁红玉看了，不仅为姚场长的英雄行为感动，也为马云霞老师的深情感动。她知道，这一点她比不了马云霞，她也喜欢姚远方，但在众目睽睽之下，在不知道姚场长爱情归属的情况下，就这样公开地露骨地向场长表示关心和好感，她做不出来。但她又一想，马云霞只是关心，只是牵挂，只是担心，虽然总是拉着姚场长的手，但姚场长不是病人吗，姚场长不是还没醒来吗，这也不算过分。再说了，对自己喜欢的人牵挂，担心，拉着手放心不下，这也没有什么不可以。自己也应该向云霞学习学习，在感情上大胆一些，勇敢一些。想到这里，她走到床边，对云霞说："马老师，本来这里有我一个人就行了，但我知道你太在乎姚场长了，我就把你留下了。正好，你也能帮我分担一下，这样，好不好，我们烧一锅热水，替姚场长擦擦身子，他从昨天到今天，一直没洗澡，也该给他洗洗了，说不定呀，洗完澡场长就醒了。"

"你给他洗澡？"

"当然，我是医生。"

"那不行？"

"为什么？"

"那不等于你先看他的身子。"

"我是医生，我不仅要给洗澡，还要给他做进一步的检查，还要按县城医生的要求，给他按摩。"

"那我干什么？"

"我把这一切做完后，你守着他呀！"

"你不愿意守？"

"我是医生，我守是职责，你守呢，是喜欢。"

"死丫头，就你乱说。"

"马老师，不是我一个人，大家都看出来了，你喜欢姚场长。"

"我就喜欢他，我就要守着他。"

"好，你尽管喜欢，但你了解场长的感情状况吗？你知道他有没有对象。"

"没有。据市局的人说，局长夫人特喜欢他，想招他为女婿，但局长女儿太张狂了，姚场长不喜欢。"

"听说局长千金很漂亮。"

"脸蛋漂亮怎么啦，你不漂亮吗？我看你比局长女儿漂亮，要我说，姚场长可能最愿意喜欢你这样的漂亮姑娘，而不喜欢高高在上，不讲道理的局长女儿。"

梁红玉听到这里，脸"刷"地红了起来："你胡说什么呀，姚场长会看上我？"

"看看，脸都红了，我这才知道，我也才发现，其实，我们的梁红玉大夫也是喜欢我们姚场长的。"

"胡说八道，不跟你说了，我要去工作。"

马云霞很尊重梁红玉的要求，没有参与为姚远方洗澡擦身的行动，而是由梁红玉在内室一个人操作。当姚远方赤身裸体被摆在病床上的时候，梁红玉不由得面红耳赤，心跳骤然加快，这是一具多么强健俊朗的身体呀！这是一副多么令女人心驰神往的身板呀！尽管梁红玉在上学时上过解剖课，看过男人身体，但姚远方真正一个活人就横排在梁红玉面前，她不由得心跳加速，面如红霞，手脚忙乱，既十分的激动，又十分的害羞，还十分的向往，她好像感到远方直看着她，她甚至害怕远方这个时候醒来，她就趴在远方的耳朵边："姚场长，场长。"

姚远方依旧没有动弹，依旧没有回音。

正在梁红玉不知所措的时候，门外传来马云霞的叫声："红玉，怎么样了？要不要帮忙？"

"不用！刚开始呢。"

这时候梁红玉，从窘境中清醒开来，"我是个医生。"

梁红玉手脚麻利地为姚远方全身进行了清洗，又对十几处擦伤碰撞的地方进行上药。再为远方换上柔软得体的病人服装，衣服换上后，梁红玉又打来一盆温开水，也因为擦洗的缘故，红玉坐在床边，轻轻地为远方擦洗脸部、额头、脸颊、鼻子、眼睛、嘴。红玉很柔很轻地为远方擦洗，愈擦洗让红玉愈感到远方这张脸英俊、漂亮、可亲、可爱，怎么会有这样英俊潇洒而又心肠特别好的人呢，怎么会有这样多才多艺而又舍身为场，舍身为大家的人呢，怎么会有这样让人心痛又让人心爱的男人呢，可眼前的这个男人属于谁呀，属于哪个姑娘，属于哪个女人呀，而这个女人一定是天底下最幸福最快乐的女人。可眼前这个男人属于我，属于我梁红玉，只有我才能这么零距离地与眼前的这个男人"亲密接触"，也只有在这种状态下自己才能与这个天下最好的男人亲密相处。梁红玉知道，一旦远方醒过来，她不可能与他这么近，这么亲的接触，而羞涩正派的她，也不敢这么亲密地与远方接触。红玉暗下决心，"一定要珍惜这难得的瞬间"，梁红玉把远方从头到脚擦洗完毕，然后脸靠在远方的脸旁，趴在床边，很快，她竟然睡着了……

"红玉，红玉，怎么这么长时间？"马云霞的叫门声惊醒了进入梦乡的梁红玉，梁红玉迅即站起来，打开卫生室的门："云霞，好了。"

"怎么这么长时间？"

"姚场长身上很脏，又有十几处擦伤，又清洗，又抹药，时间当然长了。"

"姚场长有反应吗？"

红玉摇摇头。

"红玉，你辛苦了，你休息吧。我来守护姚场长。"

"你怎么守？"

"我就在姚场长床边，你回宿舍休息吧！"

"不可能。我是医生，姚场长如果有什么动静，你能处理吗？"

"我不管，反正我等着他。"

"我不阻拦你守，但我必须坚守岗位。"

"随你便。"

"马老师，你守着姚场长，我呢，就在这边病床上休息，有事你叫我。"

"嗯！"

其实，俩美女都累了，折腾了近两天时间，身心都十分疲惫，梁红玉一躺在远方旁边的病床，就进入了梦乡，并发出了轻微的鼾声。而满腔柔情的马云霞刚坐在姚远方的床前，又听着梁红玉的鼾声，瞌睡虫很快袭击了她的神经，她边伸懒腰边打了几个哈欠，很快，她趴在远方的床上也深深入睡了。

"孟玲……孟玲……"

"孟玲……你在哪里?"

"孟玲——"梁红玉最先听到了姚远方的梦呓,作为医生,她迅即从床上跳起来,扑过来,抓住了姚远方的手,"姚场长,姚场长。"

"孟玲——"远方眼睛露出了一丝光亮。

"姚场长,姚场长,我是梁医生,你醒了,你醒醒。"

"孟——玲。"远方喊了一声,瞬间便闭上眼,又昏昏入睡了。

梁红玉的叫声也惊醒了马云霞:"红玉,怎么啦,场长醒了,场长说话了,好像,好像听到了——"

"孟玲?"两人异口同声。

"孟玲是谁?"

"孟玲是谁?"两个人都发出疑问,俩女人好像意识到这个名字对场长的重要性,但俩人又都不愿意承认。

"管她是谁,姚场长说的是梦话。"

"姚场长能说梦话,这说明姚场长的意识在恢复,根据我的经验,姚场长最迟明天就会醒来。"

"那样更好!"

"马老师,我们俩轮班吧,我已经睡了一觉,你休息一会儿,我守着,你睡醒了,再来换我。"

"哈——"马云霞打了一个哈欠,点点头,就去红玉躺过的病床上睡下了,马云霞的头刚挨上枕头,就甜甜入睡了。

梁红玉作为医生,又为姚远方做了下检查,听听心跳,摸摸脉搏,量量温度,检查四肢,又看看几处擦伤的地方。等一切检查完了,梁红玉得出结论:一切正常。但怎么让姚场长醒过来?梁医生颇费脑筋,她想起了场长刚才叫的名字"孟玲"。这一定是个女性的名字,也一定是场长生活中占重要地位的女性,可能是场长的亲人,更可能是场长的恋人,"孟玲"这个人一定对场长醒来有至关重要的作用,想到这里,梁红玉握住姚远方的手,并趴在远方的耳朵边,轻轻地说："场长，我是——孟玲。"

梁红玉明显地意识到姚远方的手在动，只是微弱地抖动。

"我是孟玲——"

"我是孟玲——"

"我是你的孟玲。"

"孟玲，"姚远方说话了，"终于找到你了，太好了。"

梁红玉明显地看到姚场长的眼睛睁开了，说话声音虽然很小，但红玉听得清清楚楚。

"孟玲，我太累了，让我睡一觉。"

梁红玉明显地感觉姚场长紧握着自己的手，然后又闭上眼睛，很快就发出轻微的鼾声。梁红玉很高兴，她知道，场长基本上醒了，只是太紧张，太累了，他要好好睡一觉。弄清楚了这种状况，梁红玉也美美地笑了一下："太好了！"心情放松，心情放晴，梁红玉手埋在姚远方手上，趴在床边，很快，红玉也进入了梦乡。

第九章

勇于变通

　　早上七点，一轮光辉灿烂、美如轮盘的朝阳，悬挂在灵山的树梢上，金色阳光洒在林场的树枝叶片上，天空如洗碧蓝碧蓝，蓝天上有几抹淡淡的白云，随风流移，山风微掠树叶颤动，轻吟吟哗哗作响，树叶响了，山鸟飞了，山雀唱起晨歌，山鸟唱了，山上农家的公鸡也开始打鸣了："咯——"

　　鸡鸣声叫醒了姚远方，我们的姚场长终于从高度紧张、惊恐的状态中醒过来了。他睁开眼睛一看，"我这在哪里？"但他看见了趴在病床边美美入睡的医生梁红玉，远方感觉自己的手被梁红玉抓住，就轻轻地从红玉手中把手抽出。从床上坐起来，坐起来后他又看见了另一张病床上躺着一个人，他睁开眼认真一瞅，他知道她是一直跟随大家一块抢险的马云霞老师。怎么让这两位姑娘在这里陪我，这成什么了？梁红玉还可以，她是医生，但马云霞老师留在这里就不应该，这样会让群众说闲话的。作为场长，不能让群众在生活作风上对自己说点什么。远方想到这里，就从床上轻身起来，然后轻手轻脚地从医疗室出来。

门一推开，明媚的阳光就从天空扑面而来，"这山里的阳光太美了。"从三天前冒着大雨从市里赶来，又加上一天一夜的昏昏入睡，远方突然感到这山上的阳光，山上的空气，山上的清风是那样的明丽，是那样的清新，是那样的温柔，更是那样的珍贵。在洪水中撬石成功，绳索被圆木缠住，自己丢手放弃绳子的刹那，远方明显感到完了，这么巨大的洪水冲击力，自己是无论如何也不可能站住或逃生掉的。他丢掉绳子的前夕，只有一个念头，就是不管洪水有多大的冲击力，自己一定要抓东西，不管什么，只要手抓住一个什么东西，就有生存的可能，于是，他在松手的一瞬间，洪水巨大的冲击力，把远方击得很远，远方只感到自己的大脑一片混沌，但只有下意识地伸手乱抓，抓、抓、抓，突然，他抓住了一个海碗大的粗粗的硬东西，在洪水泥沙的冲击下，他意识不到是什么东西，石头，水泥桩，大树。可能是一个大浪刚过的缘故，远方只是意识到，他的另一只手也抓住了这个硬东西，然后，他用两个手死死地抱住这个硬东西，任洪水和洪水中的泥沙、小石块、树枝、碎草不断地冲撞，打击着身体。更重要的是，洪水大浪一浪高一浪的冲击，只要手一松，随时都有被大浪卷走的可能，远方感到自己的身体不断地被啃咬、被打击、被拉扯，疼和痛时不时地打击自己的神经，但顽强的意志和求生的本能让自己紧紧抱住这棵大树。后来，他意识到，这可能是河边的一棵大树时，就一直抱住、抱住，直到感到身边的冲击、疼痛减少了，这才放松了神经，放松了警惕，然后什么都不知道了。

自己怎么到的医院，以及怎么被发现，怎么被拉回，怎么被抢救，又怎么躺在医疗室的病床上，又怎么让山上的两大美女陪着，远方毫不知情，但他知道这一定是林场的广大职工辛苦关心的结果，而等见到了洪主任他们之后，都会清楚的。

远方有点近似贪婪地呼吸着山间的新鲜空气，信步走出医疗室小院，走向房子后面的山头，情不自禁地深吸几口气，然后伸展手臂：回想起一天前那惊心动魄的场面，发出由衷的感叹："世界真好，活着真好！"

"场长，你醒了！"洪主任满面灿烂。

"洪主任，你辛苦了。"

"真正辛苦的是场长。"

"洪主任，我们不客气了，我早上刚醒，什么情况都不掌握，咱们碰碰情况吧！"

"场长，你太累了。"

"你们更累，我说了，咱们不客气了。"

"好，场长，正好，六个队长都来了。"

"都来了？有的那么远。"

"大家都牵挂着场长，大家都说，是灵山林场有福，摊上这么一位好场长，大家都希望场长好好的。"

"谢谢，走，咱们去见见。"

"场长！"六位队长，还有林场一些热心职工都向医疗室里这边跑了过来。

看见大家扑过来，从生死边缘活过来的姚远方百感交集，情不自禁地过去，与每一个人紧紧拥抱，每个人都十分激动，热泪几乎从每一个人脸上洒落，远方也满脸泪水，唏嘘不已。远方抱着尤太贵的时候，尤太贵哭着说："场长，发现你的时候，你在龙劲湾河边的一棵柳树上，洪水虽然退了，但也还有膝盖深，你紧紧抱住树，怎么都掰不开，用劲吧，我们舍不得，怕伤了场长，不用力，又弄不下来你。"

远方带着眼泪笑着问："那怎么我又松手了？"

尤太贵说："我也是无心插柳，我见你不松手，又怕强拉伤了你，就让大家歇歇，然后我趴在你耳边说：场长，我们成功了，地保住了，大水下去了。没想到，这几句话说完，你的手松了。"

远方继续笑言："了不起，太贵，你还会心理治疗。"

"我哪有那么大本事呀，只是太牵挂场长了，就这么一说，还真管用。"

"哈……"大家带着泪水，带着欢乐，带着喜悦欢笑成了一团。

"洪主任!"正在大家欢乐之际,梁红玉从医疗室赶出来,制止大家与远方的联欢,"场长刚醒,再说,场长身上还有十几处擦伤,你们这样搂搂抱抱的,不伤着场长才怪呢,场长还需要休息,还需要养伤。"

"是、是、是,红玉大夫说得对,我们是太高兴了。"

"场长,你也真是,醒了出来也不言语一声。"

"梁大夫,我醒了看你和马老师睡得正香,我估计你们是累坏了,就自己出来了,一是想呼吸呼吸新鲜空气,二是想让你们多休息休息。"

"我知道你的好意,但你现在身体还没复原,身上还有伤,所以你要回医疗室休息,静养。"

远方笑了:"梁大夫这是在命令我。"

"是,你现在是我的病人,而不是场长。"

远方又笑了:"好吧,我们听从梁大夫的指挥。洪主任,这样吧,天亮了,你安排人去林场食堂,把大家的早餐拿过来,豆浆油条就行,我们在卫生室小院吃早餐,边吃边开个碰头会,同时,也响应了梁大夫在卫生室休息的号召。"

"好!"

碰头会在医疗室小院里举行。梁红玉找了一把藤椅,上面铺上毛巾软被,让远方坐着。远方也不客气,因为他自己的确感到身体很虚弱,四肢发软,身上的擦伤不断侵袭他的神经,周身四处的痛疼不断纠缠于他。这是远方多少年不曾碰到过的,他自感身体强健,无病无疾,一般的劳累辛苦是累不住他的,但这次的经历对他的身体,尤其是心理的确是一场巨大的考验。考验经受住了,但身体却受到了巨大的撞击,他的确感受到了很累,很困,很乏。很难受,然而,他是场长,他是灵山林场的领导,林场几百名职工的带头人,他不能趴下,他不能示弱,尽管疲倦,痛疼萦绕在全身,但他要把洪水过后的工作有条不紊地安排好。

洪主任让人从食堂拿来的早餐几分钟都被大家消灭一空,姚远方喝了两碗豆浆，马云霞老师不知从哪里弄了一碗牛奶，硬让姚场长喝下，远方推让不掉，也只得乖乖喝下，胃里有了东西，人的劲头似乎就来了，远方说话了："洪主任，把情况说说吧。"

"好！"洪主任放下饭碗，"洪水从昨天算彻底退了，天气晴好，万里无云。洪水造成的损失，正在统计中，洪水没有造成人员伤亡，只是有几头小猪被洪水卷走了，洪水对林场的防洪设施又是一个大冲击。我们正在做的工作是：一、全面统计一下水灾造成的损失。二、林场各项工作和生产照常进行。三、洪水冲坏的土地和设施要进行修补和完善。四、抗洪救地时一千多方木材的处理。……我主要汇报的就是这么多，下面请姚场长讲话。"

"同志们，"远方本想站起来讲话，但他实在无力，就坐下说，"我们林场经历了一场大考验，这是一次特大暴雨。据收音机上讲，我们这次大雨形成的洪水是五十年一遇的，但我们扛过来了，我们经受住了考验，我刚到林场，老天就给我来了个下马威，就来试试我的诚心，好在我的考试还算及格。大雨，山洪给我们带来了损失，甚至带来了灾祸，但也给我们提出了警示，让我们必须把相关工作做好。关于如何应对自然灾害，下一步林场将会有一个全面的安排，我从市局回来的时候，江局长给我讲林场面临四大危险：水火盗抢。这水的考验首先就来了，但还有火，火灾如果发生了要比这水灾破坏性更大，所以我们绝不能掉以轻心。关于预防自然灾害的事，我们回头专门再说，我现在就当前工作说几点意见：一、林场的生产要全面恢复，各项工作要正常运转。国家安排的采伐任务要如期进行，补种的林苗要抓紧安排，学校要恢复上课，马老师，这几天抗洪救险你很辛苦，但还是要尽快恢复上课。二、要对这次抗洪救地工作进行全面总结，这里包括这次洪灾造成的损失统计，这次洪灾当中暴露我们设施、工程道路方面存在的问题，以及我们工作存在的问题，都要认真梳理，彻底弄清楚，该补的补，该修正的修正，该完善的完善。三、要研究考虑彻底解决那块口粮地的保护问题，这次虽然地是保住了，但也有不少损失吧。"

"损失了五六亩。"

"是啊，一次损失五六亩，有个十次八次的，我们的口粮不就慢慢蚕食完了。到三十年二十年之后，这块山中小平原，这块山上几百口子的口粮地还会剩多少呢，所以我想必须从根本上解决。在抢险的时候，我就考虑，一定在这块地临水临河的地方修上永久的可以预防百年一遇洪水冲撞的工程，如果这个工程修好了，这块口粮地不仅可以保住，而且还可以扩大。"

"扩大？"大家异口同声地惊问。

"是的，如果这块地两面临河的地方修上钢筋水泥的永久性防水设施，就可以把原来的空壁处再填上土壤。我粗略观察了一下，如果完全填满，可以增加近百亩土地。"

"这么大的工程怎么建？"

"林场没钱建呀。"

"建了当然好，问题是拿什么建？"

远方见大家对此产生了浓厚的兴趣，就加以引导："同志们，我们林场有树、有林、有花、有果、有药材，财富是不缺，但只要这块地一劳永逸地不出问题，那就有吃的，我们有钱有粮，灵山林场就能富起来，大家都说说，看有什么办法保住这块地，有什么办法让这块地扩大。"

远方的引导调动了大家的积极性，大家你一言我一语议论起来。

"咱山上有的是树，采伐一点卖了不就可以修堤坝了。"

"可咱没有销售权，有树也不能卖呀。"

"县水利局总想买我们木材。可我们没计划呀。"

"有计划钱也不是我们能用的呀。"

大家在发言中既说了许多情况，也说了许多办法，姚远方看说得差不多了，就说："同志们出了很多主意，说了很多实招，我集中一下大家的智慧，我们呢，趁着这春夏之交把急需抢险的工程做了，否则真到了夏天雨季，我们的土地又要接受考验了。我们现在面临的最大难题是什么？是没有钱，没有资金，工程怎么干，刚才我一直在想有什么招能弄来资金呢，大家的话启发了我，我想这样办，大家看行不行？"

"场长的主意一定不错。"

"大家别给我戴高帽，我这充其量是一个没有招的招，甚至是个赖招。这次抗洪救地，我们建防洪木墙，用了大致一千多方木材吧，这个木材是投下去了，可以向市局报消耗，用木材抗灾救地，天经地义，谁也无话可说。但大家都知道，这些木材虽然大水冲刷，满身污泥，但木材还在，几乎没有什么损伤，我们呢就用它建防洪工程。"

"啊？这圆木怎么建？"

"有办法建。洪主任，你不是说水利局要买我们的木材吗？我们不卖，我们换，我们用这批木材去换水利局的水泥钢筋，再用这批钢筋水泥建防洪工程。"

"高招——"人们开始议论起来。

"我们怎么就没想到呢？"

"同志们，这实在不是什么高招，这是没有办法的赖招，一定要跟水利局谈清楚，我们是用好的木材去换他们的钢筋水泥，而不是卖木材，如果一说卖，市局这关就过不了。而且，他们急需木材，我估计他求之不得，咱们是各走各的账，但在建设水利防洪工程上，请他们在技术上予以指导，最好派个工程队，大量的活我们林场的职工自己干，大家说，行不行？"

"行！"

姚远方见讨论得差不多了，就对刚刚从外地赶过来的林场副场长庞有志说："有志，你和洪主任一块去一趟县水利局，跟他们把我们的构想讨论讨论，告诉他们，欢迎他们来林场指导工作，欢迎他们局长来这里，就说这里山清水秀，风光明媚，是休闲度假的好地方，希望我们两个单位结成友好对子，互相帮助，互通有无。"

灵山林场的建议让灵山县水利局喜出望外，灵山县水利局党支部和局长办公会一致决定，同意灵山林场木材换水泥钢筋的意见，同意向灵山林场派一支小型工程队，帮助林场修建永久性护地堤坝。水利局太需要木材了，灵山县内二十余座大桥的修建，十几处水利工程还有水利局职工宿舍都需要木材，总共需要五六千方木材，但这次抗洪救地只用了一千多立方，远方与庞有志和洪主任又调剂了一千多方，总共给县水利局解决了三千方木材。尽管总量不够，但远方说，木材也是一点一点用的，工程也是逐步逐步修建的，今年已经过了一半了，三千方够了，过了今年，明年再想办法。为此县水利局大感满意，为此，县里主管水利的副县长带着水利局领导班子全体成员集体上了灵山，带着猪羊牛肉，带着慰问品来感谢灵山林场的领导成员。双方单位在灵山林场联欢，但远方特别谨慎，不敢搞大动静，只是在林场场部热情接待了副县长及水利局领导一行。远方坚持两点：一是热情接待水利局及其领导，把山上的山珍美味、野鸡野兔让客人尽情享受，同时把所有慰问品及猪牛羊肉全部给了各林场小队，林场场部职工人人都有，但远方一样不要，场部一件不留。二是绝不声张。因为这三千方以物易物的木材，是按抗洪抢险救地损耗的，决不能说主动与水利局以物换物的，更不能说是林场卖给水利局的。如果那样，错误就大了，因为灵山林场是国有林场，灵山林场买卖一棵木头，都是要报计划，都是要经市局批的。如果超过五百立方，是要报省林业厅批准的，因此，这一下子处理交换三千方木材的事，如果让市局知道了，那还不捅破了天，但是如果抗灾救险，临时急用，是可以报损耗的。换句话说，灵山林场的木材没有批准，林场是一根木头也不能动用的，但丢了可以，坏了可以，扔了可以，洪水冲走了可以。应该说灵山林场的新任场长姚远方真是初生牛犊不怕虎，三千方木材以物易物出去了，没有报批，如果市局查下来，那可是说不清楚的。

水利局的同志走了以后，远方把副场长、办公室主任和六个队长召集起来开了个会，专门就木材换水泥钢筋等建筑材料一事作出安排和交代，第一，不许外传。第二，统一口径，报损耗。第三，如果有人追查，姚远方说我一人承担全部责任，撤职、查办、开除都可以，但林场的生产必须继续，林场的改革必须继续，林场的致富路必须继续。

老天还真帮忙，洪灾过后，晴空万里，而且一晴就是半个月以上。灵山林场抓紧时机，与县水利局工程队一道，开始了防洪堤坝永久性工程的建设，因为已经进入夏季，山上虽然不热，但夏天雨多，一旦下雨，工程会遭遇困难，所以，远方下令，白天黑夜三班倒，夜以继日，因为整个防洪堤坝也就一千二百米长。经过将近一个月，准确说应该是二十八天夜以继日的施工，一千二百米的防洪保地堤坝建起来了。当工程完毕，远方用灵山上自己吊的米酒招待水利工程队的全体员工时，灵山林场领导班子和六个队长全部参加，人人高兴，个个快乐，大家都喝了个酩酊大醉，人们东倒西歪地躺在会议室里，都睡着了。当天快亮的时候，洪主任从外面赶来，"场长，下雨了，下大雨了。"

姚远方从地上弹起来："下雨了？"

"下了。"

"大不大？"

"不小。"

"走，看看去。"

姚远方带着洪主任来到了新修的防洪保地工程上，远方登上一个大石头："洪主任，你们回去吧，我要在这里看着，看雨能下多大，看这防洪堤坝能不能经受住考验。"

洪主任并没走，而是也默默地和远方坐在一起，看满天雨幕，看满河水由少积多，由清水变成了浊水，由清波变成了浊浪，看山间河流形成了洪水。大雨下了一天，远方在大石头上坐了一天，只是偶尔到堤坝的内侧看看，观察外侧洪水对堤坝的冲击和渗透。

大雨整整下了一天，虽然没有上一次下的时间长，但由于持续连接时间长，一整天几乎没有间断，所以洪水形成快，来势猛，其威力是一点也不比上一次小，从清晨四点钟下到下午五点，整整十三个小时不间断的大雨，终于间歇了，五点过后，大雨终于消歇了，天，突然放晴，天空碧蓝如洗。

远方从大石上立起来，虽然穿着雨衣，虽然顶着雨伞，但雨太大了，也太长了，浑身上下早就湿透了，站立起的姚远方，身上滴滴答答滴着水，他伸伸手臂，高喊一声："好——"

洪主任知道，淋了一天雨水的姚远方此时是异常高兴的，因为这场雨来得太及时，太对点了，来早了，工程没完，来晚了，工程队撤了，出了问题不好找人了。这一天的倾盆大雨，是对防洪堤坝最好的检验。而经过这个检验，这个防洪工程及格了，通过了，不仅场长高兴，洪主任也十分高兴。但作为办公室主任，他不能不关心场长的身体，因为这个场长是他洪主任一生见到的最年轻的场长，也是最好的场长。

"姚场长，你一天没吃没喝，又被雨淋着，别伤了身体，咱回去吧，让食堂弄点热汤热水喝。"

"好！洪主任，这一天虽然累，虽然乏，但心里高兴，心情大好。这一天的观察，值了，既观察了堤坝在洪水面前的工程质量，也看了堤坝养护今后应注意的问题。你看，这一天的大雨检验，说明这个工程质量是好的，是优秀的，说明水利局工程队的同志们是特别敬业的，也说明我们林场参与工程的同志们是尽职尽责，特别能干的，工程没问题，我们林场可以放心。但一天的观察，我们也看出问题了，你看见没有，虽说工程质量很好，但孤零零立在这里，风吹日晒，时间长了也可能有变化，所以下一步一定要注意养护，这正好与我们的土地复原和扩展计划相吻合。"

"是吗，太好了，场长你讲讲。"

"你看，这水泥钢筋的堤坝是很坚固，很管用，但因为刚建成，还孤零零立在这里，它们要迎接更大洪水的挑战，必须也要有依靠。"

"依靠？"

"对，这些钢筋水泥的家伙也要有依靠，这正好与我们的土地复原结合起来了。"

"场长的意思，是把这里填起来？"

"太对了，把堤坝内侧这些空旷的地全部填起来，让堤坝与它相连那边的土地相互拥抱衔接，既保证了堤坝的内侧有强大的支撑和依靠，又使我们增了地、扩了田，两者结合，相得益彰，何乐而不为。洪主任，你说怎么样？"

"好好好，场长的主意好。"

"这不是什么好主意，也不是我的主意，修堤坝的时候，有人就提出来了，只不过与我的构想不谋而合。我粗略算了一下，这一千二百米堤坝内侧完全填满造地，至少可以增加一百多亩地，这样不仅把将来可能冲刷掉的土地窟窿堵上了，而且，还把前些年冲掉的土地又都找回来了。我想，林场职工会高兴，我们以后的粮食会更有保证。"

"姚场长，你怎么有用不完的办法，有道不尽的新招呢！"

"我年轻嘛，再说都是大家的智慧。"

"场长，还是回场部吧，你别冻感冒了。"

"洪主任，更应关心的是你，你一定要保重身体，咱林场以后的日子好着呢。"

"是！有姚场长你在，我特信。"

"好，我们回去，一是治治肚子，二是商量商量下一步挖土造地的工作，趁着下雨不久，地松，好挖土。"

其实，在姚远方和洪主任在防洪堤坝坐地观察的这一天，水利局工程队的同志也没闲着，他们也几次来到防洪工程观察洪水冲击堤坝的情况，得到的结果让他们十分满意，所以等远方回来的时候，他们按水利局领导的安排，为了减少对林场的麻烦，一行人悄悄趁着雨停，下山回局复命去了。

填土造地工程顺利展开，在造地工程热火朝天的时候，已经是小学放暑假的时候。正当姚远方在工地上与几个队长商量最后工程的时候，小学老师马云霞赶到工程简陋的指挥部。

马云霞一走进房间，人们就议论开了。

"马老师来了。"

"美女来了。"

而姚远方因为只顾低头看施工图纸，并没有看见马云霞的到来，但马云霞并不理会大家的寒暄，径直走到姚远方眼前："远方。"

姚远方没有听见，因为他正聚精会神地工作。

"远方，姚场长。"马云霞提高了声音。

"噢，马老师，对不起，只顾看图纸了，欢迎马老师来我们这个简陋的指挥部，你看，你一来，满堂生辉，我们都沾光了。"

"我找你有事。"

"有事请讲。"

马云霞环顾四周："我单独跟你讲。"

"看来马老师说的事属国家机密，走，马老师，咱们出去讲。"

远方和马云霞来到指挥部外的大树下，微笑着对马云霞说："马老师，有事请讲。"

"我……我们放假了。"

"辛苦一学期了，放假了，好好休息休息。"

"我要参加林场的劳动，我要和你一起干活。"

"马老师，参加林场劳动，这是很好的行动，应该表扬，但是我说点意见供你参考。你呢，是一个好老师，也是林场的一位好职工，抗洪抢险你冲在前，建防洪堤坝，你积极参加，填土造地，你有时间也来参加，我们看在眼里，喜在心上，有你这样的好老师，我们林场何愁不发展，何愁不致富。但是，你们学校放假是国家规定，休息也是法律规定的。你很辛苦很累，应该休息一下，再者，我知道，你母亲身体不好，你回去尽尽孝道，享享天伦之乐，等你把老人家安排好了，你再有时间，想来工地干几天活也不是不可以，我们欢迎。我早想好了，我们林场要去你家看看你父母，一方面看你母亲的病，我们能不能帮上忙，二是感谢他们养了你这样一个好女儿。"

"好，我听你的。"

"既然你同意，我们就再见。"

"我……我还有一件事。"马云霞说完，低下头不敢看远方，两只手不停地捏弄着她那又长又粗的大辫子。

"什么事?"

"我……我……"

"马老师平常怕过什么吗？什么事让我们的马老师难以启齿。"

"我父亲给我介绍……介绍了一个对象。"

"好啊！"

"我……我去见不见？"

"你……是问我？"

"对，我该不该去见？"

"哈哈哈！"姚远方笑了，因为他已经感觉到了一些不可言传的东西，正在林场刚刚事业爬坡的姚远方，不想涉及这些东西，因为他认为自己还年轻，自己所从事的事业才刚刚起步，他不想也不愿过早地被感情这东西牵挂着。同时，在远方的潜意识中，他自己已经是情有归属的人了，似乎自己的感情已经有着落了，再介入再涉及新的感情他似乎不大感兴趣。有了这样的心态，他坚决地说："马老师，恕我直言，你感情的事应该由你自己做主，我一个外人，不好说三道四。"

"不，我就想听听你的意见。"

"我……我怎么表示意见，我……"

"我听你的。"

"马老师，你这叫我为难了，你感情上的事我真不好说什么。"

"你——"

"对，我不能介入你的感情生活。"

"这么说，你在爱情上已经有归属了？"

"也不能这么说，我有很多工作要做。"

"你讨厌我？"

"你人长得漂亮，为人又好，怎么会？"

"孟玲是谁？"

"啊？"马云霞的一句话把姚远方说得惊慌失措，不知所以，"你怎么会……"

"我怎么会知道是吧，我告诉你，是你昏迷时说的梦话，我和梁医生都听见了，看来是真的。孟玲是你对象，是你女朋友，她是哪里的，她干什么的，你们好多少年了……"

马云霞连珠炮似的问题把远方击蒙了，过了很长一会儿才从迷茫中醒来："马老师，你说什么呀，你这是哪跟哪呀？"

"你回答我，这孟玲是不是你女朋友？"

"马老师，你看你。"

"回答我。"

"马老师……"

"你如果不回答我，我见不见父亲介绍的这个人，你必须给我拿出意见。"

"马老师，你怎么会这样？"

"回答我！"

"好，我告诉你，孟玲就是我的女朋友，大学时就定了。"

"你——"马云霞哭着跑走了。

姚远方愣在一旁："孟玲，你可救了我了。"

远方在大树下没有动弹，而是看着跑远的马云霞。马云霞的话，把远方有关爱情的思绪又提起来了。平心而论，马云霞是位十分优秀的姑娘，不仅人长得好，而且人品也十分优秀，从她放弃城市的好工作，回家回山区回林场孝敬父母可以看得出来，从她任劳任怨认真做好老师工作可以看得出来，从她热心林场各项事业，参与抗洪，投身抢险，拉土填地中可以看得出来，而且敢爱敢恨，干脆利落。如果哪位男子能与马云霞结为秦晋之好，那位男人一定是非常幸福的，马云霞喜欢自己，远方早就有感觉，场部一些人也看得很清楚，但远方有自己的感情底线，有自己的相爱原则，现在不能谈感情，这个时候不能恋爱。自己才二十三岁，来林场也才刚一年，刚来这里，事业刚起步，工作刚开始，现在就让情感缠住了手脚，那是不行的。还有更重要的一条，在自己的潜意识里，在自己的感情世界里，似乎已经有人主宰了感情的整个天地，也许这个人就是刚才马老师提的"孟玲"，因为"孟玲"给自己留下的印象太美好了，也太深刻了，以至于别的任何人好像都挤不进来，特别是刚才马云霞提到，在自己昏迷不醒疲劳沉睡的时候，居然在梦里多次叫到"孟玲"的名字，这说明什么，这说明"孟玲"这个人已经住进了自己的感情世界里，尽管自己与孟玲什么都不说，尽管他连"孟玲"是何方人氏都不知道，但隐形于血肉，融化于魂魄的情爱可能就这样深深种植在自己的情感土地里，这也可能是自己拒绝马云霞，甚至是拒绝江凤丽的深层次原因，只是远方自己并没有清醒地意识到而已。想到这里，远方不由发出一声长叹：

"孟玲，你到底在哪里呀？"

第十章
局长视察

　　转眼间，远方到林场已经两年了，这两年多林场发生了巨大的变化，林场事业大发展，采伐任务保质保量完成，植树造林指标超额完成，多种经营成果丰硕，林场收入大幅增加，职工收入也达到了翻番。林场建立了山药采购队，全面负责林场中草药的采挖、销售和简单加工，仅此一项就为林场带来二百多万元的收益。林场建立木材加工厂，专门把完成国家采购任务后剩余的树桩、枝丫进行加工，做成木头碗、盆、笔筒、书架、拐棍、挠痒耙。由于都是些名贵树木，如紫檀、花梨和金丝楠木等木材，所以这些东西出奇的好销，而且价格一直看涨。灵山林场在灵山市和灵山县建了两个名贵木材商品店，每年都能为林场带来几十万的纯收入。而随着林场口粮地的扩大，不仅全场职工的吃饭问题解决了，而且两年来累积剩余二十余万斤粮食，还一年拿出五万斤粮食支援灾区。林场的其他事业也大有发展，首先是林场派出所的全体干警不仅工资发全了，而且还涨了工资，并且根据干警责任，还定了月奖金和年度奖金,干警的工资福利解决好了,林场的治安情况比过去更好了,几乎没有发生过偷盗林木药材的现象。林场的小学校也翻建了,老师也增加了,由过去的两名老师增加到六名,马云霞老师还被任命为小学校长。卫生室也扩大了,由过去的一名医生增加到两名医生和两名护士,而梁红玉医生也被林场任命为负责人。而远方来林场的第二年冬天,远方趁着农闲,开始修山间公路,为此,林场成立了工程队,同时成立了山货公司,专门采集加工山上的山货如板栗、茶油、茶叶、竹叶、苦菜等山货。同时,还专门在山上建八个景点,这八个景点的名字都起好了,八个景点的名字是:灵山日出、深潭赏月、银河瀑布、林海观涛、虎岩下山、山花烂漫、药堂体验、灵河漂流。整个灵山林场在姚远方的带领下干得风生水起,兴隆火旺,林场的大发展和好形势,终于引起了灵山市林业局的重视。局长江景天在林业局多次毫不客气,自豪有加地夸耀,"我是慧眼识英才,我是伯乐,远方这个千里马如果没有我,恐怕不一定能一日行千里呀",然后,带着市林业局领导班子主要成员及相关科室浩浩荡荡地开进了灵山林场。

由于局长驾到,姚远方亲自来到山下,为了爬山路方便,姚远方一下子买了五辆吉普车,这车全部是林场用自己挣的钱买的,而且全部挂在各林业生产小队的名下,由于上山还是简易公路,高低不平,林业局的轿车上不了山,姚远方用吉普车把市局领导全部拉上山。姚远方亲自驾车,让江景天坐在车上,上车以后,江景天就说:"远方,你干得比我预想得还好,省厅还要来总结你的经验。你说说,我当时让你来林场,你是不是有情绪。"

"没有。"

"小伙子,没说实话,在机关干得好好的,谁愿意下基层。"

"江局长,我说的是实话,我是学林业的,到林业第一线是我最大的心愿,你让我来林场,我特高兴。"

"没有怨言?"

"没有!"

"不是因为现在干得不错才这么说的吧。"

"真的局长，我真的喜欢林场，喜欢山林，喜欢与林木打交道。"

"好，好，好，看不出，看不出呀！"

"何阿姨好吗？"

"挺好，本来她也想来，但市里有个会，挺重要的，你何阿姨她经常提起你，让问你好。"

"谢谢何阿姨，何阿姨人真好，对我太好了，就像妈妈一样。"

"是啊，远方，你何阿姨把你当孩子看，可你呢？"

"我……"远方语塞。

"不说了，凤丽也代问你好。"

"凤丽，她忙吗？"

"她还是老样子，最近谈了一个对象，是省委秘书长的侄子，好像是省里驻市里的一位处长，年轻气盛，仕途正好着呢。这男的挺喜欢凤丽，但凤丽好像不怎么待见她，见面总是不冷不热的。"

"凤丽人不错，就是脾气大了点。"

"是啊，这个丫头就是臭脾气，我和你何阿姨都知道，这闺女别看对你凶，其实她能看上的，就是你了。好了，不说了，工作上有需要我支持的，请尽管说。"

"谢谢局长。"

江景天一行在灵山林场整整待了三天。清晨，远方带江景天到灵山的麒麟峰看灵山日出，夜晚，远方陪江景天到黑龙潭看老潭映月；上午，一行人在银河湾看银河瀑布，下午大家又到一望无际的灵山原始大森林，看碧波万顷，听松涛阵阵。中餐在药草堂用膳，几乎尝尽了山上的山珍野味，晚饭在万花飘香的百花园吃素食，清一色的山间谷物，山间野菜，山间野花。在虎跃岩前，远方告诉江景天："江局长，可惜现在是初春，雨季不到，这山间最刺激、最疯狂的旅游漂流无法进行，这留下想头吧。欢迎江局长雨季再来，再来带着何阿姨和凤丽一块来。"

"好哇，远方，灵山让你这么一弄，遍地都是宝呀！"

"是，江局长，灵山本来遍地都是宝。"

"远方，还有什么值得我去看的。"

洪主任从中插话："姚场长，应该让江局长去看看我们的防洪造地工程。"

"防洪造地工程？"

"江局长，那不值一提。"

"既然是一个工程应该看看，走，远方，看看去。"

远方带着江景天一行来到了头年修建的抗洪救地工程前，江景天看了一千五百米的防洪水利墙，看了新填扩张的八十亩平展田，再看看八百亩优秀丰产田，丰产田是麦苗青青，菜花耀眼，四周山花烂漫，彩蝶起舞，花香四溢。

江景天不停地看不断地点头："这好，这很好，这有新意。这了不起。"

远方说："江局长，我们只是做了一点该做的事，请局长多作指示。"

"没什么指示，你们做得很好。"

在回场部的车上，一路兴致极高的江景天突然没了话语，远方见江景天似乎拉紧了眉头，担心不知怎么着惹恼了局长，不敢多言语，就安慰并客气地说了句："江局长，转了几天了，山路又难走，你在车上眯一会儿吧。"

"我不困。"

"那——"

"远方，我问你，你这个防水工程是钢筋水泥浇筑的吧？"

"是。"

"总共有多长？"

"一千二百米左右吧。"

"不是一千二，应是一千五百米。"

"可能是局长丈量得准。"

"我在水利局和林业局都干过技术员，这点长度我凭肉眼就能丈量出来。"

"是。"

"总共花了多少钱?"

"三十多万吧!"

"一百三十万还差不多。"

"没那么多,大部分活都是林场职工干的。"

"谁帮你们建的?"

"灵山县水利局工程队。"

"远方,我想知道的是,这个工程总共花费多少钱,现时这个钱又是怎么来的。灵山林场是国有林场,属市林业局直管,你必须给我说清楚。"

"嘻嘻,什么都逃不过局长的法眼,江局长不愧是老林业。江局长,这个抗洪保地工程的确花了百十万元钱,这个钱主要是这两年林场多种经营,卖山上药材,卖山茱萸、卖木材头积攒的钱,两年总共攒了七十余万钱,这个钱全部给了水利局,至今还欠着水利局近三十万元钱。不过,江局长你放心,到今年秋季,山货山药山材都下来,我们一定还上。"

"你们没有其他坏主意?"

"局长,肯定没有。"

"小姚,远方同志,肯定还跟我打埋伏了吧,你这两年怎么可能只积攒了七十万元钱,你看看,你们学校扩建了,卫生室建正规了,灵山森林派出所也比过去气派多了,甚至连警察的衣服都焕然一新了,这些不要钱、还有,听说场里职工不光有基本工资,你们每月和年底都有奖金了。"

"是,那都是各个林业小队经营搞得好,林场职工增收了,林场实力增加了,江局长应该高兴吧!"

"高兴。我当然高兴,我们做工作,干革命的目的不就是事业发展,人民幸福吗?林场实力增强,职工收入增加,我这个当局长的自然十分高兴,但是,我特别担心的是,这两年市财政给你们拨款一分没有增加，而你们的事业大幅度发展，职工收入也可能大幅度增加，我担心你们有没有或者说，做没做违反政策，违反规定，甚至违反法律的事。"

"江局长，你放心，违法乱纪的事，我，我们林场肯定不会做。"

"没有就好。如果有，早点报告早点说，早说能给你擦屁股我去擦，但如果不说，以后发现了，你可要自己负责任了。"

"放心，局长，我们不会。"

"不会，就好，我真有点困了，我休息一会儿。"

江景天在灵山林场看了三天，住了三天，也玩了三天，兴奋了三天。远方毕竟是他江景天选进林业局的，也毕竟是他要求下派到林场锻炼的，林场取得的成绩，主要是姚远方带领广大职工干出来的，姚远方的成绩，姚远方的成功自然也就是他江景天的成功，所以，每每汇报到成绩，谈到变化，看到山上的美景时，江景天自然而然地把姚远方的成功与自己紧密联系在一起。在即将离开灵山林场的汇报会上，江景天作出如下指示：

一、林业局各科室回去后一定要尽快总结林场的经验，上报省厅和市委市政府，并尽可能在新闻媒体上宣传。

二、灵山林场一定要再接再厉，争取更大的成绩，取得更大的进步，发生更好的变化。

三、在胜利和成绩面前必须保持清醒头脑，谦虚谨慎，戒骄戒躁。

四、必须遵守纪律，执行政策，坚持原则，任何违法乱纪的事都不能干。

说到这里的时候，江景天把远方叫了起来："远方，在你刚下林场的时候，我跟你谈的几条原则你还记得吗？"

"记得。"

"再重复一遍。"

"一、不能改变林场的国有性质。"

"二、保证完成国家下拨的各项计划和任务。"

"三、保证林场的稳定、安全和和谐。"

"四、保证林场环境不遭破坏。"

"很好。远方同志记得清楚，也做得不错，希望你们牢记，千万不能犯错误。还有，现在全国都在改革，各行各业都在改，关于改革，我再强调一下：一、改革必须按中央、省、市和市局的统一部署进行。二、改革必须坚持共产党的领导。三、改革必须坚持林场的公有制性质。四、改革必须慎之又慎……"

江景天带着极大的满足，带着胜利和成功的微笑，带着大包小包的山间特产启程回去了。姚远方送了很远很远，把江景天送得感动不已："这孩子就是特会来事，怪不得家慧、凤丽都喜欢他。"江景天心里这样想，嘴上却说："远方，你是场长，几百名职工的带头人，一定要小心小心再小心，谨慎谨慎再谨慎。"

终于该分手了，姚远方已经送到不能再送的地方了，正当远方停步准备上山的时候，江景天的车停了，江景天又从车上下来：

"远方，你过来一下。"

"江局长，还有事？"

"我问你，你去灵山林场的事，是不是你家里不知道？"

远方不好意思地笑："是。"

"你这孩子，我说怎么你家的来信全都寄到局里，不光你家里，好像你家乡的所有信都寄到了局里。我跟你何阿姨说了，你何阿姨让我转告你，一定要处理好与家里的关系，该告诉他们早点告诉他们。"

"我父亲一直希望我能在城市工作，可能是想让我光宗耀祖吧。"

"那你怎么办？一直都这样瞒着？"

"不会，我尽快告诉他们，其实，我父亲是一位特通情达理的人。"

"那好，做好工作，别顶牛。"

"好，一定。"

"有时间也多回市里，你何阿姨可把你当儿子看。"

"谢谢，我一定去看你们。"

江景天的车一路扬尘，飞快而去，消失在山间公路里。

第十一章

偶救狼崽

    也许是远方太累了，也可能是远方知道自己逃不出去，彻底放松了，他说着想着，想着说着，把他在灵山这七年的主要工作几乎从头到尾过了一遍电影，他也真累、真困、真乏了，说着想着的他，竟然睡着了，靠在巨大的银杏树下，头顶上的矿灯依然闪亮，手上的电筒滑落在地，但却正射着前方……

    远方这一觉一直睡到东方的朝阳喷薄而出，一觉睡到山上的百鸟开始歌唱，一觉睡到畅快的山风呼叫而来。

    远方醒了，他揉揉眼睛，睁开眼，首先看见了东方天空的那轮红日，看见了眼前的参天古树，看见了满山遍野的青翠葱郁，看见沟沟洼洼的野花点点，听见了山上的百鸟在鸣叫，"我还活着！"

    远方再看看银杏树前，除了自己，什么动物也没有。"野猪去哪了，狼去哪了"，远方站起来，揉了揉发麻的胳膊和大腿，他又一次手搭凉棚，想看看野猪和狼在何方，但眼前除了野猪留下的两抔猪粪以外，什么也没有。远方影影绰绰地记得，昨夜野狼与野猪发生了激烈的拼斗，厮打嗷叫声曾经叫醒了他，好像是两群野兽打着咬着，离自己远了。而自己在十分疲乏的情况下，放松后睡着了，虽然睡着了，但头脑好像没歇着，一直在放电影，一直在回忆过去的事。眼前天亮的一切，远方是清楚明白的，那就是自己真真切切地活着，不仅活着，野猪和狼早已跑得无影无踪，野兽的习惯是在夜里觅食，这光天化日，朗朗晴空里，七只野兽早已躲进深洞密涧里去了。

"到底怎么回事？野猪和狼为什么不吃自己？"远方极力想弄清楚七只凶神恶煞般的野兽为什么突发善心，为什么不对自己痛下毒手呢，远方边想边检查自己带的物件：手电，对，手电的光束就如火柱，对动物有一定的威慑作用；矿灯，矿灯的电光耀眼直亮，对着七只野兽照射更是像一大团火球，也许，这野兽怕这矿灯灯光，但狼是一团团，野猪是另一团团，灯光虽然刺眼强烈，但照住了野猪，照不住狼，照住狼的时候，野猪照不住，无论是狼还是野猪，谁向自己发起突袭，自己都难以招架，"咋回事？"远方又在野猪和狼待的地方仔细寻找观察，野猪待的地方，地面上留下了四个小坑，那是野猪前爪挖的，两抔猪粪，全是山草树叶和臭味。狼待的地方，倒也比较干净，没有什么可找的东西，突然在十几根衰草里，远方发现了一个红色的东西，远方弯腰把这红红的东西拾起来，仔细观察。红橡皮筋，应该说是橡皮筋外套了一圈圈红色的丝线，这红橡皮圈昨天晚上见过，是那头坐在离自己最近的头狼前腿上系的，这红橡皮筋好像是在哪里见过，远方拍拍脑袋："好面熟的橡皮筋"……橡皮筋把远方带到了四年前，带到了四年前那个大雪纷飞的冬天……

那是张秀巧第二次上山，也是姚远方被免去灵山林场场长的第一个冬天，远方的父亲因为自己挑的"儿媳妇"来到了山上，也留在了山上。与儿子"媳妇"在一起，同享天伦之乐，是老爷子的最大念想。老爷子就在山上林场的职工房里，圈了一个小院，三间正房，一间儿子住、一间未来的"儿媳妇"住，老爷子自己呢，就在厨房里搭了一铺，远方怎么劝老爷子到正房住，老爷子都不肯，老爷子说：厨房有柴火，烧锅做饭，暖和。远方告诉老爷子："爹，中屋不是有个大火笼吗！"老爷子不听儿子的，坚持在厨房睡，说完，掂着老皮袄就到厨房里去了。老爷子是想给儿子和"媳妇"留下在一起的机会，让他们多多交流，增加了解，增加感情。

老爷子走后，堂屋火笼旁就剩下远方和秀巧，秀巧上山已经一年多了，第一次五个月，第二次也已经快一年多了。秀巧第二次上山，姚老爷子就给儿子、"媳妇"整了一个家，秀巧在这个家已经大半年了，虽说远方从不和秀巧说两人感情上的事，但因为秀巧是位善良能干、端庄大方、有眼色的姑娘，时时处处替姚老爷子着想，为姚远方着想。而此时，秀巧端过来一大盆热水："远方哥，热水我已经给你备好了，你洗洗脚再睡。"

"好。秀巧，以后不要这么客气。我自己也能弄。"

"你白天忙，到了晚上多歇着，反正我也没事。"

"秀巧，你这次来，真不走了？"

"真不走了。"

"留在这山上没前途。"

"远方哥，怎么说瞎话，没前途？你一个大学生都留山上了。"

"我没出息。"

"又说笑话，谁能说你没出息。你以前做的事我都听说了，你不是没出息，你是大有出息，只要你在山上，俺就有前途。"

"可我怕耽误你呀？"

"你又没媳妇，又没结婚，怎么耽误我了。"

"我……"

"远方哥，我是俺大为你挑的……'媳妇'，现在是新社会，我不逼你。我在山上，就是想让你看看，我……也不差……"

说到这里，秀巧的眼泪下来了，秀巧的话也触动了姚远方，姚远方不能不承认张秀巧是位很不错，甚至是位很优秀的姑娘。虽然她高中没毕业，但通情达理，善解人意，虽然穿着粗布衣衫，但清秀美丽，温柔贤淑。上山以后，不仅把远方的小家打理得干干净净，清清爽爽，而且积极参加林场的劳动，靠劳动挣得一份工资。更难得的是秀巧为人和善，待人诚恳、勤快、谦虚，不笑不说话，山上的每一位领导和职工，大人和小孩，几乎没有人不喜欢她的。第一次上山，看见远方对她敬而远之，她嘴上不说，但心里十分窝火，我不傻不丑，你看不上我，我还不一定看上你呢，一气之下就下了山，但姑娘骨子里还有争强好胜的因素，回到老家后的她不甘心，一是山上的风景好、空气新、干工作的环境好，上林场就是林场工人，有份不少的工资；二是远方的确是许多美女，包括她自己心仪的男人，自己又多了一层是远方父亲挑的"儿媳妇"的因素，远方是孝子，父亲的意思他不能不考虑，最后更重要的是，我张秀巧要凭着自己的善良、自己的勤劳、自己的聪明、自己的美丽赢得你姚远方的心。只要你姚远方还没有娶妻结婚，我就必须争取，既为一份情，也为一口气。张秀巧心灵深处的这些东西，姚远方无从知晓，但从近一年来秀巧的为人处世来看，秀巧是位好姑娘。正因为秀巧是位好姑娘，远方才感受到不能欺瞒她，更不能耽误她，于是，远方下决心把自己与"孟玲"姑娘的故事讲给她听，必须让秀巧知道他心目中已经有一位姑娘，这个姑娘在心目中的地位，谁也取代不了。

"秀巧，我呢，刚从场长的位置上被踢下来，这一段工作也不忙。今天晚上时间也正早，我呢，就给你讲讲我的故事……"

远方把自己与"孟玲"在香山相识相爱的经历绘声绘色地讲了一遍，讲得张秀巧一会儿笑逐颜开，一会儿皱眉叹气，一会儿泪珠洒落，讲到最后："后来经过江凤丽母亲何家慧局长、司机师傅证实，'孟玲'的确是爱上了我，我呢也忘不了'孟玲'，这三年来，'孟玲'就是我的爱人。"

远方说完话后的很长一段时间，秀巧没有说话，而是瞪大眼睛一直盯住姚远方在看，最后吐出一句："这真是奇人奇事！"

远方"嘿嘿"一笑："是有点传奇的味道。"

张秀巧说："远方哥，那我问你。"

"请讲。"

"实际上，你不知道'孟玲'到底是不是姓'孟'，还是叫什么玲，对吧。"

"是！"

"你更不知道她是何方人氏，在哪里工作。"

"好像是在教育局工作。"

"你也不能确定'孟玲'有没有对象，是不是真爱你？"

"是不能确定。"

"你找到她了吗？"

"找了，托人打听了，也找公安部门帮查了，找了几个都不是。"

"现在已经三年了，到明年三月，就是整四年了，四年有什么新情况，会发生什么变化，你也不是算命先生，你肯定也不知道。"

"是！"

"她会不会结婚，嫁没嫁人，你也不知道。"

"是！"

"那，我就有机会。"

"什么？"

"你是不是就这样一直等下去，找下去？"

"这……"

"你等人家，找人家总有个限期吧。再说了，是不是人家爱上你，怎么证明爱上你为什么不说，在山上，在公园门口，你们在小商店里，不是都有机会吗？为啥子不说，会不会是你自作多情？"

"不是的，不是的，她在小商店里送给我香山红叶，那是爱情的信物，我找出来给你看。"

远方从自己的房间找来了十二张香山红叶的"诗叶"卡片，每一张卡片都镶嵌有一张生动图形和不一样的香山红叶，每一片香山红叶都配有唐诗，由于是塑皮压膜的六片一组，连成一片："给，你看看。"

秀巧接过香山红叶卡片，翻过来看过去，这是李白的"桃花潭水深千尺，不及汪伦送我情"。这是杜甫的"窗含西岭千秋雪，门泊东吴万里船"。这是刘禹锡的诗："东边日出西边雨，道是无晴却有情。……远方哥，没有什么呀，就是几首唐诗，你不是也买了送她吗？有什么秘密吗？"

远方接过秀巧推过来的红叶卡片，顺手把卡片挂在火笼上面挂烤衣服的铁丝上，嘟嘟囔囔说了句："反正，孟玲让我经常看，更不让我送人。"秀巧冷笑了一下："远方哥，你够痴够傻的了，那你就等吧，我去睡了。""早点休息，你早上起得早。"

秀巧进屋休息了，而远方却难平静下来，他也不得不问自己，自己与孟玲的爱情，是不是真的有些不着边际，真的是无的放矢，真的是虚无缥缈，真的是遥不可及。但是，很快又被远方否定了，孟玲是活生生的人，又不是白蛇化人，又不是七仙女下凡，和自己在香山上实实在在待了一天，又不是自己做梦，更不是自己幻想。但是，到哪里去找她，到哪里找到她，找到她要多少时间……所有这些问题无不炙烤着远方的内心，远方想得头痛，就歪躺在火笼边，痴痴傻傻地看着挂在铁丝上的香山红叶卡，"孟玲，这是你给我留下的红叶卡片，我可是经常看，经常看呀……"

突然，借着火笼升腾起的火光，也凭着堂屋不太亮的电灯电光，远方在斜躺的角度，看见了一片红叶卡片上的一角又多了一层东西，这东西只有借着灯光，斜着四十五度才能看见。远方站起来，走到卡片正面看，又看不见了。远方又回到小木椅上歪躺着，借着灯光和火光，又看见了红叶卡片的右下角有一层东西，"那儿一定有一个东西！"

远方把红叶卡片取下来，仔细用手触摸，这才感觉到，这卡片的右下角比其他地方厚，"里面有东西。"远方从屋里找出剪刀，小心翼翼地划开红叶卡片，在卡片塑膜底和红叶之间掉出一张巴掌大的红纸片，找到纸片，远方什么都明白了，他激动不已，情绪失控："秀巧，秀巧，你来看看。"

睡得迷迷糊糊的张秀巧披衣跑出来："远方哥，你喊啥呢？"

"你看看，这是什么东西！"

秀巧打开纸片，上面清清楚楚写道：

袁方：

　　我爱你！找我！等我！我等你，爱你永远！

你的梦玲

　　此时激动的不是远方，而是秀巧，"你，你……怎么找到的？"

　　"你看，孟玲把它藏在了红叶卡片里，如果不挂在那里，我也看不到，应该说，老天有眼。"

　　"老天是有眼，可是，远方哥哥，这也不能改变什么。"

　　"怎么讲？"

　　"远方哥，你被爱情烧昏了头吧，这个纸条只说明一个问题，就是说明这个叫梦玲的姑娘真的爱你，除此之外，什么也没有证明。"

　　"不是这样的。"

　　"怎么不是，这个纸条只是说明梦玲爱你，这一点你是对的。但是问题又来了。"

　　"什么问题？"

　　"什么问题！你看不出来，一个是你爱的这个姑娘叫'梦玲'，而不是'孟玲'，原来的'孟玲'可以判断是姓孟名玲，这样还好找些。而现在这个'梦玲'一看就知道是名字的后两个字，姓什么，不知道，要找这个人连姓都不知道，怎么找？二是你的姓名又不对了，你叫姚远方，但人家把你叫袁方，人家以为你姓袁名方，结果你是姓姚名远方，她如果找你，又怎么找？你说对不对？"

　　远方已经从兴奋激动的状态下冷静下来，虽然幸福感、满足感、踏实感充溢着全身，但这幸福如何变成现实的确有许多难以解决的问题，已经快四年了，自己利用很多机会找"孟玲"，而到现在才知道自己找的人叫"梦玲"，这里面走了多少弯路呀！而梦玲也一定在找自己，可她哪里知道，自己叫"远方"而不是"袁方"呢。

　　"秀巧，你说的是个问题。"

　　"远方哥，这个纸条找到太好了，你可以放心了，我们也清楚了，这个叫'梦玲'的姑娘真的是爱你，但是你们已经分开四年了，可四年来杳无音信，我相信她在找你，你也在找她，可是你们要找多长时间，要等多长时间，总不能找一辈子，等一辈子吧。如果时间长，她结婚了，你找到她了，又能怎么样？你要一直等下去，你怎么跟俺大说，你总也得给我一个说法吧。"

"这……"

"远方哥，我不逼你，强扭的瓜不甜。但是你一定要给俺大，给我一个准信，你等梦玲要等多长时间，我们要等你多长时间。"

秀巧的话尽管直接，尽管大白话，甚至有点尖锐，但是她说的是实话。这个问题不仅秀巧今天提出来，实际上远方心里早就有这样的问题在胸中缠绕，如果双方正式确定关系，不管岁月多长，不管条件多苛刻，也不管生活多么艰难，都会耐心等待，但双方都对能否找到对方胸中无数，就这样一直等下去、找下去吗？最重要的是，渴望早点抱上孙子的老父亲会同意吗？前后左右的同事能同意吗？一直在他身边的美女朋友会认可吗？另一方面，远方相信自己的能力和智慧，能找到梦玲，梦玲也会调动自己的聪明才智找到自己。想到这里，远方又感到信心百倍，把握陡增，他抬头，又看见了秀巧期待的眼神，就十分坚定地对秀巧说："秀巧，我感情上已有了归属，你呢也应该有个好的归宿。"

"假如我要等呢？"

"干吗要等呀？"

"假如你找不到梦玲，怎么办？"

"应该会找到。"

"你能等，我也能等。"

"别这样，秀巧。"

"我这次上山，就是为了你，这你知道。"

"别这样，别等。"

"你给我一个时间，看我能不能等。"

"这……？"

"你不能无限期等下去。"

"这……"

"我也不能无限期等下去。"

"……"

"我等你的时间。"

远方又经过短暂的思考，站起来对秀巧坚决地说："十年，以我与梦玲分开的时间算起，十年，十年之内我们能找到对方，如果过十年还找不到梦玲，我就与你结婚，前提是，你愿意等。当然，我不希望你等，我不愿意耽误你。"

"十年。"秀巧喃喃自语，已经快四年，还有六年，六年……

"所以说，你别等我，不值。"

"不，我等！"

"不要，秀巧。"

"我等！"秀巧不再与远方说话，进屋关门睡觉去了。

远方只好无奈地摇摇头，然后，收好香山红叶卡片，又拿着梦玲给自己留下的小纸条，看了很久很久，这才仔细折叠好，放进小木箱的笔记本里藏好，然后埋好火笼里的火，上床睡觉去了。

远方好不容易睡着，正在甜蜜梦乡的时候，突然，"砰、砰砰"几声土枪响，把远方从睡梦中叫醒。他改不了过去当场长的习惯，从床上"嗖"地弹了起来，赶紧穿好衣裤，套上大衣，开门急着窜了出去。他走到院子，发现他父亲姚老爷子已经站在雪地院子中央："东头来狼了，叼了两只羊，咬伤了两只，也可能把狼打伤了。"

"去看看。"

"拿着手电！"

"远方哥，拿住这木棍，"秀巧也起来了，她递给远方一只榆木棍，既能当雪地里的拐棍，也能做防备野物的家什。远方接过老父亲给的手电，拿住秀巧的木棍："爹，你歇着，秀巧，外面冷，别冻着，进屋休息吧，我看看就回来。"

远方来到农场职工平房东头，东头有一家林场职工养了二十几只羊，但羊圈破烂，因为下雪没来得及加固，结果，遭遇了大雪找食吃的野狼。狼可能来了不少，不到十分钟的时间，咬死了两只，叼走了两只。职工过去是个猎户，家有猎枪，听见动静爬起来，对着狼群放了七八枪，吓走了狼，保住了剩下的羊。羊丢了，猎人不甘心，掂着猎枪，拿着马灯，顺着房子后的土丘追了一段，被远方叫住了："老赵，别追了，深更半夜，这么黑的夜，天又这么冷，狼把羊叼走了，这时候恐怕早进狼肚子里了，追不上了，明天把羊圈修好，我们一起动手。"

老赵不追了，突然，老赵吼了一声："看，这是啥东西。"

远方赶过去，仔细一看，一只小狼一样的动物蜷曲在草丛里，身上正淌着血："老赵，什么动物？"

"狼崽子，坏东西。"老赵举起枪托就要砸下去。

"别砸，我看看。"远方走上去，蹲下来，果然是只狼崽子，而且受了重伤，一看就知道，老赵的七八枪土枪子弹，肯定有一枪打在了这个狼崽子身上了，狼崽子有五六个月大，左下腿都看见骨头了，鲜血逆流，让人怪不忍心的。

"远方哥，远方哥。"秀巧担心远方，跟着远方父亲也赶过来了。

"场长，反正狼崽子也受伤了，砸死算了。"

"什么狼崽子，我看看。"秀巧挤进来，蹲下身，看满身是血的狼崽子，"多可怜，流这么多血。"秀巧从身上掏出手绢，把狼崽子后腿流血的地方用手绢缠紧，"你们看，不流了，赵大叔，狼崽子小，怪可怜的，交给俺吧。赵大叔，你老别生气，狼吃咱的羊崽，你不高兴，可这小不点的狼崽，砸死了也解不了你的气，你大人有大量，交给俺，俺当小猫小狗玩。"

"嗯！"老赵闷吼一声，掂着猎枪走了。

"秀巧，你真救小狼崽？"

"远方哥，上学时听说，救人一命，胜造七级浮屠。小狼崽也是条命呀，俺没看见便罢，看见不救，良心不安。大，你说是不是。"

"也是！"

"远方哥，我这有头巾，咱把狼崽包住带回去吧。"

"好！"

小狼崽被带回了姚远方家，由于秀巧精心养护，小狼崽从失血过多奄奄一息的状态中终于恢复过来，并活了下来。一个月、两个月，不仅秀巧每天像侍候孩子一样照看喂养小狼崽，就连姚远方下班回来，也帮张秀巧喂养狼崽。三个月过去，小狼崽不仅康复了，而且长得很健壮，一天天长大的狼崽，一方面在秀巧、远方的驯导下，变得温顺可爱，一方面又狼性不改，见了鸡鸭就眼露凶光，有时甚至整夜撞击关它的栅栏，经常"嗷嗷"长叫不止。除了秀巧之外，狼崽见了任何外人都会狂叫扑咬，就对连经常喂养它的远方，偶尔也会狂怒暴躁，怒吼不已。远方苦笑说："本来想给你起个好名字，但你这小家伙驯化太慢，狼性不改，那就还叫'狼崽'吧。"当然，狼也是通情理的，它对秀巧是从来都不狂躁，都不恼怒，都不发脾气的，秀巧什么时候喂它，摸它，甚至拍打它，它都表现得十分温顺可爱。眼见得过了三个多月，小狼崽一天天长大，已经失去幼小狼崽奇特可爱的模样，与同在笼圈里的小狗小猫不合群，经常会互相撕咬，有时会咬得不可收拾，这事可愁坏了心地善良的张秀巧，她找到姚远方："远方哥，怎么办？"

"你喜欢，你就养呗。"

"可狼崽长大了，听说狼是野性，养不了。"

"谁说的，我看小狼崽对你好着呢。"

"尽胡说。"

"话说回来了，野狼一直养下去，毕竟不是长法。"

"那你说怎么办？"

"放了它。"

"放了它？嗯，对，我也是这样想的，把它救活了，养好了，俺就尽心了。"

"不后悔？"

"后悔什么，狼终归是狼，放狼归山林，那才是它待的地方。"

"秀巧有学问。"

"又埋汰我。"

"好，既然咱俩想一块了，那就选黄道吉日，放狼归山。"

"俺只希望，这只狼回山以后，少干坏事。"

"你还指望它干好事呀。"

"那可说不定。"

"好！狼是这整个山林生物链中的重要一环，不能没有，又不能太多，但的确，真正对人类发起攻击的狼并不多见。"

"你才学问大呢！"

"你准备准备吧，放狼归山。"

放狼崽那天，并没有其他人，只有远方和秀巧。秀巧准备得很充分，送山林之前，秀巧给狼崽弄了块大鸡脯，又剁了块大鱼肉，还准备了半块馒头和两个玉米饼子，让狼崽子吃得饱饱的。同时还给狼崽洗了洗澡，把狼崽收拾得干干净净，并别出心裁地在狼崽子腿上系了根用红丝线缠绕的橡皮筋，并自言自语地说，如果在山上碰见长大了的狼崽，看见红橡皮筋，"我就认得它。"

两个人拉着狼崽往密林里走，秀巧坚持要抱住它："大了，太重，你抱不动。"

"再重也要抱，以后抱不成了。"

"爱抱你就抱吧。"

两人带着狼崽在一片浓茂密林前，秀巧放下狼崽，眼泪纷纷地说："狼崽子，回山林，找你亲爹亲娘吧。俺虽说给你养好了伤，可俺这不是你的家，去吧！"

远方也拍拍狼崽的头说："狼崽子，你碰见了好人，你在人群中找了个妈，你这妈多好哇，把你养得胖胖壮壮的。你要是知情知义，你就记住你这人间妈，滚吧！"

狼崽子"嗖"一下就窜进了山林，但在狼身还没消失之前，狼崽子又跑回来，跑到秀巧和远方身前，立起身，竖起前爪，蹦跳了好多下，并在秀巧和远方身边用鼻子闻了闻，并在秀巧腿上多闻了几下，多转了两圈，然后迅即看了秀巧和远方一眼，又"噜"的一声，急速钻进密林，再也看不见了。

远方道："没白养，还有点人情味。"

回忆到这里，远方有点感悟："昨天夜晚，昨天夜晚那只头狼，那只腿上戴着红色橡皮筋的头狼，会不会就是秀巧救的那只受伤的狼崽，但愿……"

远方看看手表，已经八点多了，"看来，上午十点多的全场职工大会，我是要迟到了，但为了保住性命，选择迟到也是万不得已的事，希望职工能够谅解。"

远方迅速打点行装，选好路径，往回林场的路急驶。

远方赶到林场礼堂，看到黑压压几百人的林场职工，带着满身大汗往主席台一站："对不起，我迟到了半个小时，按规定，扣我半月的奖金，但付出这半个月的奖金，特值。"

开完大会，场部办公室主任尤太贵报告两个情况："一是张秀巧决定回灵山西地，已向林场递交了辞工申请，但在走之前，她要去灵山市一趟。她一说去灵山市，林场的其他三大美女，教师马云霞、医生梁红玉、地质姑娘李琳琅都要陪她去，结果灵山林场的四大美女结伴去了灵山市。二是邻省有一家著名的投资公司要来灵山林场来谈谈合作开发灵山特产，过几天派人来。"

姚远方对第一条信息，没表示意见，但对第二条消息格外兴奋："好，欢迎他们来。"

等会议结束，参加会议的人和办公室、场部的人全都散去之后，远方首先想到的是：找到了左梦玲，找到了自己心爱的女人，怎么跟她联络，怎么去找她？找到左梦玲应该不是问题，但是马上过去找她还是先联络一下。远方同时又想到，合欢树挂的"思恋远方"的牌子，挂上去的时间，到现在已经一年了，这一年会不会出现什么变故，梦玲的个人感情生活会不会出现新的变化。毕竟已经七年，自己在这七年之中不也经历了一次又一次爱情考验吗？相信梦玲，相信我们之间坚贞不渝的爱情，但生活中随时都可能出现不以人的意志为转移的事。还是应该先打探一下。远方也不例外，越是接近幸福，越是要达到幸福的终点，越是会变得犹豫不定，越是害怕出现这样那样的插曲，突然，一个想法跳跃在远方的脑海："给她发封电报。"这样又快又好，更重要的是这样做，既给梦玲一个惊喜，也有一个让梦玲准备应对的时间。

"对，发封电报。"

第十二章

喜极而泣

滴水岩小学。西方天际，一轮硕大的夕阳向山间滑落，残阳如血，晚霞灿烂。

小学校已经上完了两节课，小学校一百多名学生正在做第三节的体育课和课外活动。同学们嬉戏欢闹，你追我跑，欢喜快乐。

"丁零………"随着一阵细长的自行车的车铃声，一个喊声撞进小学校门。

"左老师，电报。"

左梦玲正在自己的小宿舍批改作业，并没听见山间邮递员的喊叫，是同学们一个一个接力地喊叫，叫住了她，把她喊出了门。

"左老师，电报。"

"左老师，电报。"

"电报？"来滴水岩小学七年了，七年来第一次接到电报，左梦玲既有点新奇，也有点兴奋，"我的电报？"

"左老师，是你的电报。"

电报一般是要本人签收的，邮递员把电报递给了左梦玲，同时递过来签收的表格。

左梦玲在表格上签上自己的姓名，说了声"谢谢"，然后边拆电报，边往里面走，但走着看着的左梦玲突然停住了，停下来的她，又突然蹲下了。

正恰在身边的有好几位五年级的学生，学生以为老师出现了什么状况，"左老师，你怎么啦？"

"左老师。"

"左老师。"

同学们都围了上来。

左梦玲慢慢地从地上站起来，抬起头，已是满脸热泪，她笑了，笑得灿烂如花，"找到了，他终于找到我了。"

电报从梦玲的手上飘落，同学们打开电报，只见电报上写道：

梦玲，你好，我是香山相识的"男同志"，我终于找到你了，我就在你身边不远，我就在这座大山的南麓，七年的思念如山间溪水从未断流，七年的寻找如蓝天上的白云从未消失，七年的等待如日出日落从未更改，七年的坚守如巍巍青山从没动摇，是冥冥上苍、是绿水青山眷顾了我们，我找到你了。三天后（六月六日），你如接到电报，就打电话与我联系，林场电话是………（没有电话就回电报，我去找你。）

此时的左梦玲，只感到头晕目眩，只体会幸福满足，激动不已，她拼命地奔跑，她首先跑到碧透的清水河边，让明净如镜的清清河水，映照她美艳如花的脸："我还漂亮吗？我还美吗？要见我的爱人了，我还美得让他心动不忘吗？我会不会变老了………"

梦玲又奔跑到茂密的森林前，向着那一棵棵枝繁叶茂的、躯干顶天立地的苍松问候："百年青松啊，请你们为我作证，我们的爱是多么坚贞，是多么执着、多么忠诚，茫茫森林啊，请你们为我们祈祷，我们的爱如江河长流，如青山不老，如日月生辉。青山绿水呀，是你们告诉我，爱，需要的是坚守、是忠贞、是始终如一。"

梦玲又跑到高高的滴水岩巨石前面，轻轻抚摸着那一块块如铁的巨石，对着块块巨石，对着如线的珍珠，对着永不间断的流水喃喃自语："滴水岩，滴水岩，你的石头坚硬如铁，你的根基坚实如磐，你的流水长流不老，永不消歇，流水从绿树根叶深处走来，经历多少艰难险阻，经历多少弯弯曲折，但你们从不回头，从不妥协，你们的气节风骨，永远是我人生的榜样。坚持坚守，总会开花结果，在这人生的七年之中，在这滴水岩的七年之中，苦难算什么，折磨算什么，委屈算什么，寂寞算什么，孤独又算什么，苍天、大地、青山、绿水不是把我期盼已久、天隔一方的爱人给我送来了吗？谢谢你们！"

左老师找到心上人的消息在滴水岩小学流传，同学们欢欣鼓舞，他们一传十、十传百，整个山乡几乎无人不知、无人不晓，善良淳朴的山民总是叹息称赞"好人啊"，"善报啊"。

兴奋不已的梦玲走路带着风，说话醮着笑，心里涂满蜜，她兴高采烈地送所有同学放学，她，一脸笑意与回家的老师告别，她，春意满身地投入学校的所有工作中去。入夜，被幸福包裹着的左梦玲，坐在自己的小宿舍里，她把七年来写给远方的日记，写给远方的信，一件件、一篇篇都翻了出来，而此时此刻，与远方分手后那一幕幕幸福的、快乐的、辛酸的、痛苦的经历又回现在眼前………

第十三章

父女和好

　　狂奔追赶远方而未果的左梦玲，已经回到了家乡，此时就跪在母亲的坟前，伏地痛哭。她在跟她母亲说话，跟她母亲交流，她要把她一肚子的苦水，要把她的愤懑，把她的担忧，把她的希冀都向母亲叙说。此时，她怀揣着母亲留给她的遗书，她不愿想起，遗书上说的话，但又不能不记住，又忘不了母亲给她交代的话。

　　玲儿：

　　　　妈妈走了。

　　　　妈妈走得并不痛苦，因为妈妈生了你，妈妈因为有你而骄傲。

　　　　妈妈并不后悔嫁给了你爸，我和你爸是相爱的，这十年，我一直重病缠身，你爸是一个有血有肉的人，是一个正常需要的人，你爸再找你丁阿姨，妈妈是知道的，也是同意的。玲儿，我的孩子，千万不要记恨你爸爸，我们就你一个宝贝女儿，你爸是爱你的，甚至比我更爱你，把你含在嘴里怕化了，把你捧在手上怕掉了。你一直在我身边长大，我对你要求严，只要他一回家，就把你视为心中的宝贝，他从舍不得批评你，你爸对你很好。相信妈妈，你爸爸没有错，我走了，你爸爸是你唯一的亲人。

玲儿，我最担心的是你的感情归宿，义龙是我看着长大的，也是你儿时的伙伴，你与他的感情，开始我是赞成的，虽然上大学以后，你们各奔东西，但义龙变成现在这样，我很是不相信，我想这里面是一定有原因的，但你不赞成同他交往，更不愿意与他结婚，我也支持你，之前我与你爸爸也交流过，他说他不会勉强你，也痛恨义龙的为人。但你爸是义龙父亲重用的干部，义龙父亲会给你爸多大的压力，我不清楚，我想，你应该相信你爸爸。

爱是不勉强的，更不能强制。我希望我女儿找到一个坦荡正直，善良勇敢的男子汉，我女儿这么善良，又这么漂亮，妈妈相信一定能找到你心中的白马王子。

记住：与你爸爸和好。

记住：要活得正直正义。

记住：要勇于面对生活中的苦难。

妈妈相信你，我的乖女儿。

孩子，你一定要幸福

…………

妈妈绝笔

想起妈妈的叮嘱，梦玲刚平息的心情又波涛涌起，眼泪又断线似的洒落下来。眼前的左梦玲，一个刚二十一岁的年轻姑娘，如何去面对这么多沉重的人生课题：如何去面对母亲尸骨未寒，可能要与新欢结合自称是爱自己的父亲，如何去面对儿时玩耍的伙伴，自幼父母约定的结婚对象，现在变成"五毒俱全"的义龙；如何去面对，如果不嫁给义龙，教育局局长、副局长要调整自己的工作，让自己去偏远山区的威胁。更重要的，自己在北京香山短短的一天的经历就找到了人生的挚爱，找到了爱情的归宿。可自己的爱人，那位名叫"袁方"的顶天立地的男子汉，身居何方，人在哪里，哪里去找到他，他对自己又怎么看待，他看似对自己有意，但又很模糊。茫茫人海，大千世界，中国这么大，人这么多，到哪里去寻找自己的心上人，袁方啊袁方，你在哪里，你为什么不在我身边，而是在遥远的远方啊……

梦玲碰到了这么多人生难题，从而对"袁方"的思恋变得如此强烈，因为她冥冥之中相信，她一定能找到远方，远方也一定再找她，她给远方留下的纸片，留下的誓言，远方一定能看到，只要能看到，远方就一定会来找她，也一定能找到她。在梦玲的思想逻辑里，她曾经不止一次地想，如果她父亲不认她这个女儿，如果她父亲在自己婚姻这个问题上受市委书记的挤压，强迫自己与书记的魔鬼儿子成婚，如果书记的儿子义龙再来纠缠并强行让自己就范，如果市教育局领导们也来打压自己，那么，她还有一条路可以走，那就是去天国追随她的母亲，死，也许是摆脱忧伤，逃离纠缠，躲避悲苦最好的方法。然而自从认识了"袁方"以后，她的想法彻底改变，无论再大的困苦，再大的悲伤，再难的遭遇，她也要咬牙挺过去，因为她有了"袁方"，有了心上人，有了再活下去的企盼，有了人生的目标，因为只要找到了"袁方"，梦玲相信，什么都会过去，幸福就会来临。

"袁方，你在哪里呀……"

梦玲从墓地回来，在家门口与等待她回来的父亲相遇。

"玲儿！"

"爸——"在极度悲痛中还没清醒过来的梦玲，不由怒从心生，她不让父亲进家门。

"玲儿，如果不让我回家也可以，但有几句话我要跟你说。"

"不听！"

"玲儿，相信爸爸。"

"不听！"

"玲儿。"

"不听——"左梦玲捂着耳朵，拼命地摇头。

"孩子！"左梦玲的父亲左贵山，威严地喊了一声，"你是爸妈的好孩子，你爸爸妈妈都是讲道理的人。我相信，我们的玲儿也是个讲道理的人。"

在左梦玲的人生记忆中，除了父亲的溺爱之外，对自己最厉害的就是这样威严味十足的说话，而这时候说话，梦玲是不能不听的，也是不敢不听的。此时的左梦玲，瞪大眼睛，有点害怕地看着父亲。

左贵山把左梦玲拉过来，抱在怀里："孩子，你受苦了，爸爸……爸爸对不起了。"说到此，左贵山老泪纵横。梦玲从父亲的怀里挣脱，看见了满脸泪痕的父亲，不由得心中涌起一股柔情，在女儿的心中，父亲是顶山立地的男子汉，在女儿的记忆中，过去生活经过许多风风雨雨，但父亲没软过，更没哭过，梦玲也不由热泪夺眶而出，她又扑向爸爸："爸爸——"

左贵山轻轻拍着自己的女儿，像小时候哄女儿睡觉一样。"玲儿，请相信爸爸，无论什么情况，什么时候爸爸都是爱你的，爸爸只是芸芸众生中的一员，爸爸也会犯错误，但不管再大的变化，爸爸妈妈爱你是永远不变的。玲儿，我和你妈妈最大的幸福就是生了你，你给我带来了多少欢乐和幸福啊，我和你妈妈经常说，感谢上苍，给了我们这么一个宝贝女儿。孩子，我还要告诉你，按照病情，你妈妈早在三年前就不行了，是你和我一道，帮你妈妈又坚持了四年。玲儿，你回想一下，我们一家三口，这几年，不管你母亲身体再怎么不好，但我们一家生活是多么幸福啊！"

左贵山的话把梦玲带回了昔日的岁月。父亲说得不错，母亲还活着的日子，梦玲一家过得充满温馨和甜蜜，父亲再忙再累，每天都要赶回家，都给妈妈擦擦身子洗洗脚，都要看着女儿吃饱饭。即使在自己上大学的日子里，听邻居说，听亲戚们说，包括自己回家的时候，看见父亲始终一如既往，关心母亲，体贴母亲，照顾母亲。

"玲儿，爸爸与你丁阿姨的关系，在你母亲健在的日子里，我们是清清白白的，正大光明的同事关系，我不会背叛你妈妈去和别人好。你妈去世了，你丁阿姨有这个想法，按说是正常的，这一点你妈妈生前是知道的，不管怎么说，人家等你爸爸等了十年了。这段时间，你丁阿姨催着结婚，我对她只说一句，如果我女儿玲儿不接受你，我决不结婚，更况且，你母亲才过世几天啊，爸爸不能做伤天害理的事。"

左梦玲心里清楚，父亲风流倜傥，一表人才，年轻时就是许多年轻姑娘追慕的对象父亲年富力强，仕途正旺，市财政局长，是一个炙手可热的职位，许多人包括许多女性出于各自的目的都盯着父亲。母亲过世后，父亲正值中年，地位显重，年富力强，如果说没有女人看中，那才不正常呢。据母亲说，这位丁阿姨十年前进财政局时就爱上了父亲，父亲把她的情况早就告诉了母亲。母亲生前说过，遗书也交代过，她乐意看父亲与丁阿姨结合。可母亲尸骨未寒，父亲如果执意马上与丁阿姨结婚，那是绝对接受不了的。

"玲儿，爸爸告诉你，爸爸已经辞职了。"

"什么？"

"玲儿，爸爸辞职，这也可能是爸爸唯一能为你做的事。"

"爸爸，是不是……"

"玲儿，放心，世界上路有很多条，不是只有仕途一条道。"

左梦玲好像什么都明白了："爸爸，肯定是那个大魔头使的坏。"

"玲儿，义龙是我们看着长大的，为什么会变成这样，我真想弄清楚。我记得，你上大学之前，你们来往都很正常，义龙看着也是个不错的青年。但这四五年之中，义龙为什么变成这样的大魔头，五毒俱全，无恶不作，我和你妈妈生前说过几次，不知到底发生了什么事，但孩子，咱们管不了他那么多事，咱只要管好咱们自己的事，我只要你安全、幸福。"

"爸爸，那将来您怎么办？"

"我在省城已找了一份工作，省财政厅创办的一个投资开发公司，省厅领导还是欣赏我的，让我去主持这个公司。"

"那好，爸爸总算有个去处，那丁……"

"孩子，你放心，我先去，把那里的工作安排好，把住的地方找好，然后把你和你丁阿姨一块接去。"

"我不去。"

"我怕义龙会缠着你。"

"我不怕。"

"你不怕?"左贵山认真地审视着女儿。

"不怕，爸爸，我现在什么都不怕，爸爸，你要生活好，相信女儿，女儿还年轻，我要留在这里，我要陪陪妈妈。"

"玲儿，据我了解，教育局张局长是市委黄书记的亲信，人品不怎么样，我担心他会刁难你。"

"已经暗示过几次了，但我不怕。"

"玲儿，我尽快在省里给你联系工作单位，你是复旦的高才生，现在各单位都要大学生，肯定能帮你找到工作，我希望玲儿和爸爸在一起。"

"爸，玲儿还年轻，玲儿不怕困难，最坏处是把我下放基层学校教书。爸，你知道，我喜欢孩子，我喜欢教书当老师。"

"玲儿，但爸爸不放心啦。"

"爸爸，你正年富力强，正是干工作的好时候，女儿肯定会回到你身边，但那是等你老了，退休后，等你干不动了，女儿好好侍候你。"

"玲儿，爸不担心你的工作，爸担心的是你的感情，你的终身大事，义龙那孩子会不会侵犯你，听说，义龙坏得很呀!"

"他父亲不是共产党的市委书记吗，他儿子变成大坏人，他为什么不管，连儿子变得这么坏都不管，他还是领导，还是人吗?"

"他，哎……说不清楚。"

"爸，你放心，实在待不下去了，我会去找你。"

"好，玲儿，爸爸等你，如果有什么不好的征兆，你提前告诉我，爸爸来接你。"

终究是父女连心，父女情深。父女俩总算冰释前嫌，重归于好，只是父亲有许多苦衷，有许多难言之痛没法给女儿诉说。女儿呢，女儿也是心中有许多牵挂，有许多期冀无法向父亲倾诉，作为父亲的左贵山是市财政局长，他头脑清醒，思维敏捷，干了近二十年的财政工作，对全市的财政工作烂熟于心，对今后的工作也是谋划在先，措施及时。全市财政工作正处于欣欣向荣，蓬勃发展的大好时机，而左贵山，年纪刚过四十五岁，干事业正年富力强，如日中天，同时由于左贵山精明干练，正直无私，是全市公认的即将换届的市委市政府领导班子人选，在仕途正畅顺，事业正火红的时候左贵山主动从市财政局长的位置上辞职，可见他所碰见的压力是何等的巨大。原来，几天前，市委书记黄贤仁找左贵山谈了一次话。

市委书记黄贤仁开门见山："贵山，今天咱们不谈工作。"

"请讲。"

"我希望，我们成为亲戚。"

"亲戚？"

"就是儿女亲家，过去，孩子小的时候，你们两口子，我们家都是同意的，是认可的。"

"是。过去是说过，但那时候孩子还小，再说，那时候也只是开开玩笑，我们都是共产党人，我们不搞包办婚姻。"

"哟嗬，高调唱得不错，是的，过去是开玩笑说的，但现在义龙认定你家梦玲了，他非梦玲不娶。"

"也不是不可以，你让义龙改邪归正，重新做人。"

"义龙怎么啦，义龙人才长相为人无可挑剔。"

"无可挑剔？你问一问市公安局赵局长，看看你家宝贝儿子干了多少件坏事。"

"那是栽赃，污蔑！"

"你还是自己调调案卷，好好看看吧。"市公安局赵局长是左贵山一个村长大的伙伴，在市里又是铁杆兄弟，开始说义龙犯事的时候，左贵山也不大相信，但赵局长把左贵山拉到了公安局，让左贵山看了黄义龙案件的全部材料，那真可谓件件真实，铁案如山，让人震撼呀。义龙在两年里，涉嫌参与黑社会组织活动，还打架斗殴，打伤八人，其中六人被打伤，两人重伤，真是惨不忍睹呀。

"黄书记，是不是污蔑，你自己判断吧，我要告诉你两点：一、我决不会把女儿嫁给义龙，我女儿梦玲也决不会同意嫁给义龙。二、作为书记，你应该反思一下，义龙为什么会变成这样?"

黄贤仁从写字台前跳起来："好好，好，好，你不同意，那你准备着，我已经安排了，组织部要研究调整你财政局长职务，纪委进驻财政局，调查你的经济问题，同时还有你的作风问题。"

"我也告诉你，你是市委书记，你现在有这个权力，但历史会证明，我是清白的，你也不用调整我的财政局长职务了，我辞职，这是我的辞职报告。"左贵山把辞职报告甩在黄贤仁的桌子上，一扭头，扬长而去。

组织部也的确准备调整左贵山的职务，市纪委也的确成立了调查组进驻了市财政局，但此事没经市委常委讨论，也没报省纪委备案。市纪委书记是位公正坚定的领导干部，他以查处左贵山程序不对为名，上报省纪委和省财政厅，认为查处左贵山应有必要的证据和必要的组织程序，应暂停调查。省财政厅厅长十分欣赏左贵山的才干，直接找到省纪委书记，并报告了省委书记，但碍于市委书记已经做了决定，省纪委、省财政厅与宝山市委协调的解决办法：宝山市委不再调查左贵山的所谓问题，也不再调整或撤销左贵山市财政局长职务，而是由省财政厅调左贵山同志到省厅工作。由此平息了撤销左贵山可能引发的地震，但这件事的另一个结果是，省委尤其是省纪委从市委书记黄贤仁的儿子案件中，开始注意上黄贤仁，为黄贤仁的劣迹暴露和下台埋下了伏笔，此是后话，暂且不表。

左贵山个人仕途和人生经历的这些重大波折，他无法也不想告诉女儿，本来，玲儿妈妈的过世，已经在梦玲的心目中留下了很大的阴影，再加上一个追求自己十年，等了自己十年的年轻漂亮的女朋友丁香，女儿对自己已经有些失望，如果把自己的这些经历再告诉女儿，左贵山担心，女儿会承受不住，会为自己担心。好在与女儿已经冰释前嫌，女儿是绝顶聪明的女孩子，自己干得好好的，突然工作发生如此巨大的变动，女儿肯定心里有压力，无论自己如何变化起伏，绝不能让女儿担忧受怕。

左贵山在离开宝山之前，为女儿安排好了许多事情，首先是请教育局局长吃了顿饭，请局长关照女儿。但左贵山明显感到，这顿饭吃得没什么效果，因为这位局长铁定了是听市委书记的，虽说也说了一些应付关照的话，但明显的是没态度，没姿态，没表示。其次是拉着女儿见了见公安局赵局长，把女儿托付给了赵局长，请这位赵叔叔关照自己的女儿。赵局长非常利索，一，直接打电话给梦玲家所在派出所，让他们时刻关照梦玲的家、关照梦玲。二，赵局长的爱人是位教师，赵局长让他爱人每周去看梦玲一次。让梦玲二十四小时内都可以给赵局长打电话，无论是局里，还是在家里。其三，左贵山和女儿一道，在自己家的左邻右舍都拜访了一遍，告诉他们，梦玲一个女孩子在家，希望左右邻居们关注照顾梦玲。

梦玲看到父亲这么为自己操心，心里着实过意不去，她与父亲之间的芥蒂已经解开，她也知道父亲爱自己，她也知道父亲活在世上不易。每次都是父亲在办上述这些事情的时候，她都说："爸爸，我已经是大人了，我会应付的，相信女儿。"

"提防点没坏处。"

左贵山安排好这一切，带着他的未婚妻丁香赴省城开始新的生活。

父亲再好，安排考虑得再仔细，左梦玲也要自己应付周围的世界。父亲走后，左梦玲按时上下班，做好工作上应干的事情，正常的上班、下班，自己做饭、吃饭、洗漱睡觉。

梦玲有写日记的习惯。这一天，她忙完工作，回到家吃完饭后又坐在台灯下，开始写日记。

翻开日记本，她发现从北京香山回来后，近一个月的日记中，居然有十几天的日记上，都有类似的话：

"袁方，你在哪里？"

"袁方，你在何方？"

"袁方，在哪里找到你？"

"袁方，还记得我们的香山之行吗？"

"袁方，我想你。"

"袁方，我……"

还有一篇日记，题目是这样的写的：

"我的情留在了香山"

真没想到，短短在香山的一天，我被香山的美丽风景，我被香山的灿烂文化，我被香山的短暂时光，迷恋了，麻痹了，陶醉了。忘不了，香山的密密树林，忘不了，香山上的蓝天白云，忘不了香山上的清幽泉水，忘不了香山的古宅老树，更忘不了陪伴我的人。你像浩瀚沙漠中的一泓清泉，你像浓厚乌云中的一道闪电，你像苍茫大海中的航标，你是我身后的大山，你是我灵魂的支柱，你是我心中的太阳，在你的身边，我感到安全，我感到轻松，我感到甜蜜，我感到幸福……

如果上天眷顾我，如果生活赏赐我，如果妈妈在九泉之下馈赠我，请把他送给我，请让他出现在我面前。

看到这里，梦玲胸中又涌起一股热潮，她与袁方在香山的一幕幕又重现在眼前，远方的话语，远方的幽默、远方的坚强和执着，远方的善良和纯真又展现在眼前，梦玲感到意犹未尽，提笔又写下了：

"我的心去了远方"

袁方，你在家吃得好吗？吃饭别吃得太快，我妈妈说过吃快了，对肠胃不好。

袁方，你在家睡得好吗？你会不会做梦，你做梦时会不会梦见我，我相信你会梦见我，如果你做梦不梦见我，我会伤心的。

袁方，你在家乡工作好吗？你的沉着，你的执着跟你的年纪有点不相称，工作也许不会有任何事情能难住你，但我想亲眼看看你工作的状态，你如何接人，你怎么待物，你讲话时什么架势，会不会做什么手势。

袁方，你会成为局长的女婿吗，喊走你的姑娘我见了，很漂亮但也很武断，如果这位美丽的姑娘改掉身上的缺点，你们会有良好的结局，但是……

袁方，你真是去了远方，想起你让我想起古代送爱人远征的闺中女子，我好像把你送走了，你去远方跋涉，你去远方打仗，你去了远方，我的心也跟着去了，你去到哪里，我的心跟到了哪里。

袁方，我告诉你一个秘密：我每天晚上都做梦，每天梦里都有你，都见到你，都和你在一起，我们相依相偎，我很快乐。

袁方，还告诉你一个秘密，我本不相信易经算命的，但为了你我去找他们了，那位先生说，我的爱情就在遥远的远方，远方，袁方，那一定就是你了。我相信我一定能找到你。

袁方，我还要告诉你，从香山回来以后，我的生活理念发生了很大变化：我对未来充满信心，我会跟爸爸处好关系的，因为爸爱我，我爱爸。至于爸爸与丁阿姨的关系，我相信你也会告诉我，应坦然去面对，应坦然去迎接，毕竟妈妈已经走了，爸爸还不老，爸还应有自己的生活。我也不会害怕义龙的缠扰，我想他应该知道强扭的瓜不甜，他应该知道，靠他父亲的威势强迫不了我，我不怕他，我也不怕直接面对他。袁方，请你放心，我会处理好这件事。我会为你坚守。我还会在工作上勤奋努力，尽职尽责干好我分内的工作。

袁方，请你相信我已经长大成人，已经是大姑娘了，我会充满信心去迎接生活的挑战。我不怕困难，我不怕吃苦，甚至我不惧怕危险。因为，我心里有你，有了你，我的生活一定会色彩缤纷的。

　　袁方，你虽在远方，但你到哪里，我的心就飞到哪里。

梦玲写完日记，抱着日记本，甜甜美美地睡着了。

第十四章

勇见义龙

"丁零……"一阵急促的电话铃声叫醒正在熟睡的左梦玲，因为是星期天，梦玲没调整闹钟，因为头天夜里睡得晚，梦玲被电话铃声叫起，起床一看床边的闹钟，已经八点半了。

梦玲起身去接电话，可电话断了。梦玲就到卫生间去洗漱，还没洗漱完，电话铃又响起，梦玲赶紧从卫生间出来接电话，但到电话边准备拿起话筒时候，电话铃又停了。梦玲只好回卫生间继续洗漱，刚洗漱还没完的时候，电话铃又响了起来，梦玲没有理睬，而是坚持洗漱完毕，这才走到客厅，这次怪了，电话铃一直在响。而且响的时间很长，梦玲坐在客厅的电话旁，看着电话，听着电话铃声悠久而刺耳，她抓起电话："喂，你好！"

"……"

"喂，请讲话。"

"……"

"不说话，打电话为什么？"

"……"

“再不说话，我放电话了。”

“梦玲，玲姐。”

左梦玲头脑“轰”地一下，是黄义龙，因为小时候一块长大，虽说梦玲实际年龄比黄义龙还小，但因为左梦玲处处都跟个小大人似的，行署院里的几个小孩都把梦玲看成小孩头，所以，小时候小伙伴们都把左梦玲叫“玲姐”。

“黄义龙，你找我什么事。”梦玲虽然听见是黄义龙，不由得一股怒火直冲脑门，但还是要问问对方，问对方准备干什么。

“玲姐，我要你兑现承诺。”

“承诺？我跟你有什么承诺？”

“嫁给我，跟我结婚。”

“做梦！”

“小时候你曾答应我的求婚。”

“小时候你懂得什么是爱情？什么是婚姻？”

“那我不管，我非你不娶。”

“你不打开镜子照照，你成了什么样的人，罪犯。”

“只要你嫁给我，我会改。”

“不可能，嫁给你，除非太阳从西出，除非白变黑，除非人变成野兽。”

“你不答应。”

“坚决不答应。”

“我要见你。”

“不可能。”

“你若不同意，我就让兄弟们把你家围住，让你出不来，上不了班。”

“你……”

“你就答应我吧，我发誓只对你一个人好。”

“黄义龙，别做梦了，我不会和你有任何瓜葛的。”

“你不答应，我告诉你，我就在你家不远的公路局跟你打电话，我有十几个兄弟就在你家门口守住，你最好出来跟我见一面，咱们商量结婚的事。"

"不可能！"

"玲姐，小时候你可是敢作敢当的，你这么怕见我？再说，不嫁给我也可以，你要能说服我，我不强迫你。"

"你，我不去。"

"你不至于让我的兄弟把你从房子里拖出来吧！"

"你敢！"

"有什么我不敢的，市人大副主任的闺女不是挺厉害的，我动了她谁能把我怎么着，市商务局长的女儿傲着呢，不把我放在眼里，哼，我照样收拾她，哼哼，还不都一样，现在跟我好着呢，几天不见，她还想我呢！"

"你让我恶心。"

"我也感到我自己让人恶心，可是已经上了贼船，怎么办，就硬着头皮走下去，你出来吧，咱们见一面，好说好散。"

"不见。"

"姐，见了，我不会吃了你。不见，说不定我会用强。"

"你敢！"

"我已经这样了，还有什么敢不敢的。"

梦玲突然意识到，如果跟义龙硬顶，是不会有什么好结果。小时候义龙是个很懂事，很天真，很正直的孩子，但同时也是很倔强、很执拗、很扭筋的孩子，个别时候认死理，钻牛角尖，也许对他晓之以理，动之以情，尽量去说服他，看能不能推他走回正道，想到这里，梦玲突然作出一个决定"会会义龙"，不管他是强盗还是魔鬼。

"黄义龙，我可以见你，你说在什么地方。"

"啊——"梦玲愿意出来见他，这一点大大出乎黄义龙的意料，"你真愿意见我？"

"你不想见面算了。"

"见，见，见，你定地方。"

"那……那……"梦玲脑海飞快转动：首要是安全，次要还是安全，最重要更是安全，"那就公路局对门，红旗路派出所紧挨着的昆仑饭店，在饭店大厅见面。"

"好，好，好，我去。"

"一个小时后，我们在那见面。"

"好、好！"

突然作出这个决定，梦玲出了一身冷汗，她感到拿话筒的手在发抖，她感到害怕，毕竟她只是一个人，爸爸不在家，在远远的省城，"怎么办、怎么办？"梦玲在客厅里急得乱转圈，转着说着，"冷静、冷静，爸爸这样教过我，袁方也这样说过我。怎么办，怎么办，既然安全最重要，就必须有相应的保护。"想到这里，她突然想到了爸爸临走之前带她去见的市公安局赵局长赵叔叔，对，找他。

梦玲拨通了公安局长赵叔叔的电话，电话铃一直在响着，梦玲嘴里不停地在念叨：接电话，接电话，接电话。

梦玲紧紧抱住电话，在她失去信心，即将准备放下电话，忽然听见对方拿起了电话，公安局长那深厚的男中音穿越空间传了过来："谁呀？"

"赵叔，是我。"

"你是，噢，听出来了，梦玲，闺女，有事？"

"赵叔，你终于接电话了，快急死我了。"

"孩子，别急，慢慢说。"

"叔，黄义龙要见我。"

"见你？那你准备怎么办？"

"我答应见他了，可我害怕，有点后悔。"

"这样啊，"赵局长经过短暂的沉默后，马上对梦玲说，"孩子，你同意去见他是个勇敢的决定，也是个有智慧的决定，有话当面说清楚。毕竟，你们小时候一块长大，我谅他也不敢对你怎么样，这样，你按时间去，我会及时作出安排，在什么地方见面？"

"在红旗路派出所旁边的昆仑饭店，大厅里见面。"

"好，孩子，你想得比较周到，这样，你去的时候稍微拖一拖时间，我会先派四个便衣过去，然后叫派出所的以检查治安为名，派四五个警察进去。放心，不会有事。你进去后，注意观察大厅左右的情势，不要进个人包间，不要去僻静的地方，好像那里大厅有个喝茶的地方，就在那里跟他谈。孩子，不必怕，我看他黄义龙还翻不了天。你该怎么说就怎么说，不要怕他，当然，你们是发小，能劝他改邪归正更好。"

"赵叔，有你的话，我轻松多了。"

"去吧，孩子，我还有会，如果会议结束早，我会赶过去。"

"谢谢赵叔，真怕找不到你。"

"巧了，我正在会议室开会，因为茶杯忘拿了，回来拿茶杯，就碰上你的电话。"

昆仑饭店是宝山市仅有的三家涉外饭店之一，在八十年代，在一个地级市没有咖啡厅，也没有茶社，只是大厅有一个可以临时坐人的地方，因为大厅比较大，因为是涉外饭店，这里按上级外办部门的要求，搞了一个可供外国人在此喝茶，说话的地方。据说咖啡厅正在准备中，因为还要等省里来人培训，但客厅一角，放了几组沙发，几组沙发的后面，放了几个小圆桌，几把椅子。还有一个年轻的饭店服务员，端茶倒水，算是一个临时接待人，但主要是接待外国人。

梦玲走进大厅的时候，仔细观察了大厅的情况，大厅的沙发上已经坐了四个人，梦玲估计，这四个人可能是市公安局赵局长派来的。大厅的总台前，有三四个人，看样子有的是结账离店，有的办手续入住。大厅上楼的楼梯旁坐着四五个年纪不大的青年，看架势像黄义龙的跟班团伙。而黄义龙已经坐在了沙发后面的小圆桌旁，小圆桌有四个凳子，黄义龙身边还陪坐着两个人，两个人长得比较粗壮，一看就知道是黄义龙的贴身保镖。梦玲路过沙发的时候，沙发上一个年纪比较大的人向梦玲微微点头示意，梦玲证实了自己的眼光，感到信心大增，就径直走到了黄义龙的小桌旁。

"玲姐。"看见梦玲到来，黄义龙连忙站起来，满脸堆笑。

"义龙，你是跟我说话，还需要你的兄弟一起跟我说吗。"

"你——"黄义龙身边的两青年人"嚯"地站起来，准备向梦玲冲过来。

"站住!"黄义龙喝住了两人，"玲姐，就咱们俩谈。"

"好，请你的两个兄弟离开，我们谈。"

"滚!"

"龙哥!"黄义龙身边的两人非常不情愿。

"在门口等着。"

"我们在大厅里，和黑虎黑豹一块。"

"也好!"

梦玲在黄义龙对面坐住。梦玲因为有足够的思想准备，又加上在自己身旁有公安局的便衣在暗中保护，便正襟危坐地坐下，并且，双眼直视黄义龙。面对梦玲犀利的目光，黄义龙低下了头，但很快，黄义龙抬起头，也向梦玲投来一束挑衅的，毫无顾忌的目光。

"义龙，有什么你说吧。"

"电话上已经说过了。"

"你知道，这是不可能的。"

"小时候你对我很好。"

"是的，小时候我们玩得很好。那时候你多乖呀，爱学习，帮同学，有正义感，我也是这样，所以我们才玩得好。"

"可……我……我心里只有你。"

"你……你说这话，要是三年前你说这话，我还有点相信，可现在你自己信吗，如果你心里有我，你会去干那么多坏事吗？如果你心里有我，你不知道我是一个什么样的人吗，我会和一个坑害那么多女孩子的坏人，不是坏人，应该是罪犯好吗。如果是那样，我也必须是一个坏人。"

"那我不管，我就要和你好。"

"绝没可能。"

"左梦玲，你要知道，我是什么事都干得出来的。"

听完这话，左梦玲紧盯着黄义龙没有说话，而且，随着黄义龙的一个手势，刚才围坐在黄义龙身旁的两个打手迅即从楼梯旁向这边走来，两个人手放在衣服口袋里，口袋鼓鼓囊囊，像是有家伙，气氛顿时紧张起来。再看沙发内的几个人，有两个也立起身，向沙发后移动。梦玲顿时感到一身冷汗从脊背上下来，但梦玲突然看到了沙发内年纪大一点的警察向自己点头，梦玲迅即又冷静下来，她马上说："黄义龙我问你，你今天是找我谈谈，还是想撒野动粗。"

"想谈谈。"

"如果想谈谈，就叫你的人离远点。如果你要使强，姐也不怕，姐大不了死在你面前，再说了，你也不看看，这大厅里就只有你的人吗，还有其他人呢，你动粗要强，别人能不管吗？"

黄义龙环视大厅，见大厅里时不时有人出出进进，再看看身旁，沙发上四个人一点没动，而且在黄义龙到来之前，这四个人就一直在这里，四个人都很年轻，而且个个身强体壮，如果对梦玲动起手来，这四个人如果参与过来，不知道输赢结果如何。再说了，为什么这里坐有四个人，这四个人会不会，好像在哪里见过这四个人，在哪里，黄义龙又想不起来。但有一点黄义龙清楚，梦玲是自己的姐姐，自己的梦中爱人，如果使强，如果硬来，肯定得不到她的心。走上钢丝的黄义龙只想找一个自己相信的人，自己崇拜的人一诉衷肠。如果能得到左梦玲的爱，他愿意痛改前非，重新做人。想到这里，黄义龙向两个已走近身旁的两个打手挥手示意，让他们退回。两个打手果然听话，看见手势，退了回去。

"姐，那我们谈谈。"

"可以，你有什么想法，有什么苦衷可以跟我说。"

"姐，我苦呀……"黄义龙说着，趴在小桌子哭了起来，而且哭得撕心裂肺。

黄义龙这一哭，把梦玲哭得不知所措，梦玲毕竟年轻，毕竟没经历过太多的世面，面对号陶痛哭的黄义龙，梦玲不知是劝好还是不劝为好。劝，不知如何开口，不劝，又不知该如何应对。黄义龙的哭，突然让梦玲想起了小时候的黄义龙。那时候，因为义龙的父母关系不和，经常吵架，父亲有时候还打母亲，担惊受怕的黄义龙只好跑出来找梦玲，有时躲在梦玲身后悄悄地哭，悄悄地流眼泪，而这个时候也只有梦玲把小义龙带回家吃饭，写作业，有时候在梦玲家睡觉，梦玲经常用一句带骂带嗔带唬的话教育黄义龙："还哭！看看自己，是一个男子汉还是小女子，羞不羞，再哭，让狼叼了去。"只要梦玲一说此话，黄义龙肯定不哭，乖乖地跟着梦玲走了。

想到这里，梦玲又唬叫一声："还哭，都成男子汉了。"

这一吼，果然起作用，黄义龙不哭了，并且抬起了头："玲姐，我怎么办？"

"怎么办？到公安局自首，痛改前非，重新做人。"

"坐牢？不行，那我肯定不能去，不去，坚决不去。"

"义龙，你还年轻，真正下决心改了，出来还有机会。"

"不，不，不……"黄义龙痛苦地摇着头，"不怪我，不怪我，不怪我，我……好歹是一死，江龙，晁虎！"

两个打手瞬间来到了黄义龙身旁，"龙哥，咋弄？"

"把她带走！"黄义龙突然变得歇斯底里。

两个打手向梦玲扑来，但说时迟，那时快，还没等两个打手抓住梦玲，立在沙发后面的两位便衣警察迅速站起，伸出两拳，击倒了江龙、晁虎，而沙发上的另一个警察立起问："谭队长，黄义龙怎么办？"

"抓，一块带回局里。"

毕竟黄义龙是市委书记黄贤仁的儿子，直接抓他，既没有逮捕令，也没有黄义龙犯罪现场的证据，执行任务的警察从沙发上立起很快，向黄义龙走过去的步子却很慢。而梦玲呢，自谭队长发布命令的时候起，梦玲的思想一直在剧烈地翻腾着，是自己同意要见黄义龙的，黄义龙又是小时候一块长大的伙伴，如果因为自己让黄义龙被抓，在左梦玲看来，无论是理智还是感情上都过不去，他黄义龙因为其他人其他事犯罪在其他场合被抓，那是天经地义的事，自己可不希望黄义龙因为自己而被捕。

再说黄义龙，从沙发飞跃而起的便衣警察打倒了江龙、晁虎，把他打蒙了，他意识到的只有一点：公安局要来抓他了，他跑不掉了，他要坐牢了，他要死了。也正是因为想到这里，黄义龙害怕了，他浑身发抖，一时不知怎么才好，但正当他不知如何是好的时候，左梦玲突然转到他身边，左梦玲低声说："义龙，抓住我，快！"

黄义龙突然明白了什么，从椅子上一跃而起，用胳膊卡住了左梦玲，同时，从口袋里掏出了一把明亮亮的水果刀，对着了梦玲的喉咙："你……你再向前，我就……就杀了她。"

几个便衣警察同时止住了步："黄义龙，你不要乱来！"

坐在沙发上的年长一点的警察正步走过来："黄义龙，我是市刑警队长谭飞，请不要乱来，左梦玲对你没恶意，她是你儿时的伙伴，过去没少帮助过你，我希望你放了她。"

"不可能，不放，不……"

"谭……谭队长，"梦玲喉咙没卡死，还能说话，况且又是左梦玲主动这样做的，黄义龙更不可能卡她很紧很死。

"谭队长，"梦玲继续说话，"你把你的手下和义龙手下的人全部带走，我单独跟黄义龙谈，请相信，他不会对我怎么样！"

"小左，你？你可以肯定？"谭队长把一切都看在眼里，但人命关天，他不能不小心，他怕出问题。

"放心，出了问题我负责任。"

"好，押住江龙、晁虎，我们撤到外面。"

谭队长一行四人，把黄义龙手下的五六个人全部带出了大厅，在饭店外等候。这些人一出去，黄义龙就松了手，而且吓得瘫坐在地上。

"黄义龙，你起来。"

黄义龙只好从地上爬起来。

"你坐下。"

黄义龙坐下，没头没脑地问一句："姐，你这是哪一出呀？"

"哪一出？我可不想让警察因为我把你抓走。"

"他们敢？"

"敢？公安局领导不敢，具体办案的为什么不敢抓呀，大不了你爸爸发话，他们再放呗。"

"到现在为止，还没人敢抓我！"

"义龙，你坐好，我好好跟你说几句，然后你走，我走，各奔东西，你走你的阳关道，我走我的独木桥。但分手之前我还要说你几句，不错，你爸是市委书记，但你爸不可能永远是市委书记，你爸现在在台上，但谁也不敢担保他永远在台上，你爸不当书记了，你爸不在台上了，你怎么办，你犯的那些事怎么办，法网恢恢呀。你现在还年轻，才二十出头，你只要真心认罪服法改错，重新做人，你今后还有光明前途，只要你认罪改过，接受教育改造，姐还认你，即使你坐牢，姐也会经常去看你。义龙，你小时候不是这样的，你这样让姐姐揪心、伤心、痛心呀，改吧义龙兄弟。我不知道你怎么变成这样，但我妈说得对，肯定是有原因的，但不管什么原因，你这样破罐子破摔，你是在拿自己的青春、拿自己的前途、在拿自己的未来摔打呀，义龙，醒醒吧，醒醒吧……"

梦玲说着，义龙开始听着，听着，义龙开始流眼泪，不停地流眼泪，那不断洒落的泪珠，倒真的触动了梦玲作为姑娘柔软的内心，她不忍看见黄义龙这样："义龙，你知道宾馆还有其他出口吗？"

梦玲的话问得黄义龙目瞪口呆。

"快点，有没有？"

"有……有一个后门。"

"你走过吗？"

"走过。"

"那你快走。"

"姐——"

"姐希望你像个男人！"

"姐——"

"姐希望你勇于担当——"

"姐——"

"快走！"

黄义龙消失在大厅里，左梦玲这才站起来，向门外走去。

回到家中的左梦玲，惊魂未定，这才感到后悔，才感到浑身发抖。虽说是春天，但梦玲已经知道内衣全部湿透，那是出了满身冷汗的结果，但毕竟是闯过来了，毕竟是经历了，她对自己的行为甚至感到满意。她在给公安局赵局长打了电话，报了平安之后，又掏出日记本，向她的"袁方"介绍这次经历和感受。

袁方，我心爱的人。

如果今天你在我身边，我知道，有你，我什么都不用怕。你敢在香山七八米高的陡坡上跳下去，接着我，你也一定会在黄义龙匕首和打手面前冲上去，与他们对着干。虽然你不在我身边，但我有胆量，有力量去应对黄义龙一伙，是因为我心里装着你，有你为我壮胆，有你为我打气。如果说以前我还是个娇小姐，但在香山邂逅你以后，我不仅有了梦想，而且也有了胆量，从这个意义上讲，袁方，我真的谢谢你，因为有你作为我的精神支柱，未来有多大困难，我都会勇于面对。

袁方，我不知道，我最后那样做，主动让义龙用刀架着我，是不是对，会不会错，可不可能产生不良效果。我没有把握。你会同意我那样做吗？我知道，你不会同意，我知道，你肯定不会同意我拿生命去冒险。说不定，你还会说："不用怕，有我呢！"你一定会那样说，因为在香山，每每有事，你总对我说："别担心，有我在！"

袁方，我只是想，我不想让黄义龙在我的眼前被抓，好像是我设个圈套，让公安局抓他似的。毕竟我们是儿时的伙伴，从小学到初中，都是好伙伴、好邻居、好朋友，用现在你们男人的话，都是好哥们。他做了坏事应该受到惩罚，但让他受惩罚的这个人不应该是我。我这样想，可以吗？

袁方，我当然更加担心，我不答应黄义龙的无理要求，他会不会又让他爸爸压教育局，逼我就范。放心，我不怕，大不了，我去乡下当老师罢了，当老师是我非常喜欢的职业。

　　袁方，你开始找我了吗？

　　袁方，等我下一步工作安定以后，我一定去找你。

　　袁方，你送我的香山枫叶诗我大都会背了，今天给你背一首：

赠花卿

锦城丝管日纷纷，
半入江风半入云。
此曲只应天上有，
人间能得几回闻？

第十五章

面见书记

　　一连几天，左梦玲没有接到黄义龙的骚扰电话，也没有听说有关黄义龙新的消息。梦玲暗自祷告，希望有关黄义龙的噩梦不要再与自己产生任何瓜葛，梦玲该上班上班，该回家回家，只是多了一分警惕，多了一分担扰。

　　然而，这样的平静日子刚过一个星期，在星期一，左梦玲刚上班，在办公室刚好坐定，教育局办公室通知，请左梦玲到局长柯路办公室。

　　梦玲及时赶到了柯路局长的办公室，梦玲发现，柯局长的办公室还有局二把手梁宪副局长。

　　"小左，请坐。"

　　梦玲默默坐下。

　　柯路局长从办公桌前站起来，走到梦玲身边，并亲自为梦玲端上了一杯水："小左呀，按说，我和你爸左局长过去都是好同事好朋友，你父亲走时还专门找了我，要我关照你。是啊，我也应承了，答应了，但是，啊——"柯路拖长话音，"世界上的事情是多方面因素构成的，小左，你呢，还年轻，还需要历练，还需要了解基层，你是复旦大学的高才生，你的档案我看了，各项成绩都很优异。毕业时，上海有很多单位要你，你母校也希望你留校，但你为了你母亲，便选择了回到家乡，这很好哇，家乡也需要你这种高素质的人才。你来教育局半年多来，工作是好的，大家认可，局领导班子认可，但局领导班子在研究你的工作时认为，你还缺一门课程，这就是了解基层，认识基层，向基层学习经验。因此，今天，局党组委托我和梁宪同志和你谈话，准备让你去基层锻炼锻炼，你看怎么样？"

左梦玲想也没多想："去基层，可以！"

"你认可这个决定？"

"既然是局里决定的，不存在我认可的问题，我会执行的。"

"好，态度好，不愧是大学生，不愧是左局长之女儿。"

"去哪里？"

"宝山县。"

"宝山县？"

"就是比较远、比较穷的山区县。"梁副局长专门补充道。

"知道了。"

"给你三天考虑时间。"柯路局长又补充了一句。

柯路局长的这句话，一下子敲醒了公事公办的左梦玲，既然是下基层锻炼，既然是局党组决定了的，既然教育局一、二把手共同找自己谈话，为什么还要给自己三天考虑时间。左梦玲如梦初醒，她突然清楚地意识到，这又是黄义龙及其父亲黄贤仁向教育局施加的压力。"给三天时间考虑"，实际上是告诉自己，如果自己同意嫁给黄义龙，如果自己同意这门婚事，恐怕不用三天，半天甚至是现在，局里就会改变让自己下基层的决定。想到这里，左梦玲感到恶心，首先是黄贤仁让她恶心，作为市委书记，这样包庇、纵容作恶使坏的儿子，逼迫不爱对方的姑娘结婚。其次是黄义龙让自己恶心，已经说得很清楚了，已经多次说得明明白白，我左梦玲不可能与你黄义龙结婚，为什么还恬不知耻地硬拉郎配，还让她恶心的是眼前的这两位教育局正副局长，明明知道，黄贤仁是假公济私，是恐吓逼迫，还为虎作伥。想到这里，左梦玲站起来，掷地有声撂下几句话："二位局长，你们别演戏了，我知道怎么回事，我也不用考虑三天，你们可以告诉有关人士，这基层，我肯定去。"

左梦玲推开门，走了出去。

夜晚，左梦玲回到家里，与"袁方"交流成了她最大的精神寄托，她拿出日记本，摊开，拉开窗帘，遥望布满星星的夜空，观望良久，梦玲低下头，提笔开始与"袁方"交流。

袁方，请你听我讲话，今天我又做了一个勇敢的决定，我决定下基层，去穷山区，到偏远的地方教书，因为你家是山区，我去山区，我想我一定离你很近很近。

未来我去的山区是一个什么样子，你知道吗?! 我想你一定知道，你如果在我身边，你一定会把穷山区的情况给我描绘得清清楚楚，你一定教我怎么去应付可能碰到的种种困难，你一定会教我怎么在山区生存的种种本领，甚至我还想，如果你在我身边，你一定会陪我一块去山村教书，我们一块在山区教山区孩子读书、识字、长知识。有你在，我们在山区的生活一定会很快乐，有你在，再大的困难我不会怕，有你在，再苦的生活我也能应对。

袁方，我还是有些担心，不知将来会出现什么困难和问题，那山区到底是什么样子，我知道得不多，好多地方是你给我描述的，比如你老家灵山古栈道，你的灵山绝壁路，但山区人民怎么样，山区的孩子怎么样? 可爱吗，好教吗，我真不知道，你能不能再给我讲讲……

袁方，去山区下基层当老师的事，我没有告诉爸爸，你认为我这样做，对吗? 我爸最近很忙。他在宝山市干得好好的，突然换地方，新地方又是新工作，够他忙的了，我不想打扰他。再说，我年轻，下基层去山区锻炼一下，也应该。也应该了解那里人民是怎样生活的，我这样想，可以吗? 我想，你一定会支持我的。

袁方，我告诉你，你可不许笑话我，我感到经历了黄义龙的事和这次下基层的事，还有我爸爸的事，我感到我长大了不少，懂得不少事的道理，我感到你这方面比我懂得多，如果有你在，我们一起探讨探讨，你一定会为我出很多好主意。

　　袁方，我跟你说，经历了这些事，我知道了担心和牵挂，我挺担心的是我爸爸，不知道爸爸在省里工作能不能干好，我也担心丁阿姨会不会对我爸好。我昨天去妈妈墓前，与妈妈说话，妈妈昨夜托梦告诉我，妈妈说她相信丁阿姨会对我爸好。第二个担心黄义龙还会不会找我麻烦，第三个担心黄义龙的父亲会不会找我爸的麻烦。我唯一的，最大的最美好的牵挂，就是你，袁方，我真的很想你，很想，很想……

　　袁方，我还要告诉你，我准备明天去见见市委书记，不为我自己，只是为了黄义龙，我认为市委书记作为义龙的父亲，应该教育义龙，挽救义龙，你说，我这样做可以吗？

　　在市教育局给左梦玲的三天期限里，左梦玲尽可能地做好下基层的准备，把应该买的，应该准备的全部准备好。做好这一切之后，她要办下基层之前的最后一件事。

　　左梦玲没费多大事就进了市委办公楼，在大门口给市委黄书记的办公室打了电话，正巧，市委书记没有会议。听说左梦玲要来，黄贤仁推掉了几个局一把手进见的要求，在他的办公室等左梦玲。

　　左梦玲一进办公室，黄贤仁从办公室站起来，满脸堆笑："啊呀，玲儿，好多年没见了，长成大闺女了，也长成大美人了，像年轻时候的你妈妈，来，闺女，坐，坐。"

　　"黄伯伯。"左梦玲多年没见黄贤仁，还是有些生涩。

　　"对，我就是黄伯伯，你小时候，我们两家多好哇，你没少来我们家蹭饭，我们家义龙呢，有时候干脆就住在你家，一住就好几天。听说义龙叫你姐，你的确像姐一样关心他、体贴他，从这点讲，玲儿，伯伯真心感谢你，那个时候，多亏你们家、你关心照顾义龙。"

　　"黄伯伯，那时候我们都小，互相帮助，互相关心都应该。"

　　"对对对，你那时候很懂事。"

　　"义龙那时候也很懂事。"

"义龙现在也不差呀!"

"黄伯伯,我今天来找你,就是想跟你谈谈义龙的事。义龙小时候和我一块长大,那时候义龙是个很正直的孩子,我是他姐我知道,但上了高中以后,我们不在一个学校,上大学以后,更不了解义龙的情况,不知道义龙怎么会变成这样。我和义龙见过面了,我感到义龙会变成这样,一定是有原因的。黄伯伯,你是义龙的父亲,你应该帮帮义龙,拯救义龙,我作为义龙的姐姐,如果能帮他,我一定会千方百计帮他。"

听了梦玲的一番话,黄贤仁拿着茶杯在他的办公室踱着方步,思索了一会儿,黄贤仁回身又坐在了左梦玲的身边,端坐身子,很严肃地说道:

"玲儿,你今天来,我很感谢,你又专门为义龙的事来,我又很感动。我首先要表达的,就是你过去、现在可能包括将来对义龙的关心、照顾的感谢。其次作为市委书记,我也要郑重地、严肃地、认真地告诉你,我儿子义龙没什么问题,更没有什么大问题,他立场坚定、旗帜鲜明、工作认真、作风正派,他为人善良、善于学习,他团结同志、正直无私,所以,不要听信社会上的谣言,不要相信人们的道听途说。义龙是个优秀的孩子,谁也否定不了,谁也污蔑不了。其三,玲儿,你不找我,我也要找你,义龙最大的愿望就是和你结为百年姻缘。你知道,义龙小时候就依赖你,依靠你,相信你,长大以后,他对你的感情不仅没有丝毫的改变,而且随着时间的推移,他对你的情感更真挚,更坚定,更浓烈。所以,希望你满足义龙的愿望,也满足我这个长辈你黄伯伯的愿望,同时,假如义龙身上有什么缺点问题的话,义龙跟你在一起,也会慢慢改正,慢慢变好的,玲儿,我只是作为你父亲的朋友,作为你儿时的黄伯伯,作为义龙的家长,拜托你了。"

黄贤仁不愧是市委书记,党政领导干部,一番话说的是环环相扣,入情入理,说得左梦玲目瞪口呆,半天回不过神来。但左梦玲毕竟是有备而来,经过短暂的慌乱之后,定定神情,左梦玲站了起来,直逼黄贤仁："黄伯伯，黄书记。"

"哎，玲儿，你说。"

"你是说义龙什么问题也没有？"

"绝对没有！"

"你是说我作为义龙的姐姐，小时候伙伴，很愿意他出问题吗？"

"应该不是。"

"黄伯伯，无论我与义龙的感情是什么结果，我都不希望他出什么问题，这一点，你相信吗？"

"伯伯相信。"

"是啊，开始我也不相信，小时候我就了解，义龙胆小、害羞、怕见人，但义龙善良，义龙不干坏事，我宁死也不相信义龙会变成残害百姓的大魔头。"

"玲儿，那都是社会的人，或者说我的政敌说的，是为了攻击我打击我施放的谣言。"

"我也盼望如你所说的是谣言，但我爸爸亲自到公安局看过案件的所有证据，听过好几个受害人的亲口证言，更重要的，黄伯伯，你也可以说不是真的。"

"对，不是真的。"

"可是，黄伯伯，义龙亲口说的，他自己承认的也是假的吗？"

"他可能自认吗?！"

"是的，他亲口说他糟蹋了市人大副主任的女儿、市商务局长的女儿，他自己说的还能假吗！"

"这——这可能是义龙得不到你的承诺，生气后胡说八道。"

"黄伯伯，你是市委书记，是领导干部，你这样说话有意思吗？"

左梦玲的话把黄贤仁气得乱翻白眼，但他很快稳住神："玲儿呀，不管怎么说，你都不要相信外面的人胡说八道，就算伯伯我求你，帮帮义龙。"

"黄伯伯，既然话说到这里，我也要把我的观点亮给你：要我和义龙结婚，除非黑变白，水倒流，除非太阳从西出。你要告诉义龙让他死了这份心。我不会和一个罪犯有任何感情上的牵连。至于说帮义龙，可以帮他，但首先是黄伯伯你要帮他，你再也不能放任娇惯他了。"

黄贤仁突然哈哈大笑起来。

左梦玲不知所以："黄伯伯。"

"玲儿呀，我做了这么多年领导，倒让你做起我的工作来，哈……"黄贤仁笑了，和颜悦色，"玲儿，这么说，你是不肯答应义龙的要求了？"

梦玲摇摇头："绝不！"

"那好吧，玲儿，感谢你来看我，也感谢你专门为义龙的事来找我，但你要做好准备哟，要准备下去锻炼锻炼哟。"

左梦玲恍然大悟："这么说，黄伯伯，让我去山区基层，果真是你的意思。"

"年轻人，下去历练历练，不是很好嘛，这符合人才成长的规律嘛。你是新时代大学毕业生，像你这样的不多，经过锻炼，以后才能大用嘛，好好干，有困难找我。"

黄贤仁把话说得风雨不透，左梦玲感到还有许多理要争辩，但又不知如何开口。

"玲儿，我这里很忙，为了见你，我已推掉了许多活动，以后有机会再见，好吧，欢迎你随时找我。"

左梦玲只好起身，告辞。

第二天，左梦玲启程去宝山县，送她的只有她教育局的同事小温和小李，还有梦玲的闺蜜如燕和陈韵。宝山县教育局倒是很重视，专门派了一辆车来接左梦玲。

左梦玲离开了宝山市，她不知道，她什么时候才能回来。

第十六章

局长发怒

左梦玲到宝山县已经三天了，宝山县教育局倪千成局长因为死了老婆，全局上下无一不忙，各股室几乎没人上班。左梦玲等去教育局人事科两三次，希望局里能分配工作，自己也好早点进入角色、投入工作。但教育局值班的同志总是说：等等吧，等等吧，局长不回来，谁也当不了家呀！

好在下放到宝山的教师不止左梦玲一人，还有四五个人，几个人在一起说说笑笑，过得倒也逍遥。

第五天的时候，县教育局对下放到基层的老师进行培训。

三天培训，时间很快。教育局副局长和人事股的同志苦口婆心，说来道去，主要是三大内容：一、宝山县的人文地理，自然状况和基本县情，特别是教育方面的情况，二、到基层支教或者担任教师应该注意的问题，三、鼓励年轻人去最艰苦的地方，并把最艰苦地方的情况一一作了介绍。

三天培训，顺利结束，临结业时，教育局人事股长激动地宣布，今晚，倪局长要请大家，为大家饯行。

左梦玲和她一块下派锻炼的老师们愉快地参加了宴请，在饭桌上也见到了宝山县教育局的局长倪千成。倪千成长得一表人才，四十出头，刚死了老婆，在倪千成脸上，看得见的是疲倦，看不见的是悲伤。言语之间，可以看出，倪局长是一个健谈的人，也是一个作风果敢的人。两杯酒下去，左梦玲能感觉到倪局长热辣的眼光一直在自己脸上、胸上不停地扫描。敬酒时，倪千成更是抓住梦玲的手不丢，这让梦玲感到很恶心，"左老师，你喝，请你喝"，倪千成抓住左梦玲的手和酒杯，一定让梦玲喝，"局长，我不喝酒，对不起，从不喝酒。"

"你不喝，我替你喝。"倪千成喝完了梦玲的酒，又倒上了一杯，"左老师，欢迎你来宝山县，你有什么问题找我，我第一个为你解决，来喝酒！"

教育局的人知道，倪局长已经喝了不少了，都劝左梦玲："左老师，你喝一个，喝了就过。"

左梦玲一脸坚决："长这么大没喝过酒，今天也绝不会喝酒，对不起倪局长，你往下进行吧。"

"真不喝?"

"不喝!"

"不喝?"

"是!"

"不喝我喝!"

倪局长又抓起了左梦玲的手："左老师，你这么年轻漂亮，你一来，我们宝山教育系统，不，宝山县，蓬荜生辉，你，太漂亮了！我真想……"

"局长，你喝多了！"梦玲甩开倪千成，冲出包间，回房间休息了。

纠缠并没停止。

就在左梦玲准备休息的时候，门外传来教育局人事股同志的敲门声："左老师，倪局长看你没吃好饭，来看你了。你看看，还为你买了东西。"

左梦玲一看，倪千成已经喝得东倒西歪，基本喝醉了："谢谢，我要休息了！"

"左……左老师，我是……是来道歉的，我……我就说几句话。"

没等左梦玲同意，倪千成带着满嘴酒气，晃晃悠悠挤进了梦玲的房间，倪千成半醉半清醒地对陪同他的人说："米股长，你在门口等着，我跟左老师说几句话。"

左梦玲气得浑身发抖，面对这样的局面，一时不知所措，不知如何面对："倪局长，你要干什么？"

"左老师，小左，你太漂亮了，你是……是我迄今为止见到的最漂亮的女人，你说，一句话，我可以不……不让你下去留在局机关，留在我身边。"

"你——？"左梦玲气得不知如何是好。

"左——左老师，第一眼见到你，我……我就喜欢上你了。"

"胡扯。"

"真……真的，我们……一见钟情。"

"你混蛋！"

"我喜欢你这……劲。"说着倪千成扑过来要抱左梦玲。

"啪"，左梦玲怒不可遏，使尽全身力气，打了倪千成一个耳光，"你这个禽兽！"

倪千成喝醉了："啊，怎么，怎么满眼金星，左老师，我，我真的喜欢……喜欢你，你太漂亮了！"

"啪"，左梦玲又扇过来一个耳光。

可能这一巴掌把倪千成打得有点清醒了。

"你，你打我？"

"打你这个畜生！"

"畜生？我……我怎么啦。"

"你快滚，要不，我喊人啦。"

"喊人？为什么喊人？我不就是喜欢你吗，喜欢漂亮女人有罪吗？

放心，你跟了我，吃香的，喝辣的，我，我，现在单身，不……不违法。"

"你，你快滚。"

"你……你要不依我，我让你去最苦，最艰难的地方！"

左梦玲从枕头边拿起下乡准备的剪刀，对着倪千成说："你再胡说八道，我跟你拼了，你这样，我告你！"

"告……告我？我怎么啦？我喜欢……你也告我，我……"倪千成一股酒涌上来，又要扑上来。

"来人啦！"左梦玲高喊起来。

守在门外的教育局的同志冲进来，连拉带拽把倪千成拉了出去，出去时倪千成还不停地念叨："我喜欢……你漂亮，我死了老婆……你从我，留……留我身边，你不从我，最……最苦的地方，我……我让你去个遍……去……个……遍！"

教育局人事股的同志又去而复返，对着不断啼哭的左梦玲不停地道歉："左老师，对不起，对不起，倪局长喝醉了，你别计较，倪局长老婆死了，办丧事这几天累得够呛，所以喝多了，喝醉了。平常，倪局长还是个很正派的人。"

教育局的同志走了，左梦玲哭累了，哭倦了，歪躺在床上睡着了。一觉醒来，梦玲一看表，才四点多，想到昨天晚上的惊险遭遇，怎么也睡不着，摊开日记本，又开始给"袁方"写信了。

袁方，你个死袁方。

昨天夜晚，你在哪里，你知道我在受苦吗，你知道我面临威胁吗，你知道……如果我……我怎么能活下去，即使活下去，我怎么能见你，给你一个完整的我。

袁方，我每天都给你写信，你能收到吗，你心里有感应吗？

袁方，天亮了，我就要去宝山县最基层的地方教书，那地方在哪里？什么样？我不知道，未来的工作怎么做？如何做好？我不知道。山里的孩子什么样？怎么教育？我也不知道。你要在我身边，你一定把这一切告诉我，对吧？在香山的一天，我感到你最是有办法的。想到你，心里有你，我相信，我也会有办法的。

昨天那个禽兽局长，我知道他是喝醉了，但醉后就能乱性吗？喝酒就能为所欲为吗？袁方，我告诉你，我很勇敢，我打了他，而且打了两次，手都打痛了。如果他还有进一步的行动，为了我的名誉，也为了你，我一定会与他拼命的。

袁方，你会祝福我的，对吧。我一定能在这里干好，做一个好老师，等与你见面的时候，说不定，我已桃李满园了。

袁方，我已经把下乡的事写信告诉了爸爸，你放心，我有爸爸呢，爸爸一定支持我，也会来看我。但我多么希望你能来看我呀。

好啦，袁方，我不跟你说了，我要收拾东西，吃罢早饭就出发了。

别忘了来看我。想你呢！

吃早饭的时候，教育局人事股的同志告诉左梦玲，她要去的地方改在了"滴水岩"。

"局长的意见？"

"是！"

"哪里都可以！"

"那里很远、很穷！"

"我不怕！"

"可能要很苦很难。"

"我有心理准备。"

"左老师，你……"

"请讲。"

"昨天，你是不是打倪局长了？"

"还局长呢，禽兽不如。"

"局长喝醉了。"

"喝醉了？喝醉会做出今天的决定？"

"局长只是脸上过不去，现在脸上还有印呢！"

"是吗？"梦玲笑了，很开心，很凄美。

"你可受罪了。"

"我不去，其他人也得去，对吧。"

"原来是让一位男老师去的，今早局长临时换了你。"

"不怕，你给我介绍一下情况。"

"滴水岩实际上是伴着一条河的地方，离县城有百余里地，三面环山，一面丘陵，而且都是大山，小学校就在清水河边，因为这条河水是从陡直悬崖上流下来的，就叫滴水岩。春夏河水泛滥，这边的学生过不去河那边，到了秋冬，这里小河流水潺潺，倒也有一番好风景，坏处是山大学生分散，夏天发洪水学生不好到校，好处是风光秀丽，山高险峻，流水欢歌，空气宜人。最大的难处是学生辍学率特别高，有时春天上学一个班二十个人，到了夏天只剩下四五个人了。"

"孩子们有上学积极性吗？"

"有啦，当然有，当地的干部天天来教育局，要求派老师去，但往往老师春季去了，秋季又回来了，有的甚至宁愿不要这个饭碗了，也不去那里当老师了。"

"明白了。"

"左老师，你一个女老师，要有足够的准备呀！"

"放心，我会干好的。"梦玲说得大义凛然。

第十七章

乡亲宜人

　　左梦玲坐着破烂的长途客车从宝山县出发，经过了将近四个小时的颠簸，终于到达了滴水岩小学所在的宝山乡。在宝山乡吃了顿午饭，又坐拖拉机走了两个小时，到达了滴水岩村。村里老支书喜出望外，"怎么下来位仙女哟，这回咱村的孩子有学上了！"

　　村支书是位六十多岁慈眉善目的长者，对左梦玲的到来十分欢迎。老支书很热情地自我介绍："左老师，听说你是从大城市来的，稀客呀，欢迎呀！我叫余文化，说叫文化实际上没文化，解放时叫余蛋蛋，解放军同志说，这名字不好，就改成了余文化，其实我一天学也没上过。实实在在是没文化的山里人，一个老农民，我这支书都干了二十多年了，叫谁接谁不接，因为我们这里穷呀，当干部没有油水，还贴了许许多多的工夫。不说别的，就把这全村的住户跑过来，没有两三天也不行呀。我们这个村近一百多户人家，大人小孩算起来也有千把号人哪，该上学的孩子也有二三百人哪，可每年上学的还不到五十人呢，山里人穷，但也希望上学读书有文化，希望上级多派老师来，可从有小学到现在，已经二十多年了，派过来的老师也有三四十位，除了我们村的两位民办教师，公办教师一个也没有，你这一来，我们可有主心骨了。"

梦玲说："余支书，学校在哪里？我们现在出发，咱一边说一边往学校去。"

老支书笑了："左老师，恐怕今天去不了啦，现在已经是下晌四点多了，到小学校我去也得走两个多小时，你第一次走没有三小时是到不了的。左老师，你看这样好不好，今晚你就在我家将就一晚上，好好休息休息，明早出发，这山路哇，不知你能不能走得动。我想：一则呢，你在家休息休息，攒攒劲，明天好赶山道，我呢，我下午和夜里还要找人通知各村民组，明天带孩子上学，我约摸，明天到小学校的时候应该是下午了。"

左梦玲有些吃惊："那么远呀！"

"左老师，讲路程也就三十多里地，可全是山路，坑坑洼洼，高高低低，老难走，一般人是走不动的。"

"老支书，我年轻呢！"

老支书笑了："是呀，左老师年轻，但这样的山路估计你没走过，所以，你安心休息吧，我让你大娘晚上给你熬地瓜粥喝。我这还要进山，通知娃们明天上学，来了位这么排场的女老师，不知娃们会有多高兴呢！"

老支书走了，到天黑的时候，老支书的家人才陆续回来，老支书的儿子、媳妇、小闺女都回家吃饭了。老支书的小女儿叫余水灵，十八岁，人长得像名字一样，天真水灵，朴实活泼，见了左梦玲像见了大明星一样："姐姐，你怎么恁漂亮呀，你看看，你比墙上的电影明星都好看。姐姐，我只上过小学三年级，我可想上学了，要不姐姐，我还跟你上学去。"

左梦玲打心眼喜欢这个山里姑娘："好哇，好哇，你去才好呢，我也有个伴。"

"我跟俺大说，明天跟你一块去。"

"你大？"

"就是俺爹，俺山里人把父亲叫大，也有叫爹的，也有叫爸的，不一样，叫大的多。"

"挺有意思！"

"姐姐，你给俺讲讲大城市里的事。"

"水灵——叫左老师吃饭了。"

余水灵拉着左梦玲："姐姐，今晚我跟你睡，你给我讲讲城里的故事。"

余水灵的出现，给左梦玲对未来难以预料的忐忑的心里陡添了一道光彩，增加了一缕阳光。这女孩子太可爱了，有了这女孩子，也许将来的教学生活不至于那么贫乏和枯燥。

晚饭很丰盛，除了老支书说的地瓜粥以外，还有很多菜，有野木耳，有山黄花菜，有野葱、山蒜、腌豇豆、腌咸菜，还有一盆细凉粉和两三样蔬菜瓜果，但没有主食，满满一大桌子。

"姐姐你一来，我们像又过年了。我给你介绍一下，这个腊肉可不是一般的猪肉，是野猪肉。这盆凉粉，是青青凉粉，是山上一种植物的树叶，把树叶的汗揉出来，然后做成的凉粉，姐姐，你在城里肯定没吃过。"

左梦玲说："是，是，连听都没听过。"

余水灵又说："这一大桌有一半是大山上的东西，除了青菜豆腐外，都是野的，葱、蒜是野的，木耳、黄花菜是大山上的，这汤是葛根粉做的，深山里挖的，姐姐我们过年也这样，一大桌山野菜。"

"死妮子，光顾说了，让左老师吃呀，边吃边听你琐碎。"

"对对对，还是俺娘说得对，左老师，姐姐你吃，我给你夹！"

"水灵，不客气，我自己来！"

左梦玲在这个小山村的一个普通农家，感到其乐融融，吃着吃着，梦玲突然意识到，这家的主人老支书还没吃饭，忙问："老支书呢？我们不等他吃饭吗？"

"俺大呀！不等他了。不到下半夜他也回不来，这十几个村落跑下来，总得六七个小时的。"

"啊？这么远呀！"

"闺女呀，"这时候，不多说话的水灵母亲，老支书的老伴说话了，"你刚来，可能还有点新鲜，稀奇，可日子长了，你就受不了了。这地方穷呀，这地方苦呀，这地方山高路远，这地方路窄坡陡，时光难熬，日子难打发呀！你看这个小电灯，水他爸腿都跑断了，才从县里弄了台发电机，光架电线就摔坏了几个人呀，可这也只是咱这附近几个村才有呀。你去的那个小学校，电还没接过去呢，听说你要来，娃他爹这几天急呀，说小学校不通电，怎么能留住老师呀。我寻思，就是通了电，那小学校前不着村后不着店，冷冷清清河水边，谁愿意在那里住呀，那可不是一天两天呀，闺女呀，你心里得有个数呀，你跟个仙女似的，那地方苦呀，闺女，你放心，有水灵他爹，有俺们呢，俺叫水灵常去看你，陪你。你呢，学生不上课，你就回家，这里就是你的家，我有仨闺女，老大老二出嫁了，就剩这老幺了，你来了，俺又添个闺女，俺乐着呢！"

大娘的一席话，把左梦玲的眼泪都说出来了："谢谢大娘，有你们，我就有信心……"

"姐姐不哭，姐姐不哭，你还有妹妹我呢，我天天去陪你，做你的男朋友。"

"死妮子，乱说！"

夜里，余水灵钻进左梦玲的被窝里，左梦玲给水灵讲城市里的建筑、城市里的车辆、城市里的商场、城市的学校、城市人的生活，又给她讲大学生的生活，大学生的故事。而水灵则给左梦玲讲这大山里的山、大山的水、大山的树、大山的花、大山上的鸟、大山上的动物，还讲了大山上孩子们的希望、孩子们的特点，孩子们期望上学，期望走出大山的愿望。说着讲着，水灵突然问：

"姐姐，你有男人吗？"

"有男人？"

"就是你们城市人说的什么爱……对……对象。"

"对象，或者说男朋友，对吧！"

"对对对，就是男朋友，对象。"

"你先告诉我，你有没有。"

"俺，没有，可想有。"

"为什么？"

"山高路远的哪有人呀，年轻人，这几年都开始出去打工了。再说，俺也没上几年学，谁稀罕俺呀！"

"妹妹，你这么漂亮，你这么善良，会有人喜欢你的。"

"会吗？"

"会的，以后我碰到好的，给你介绍一个。"

"姐姐，你有，有那个对象吗？"

余水灵这么一问，左梦玲一时不知怎么回答，正在思考着，要不要回答，怎么回答水灵的问题。水灵又追问了一句："姐姐，听说城市人都胆大得很，在大街上都敢……"

"都敢怎么着。"

"都敢亲嘴！哎哟多不好意思。"

"没什么不好意思。城市人是比农村开放早一些，在城市那不叫亲嘴，那叫接吻。"

"对对，书上就这么说，接什么，接吻，接吻，我记住了，那姐姐，你到底有没有对象？"

左梦玲本不想回答这个问题，但面对着和自己一个被窝里善良又可爱的余水灵，感到不说实话，对不起水灵，也对不起自己："水灵，我呀，对象，可以说有，也可以说没有。"

"姐姐，你摆迷魂阵呢？怎么说有，怎么又说没有？"

"好妹妹，等你恋爱了，等你真正喜欢一个人的时候，你就懂得了。"

"我还是不懂。"

"说有，是因为我喜欢他，我爱他，我爱他矢志不渝，地老天荒。说没有是因为我不知道他爱不爱我，喜欢不喜欢和我在一起。"

　　"你是戏文里说的那个单相思呀！"

　　"也不完全是。我明显感觉他喜欢我，可他又没有表白过。"

　　"那他在哪里？"

　　"他呀，又玄了，说了你也不一定理解。"

　　"说说呗，说说呗，姐姐，我好喜欢你恋爱的故事。"

　　"他呀，远在天边，又近在眼前。"

　　"姐姐，你说得真有点玄，我怎么听不明白。"

　　"好，我给你解释解释，说远在天边，是因为我不知道他具体在什么地方，是哪里人？甚至，他准确的姓名都不是很清楚。我们只是在香山……"

　　"香山？"

　　"北京的香山，我们只是在北京的香山一起游玩了一天。"

　　"只待了一天？"

　　"对，只一天，我发现，我已经非常非常热烈地爱上了他。说近在眼前，是因为我感觉他天天都和我在一起，我每天都和他说话，每天都给他写信。我感到我对他每天都有说不完的话，快乐时，我想起了他，和他一起分享快乐，我碰到困难时，也想起了他，他一定会想办法帮我克服困难，遭遇危险时我更想起他，他必然会挺身而出，为我赴汤蹈火。"

　　"姐姐，你说得可神啦，他，他长得好看吗？"

　　"好看，很帅，很英俊。"

　　"那你们一天就可以成对象？是不是大鼓书上说的一见有情。"

　　"不叫一见有情，叫一见钟情。"

　　"是，一见钟情。"

　　"姐姐，那就奇怪了，你也不知道他姓啥名谁，又不知道他家住何方，那么将来你们怎么结婚，过一家子呀？"

　　"我相信他一定会来找我，我也会千方百计找他，找到他就和他结婚，过一家子。"

"姐姐，你的恋爱好玄好奇，好新鲜哟，好令我神往。"

两个女孩子说着笑着，可能是左梦玲白天走路累了，很快她就睡着了。水灵年轻，见梦玲睡着了，一翻身，她也做起了美梦。

天刚亮，老支书就把还在睡梦中的梦玲叫醒了："左老师，该起了，今儿还有很远的路要走，还有很多的事要做呢！"

左梦玲一骨碌爬起来，赶紧洗漱吃饭，准备和老支书一块出发。

出发的时候，老支书说："左老师，今天多拿一点东西，因为……"

"老支书，你说。"

"因为，那个小学校几乎是什么都没有。"

"教室有吗？"

"有！九间教室，两间住房，但破破烂烂。"

"有桌椅用具吗？"

"基本没有，今天各家凑。"

"吃的用的呢？"

"我们自己备。"

"最重要的，学生，有吗？"

"这个，最不缺，今天，会到不少。"

"有多少？"

"五十？六十，或许更多。"

"学生不少，都多大的学生？"

"左老师，这些学生，多数是过去上过学的，但后来城里老师走了，村里老师又没有工资，学校办不下去了，学生来了，老师走了，所以学校的学生就半截子，上不成学。"

"过去有几个教师？"

"最多时有五位老师，五个年级，一年级一个。后来，城里老师最多只有一个人，乡里村里也只能供养两名民办教师，所以呀，这次加你，有三名教师。"

"那也不错。"

"是不错。这次是很不错，来了你这位大城市的姑娘老师，乡里又配了一位老师，我昨天连夜又把村里过去教书的两位老师动员来了。还有件喜事，县里因为你来，专门下拨了一万元经费，乡里也配套了五千，我们村里也凑了三千，小学校还没有过这么多钱。左老师，你给咱小山村，给咱小学校带来喜讯了。左老师，咱们上路吧，咱一边走路一边说话。"

"大，俺也去。"老支书的闺女余水灵已经打点好了行装，准备上路。

"死妮子，你赶啥子热闹。"

"左姐姐一个人，俺不放心。"

"还有其他老师呢！"

"其他老师夜黑都回家了，那孤山野洼的，左姐姐多孤单，我去陪她。"

听说小学校夜里只有自己一个人在，左梦玲的确有点害怕，赶紧也央求老支书："老支书，让水灵妹妹陪我几天，我……我真是有点害怕。"

老支书叹了口气："别说你害怕，就是让水灵去也会害怕，但水灵能陪你几天呀，陪几天不还是得走吗！闺女呀，那地方，……唉，孤单呀，苦呀！"

左梦玲无言以对，那地方究竟会苦到什么程度，孤单到什么地步，她估量不出来，看久经风霜的老支书也愁眉苦脸的，自己也陡然沉重了许多，只好无可奈何地说了句："希望水灵妹妹多陪我几天。"

"姐姐，我天天陪你，我去上学，给你当学生。"

"那好那好！"

"死妮子，乱说，走吧！"

第十八章

孤野小学

　　说是三十里山路，让左梦玲感到是比四十里还难走，因为几乎所有的路，要么是羊肠小道，要么是悬崖峭壁，很多地方坡度在五十度以上。段段高低不平，处处险奇悬滑。许多地方都是余水灵拉牵着左梦玲的手，一步步挪动。许多时候，老支书早已迈过险路，在前面笑吟吟等待。早已满身大汗，满脸疲惫的左梦玲不停地气喘吁吁，不停地双腿发颤。而老支书到底是生活阅历丰富，走到风光旖旎处，总是停下来，"左老师，你看那远处山峰，那叫仙女峰，你看那仙女像不像，美不美。"

　　"再美也没姐姐美。"

　　水灵的话，既真诚又揶揄，活跃了气氛，消解了疲劳。

　　梦玲抬头远眺，果然万山丛中，峻峰挺立，西南山峦间有一山峰，长袖起舞，婀娜多姿，脸向东北方向顾盼不已，但见白云缠绕，祥鸟掠过，一派祥瑞甜美之景，"这仙女，就是像。"

　　攀岭过涧，但见山风习习，山花香郁，头

上，不断地有彩云飘过，脚下，不停地有小溪欢歌，偶尔从身边有几只松鼠窜过，给寂静的爬山路增添了几分乐趣。

"左老师，你往西边看，你看那个突出的大石，像什么？"

"像猫，太小，像狗，不像。"

"姐姐，那叫猴跳石。"

"像，猴跳石，太像了。"

"左老师，你从跳跃的角度去看，很像一只猴子。"

"是的，很像，像一只飞跳起来的猴子，生动，形象，活灵活现。"

"姐姐，你知道猴子跳起来干什么吗？"

"不知道。"

"你看看山下面，你看山下边那悬崖旁边，有一块石头，像什么？"

"像什么？"

"也像猴子。"

"对，也是只猴子。"

"你再看看山下面那块悬崖像什么？"

"像——狮子、老虎？"

"老虎，那叫老虎崖。姐姐，这里面还有个故事呢。山顶上的那块大石为什么叫'猴跳石'，是因为山下的母猴为了护自己的小猴崽，正忍受老虎的攻击，在山顶上的公猴看见母猴和小猴受老虎的攻击，急火攻心，急不可耐，急毛燎燥，急……总之，急得不得了，不管山多高，跳多远，老虎多么凶暴，不顾一切，奋起一跳，所以，就叫猴跳石。"

左梦玲笑了："是的，故事蛮感人的。妹妹，如果你有什么困难，你的爱人也会来帮你的。"

水灵的脸红了："爱人？爱人还不知在哪里呢！姐姐，你在我们这大山沟里受苦受难，你的，你的那个他，会不会来救你？"

水灵的话激起了梦玲心灵中最柔软的地方，她一时愣了一下，但随即笑了笑："好妹妹，我到这里也不一定是受苦受难，这地方多美呀，你看，青山绿水，白云蓝天，绿树红花，飞禽走兽，多美的自然风光呀，你们在这里不苦，我在这里也就会不苦。至于说，他会不会来，我相信如果他今天知道我在这里，最迟明天他就会来看我。"

"姐姐，有了他，是不是很美的？"

左梦玲抬起头，像是透过青山，跳过绿水，又像是驾上白云，驭过山风，一字一句地说道："是的，是很美。"

"俩姑娘，少说啦，赶路要紧，要赶到晌午到小学校呢！"

老支书带着梦玲、水灵一行三人，过独木桥，越青龙涧，绕黑虎岩，穿蘑菇洞，翻插旗尖，走鲢鱼岭，一路上尽管辛苦，但头顶着丽日蓝天，腰间彩云缠绕，脚下流水欢歌，特别是每走过一段小溪，但见溪水清澈见底，山间的轻盈小鱼，憨态小蝌蚪，沉静娃娃鱼在水中自由游戏，既好玩，又好看。一路山风，一路花香，轻盈的迎春花香，浓郁的兰草花香，清香的苦菜花香伴着青树的青气，混合着扑鼻而来。既香艳，又独特，既热香，又有些刺鼻。但见山间美景，起伏错落，忽而，身边山间一片葱郁密林，老支书说："那里一片原始森林，据说有上千年。"突然，又一湾深深碧水，"那是黄龙潭水，据说三千年前有黄龙出现。"再而几片风华正扬的向天毛竹，粗竹筒，碧竹叶，竹林如海浪，随风起伏，波起浪涌，几只白鹭落下，陡添几番秀色，再拐弯处，又几簇青青竹林，挨住一口水塘，水映竹，竹点水，又一幅自然山水画。山间的松鼠乱窜，画眉轻歌，杜鹃浅唱，山鹰高歌，山间麻雀叽叽喳喳，山上的飞鸟构成一曲多音的交响曲，路边的青青树木，多花植物，琳琅满目，多姿多彩。老支书会不厌其烦："这是三七，是中药；那是桔梗，也是山药。这是天麻，好中药，在城市的药店里，贵着呢，俺这里多得不稀罕。还有苍术、鱼腥草、竹叶青，多着呢，看，这是咱家吃的野山蒜、山葱、山野菜。左老师，你往这一点看，那一棵藤藤绕绕的，那叫葛根，它现在地里的是个大蛋蛋，大蛋蛋里长着雪白雪白的葛根粉。别看这葛根粉，既是好中药，又是好食品，一九五九年吃食堂，浮夸风，乡亲们的粮食都上交了，好在我们是山里人，靠山吃山，是大山救了我们这里的一方百姓。山上的板栗能当饭吃，山野菜能当菜吃，这葛根粉也派上了大用场，既能做凉粉当菜吃，也能做饭当饭吃。那年头，可是帮了俺们的。还有这路边很多的青青树叶，俺们山里人叫关关豆腐，这种植物，是把树叶榨出汁，汁再沉淀，就做成了像豆腐一样的凉粉，这种东西好哇，管饱肚子，还清火治病。如果你拉肚子，吃一次，准好！"

一行人说着走着，已经三个小时了，上午快过去了，老支书又催："左老师，前面就是滴水岩了，再走二里路，过了滴水岩，就到学校了。"

大家过桥拐弯，来到一较平坦的地方，但见前对的山崖高耸入云，山崖的四周布满参天树木，然而那山崖伸出来的地方，全是巨石，并形成了一个大豁口，从豁口往外不断地流水，梦玲问："老支书，这就是滴水岩？"

"是的，滴水岩。"

"够高的。"

"很高，据说有七八百米高。"

"也够险的。"

"是的，你看，笔直笔直的悬崖峭壁，从豁口往下都是石壁，就跟斧头劈的一样。"

"流的水不多。"

"这也就是为啥叫滴水岩的原因，这滴水岩一年四季，无论雨下得再大，也不管天是否大旱，这滴水岩永远都是滴水岩，水像珍珠一样，点点滴滴往下落。只是有一年，这山雨下了五天五夜，山下面好多地方都淹了，闹水灾了，但滴水岩就有一天，水大了，形成了瀑布，那阵势，特别好看，场面特大，吸引了好多人来这里看。听说你们大城市还来了记者，但是，记者来了，还没拍到几张照片，瀑布停了，又成滴水岩了。"

"有这么神？"

"你看，那上面往下的流水，永远都是这样，滴滴答答，不断线，不停歇，一直都这个样。"

"我希望有一天这里流成瀑布，能让我看见。"

"姐姐，我和你一起看。"

"好，等将来放假时，我们爬上去看看，一直这样滴水，肯定有它的科学道理。"

"走了！"

一行三人又开始了辛苦的山间路程。

到中午该吃饭的时光，老支书、左梦玲、余水灵三个人赶到了小学校。左梦玲赶紧看看小学校，小学校就几间房子，而且很多人正在修缮。其中，三间教室，一间厨房、一间是老师的卧室、一间是其他老师的办公室。左梦玲看见有一二十人正在劳作，屋顶添瓦的、修补窗户、修钉桌椅的。还有的家长正背着桌椅往学校赶呢，一看这架势就知道，是因为自己的到来，这个学校又开张了，是因为学校要开张了，这个村的老百姓，这个小学校的学生家长们，大家一齐动手把小学校配置起来。

老支书放下背上的大包行囊，对左梦玲说："左老师，大伙听说学校又开学了，高兴得不行。你看，家长们都来了，把小学校整修整修，配配齐，争取尽早开学，你先转，我呢去看看，还需要点什么。"

左梦玲知道自己添不了手，因为她既不会泥瓦活，也不会木工活，就围绕小学校四处转转，看看小学校的地理位置和周边情况。

小学校的后边是莽莽宝山，宝山的最高山峰据说就在这里，小学校的前面是一条又窄又绿又好看的小河，现在看来，河水清澈，青草葱郁，野花点点，蜻蜓蝴蝶悠然飞过，好一派山水田园风光。再往河对面看，青山丛中偶尔见白墙灰瓦，那肯定是山间人家，但一看离小学校还很远很远。顺着小河再往上看，依然是莽莽大山，小河掩藏在青山之间，再往下看，也是只见青山，不见小河，只是在小学校这一块，河面较宽，河两面地方比较平坦，这也可能是为什么小学校设在这里的缘故。再看小学校周围，眼睛能望及的地方，看不见农户人家，看不见炊烟，满眼的都是一派翠色，左梦玲不禁自嘲道："倒是个养眼的好地方。"

"是的，这里风景好、空气好，安静、环保。"老支书不知什么时候也来到左梦玲身边，"左老师，该吃饭了。"

"老支书，为什么小学校建在河这边，而不是河那边，我看河那边隐隐还能看见几户人家，有人家就应该有学生。"

"问得好，左老师，你肯定想，既然河这边背靠大山，为什么不把学校建在有人家的河对面，这里面的确有点讲究。这个小学校最多时候有二百个学生，河那边一百多，河这边五六十个。当时建在这边，一是你看到的，河这边难得有这么一片依山傍水平坦的地方，你看对面，这山高石头多的，哪找能盖十来间房的地方呀。这是一。二呢，主要是为了照顾这后面大山里的七八十户人家，他们到这里上学平均得二十里，如果把学校建在对面，这大山里的孩子又得多跑几里地。而对面的孩子虽然多些，但毕竟比这后面大山里的孩子上学要近得多。建在这里，村子里可费神了，因为还有一个大问题，就是从春到秋，这条河经常发洪水，而且大水下来又猛又陡，说来就来，河道窄呢，这一来，对面的孩子不愿意了。"

"能修座桥就好了。"

"是啊，能修座桥就好了，过去搭过不少简易的木桥，但大水一来就冲垮了，想修一个大桥，但咱村子穷，又修不起。"

"修个桥得多少钱？"

"得好几十万呢！"

"要修个桥。"

"左老师，你有办法？"

"会有办法的。"左梦玲想到了父亲，父亲毕竟过去是财政局局长，现在又在省财政厅工作，修座桥应该是能行的。

"那太好了。走，左老师，吃饭去。"

左梦玲随老支书到了小学校，看到几十个人都停下了手上的活计，都在吃饭，看见大部分人都手捧一个毛巾，低头在毛巾上吃着，正想问他们吃什么，余水灵过来了："姐姐，面条，快吃，都有点凉了，我下的面条，给你多放了几个山鸡蛋。"

左梦玲端碗吃了起来，尽管不太热乎了，但因为有鸡蛋的关系，面条也不难吃。左梦玲还是不明白，干活的乡亲为什么不和自己一样吃面条，就问："水灵，乡亲们吃什么？为什么他们不吃面条？"

"姐姐，你是大城市人，没见过吧，他们是吃饭团，自家带的。这饭团就是在家把大米饭蒸好，把咸菜或其他菜什么的捏在饭团里，捏紧捏实，这样装得多，放得稳，不散开，山里人出门找工作、上山砍柴，进沟里挖药都要带上几个，可管饿了。"

"那为什么不让大家一块吃面条呢。"

"都吃面条，谁出钱呀，这二十多个人干活，得要多少面条，如果再打下几个荷包蛋，那可花大发了。村里穷，小学校更是没钱，谁也出不起，所以，昨天俺大又让人通知，每个人自带饭团。"

"原来是这样呀！"

"姐，不好意思，谁让我们山里人穷呢！"

正吃饭间，听说来了新老师，几个学生怯生生地向左梦玲靠了过来，梦玲想跟他们说话，正不知从何说起，还是余水灵反应快，叫了起来："山猴子、石头蛋、毛妮子、齐杜鹃、彭山豹，你们几个过来，认认新老师。"

六七个学生聚拢过来，水灵一个个介绍，"这是毛妮子，河那边的，家里三女一男，两姐出嫁了，就剩她了，死妮子爱学习，每次新老师来，她都要上学。"

左梦玲把毛妮子拉在身边，毛妮子长得秀眉大眼的，很是好看，忽闪着两只大眼睛盯着左梦玲："左老师，长得真好看！"

梦玲笑了："毛妮子，你更好看。"

"这娃叫石头蛋，是后山的，家离这有二十五里吧，在大山的后边，石头蛋，你上几年级了？"

"三年级。"

"几岁了？"

"十三岁。"

"见见左老师。"

左梦玲把石头蛋拉过来，"你为什么不接着上？"

"老师都走了，上不了。"

"放心，左老师一定好好教你，教你小学毕业，走出大山上初中。"

"好！"石头蛋蹦起来，又在地上打了个跟斗翻，"好，我要上中学、大学。"

"山猴子，你那捣蛋劲哪去了，来，见见左老师。"

山猴子已经大半个大人高了，不是小学生了，但有些害羞，怯怯晃晃地走到左梦玲面前："左老师好！"

"好，你叫山猴子？"

"别听水灵姐乱说，我叫楚山虎。"

"好名字，楚山虎！你上几年级了？"

"我已经上了三个三年级了。"

"三个三年级？"

"不是我学习不好，而是每次老师不等课教完就走了，新老师来了，我只好重新再上三年级，我都十五岁了，左老师，你能让我把三年级读完吗？"

"为什么这样问？"

山猴子一脸的执拗，对左梦玲很不相信："你能保证一年之内不离开这里吗？"

"我？"左梦玲心里一震，这孩子不光是发问，也是替自己发问，在这个山高路远极偏僻的地方，自己能待多长时间？坦率地讲，左梦玲自己也说不清楚，但抬头看见山猴子期望的眼神，再看看山猴子后面几个学生一致的眼神，左梦玲毫不犹豫地说："楚山虎，我答应你，一定把你教毕业，送你去县城上初中。"

"太棒了。"山猴子不愧为山猴子，转眼间在左梦玲和余水灵身边转了好几圈，转得几个人眼花缭乱的，然后，山猴子在空地翻起了跟头，一翻就是十几个，接着石头蛋也加入了翻跟斗的行列，引起干活人的一阵阵欢呼声和掌声。

听说新老师来了，下午又从河两边的大山里跑过来十几个学生，他们都和新来的漂亮的城市女老师见面，见了面都高高兴兴的，都表示一定约更多的同学来上学。山猴子等几个年纪大点、个头大点的学生一直围着左梦玲，左梦玲走到哪里，他们就围在哪里。左梦玲既高兴，又担心，高兴的是学生们喜欢自己，担心的是在这深山之中，能不能把学生带好，把课教好。

看见学生们围着左梦玲，余水灵拿着个小木棍："你们这些个皮孩子，围什么围，左老师去哪，你们跟哪，跟个跟屁虫似的，别围了，让左老师清闲点，以后天天上学，有你们跟的。"

山猴子抓住余水灵的棍："姐，你别打了，我们还不怕跟你一样上几个四年级没上完，俺们俺们只想问左老师一句话。"

左梦玲听说学生们要问话，忙把学生们安排在草坡上坐下，说："同学们，从今天开始，我就是这个小学校的公派老师了，按以往的规矩，也就是这个小学校的负责人了，同学们有话尽管说。"

左梦玲这一说，学生们突然安静下来，突然间鸦雀无声，谁也不好意思说话。

"同学们别担心，有话就说。"

沉默。

还是沉默。

突然，山猴子"噌"地从地上弹起来，"你们不敢说，还是俺说，左老师，俺们就是担心，你会不会很快就走，大家说，大家说……"

"说什么？"

"……"

"楚山虎，男子汉，有话直说。"

"大家说，大家说，你这么漂亮，怎么可能在我们山沟沟长待，你男朋友抢也把你抢走了。"

"轰……"大家笑了起来。

笑后又是一阵沉默。

左梦玲从孩子中间站了起来："同学们，大家的担心有道理，因为前几任老师都没干够时间走了。大家怕，大家担心，我能理解，告诉你们，我喜欢教师这个职业，我喜欢和学生们在一起，我喜欢和你们在一起，我不敢多说，我可以告诉你们，我至少在这里教完三年，至少把山猴子送毕业。"

"噢——"山猴子等一群孩子欢呼起来，"左老师不走了。"

"左老师教我到毕业。"

"左老师喜欢我们。"

"同学们，老师在这里留不住，关键是来这里道路不通，以后经济发达了，这里变富了，这里山美水美，成了旅游点，你看一定会有很多老师来这里当老师的。"

小学校的整修任务到下午太阳落山前基本结束了。左梦玲让老支书陪着，挨个向山里乡亲表示感谢，之前，左梦玲要给每个人十元钱，算是劳务费，老支书坚决不同意，说，山里人也不能惯，你这次给十元，下次可就得给十五元。最后没办法，左梦玲从自己腰包里拿出一百多元钱，给每人五元钱，算是回报。左梦玲在每位乡亲面前都重复着同一句话："让孩子们都来上学，""让孩子们都来上学"。

乡亲们走了。左梦玲和老支书一块商量开学的有关事情，老支书表示：一、由他负责催乡里派的老师尽快到位。二、由他负责催促更多的学生前来上学。三、左梦玲建议，由老支书代表村里向乡里、县里申请修桥修路的经费，尽管老支书说难，但还是同意了。

左梦玲说："老支书，你该回去就回去，让水灵陪我两天，我和村子里原来的两位老师从明天开始，就正式上课了，请老支书向乡亲们转达我的心意，我一定当好这个老师。关于修桥修路的费用，我会帮助想办法解决，真不行找我爸。"

"你爸？"

"我爸是原来的市财政局长。"

"左局长是你父亲，太好了。我现在山村的电，就是左局长批钱解决的，太好了，太好了。"

"我父亲虽然调省财政厅工作了，但这里修桥修路的事，他不能不管。"

"好，好，好，可是，闺女，既然左局长是你爸，可为什么让你到俺这穷山沟里来呀?"

"老支书,一言难尽。再说,总得有人来,来这里是我自愿的,我喜欢和孩子们在一起。"

"好,好,好。"

第十九章

愁思绵绵

　　老支书走后，陆陆续续做工收尾的人也走了，围着左梦玲的学生也前一个后一个地回家了。伴着山里阳光被大山吸尽，天也要黑了，小学校，孤零零、冷清清的小学校，只剩下左梦玲和前来临时陪她的余水灵了。当天真的全部黑下来以后，小学校更寂静冷清了。因为没有通电，小学校只有两盏瘦弱的煤油灯，左梦玲坐在空寂的教室里，鼻子里充斥的是修整房屋后的土灰味和泥土气，灯光昏暗衰弱，只能看见手边的课桌，连教室前面的黑板都看不清楚。没有电，没有亮光，把山间的一切，包括山间的小学校都沐浴在灰暗暗的色彩中。余水灵在厨房里准备晚上的饭菜，本来，左梦玲要和水灵一块做晚饭，但水灵不让，水灵说："明天就要开学上课了，左姐姐还有很多事要准备，你去准备吧。"

　　左梦玲要教的课，在县里培训时早已准备了，特别是上课，在县里既观摩了，也试讲了，效果不错。左梦玲不担心教课，担心什么，她一时说不清楚。想到这里，左梦玲站起来，走出教室，走过小院，来到白天乡亲们临时搭建的小学校柴木门前。大地昏暗一片，只能看见四周昏暗高耸的山峰和从山凹口透过些许月光。左梦玲想走柴木门，忽然远方"嗷——"的一阵嘶鸣，让左梦玲打了个冷战，那应该是狼吧。狼声刚过，又从左梦玲后面的高山传来"咕——"的叫声，那应该是猫头鹰在叫。左梦玲感到了害怕，她赶紧从柴木门前退回来，重新站在了教室门口。

　　左梦玲靠在了教室门口，突然间感到很累很累，又很怕很怕，"我就在这里度过青春吗？"想到这里，一股巨大的喷涌而来的孤独感、惧怕感笼罩全身，"我的人生就这么一个舞台吗？我就在这里生活……"左梦玲有点不敢往下想。她扭头看见了小厨房里的灯光，那是水灵在做饭。"如果……如果三天后水灵走了，我一个人……我一个人怎么办？怎么打发这放学后老师、同学都回家，自己孤寂一个人的生活？"左梦玲此时突然感到，"今天，自己还能在茫茫黑夜里畅想，还能有胆量到小学校柴门前去观望，那是因为有余水灵在，那是因为这个小学校里有两个人。而此时，余水灵，那个文化水平不高，单纯善良，漂亮可爱的余水灵成了自己的精神支柱。假如三天后，水灵走了，我怎么办？我靠谁？"想到这里，一股冷汗透出脊梁，想到这里，两行热泪，喷涌而出。左梦玲此时想到了妈妈，如果妈妈在，她一定不会让自己受这么多苦，不会让自己孤寂地走向这里。如果来这里，妈妈也一定会陪自己在这里共度春秋，可妈妈呢，妈妈已到天国，天国——，天国也许不寂寞。

　　左梦玲又想起了爸爸，自己给爸爸的信不知收到了没有，应该收到，可爸收到又能怎么样？爸爸即使想与自己联系，也无从联系起来，不说小学校没有电话，就连老支书他们这个村，也没一部电话呀。爸爸想给自己写信，也不知寄往何方呀，自己在信中已经说过，等自己去教书的学校定下来后，再给爸爸写信，再告诉详细的通讯地址以及在学校的情况，可是这里的地址怎么标识？这里的情况怎么向爸爸说呀！通过黄义龙的事件，梦玲已经原谅了爸爸，理解了爸爸，她十分清楚，爸爸非常爱自己，如果不爱自己，爸爸会放弃大好的仕途而不要，会弃官辞职，远离家乡吗？而且，爸爸已经说过，一旦他在省城安顿好之后，就来接自己过去，可我刚到这里，父亲真来接我，我走吗？我能走吗？

左梦玲此时想得最多的还是"袁方"，是"袁方"支撑着她坚强地来到宝山县，来到大山，来到大山里的滴水岩小学："袁方，你知道我已经来到这大山深处的小学校吗？你一定知道，因为你是大山里的人，所以我也就自然喜欢大山。我可以想象你当年是怎么上小学的，是怎么爬十几里、二十里山路上学的。和你在一起时，你说的我信，但我不能感受到，但今天我感受到了，怪不得你爬起香山来，气不喘，腿不抖；怪不得你把你的行李我的行李都背上还精神抖擞，怪不得你因为救我受了伤还能跟没事一个样，我现在知道，山里人了不起，你了不起。更让我欢喜的是，你这位山里人又经过了城市里的高等教育，我高兴地看到，几年大学的你，不仅保留了山里人的忠厚善良，而且融入了时代的智慧时尚，同时你还有点幽默、大度和狡黠，你是我心目中的英雄。袁方，刚到这个陌生的深山小学校，在不知未来如何的情况下，我最想的还是你，想知道你在哪里，你在干什么，想得到你的理解和支持。我有一个特别美好的幻想，如果你能来这里和我一起教孩子，那该多好哇，我们在这里教满五年，把一个小学生送毕业，然后你跟我一块回省城找我爸，我们……，可是，袁方，我在哪里找你呀，能在哪里找到你啊……"

"姐姐，晚饭好了，拿嘴哟——"

梦玲从美好的梦想和对袁方的深情思恋中醒来，她突然意识到，自己的脸上流淌着泪水，也不知那是思恋的泪水，还是忧虑的泪水，抑或是悲惧的泪水，她赶忙擦擦泪水说了句："袁方，我一会写信再跟你聊。"

"姐，饭凉了。"

"来了！"

第二十章
父女情深

"喊喊喳喳"的鸟叫又一次叫醒了梦玲，梦玲习惯地拍拍身边的水灵："水灵，小懒虫，该起床了。"可是梦玲的手拍空了，因为余水灵已经走了，回家了。老支书临走时，交待他的女儿余水灵，要水灵陪梦玲三天，可水灵一陪就是七天，因为梦玲舍不得水灵走，水灵呢，也不想离开梦玲。两个女孩子成了形影不离，无话不谈的好姐妹好朋友，水灵因为和梦玲在一起，能学到文化知识，能了解大山以外的精彩世界，能感到梦玲身上的时尚和美感。而梦玲呢，和余水灵在一起，让她感受到了一种精神的支撑，一种团体的力量，一种破除孤寂的鲜活。还有一条，水灵不仅教会了她采菜、做饭、作息等山里生活的一些基本常识，还能直接帮梦玲洗衣做饭，打扫卫生。重要的是，水灵还能帮助梦玲如何教育"治理"山里头那些调皮捣蛋的"学生"，可现在，这一切都没了，水灵走了，留下了孤寂、独自的梦玲。看见身边人走被空的床铺，看见射进小屋里的一抹朝阳，再回头看看自己躺在简陋，还充斥着泥土气息的小屋，不知怎么回事，梦玲鼻子发酸，两行热泪沥沥而下，"只剩下我一个人了，我一个人了"，孤寂、落寞、担心、后怕、恐惧各种心理一齐涌上梦玲的心头，"我该怎么办？"

"姐姐，怕孤单，就起来干活，干活了就不多想了。"这是水灵临走时教给她的驱逐孤寂的妙方："对，起来，干活去。"

梦玲从床上跳起，刷牙、洗脸，简单美化一下自己，然后去小厨房，小厨房里，水灵已经为梦玲准备好了三天的饭菜，有些生菜切好了，碱放好了，泡好了，基本上是简单加工一下就好。梦玲把饭菜热好，又快速吃完。把一个人的碗筷洗完，收拾好小厨房，梦玲又来到房间，想备备课准备今天的课程，但刚入座，她就发现了她头天晚上摊开没合上的日记本，发现了她写给"袁方"的信：

"袁方，我亲爱的（从今以后，我就这样称呼你，因为没人知道，也没人看见，再说了看见了我也不怕），告诉你两个消息，一个好消息，一个坏消息，先让你高兴，说好消息吧，我已经在小学校扎根了，我已经基本适应了，我已经把几十个学生全记在心下了。小学校的规章制度也建立起来了，乡里、村里的老师也到齐了，每天上课都挺正规了，我感到这里像个小学校了，很多很远的学生都来上学了，他们很快乐，很高兴，他们快乐高兴，我也很快乐高兴。你听了一定是个好消息。坏消息呢也不算太坏，就是我的好姐妹余水灵姑娘走了。她在这里整整陪了我七天，她父亲老支书只让她陪我三天，可水灵是我好姐妹，她一直陪我七天，还教会我许多山里的生活常识，水灵对我真好，什么都替我想，连怎么做饭，怎么切菜，山里菜怎么做着好吃，等等，她都告诉我了，我真舍不得她走，可她走了，我很失落，尤其是到了晚上，我不仅寂寞，而且害怕。今天是水灵姑娘走的第一天晚上，水灵姑娘告诉我一个人如果孤单、害怕，就拼命干活，所以，我就干活，我把所有的作业都批改完，我把教室的卫生打扫完了，我还把我住的小房子打扫了两遍，已经十点多了，我要跟你说话，给你写信，有了你，我就不会担心孤寂，就不会害怕，我的未来就充满希望，我的生活就充满阳光……"

左梦玲正沉浸在与"袁方"交流的甜蜜中，突然：

"左老师早！"

"左老师好！"

"左老师开门！"

梦玲立即打开门，以山猴子、毛妮子、石头蛋、吕黑狗、彭山豹为首的十几个同学，围在了左梦玲门口。

"你们？怎么来得这么早？"

"左老师好！水灵姐昨天走时告诉我，让我们早点来，陪陪左老师，再帮左老师干干活。"山猴子连珠炮似的说着。

"鬼水灵！"梦玲内心充满温暖，既感谢同学们，也感谢已经走了但还忘不了关心自己的余水灵。

"谢谢同学们！"

"左老师，你吩咐吧，我们干什么活？"

"学习吧，活老师都已经干过了。"

"学习了——"孩子们欢呼而去。

左梦玲的生活，在深山沟滴水岩小学的教书生活就这样真正开始了，她每天给自己定下规矩，夜里十点睡觉，早上六点起床，早上起来锻炼一个小时，主要是爬小学校后面的牛头山，这样能锻炼爬山和走山路的能力；每天选择一个同学，送同学回家，这样可以了解每个同学家庭的情况，也掌握每个同学离学校的距离；第三，跟同学上山采一次野菜，并尽可能多地认识一些山间野菜，还时不时从当地农民家买一些新鲜蔬菜，山间农民厚道，看见仙女般的小学老师来买菜，都大把地送，谁愿意收美女教师的钱呢，大家都希望这位女教师不要急着走，长一点时间教孩子，让孩子多认几个字，多学点知识。还有，每天坚持自己做饭，自己打扫卫生，自己批改作业。还有一条雷打不动，每天坚持给"袁方"写信，哪怕只是三句五句。

这一天，梦玲刚从毛妮子家家访回来，时间已经是傍晚，西边山峰扛着半个圆圆的太阳，晚霞如飞，在蓝天上流走。梦玲刚走近小学校门口，突然看到了一个高大的身影，那身影再熟悉不过，她鼻子一热："爸爸。"

"孩子!"早已看见梦玲的左贵山满眼泪水,扑过来抱住了左梦玲,"孩子,受苦了。"

左梦玲也是满脸热泪,蜷在爸爸怀里,不停地叫着:"爸爸、爸爸,你终于来了,玲儿想你呀!"

"孩子——"左贵山又一次紧抱住梦玲,任凭泪水沿脸颊不断地流下。

"孩子,跟爸爸回去,明天就走。"左贵山对梦玲郑重地说道。

"爸爸,咱先不说这个,咱进去吧。"

梦玲把左贵山领进了小学校校门,一进门就看见了院子里堆满了大包小包的东西:"爸爸,这么多东西。"

"玲儿,今天跟爸爸来的一共有五个人,还请了两位老乡当脚夫,大家跑了大半天,终于找到这里了。"

"那些人呢?"

"我让余支书把他们带到村里找地歇息去了,我一个人留下就是要好好陪陪玲儿,跟玲儿说说话。"

"东西真多,这大包小包的,都什么呀?"

"孩子,你看呀,有用的,主要是衣服被子,爸爸给你运来了三床棉被,两床毛巾被,两床褥子,四床被单,衣服有三身棉羽绒服,两件羽绒大衣。还有几件单衣,单衣不敢买多,怕我挑的你相不中,还有吃的,米、面各五十斤,油二十斤,还有棉鞋、雨靴、登山鞋、旅游鞋,还有手电筒四个,我还买了一个类似警棍的东西,带电,要有人对你不利,用这东西电他,保证让他晕倒⋯⋯"

"爸爸,看来你是让女儿在这里长待呀!"

"不是,玲儿,这正是爸爸要跟你商量的,我已经跟省城财政局给你联系了一个工作位置,那里的局长是我多年的老朋友,他完全同意你调过去。还有,如果你不同意去财政局,我和财政局长一块请了市教育局长,教育局长答应,调你在教育局上班也可以。至于去财政还是去教育局,你定。"

"那你运来这么多东西？"

"一是怕你这个学期走不了，留下本学期用的，再者怕你不走为你准备的。二是如果你同意走，咱就把这些东西留给学校，留给新来的老师，为小学校作这些贡献，我知道俺闺女是乐意的。"

"还是爸爸了解我。爸爸，女儿不能走，这个小学校刚刚有了我这样一位公办教师，小学校刚刚走入正规，小学校的学生们刚刚看到了一些希望，如果我走了，对他们打击太大了。爸爸，我不能干这种缺德的事。"

"唉——"左贵山叹了口气，"我知道我闺女会这样想，也会这样做。但你在这里，让爸爸我怎么放心，让我怎么对得起你，怎么对得起你妈妈，我答应过你妈妈，绝不能让你受苦，可你在这深山沟里过着如此孤独清苦的生活，我如何向你妈妈交代。不行，孩子你一定跟我回去，这里的事情交给我，我可以帮他们多做些事情，比如帮他们把电引到这里，帮他们在这条河上修座桥，还可以向省交通厅申请，把公路修到这里。"

"爸爸，对对对，这些事你帮着办吧，这可是造福山里人的大好事，大善事，你办好了，山里人忘不了你，女儿我也要感谢你。"

"傻孩子，爸爸要你感谢干什么？"

"因为我不仅是你女儿，我现在已经是山里人了。"

"那也得跟我走，你不能把青春都耗在这里。"

"爸爸，我不能唱高调，说我一辈子都在这里，但我至少应该干三五年，至少应把这里的三年级学生送到小学毕业了，至少干到有其他老师愿意来了，所以爸爸，你要把你说的好事办好了，这里路通了，电有了，这里的风光山景多美呀，这里的环境多好呀，这里的空气多甜呀，这里的人多淳朴呀。到这里成为风景观光区，这里成为富裕之乡、美丽之乡、梦想之乡的时候，会有很多年轻人来这里当老师教学生，到那个时候，我再走，我去侍候你，爸爸，我侍候你养老。"

"这么说，爸爸说服不了你。"

"女儿如果来了就走，女儿就不来了。"

"爸爸估计得不错，不愧是我的女儿。"

"是的，爸爸，你了解女儿，所以，你带这么多东西。"

左贵山甜蜜地又歉疚地摸摸梦玲的头："只是，玲儿，在这里真是苦了你了。你一个人，什么时候承担过这么多的艰辛和苦难。"

"有点艰苦，但说不上苦难。"

"我会每个月都来看我女儿。"

"别，别，别，爸爸，我已经是大人了，再说了，还有寒暑假，到时候我去省城看你们。"

"玲儿，这次你丁阿姨也要来，我没让来，主要是跟你不熟。"

"欢迎，爸爸，你回去告诉丁阿姨，就说玲儿欢迎她来，也欢迎你们一齐来。爸爸，我这次进山做老师，虽说条件艰苦点，一个人孤独点，但是山里人好，老支书人好，你帮人家把电引到了小山村，人家一直念叨你的好呢，老支书总是隔三岔五来小学校看看，帮我收拾学校，老支书对我，就跟对自己女儿一样。还有老支书的闺女余水灵，这女孩子太善良了，她每个星期都要来陪我一两天，什么事都替我想周全，每来一次都要把我的衣被洗一遍，都要把我几天吃的东西准备好，水灵成了我的好姐妹，有了水灵，我才感到不那么孤单。爸爸，你在省城认识人多，将来想办法给水灵找个工作。"

"好，交给爸爸了。"听女儿介绍，听女儿诉说，左贵山惊喜地看到，女儿真的长大了，女儿真的懂事了，女儿真的可以自己撑起一片天地了，尽管他一千个一万个不愿意女儿留下来，但考虑到女儿的意愿，或许这也是考验女儿、锻炼女儿的一个机会："玲儿，爸爸只好同意你了，你真的长大了。"

"爸爸，有时间你让丁阿姨来吧，我想，我们会成为好朋友的。"

"好——"

晚上，左贵山并没有回老支书的小山村，而是打开带来的羽绒被铺在梦玲的房间。两个人，一个躺在床上，一个睡在地上，父女俩又谈了很多很多，说了很久很久。一直说到梦玲睡着了，左贵山才从地上起来，为女儿掖好被头，看到女儿美丽而又自信的面孔，想想女儿未来不可预知的岁月，不由得老泪纵横："孩子，苦了你了——"

早上，梦玲定时起床，而左贵山可能是入睡晚的缘故，正在酣睡中，梦玲轻手轻脚地起床，又轻开房门悄然出去，这一次她没有爬后面的牛头山，而是在学校小院里做了几套广播操，然后起火做饭，她要为父亲做一顿特色的早餐。

七点二十分的时候，梦玲不忍但也无奈地叫醒了左贵山："不好意思，爸爸，你得起床了，一会儿，学生们都要到校了。"

左贵山被叫醒，揉揉眼睛："玲儿，你叫我？"

"是的，爸爸，该起床了。"

"起得这么早。"

"现在七点十五分。玲儿六点就已经起床了，我已经成为习惯了，到六点自然醒，然后爬山锻炼、洗漱、做饭吃饭，准备上课。"

"几点上课？"

"八点，所以，爸爸，你有十分钟洗漱时间，七点三十五分，我陪你吃饭，让你尝尝玲儿亲自为你做的山里野菜。"

左贵山一骨碌爬起来，出去洗漱去了。

简陋的小厨房里，小饭桌上摆上饭菜：一碟韭菜炒鸡蛋，一盘咸山野蒜，一盘凉拌的山野菜，一碟山间黄瓜，一小碗葛根粉打的汤，一小碗山里粗米饭。"玲儿，做这么多菜。"

"爸，两个特点，一是都是山上长的东西，二是都是你女儿做的，你尝尝。"

也可能是感到新鲜的缘故，也可能是出于对女儿的奖励和认可，左贵山早饭吃得很香，也吃了很多，边吃还边说："嗯，好吃，玲儿手艺不错，女儿饭菜做得不错。"

"你不是说女儿已经长大了吗！"

"玲儿真的长大了。"

"爸，你吃完了，可以多休息会儿，也可以周围转转，我要上课去了。"

"玲儿忙去吧，我呢，一会儿在教室外听听你讲课，然后呢，我在小学校四周转转，看爸爸能为女儿做点什么。去吧，不用管我。"

"我去了，爸爸！"

左梦玲按规定时间去给孩子们上课了。而左贵山呢，先在女儿教课的教室外面听女儿讲课，不愧是自己的女儿，两个年级复式班的课讲得生动活泼，深入浅出，小教室里不时传出孩子们欢快的笑声和琅琅的读书声，左贵山带着微笑和轻松离开了教室，离开了小院，他来到了小学校外边，他仔细地观察小学校周围的一切，看见周围的一切，又环顾女儿教书生活的小学校，他轻松不起来，他的脸上又布满严肃。左梦玲今后的生活面临几大问题，一是小学校门前这条河，凭经验，左贵山就知道，这条河是这左右大山必经的河，也是这后面大山水的主要流经地，后面大山，如果下大雨，洪水肯定要从这里经过，洪水从这里经过，河对岸上学的孩子怎么过来，过来上学的孩子如果碰到洪水，又怎么回去。走近这条清水河，左贵山仔细地观察，河面虽然不宽，但河道很深，贵山一眼便看得出，那是多年山洪冲刷的结果，这条河上应该架座桥，一般的桥还不行，还必须建座坚固的桥。二是小学校的房屋简陋单薄，经不了大风大雨，而最严酷的是，在这破漏的小学校里，严冬怎么过，左贵山仿佛看到：满天的鹅毛大雪，小学校的窗户、门都挡不住风雪的侵袭，风进了屋、雪上了坑，仿佛看见自己的女儿蜷曲在床边或桌下，冻得瑟瑟发抖，冻得痛哭流涕，一定要在入冬之前把小学校，尤其是女儿住的地方盖两间坚固耐寒的房子，再为女儿多买几担山间取暖的木炭。三是更为严重的问题，就是女儿的安全问题，白天学生们到校上课还可以，有民办教师，有近百名同学，可一旦到了夜里，孩子们放学回家了，民办教师也回家了，只有女儿一个人在这群山之中，在这河水之边，如果遇到个坏人歹人什么的，那可是叫天天不应，叫地地不灵呀，谁来保护女儿，谁来救女儿。想到这里，左贵山支持女儿在这里教书的信念又动摇了："还是应该让女儿跟自己走。"可女儿会走吗？女儿不走，女儿的安全怎么实现？左贵山又想起了女儿的日常生活，看来，女儿的日常生活能对付。

左贵山在小学校周围转了一圈又一圈，一会儿往河边看看，一会儿又往山上走走，一会儿又围着小学校的校舍转来看去，等左贵山回到学校门口的时候，梦玲已经迎了出来："爸，正要叫你吃饭呢，巧了，你也回来了，走，吃饭去。"

左贵山回到学校，梦玲把他拉到自己住的房间，看见房间已经放满了饭菜，"也转饿了，该吃饭了，来，玲儿，咱们吃。"

"不，爸爸，你在房里吃，我去外面和学生一块吃。"

"不和爸爸吃，学生比爸爸重要。"

梦玲挽住左贵山的胳膊："爸爸，你看你，又说女儿。"

"真不和爸爸吃?"

"爸爸!"

"那好，来，玲儿，端着饭菜，出去，咱和你的学生一块吃。"

"真的?"

"那还有假，女儿能做的，爸爸也要做到。"

梦玲带着感激的眼光看着左贵山："爸爸，咱和学生一块吃。"

"一块吃!"

左梦玲带着左贵山来到了教室，并高声说："同学们，我给你们带来了一位客人，他要和你们一块吃饭。"

"噢——"学生们欢呼起来。

左贵山把饭菜放在学生中间，自己先盛了一碗饭，递给了梦玲，自己又盛了一碗，夹了点菜，说："孩子们，吃饭喽——"

学生们一哄而上，饭吃完了，菜也差不多了，看着剩下不多的菜，山里孩子十分懂事，没有一个上前夹菜，而且山猴子带着俩同学，端起剩下的饭菜，送到左贵山跟前："爷爷，你吃菜。"

左贵山深为懂事的孩子感动，"孩子们，爷爷已经吃饱了，你们吃，你们吃。"

毛妮子怯生生地走到左贵山跟前，吞吞吐吐地说："爷爷，是你要把左老师带走吗?"

毛妮子的话一下子把教室热闹的场面弄得鸦雀无声，孩子们都屏住呼吸，都一齐把眼光投向了左贵山。而此时的左贵山呢，也被这个怯生生的小丫头问得不知所措，一时不知怎么回答。因为他这次来的确是为了带左梦玲走的，说不是吧，那是假话，说是吧，那会伤孩子们的心，也会伤梦玲的心。此时此刻，左贵山突然明白，女儿为什么坚持不走，女儿为什么顶着寂寞和孤单留在这里，就是为了这些孩子们，为了自己的孩子，也为了眼前的这些孩子们，决不能说伤害他们的话，决不能伤他们的心。想到这里，左贵山抬头看见自己的女儿，梦玲正满含深情看着自己，那意思再明白不过，不能伤害孩子，不能让孩子失望。看见女儿的眼神，左贵山知道该怎么说了，他放下饭碗，把毛妮子抱在腿上："孩子，你叫什么呀？"

"毛妮子。"

"你在家乖吗？"

"我乖。"

"你爸爸喜欢你吗？"

"喜欢。"

"一看你就是乖女孩。"

左贵山向四边的学生招招手："孩子们，都围过来，我给你们说说。"

孩子们都无声地围了起来："孩子们，你们左老师呢，是我的乖女儿，我也非常非常的爱她，我希望呢，她能生活得快乐、幸福，就像你们的父母希望你们幸福一样，你们说对不对？"

"对！"

"我呢，因为爱我的女儿，我就要尊重她的意愿，尊重她的选择，我女儿呀希望留在这里，她为什么希望留在这里呢，是因为她认为你们需要她，是因为她爱教师这份职业，是因为她爱你们。所以，我这次来呀，不是带你们左老师走的，而来看女儿的，为什么呢，就像你们父母想你们一样，我呢，我也想我的女儿，我来看我的女儿，你们说可以不可以。"

"可以！"

"好!"

毛妮子扑闪着大眼睛对着左贵山说:"爷爷,这么说,你不带左老师走了?"

"当然,左老师要留在这里,我是左老师的爸爸,我支持她。"

"噢,左老师不走了!"

"好,左老师留下了。"

"噢,左老师的爸爸不带左老师走了。"

小学校里,学生们一片欢腾。

左贵山再看看女儿,左梦玲已是满脸泪花,她扑过来,紧靠着爸爸:"爸,谢谢你。"

"玲儿,那不是爸的心里话。"

"谢谢爸,谢谢爸,为了这帮山里孩子,女儿再苦再累也值。"

左贵山又清清嗓子,高声说:"孩子们,我把女儿送给你们,我同意她留在这里,我对你们有一个要求,可以吗?"

学们一直高喊:"可以!"

左贵山走过来,走到几个年纪大点的学生身边:"你叫什么?"

"石头蛋。"

"多大了?"

"十五岁。"

"你呢,叫什么?"

"黑狗,吕黑狗。"

"你几岁?"

"十三岁。"

"你呢?"

"我叫山猴子,今年十六岁了。"

"还有你?"

"我叫彭山豹,差二十五天十七岁。"

"好,就是说,你们快成年了,对不对?"

"对!"

"我要拜托你们，要好好保护你们的左老师，我的好女儿，好不好？"

"好！"

"一定要保护好她！"

所有在场的学生、老师都挥起了拳头，都发誓，全场一片热血沸腾。

吃罢中午饭，老支书带着两个人来到小学校，他们走到左贵山面前悄悄地说："左总，总公司来电话，催你急着回去。"

"知道了。"

左贵山把老支书和左梦玲叫在一起："我跟你说点事。"

"左局长，有什么事，你尽管吩咐。"

"爸爸你有事，有事你就早走吧！"

左贵山摆了摆手："老支书，还有玲儿，我说这么三件事，第一学校门前要架座桥。"

"太好了，爸爸，谢谢你。"左梦玲高兴得直拍巴掌。

"老支书，这件事交给你，你负责到县水利局或者县交通局，请他们设计、施工、建设好，所有费用，我来出。"

"好！"老支书也激动高兴，"我来办，我来办。"

"我看要快，今年夏季快要到了，夏季赶不上，冬季之前争取建起来。"

"我争取快一些。"

"第二，老支书，还要麻烦你，尽快把电接到这里，项目你负责跑，经费我找省里出，这个项目，也是越快越好。"

"爸爸，你想得真周到，有了电，就有了光明。"

"这个工作量大一点。"老支书自言自语地说。

"老支书，你放心，昨天在县里已经见到你们县委书记了，我已经把电的事跟他说了，他满口答应，他是山里人，对大山有感情，你去找他，我会一直跟他联系，咱们尽快把这事办成。"

老支书连忙点头："有县委书记支持，当然好，当然好。"

"这第三件事，还是要拜托老支书，利用暑假的时间，翻盖这个小学校，都盖成符合防水防火防寒标准的学校。这个经费，我出，我们公司作为扶贫项目，这个小学校，春夏还可以对付，可冬天怎么办，要冻死人的。"

　　"左局长放心，按你的要求办。"

　　"老支书，我还有最后一个要求。"

　　"请讲。"

　　"我想请你女儿余水灵过来住，天天住在这里。"

　　"啊?"老支书大吃一惊，"这怎么可以?"

　　"爸爸，你怎么这样? 水灵有自己的生活，有自己的农活，她每月或每周来一两次，我已经很感谢了，让人家天天来，你把女儿当什么了，我又不是什么娇小姐，我能应付各种事。"

　　"老支书，是这样的。你让水灵过来，她呢，就算是学校的正式职工，只是呢，工资由我付，每月都发。"

　　"这……?"

　　"老支书，水灵和我家玲儿是好朋友，水灵肯定乐意陪玲儿，昨天，玲儿已经求我了，要我给水灵在城市找工作，我答应了。我是这样想的，水灵呢成了这里的职工，或者说这里的老师，每月有工资，还能跟玲儿学文化，等玲儿完成了这里的教学任务，到时候水灵跟玲儿一块走，都到省城，都做我的女儿。"

　　"真的?"

　　"我四五十岁的人了，能说假话吗?"

　　左贵山说的的确很诱人，山里的青年谁不希望在城市找工作，而通过左贵山，水灵也一定能找个体面有尊严的工作，但愈是条件优厚，愈是不能轻易答应。老支书想了想说:"左局长，这不是个小事，让我回去跟老伴，跟水灵商量商量。"

　　"你可以商量。请你理解一个做父亲的苦心。把这么个漂亮的大姑娘放在这深山孤野里，我不放心呀，老支书。特别是到了夜晚，可只剩下玲儿一个人了。安全怎么办? 碰到坏人怎么办?"

"左局长，你说得有道理，我以后会让水灵多陪陪左老师，同时呢，如果水灵不来，可以让年龄大些的男生，每天留两人值班。"

"这也是个办法。"

左贵山千交待万叮咛，千不愿，万不愿，一步一回头地看着女儿，但还是走了。

第二十一章

救人落水

世界上的事情往往是这样，有时候愿望很好，但实现起来却很难很难。就像俗话说的一样，理想很丰满，但现实很骨感，左贵山从滴水岩小学走的时候，先是给了老支书一笔不少的钱，希望余水灵能天天陪着梦玲，但余水灵虽然来的时候多了，但也不能准点，农活少了来多些，农活忙时，却来得很少。有时甚至一个星期也来不了一次，好在梦玲已经习惯了一个人在学校，有时候发现附近有生人出现，实在担心，就留俩学生在学校值班。日子一天一天就这样继续往前走。而通电修桥建房的事，也是一拖再拖，先说通电吧，老支书找县里电业局多次了，而且告诉电业局，这通电的费用由省财政厅投资开发公司支付。但电业局的答复是，谁给钱也得先上计划，立上项，列不上年度计划立不上项目，由谁去建，谁敢建。最后实在没有办法，老支书顶着左贵山的名义去找县委书记，县委书记倒热情，说他和左贵山是好朋友，现场给电业局打了电话，这才在两周后，电业局来了几名技术人员，沿小山村到滴水岩小学勘测了一下线路，然后，又没下文了。

再说修桥吧，找水利局，说这是交通局的事，找交通局，说这是水利局的事，没办法了，老支书只好给左贵山写信。左贵山接信后，从省城派来了几个交通厅路桥局的几名工程师，他们反复把要修桥的地点确定后，说是回去后，马上派人来建，但可能是省城离这里太远，也可能是进深山到滴水岩山路太难走的缘故，只是往滴水岩清水河送来了几袋水泥，然后又没下文了。老支书一打听，原来省里把任务交给了县里，县里的人呢，嫌滴水岩这地方太远太难走，说钢筋水泥运不进来，一直迟迟未动。后来，老支书想了个办法，他找到了县交通局，说只要你县里付运费，村里人愿意把钢筋水泥运进来，只有这样，才有了运来的几包水泥，因为赶上春季插秧，农活忙，运输水泥钢筋的事，又拖了下来。

至于建房，因为左贵山把这个任务交给了老支书，老支书找梦玲商量，说现在正上着课呢，又赶上农忙，老支书想把新建校舍的活放在暑假，梦玲想想，也有道理，因此，修建校舍的事，也没有动工。

天渐渐热了，山里的雨水也渐渐多了。河水对两岸上学的孩子们威胁越来越大了。这一天下午，刚上课的时候，梦玲就发现，天愈来愈昏暗，气压愈来愈低，眼见得要下大雨了，梦玲就征求其他老师的意见，"是不是要下雨了。"

张老师是山里老人："左老师，肯定要下大雨了，你看西边的云越来越沉，越来越重，这场雨不会太小。"

左梦玲问："那怎么办？"

"让河对岸的学生先走，晚了洪水一下来，就走不了。"

正说着，大雨噼噼啪啪就像老天从空中倒豆子似的劈头盖脸地下来了。学生们都围坐在教室里，不敢动弹。

张老师建议："左老师，我看是不是这样，等一会儿雨一小，就送对岸的同学赶紧回家，再晚了，水大了，山洪下来了，学生就回不去了。"

"好！"左梦玲把老师学生们召集在一起，"同学们，今天的雨很大，我呢，没有经历过山间的这么大雨，我和张老师、李老师商量一下，今天下午的课只上一节，下面的课不上了，同学们先回家，安全回家是大事，今天没上的课明天再补。"

大雨下了很长一段时间，老天也真长眼，果然，有一会儿雨很小，甚至没下，左梦玲对两位老师说："让对岸的同学回家吧。"

"好，要快！"

河对岸有三十多位同学，在梦玲和两位老师的带领下，同学们排着队来到了清水河边，山洪已经下来了，虽然不是特别凶猛，但河水浑浊，泥沙并下，一改过去清澈见底的温顺状况。好在过河的大石块还能看见一点点，只要抓紧时间，在更大的山洪下来之前，把同学们安全送过去是没有问题的。

为了保证安全，张老师带队走在前面，跟着是一些年小瘦弱的学生、李老师居中，后面的是个头大、年纪大点的学生。眼看学生们一个个安全过去，可瘦小胆小的毛妮子一直藏在左梦玲身后不敢过河。由于云层低，天气晚，能见度不高，左梦玲一扭头才看见藏在身后的毛妮子："毛妮子，怎么不过河？"

"我怕。"

"怕？来，你拉住我的手，咱俩一块过。"

毛妮子虽然胆小，但因为有左老师，就增加了胆量，跟着左梦玲就开始过河，这时候雨又下大了，河里的水也增多了，河面上已经看不清楚踏石过河的大石块了。左梦玲看见这河水，这阵势，其实她十分害怕，她也没有蹚过这么湍急的山河，但她不能认尿。她不能表示任何的担心和害怕，因为她手上拉的是一位比她还胆小、还害怕、还年少的少女。尽管梦玲的手在发抖，腿在打战，但她还是咬紧牙关，跳过一个石墩，又一个石墩，眼见得就要过去了，突然，跟在梦玲身后的毛妮子脚一滑，腿一软，迅速倒向河里。而此时的左梦玲，连想的时间都没有，就突然侧身弯腰，迅即抱起毛妮子，也可能是救人的本能，梦玲奋力一抛，毛妮子上岸了，但左梦玲由于弯腰救人，由于使劲抛扔毛妮子，失去了重心，"啪——"掉进了河里。而与此同时，山洪的一个大浪头又接踵而来，瞬间，左梦玲被冲走了，所有的老师同学们一齐惊喊："左老师——"

有几个水性特别好的学生也跳下河，随着河水往下不断地呼喊左梦玲，"左老师——""左老师——"张老师和几个有经验的学生迅即在岸边飞奔，在一个小拐弯处跳进河里，截住了左梦玲。也真是万幸，好在山洪不是太猛，左梦玲呢，也凭着本能和熟练的游泳本领，抓住了一根垂下河中的树枝。

左梦玲被救上来了，但手上、背上、腿上多处划伤。左梦玲的落水，吓坏了小学校的两位本地教师，更吓坏了蹚水过河的学生，学生们大多没有回家，大家把左梦玲抬回了学校。一路上，梦玲没有说话，没有发言，这更让师生们胆战心惊，张老师还有点经验，他叮嘱一位女学生："桂花，你摸摸左老师的胸口，看心还跳不跳。"

"张老师，左老师的心还活着呢，还在跳。"

"再听听呼吸。"

桂花又摸摸梦玲的鼻子："还有气呢！"

看见左梦玲一直没有说话，几个女学生吓得哭了起来，他们一齐哭喊着："左老师——"

"左老师——"

可能是学生们的哭叫，震醒了左梦玲的神经，左梦玲"哇——"地吐出一大口河水："我在哪？"

"左老师醒了！"小学生的师生们又围拢过来。

"毛妮子呢？她没事吧？"

"毛妮子没事，她爹把她接回去了。"

"啊——好！"左梦玲又吐出一口河水。

几个女学生端过来漱口水、热水："男老师、男同学都出去，左老师要换衣服了。"

在女同学们的帮助下，左梦玲简单洗洗澡，又用清水反复漱口，换上干净衣服，从房间来到了教室。到教室以后，梦玲和张老师、李老师商量：张老师、李老师等在河这边的都回去，由于河水过大，山洪早下来了，河对岸的同学就留在学校住。同时，几位老师决定，以后凡是碰到即将下大雨的情况，就先放学，让同学们安全回家，耽误的课程等天好了再补上。另外，左梦玲主动提出，她尽快写信或打电报给她父亲左贵山，请他尽快找施工队把桥架起来。大家一致赞成左梦玲的意见。看大家意见一致，左梦玲尽管身上很疼，但也很高兴，就问："老师和同学们还有什么意见？"

张老师说："左老师，你身上的伤怎么样，我看你明天上午去公社卫生院检查一下，不要摔坏了。"

左梦玲说："谢谢张老师，我没事，跌打病伤的药我上山时都带了，放心。"

山猴子说："左老师，我提个意见。"

"好，山猴子，你讲。"

"放学了，左老师一个人在学校，我们同学不放心，我的意见是，以后学校每天留一个学生值班，陪左老师。"

"这样不好，同学们回家都还有很多家务活。"

"学校三年级以上的学生有四十多人，每月每人还轮不上一天。"

"山猴子，这事回头再商量吧。"

"还有。"

"你说。"

"我明天把我的豹子弄两条来，让它们看护学校，保护左老师。"

"豹子！你家有豹子？"

山猴子笑了："不是真豹子，是俺养的大狗，可凶着呢，两三个人根本不是它的对手，有学生，再有两只豹子，左老师，你在学校就不用怕了。"

左梦玲笑了，对着张、李二位老师说："这个意见倒可以采纳。"

"好的！"

张老师、李老师走了，一些学生也走了。剩下的只有四五位路远过不了河的女学生，左梦玲安排她们吃饭、洗漱，又安排她们睡在自己的床上。而左梦玲自己呢，则打开父亲给他带来的羽绒被，铺在地上，她准备睡在地上，但安排完这一切之后，她突然不想睡，而是坐在了宿舍瘦小的小桌前，铺开日记本，她要给"袁方"写信，她要把今天的一切告诉他：

袁方：

你在看我吗，你在保佑我吗，冥冥之中肯定是你在佑护着我。今天多悬呀，今天多险呀，差一点我就钻进龙宫里去了，险点我就奔赴长江大海了。山里的山洪真吓人，白天清澈柔顺的清水可到傍晚山洪下来的时候，变了猛兽恶虎，一路咆哮，山摇地动，河水浑浊不堪，夹杂着泥石、树枝、枯叶呼啸着奔涌而至。比起大江大河，山洪有它独特的特点，那就是形成快、气势大、流头猛。我们好在在山洪大水到来之前把学生送过河了，但送毛妮子的时候，这小姑娘太胆小，我害怕，她比我还胆小。为了救她，我掉水里了，差点见龙王去了，差点见不着你了。我掉下去的那一刹那，我什么都没想，就想到了你，我说："袁方，快救我！"果然，是你给了我力量，虽然水很大，流很急，但一路往下，我不断伸手乱抓，就像那句俗话说的一样"抓救命稻草"，终于，我抓住了河边的树枝，正好，老师和同学们也来救我了。

袁方，我现在身上有些痛，因为摔进河里，被河里的石头、树枝拉伤了七八个地方，尽管都是轻伤，但擦破了皮，有的地方出了血，现在一动就疼，有的地方还疼得钻心。好在我下乡有准备，碘酒、紫药水、酒精我都准备了不少，这会儿可派上用场了，不用去医院了。我自己就能给自己医治。我想我还年轻，用老辈们的话说，睡一夜就会好了，但我还是想你，在这夜深人静的时候，在这浑身疼痛的时候，我多想借你那宽厚的肩膀，让我靠一靠，我多想要你用温暖坚实的胳膊，抱抱我，如果有你宽厚的肩膀靠，有你温暖的拥抱，我会坚强得多，我会更勇敢。

袁方，在见到你之前，我一定要学得更勇敢，更坚强，因为所有碰到的事，我都必须面对，都必须去承担，遇到问题还必须解决。这也许是一个人成长必须的经历吧。

袁方，跟你说说话，我的情绪好多了，身上好像也不那么疼了，我真的好想好想你，唉，不说了，我好困好困，我要睡觉……

"啊——"，左梦玲从回忆中惊醒。

可能是掉在河里的经历，可能是过去岁月的刻骨铭心，还可能是找到了远方的左梦玲变得异常兴奋、激动和敏感。左梦玲醒了，她从床上坐起，环顾她已经住了七年依然低矮、依然窄小，但依然温馨的小屋，此刻的她，被回忆和梦幻，惊出了一身冷汗，那是到滴水岩小学经历过的第一个困难，或者说第一个危险。想起那段经历，左梦玲依然害怕，依然不敢想结果，如果她被洪水卷走，失去了生命；如果洪水把她在山河里摔打，落了个残废；如果自己的脸被拉伤、被拉破，那是件多么可怕的事，怎么在这个世界上生活，又怎么去见她七年相守的姚远方。也许只有七年苦苦相守、苦苦思恋的她，才把长相的完美、身体的完美放在特别特别重要的位置。如果自己心理健康，但身体残缺，怎么去面对那位不知天居何方，又苦苦相守的爱人，而今天，从回忆和睡梦中惊醒的左梦玲一直担心，是后怕，是恐惧，但这些已经过去，取代而来的是无尽的欢喜快乐。爱人找到了，后天就要打电话，为什么不是明天，这个死远方，难道不知道自己急、自己片刻也不想等待吗，最好我明天就去打电话，明天是星期几，自己的课多不多，有没有人替自己，找到了爱人是高兴，是快乐，但最好不要耽误和影响孩子们上课。想到这里，梦玲去翻放在床边桌子上的台历，"明天是——星期六。"

"噢——"，梦玲明白了，还是远方心细，明天是星期六，后天是星期天，明天上课，后天休息。远方想让自己在不耽误上课的前提下，在星期天休息的日子里尽情地、开心地与自己交流和说话，对，远方想得周全、考虑得全面，而且，远方他自己也在上班，说不定他自己也很忙很忙的呀。想到这里，梦玲在脑海里又浮现出北京香山那位真诚无邪帅气可亲的青年形象，"远方，真想见到你呀！"

梦玲睡不着了，一边回忆自己七年前与远方在一起的每刻、每一分、每一秒，一边又翻开日记，回忆在滴水岩七年岁月那许许多多难忘的生活……

第二十二章

情系校园

　　左梦玲落水的消息很快传到了老支书耳朵里，老支书非常担心，他亲自来到了小学校，不仅老支书来了，而且还让余水灵带着铺盖卷来了，老支书要兑现承诺，让水灵来陪左梦玲。

　　修桥的建筑材料：钢筋、水泥、大沙、石块、砖头，也陆陆续续运来了，当然，这些材料都是滴水岩村的农民，手拉肩扛，一点一点运上来的。而这些材料都运上来，都运到清水河边的时候，已经是梦玲落水后一个半月的事了。与此同时，左贵山接到山区小学校的一封来信，这封来信什么也没写，就画了一张图，一张姑娘掉进河里的蜡笔画，画技基本没有，左贵山不知什么意思，就拿图画给他新娶的妻子丁香，丁香看了："这是小学生的美术作业。"

　　"这什么意思？"

　　"信里没其他文字吗？"

　　"没有，就一张图。"

　　"老左，玲儿会不会有事？"

　　"会不会？你怎么理解？"

"肯定是玲儿小学校寄来的吗？"

"没错。邮戳上刻得清清楚楚。"

"多长时间？"

"这封信从落款日期到我收到，应该有一个多月了。"

"老左，也可能是女人的感应吧，我很担心玲儿，让我去看看玲儿吧。"

"我也感觉不好，这一段总做噩梦，去，我也去，明天就出发。"

就在左贵山夫妇赶到滴水岩小学校的时候，滴水岩清水河架桥工程，正式施工启动。而左贵山正巧赶上了工程开工热闹欢乐的场面。

左贵山看见了热火朝天施工的场面，更看到了忙忙活活，满面春风的女儿，梦玲看见左贵山，特别是看见左贵山带着丁香一块来，喜出望外，左贵山拉着女儿："玲儿，没什么事吧。"

"爸爸，你看，我好着呢！"

"那怎么……"

丁香赶紧岔开话头："玲儿，看到你精神不错，阿姨很高兴。"

梦玲走过来拉住丁香的手："丁阿姨，你能来，我也很高兴。"

"玲儿，这次是你丁阿姨担心你，她要来，爸爸也想来看你，我们就一块来了。"

"玲儿欢迎你们！"

听说左贵山来了，县里期望从全省最大的财政投资公司得到资助的县领导和有关局委的领导也来了，小学校一下子成了热点。左贵山看见这阵势，既高兴又担心，高兴的是，深山之中，路途遥远，孤零单落的滴水岩小学校受到了县领导及县各有关部门的重视，这样接下来女儿在这里办学教书就容易多了。担心的是，县里的人会因为各自的目的而不断麻烦女儿，为女儿增加许多负担。想到这里，左贵山给因为在市里开会不能来的县委书记田开打电话表示感谢。田开是早年左贵山当科长时的科员，因为赏识田开，又极力推荐他当了副科长，后来左贵山当了副局长，又推荐田开接任科长，两个人不仅是伯乐与骏马的关系，也是好同事、好朋友、好哥们。所以把女儿放在田开的县里，左贵山还是放心的。左贵山也不客气："田开，田书记，你既然没来，那我就当一次一把手，为了我的女儿，以你的名义，搞个现场办公，把女儿这个小学校要办的事集中安排下去。"

"老科长，左总，一切听你安排，我相信你，你就说是我的意见。"

与田开通完电话后，左贵山把县委常委、常务副县长乔飞叶，县人大副主任、县财政局长、交通局长、水利局长、农业局长、教育局副局长（这里要特别交代下，县教育局长倪千成因为喝醉酒侵犯了左梦玲，这个侵犯，既主要有醉酒的原因，也有惊艳贪恋梦玲的缘故。但倪千成后来发现，这位被发配下来的绝色美女绝不简单，不仅有个资历能量极大的父亲，而且其父亲与县委书记是铁杆朋友，倪千成不怕山高皇帝远、身居要职的左贵山，因为他管不了宝山县教育局的人和事，但倪千成怕县委书记田开，因为他的官帽捏在田开的手上。本来，倪千成已经计划好，到了冬季，最迟第二年开春，要给左梦玲再换一个新学校，但知道了左贵山与田开的关系后，倪千成没敢动，连这次根据县委田书记意见，都到滴水岩见省财政厅投资开发公司总经理左贵山，倪千成既不愿来，也不敢来，所以只派了位副局长来到滴水岩。）叫到一块。左贵山先与乔副县长说："乔县长，我刚才与田书记商量一下，他让咱们俩一块开个现场办公会。"

乔县长知道左贵山与田开的关系，点头哈腰地说："可以，可以！"

左贵山把县里领导、各局局长、乡里的书记、主任、老支书以及左梦玲叫到一块，左贵山清清嗓子："同志们，受田开书记委托，咱们开个会，我说的意见既是田书记的意见，也是我们省公司的意见。大家看怎么样？"

"请左总指示。"

"请左局长指示。"

"请左总发表意见。"

"好，滴水岩小学是宝山县的学校，是深山区、贫困山区的学校，这里的孩子和大城市和山外头的孩子一样，都有受教育的同等权利。所以，让滴水岩的学生在相对比较好的条件下读书学习，是我们大家共同的责任，这里我代表田书记讲三点：一、请交通局务必在一个月内把桥修好，修桥经费由我们省公司作为扶贫项目，但交通局要承担修建工程，要保质完成任务。二、请电业局在三个月内把电送到小学校。三、请宝山乡和滴水岩村在今年秋季，至少在今年冬季到来之前，把小学校翻修加固。所需费用由县财政局、教育局共同承担。四、请县教育局配齐小学校的教师。"

左贵山讲完，乔副县长说："我完全同意左总经理的意见，刚才田书记打电话，说这也是他的意见，请各有关局委认真落实，不要打折扣，大家说怎么样？"

"同意。"

会议结束后，左贵山又把乔县长和县教育局副局长叫到一起："乔县长，贾副局长，我想让老支书的女儿成为小学校的老师，费用由我出。"

"这个……这个……"贾副局长吞吞吐吐，"我回去向倪局长汇报。"

乔副县长说："争取、争取！"

等曲终人散，热热闹闹的场面结束以后，左贵山把左梦玲叫到身边，非常严肃地说："玲儿，过去是不是发生过什么事？"

"爸爸，你看我这里挺好的，小学校办得热热闹闹的，现在学生越来越多，已经有一百多个学生了，老师也已经有四位了，怎么会有事？"

"那……"左贵山看见容光焕发的女儿，的确看不见"有了事"的痕迹，"没事就好，有什么你一定要告诉老爸。"

"没事，有事当然会向老爸汇报。"

这时候，丁香也凑过来，"玲儿，学生有美术作业吗？"

"丁阿姨，有哇，你要美术作业干什么？"

"我看看，有没有好的美术苗子，玲儿，你要知道，丁阿姨可是从小就学美术的。"

"那好，我去把四、五年级的美术作业拿过来。"

左贵山不知道丁香干什么，但他意识到了丁香可能要做什么，

"丁香，你这是？"

"傻瓜，还不明白，我要找那张图的作者。"

"那么多学生，能找到吗？"

"放心，我慧眼识人才。"

"吹吧你——"

在小学校的小操场上，同学们下课了，正在玩耍，而在小学校东南角的山墙边，丁香拉着毛妮子说话：

"妮子，多大了？"

"我叫毛妮子。"

"好，我叫你毛妮子。"

"十岁。你是左老师的后妈，我不知怎么称呼你。"

"后妈？你怎么有这个词。"

"因为我也有后妈。"

"后妈对你不好？"

毛妮子点点头："左老师对我好。"

"所以，你特别关心左老师，也特别喜欢左老师。"

"是！我想左老师好！"

"小鬼头，这点我们一致。我这个后妈跟你那个后妈不一样，我爱左老师她爸，我也爱你们的左老师，她就是我的亲女儿，我对她，会比亲女儿更好。"

毛妮子疑惑地看着丁香，那意思是说："会吗？"

"你真是人小鬼大，你看看这个。"丁香从包里拿出一张用蜡笔画的图画，图画上是一幅"姑娘落水图"，"这是不是你画的？"

"不……不是的。"毛妮子急着想走。

"毛妮子，请相信我，我没有恶意。"

"不……不是我画的。"

丁香又拿出美术作业本："我看了你平时的美术作业，也看了你写的字，这……"

毛妮子毕竟是孩子，又加上胆小，低着头不说话了。

"好孩子，我主要是想弄清楚发生了什么事。"

毛妮子依然低头不说话。

"孩子，我们是你左老师的父母，因为爱她才担心她，因为爱她才怕她出事，告诉我，这图上的女孩子是不是你们左老师。"

毛妮子犹豫了一会儿，抬起头，泪花点点，旋即点了点头。

"你们左老师怎么啦？是不是掉水里去了？"

泪水从毛妮子脸上不断滚落："左老师……为救我，洪水冲走了，我害怕，我担心，我……"毛妮子痛哭起来。

丁香把毛妮子紧紧抱在怀里："谢谢你，好孩子，谢谢你把情况告诉了我们，我爱我的女儿，我不想她有危险，我想带她回城里，我们就这一个女儿……"丁香说着也满脸热泪。

"左老师不要走！"毛妮子挣开丁香的怀抱，坚定地说，"我们不让左老师走，我们不能没有左老师，我们会保护左老师，不让她掉水里……"

毛妮子的话逗笑了丁香："你这个小鬼头，自己都保护不了自己，还保护左老师呢，好了，我知道情况了，谢谢你，毛妮子。"

"现在修桥了，再发大水不怕了，左老师再不会掉水里去了。"

"好，不能再掉水里去了。"

上课铃响了，毛妮子急匆匆跑走了。

第二十三章

矢志坚守

　　晚上，当小学校里只剩下左梦玲、左贵山、丁香一家三口的时候，左家进行了一场非常严肃的谈话，左贵山说："今天我们开个家庭会议，丁香已经成为这个家庭的正式成员了。让我高兴的是玲儿和丁香的关系处得非常好，这是我非常乐意看到的。既然是一家人，就说一家话，下面请丁，丁香你说吧。"

　　玲儿笑了："爸，你也太正规了吧，带着官腔，像作大报告似的，一家人，有话直说。"

　　左贵山忙道："对对对，玲儿批评得对，丁香，你说。"

　　丁香走到左梦玲身边："玲儿，谢谢你接纳了我，一家人咱也不说客气话，我要说的，也是贵山要说的，就是一件事：玲儿，跟我们回省城去，这里一天也不要待了。"

　　"啊——？"左梦玲大吃一惊，"就说这事呀！"

　　"是！"丁香从包里拿出毛妮子画的"落水图"，"玲儿，你看这个。"

　　"这是什么呀？噢，毛妮子画的美术作业，

这有什么呀?"

"这是毛妮子寄给你爸的,我们这次来也是冲着这张图来的。"

"这张图能说明什么呢?"

"说明你的生活处处充满危险。"

"阿姨,没那么悬乎。"

"你首先告诉我,这张图说明你发生了什么?"

"没什么,不就一张学生作业吗?"

"玲儿,我已经调查清楚了,毛妮子都跟我说了。"

"哎呀呀,阿姨,不就是我掉水里了吗,我水性好,是学校里的游泳冠军,再说我也命大福大造化大。"

"孩子,"左贵山发话了,"你丁阿姨一看到图就意识到有问题,就坚持要来看你,就想弄清楚到底发生了什么,还真是女人天生的敏感,你果然出事了,你被洪水冲走了,你身上受了十几处伤。孩子,爸爸心痛呀,丁香下午跟我一说,我整个下午就过不来,我不放心啊,你是爸爸的心肝宝贝,我就你这一个孩子,你正值青春年华,你要有个什么长短,你叫老爸怎么活,我怎么对得起你走了的妈呀,所以,我和你丁香阿姨共同的意见是,回省城去,工作我已经给你联系好了,回去,和爸爸在一起。"

"说完了?"

"我说得不清楚吗?"

"爸爸,丁香阿姨,你们说得很清楚,我明白你们的意思,我也知道你们对我的关心,对我的爱。爸爸,回去孝敬你,在您身边生活是我的愿望,可是爸爸,你经常教导我,要有担当,要有作为,要想想还有那么多穷苦的人。你没看见山里这些孩子可爱吗,你没看见他们需要我吗,我现在因为有一点危险就离开,就放弃他们,我于心能忍吗,爸爸,你于心能忍吗? 如果这里有很多老师,如果有很多人愿意到这里来,我可以跟你们回去,可现在这里是好几年也见不到一个外来的老师,这里的孩子也需要知识需要教育,需要老师呀!"

"可爸爸需要你呀!"

"爸爸，是你需要我，我也想和你在一起，一家人在一起多好呀，可你现在有丁香阿姨陪着，丁香阿姨是一个好女人，有她在你身边我放心，但我正年轻，我要趁着年轻，多为山区的孩子尽点心意，爸爸，你就答应我吧。"

"你这个孩子。"

"我不同意。"丁香坚决地说。

"丁阿姨，我知道你对我好。"

"玲儿，从见到你第一眼起，我就爱上了你。老左怎么这么有福气，生了这么好一个闺女，从见到你起，我就把你认作我的亲女儿，我要把我们的爱都给你，我要对得起你妈妈，我的好大姐，我要承担起保护你的责任。我不是在唱高调，今后的日子还长着呢，孩子，你可以观看阿姨的一言一行。"

丁香的话把梦玲的眼泪都说出来了，梦玲紧紧抱住了丁香："阿姨，谢谢你，有你在，我对爸爸放心。"

"孩子，我为什么不同意，不仅仅这里有危险，而且是为你将来的生活着想，你今年二十三了，也到了该谈婚论嫁的时候了，可在这山沟里，要找个谈恋爱的对象都难，我们的玲儿天生丽质，美丽绝伦，在城市，后面会有一群白马王子追，可在这里哪里找白马王子，再过几年，年龄大了，女孩子再漂亮要找个可心的就难了。这是其一，这第二呢，你一个姑娘家住在这深山孤岭里，夜里又没有其他老师，我们能放心吗？如果碰上个坏人什么的，那可是叫天天不应，叫地地不灵啊，这方面的危险更大了。这第三呢，在这小学校里当老师，什么时候是个尽头哇，你是上海复旦大学的高才生，在政治上、业务上的天地应该十分广阔，你总窝在这里，你的才能怎么施展，你的前途如何规划呀，还有这第四。"

"好啦！"左贵山打断丁香的话，"玲儿，你丁香阿姨说得尽管有点俗，可说的是实话，你要认真考虑。孩子，我是这样想的，你呢，在这里干一至两年，锻炼锻炼，了解了解底层人民的生活可以，但不能干长，更不能在这里干一辈子，我给你个时间规定，一至两年，最多三年，必须回去。还有平时生活一定要注意安全，你不安全，爸爸在城里就吃不香睡不着，以后学校每天留两个学生值班，我会把学生的行李等东西置齐。再者，你的个人感情问题也应该考虑，有心仪的人吗?"

"爸——"梦玲听到这里，脸红了。

"有没有?"丁香追过来问。

"没……没有。"

"到底有没有?"左贵山又问了一句。

"没……没有。"

"老左，别问了，我知道了，以后我们娘俩谈，你个大男人，也不知道女人的心思。"

一家人说着说着很晚才休息。由于宿舍窄，结果丁香和梦玲在床上睡，而左贵山呢，只好在地上打个地铺，几个人很快就进入了梦乡。

第二十四章

寻找爱人

俗话说，天有不测风云，人有旦夕祸福。左贵山一回到家里，回到省城就出事了。事件的起因是，丁香跟左贵山到省城后，担任省投资公司的开发部经理，手握投资放款大权，丁香远房的一个侄子，说是在其老家办一个机械制造厂，生产铡草机，农村有大量的麦秸草，麦秸草打碎后可以造纸，可以沤肥，可以喂牛羊，用途大着呢。丁香一听，这个项目不错，就自己当家，给侄子贷款三百万，但谁想到侄子是个白眼狼，得到这三百万后，卷着钱跑了，而且是跑出国了。这事瞒不住呀，左贵山知道后，大发雷霆，恨不得揍丁香一顿，但骂也好，吵也好，甚至是打丁香一顿，也不解决问题呀，他只好带着丁香到公安机关报案。报案后，公安机关迅速了解了案情，并把丁香带走了，因为丁香不仅为侄子贷款，而且手续还不完备，没有经过贷管会讨论，也没报主管副总经理审批，丁香背了个合伙贪污国家资金的嫌疑，被公安机关刑事拘留。而左贵山也因此受牵连，被免去省财政投资开发公司董事长兼总经理职务，被贬为公司的副总，但省财政厅还是网开一面，对左贵山信任有加，并没有派新的董事长和总经理，而是仍由左贵山主持工作，但要求左贵山协助公安机关帮助丁香交代问题，认识错误，争取尽早追回被骗走的资金。更为严重的是，省纪委知道这事后，左贵山被叫去谈话，并对左贵山作出规定，不准出国不准出省，在省内出差也必须报告，有重大事项都必须报告。左贵山由此便夹着尾巴做人，事事小心、处处谨慎。而这个事很快就传到梦玲工作的县里，由于与左贵山关系好的县委书记工作变动，原来县委书记承诺的为滴水岩小学校修桥、通电、建校三件大事，除了左贵山一家出事时桥已经基本修好外，其他两件通电和改建加固校舍的事便从此搁浅，而梦玲的工作和梦玲小学校的事，除了老支书还一如既往关注以外，再也没有更多的人关注和支持了。

等梦玲知道这一切，已是期末放暑假的时候了，梦玲匆匆忙忙赶回省城，安慰父亲，为父亲洗衣做饭，又去看守所看望丁香。

昔日光彩照人的丁香在看守所里憔悴不堪，看见梦玲的时候两行热泪不停地流着，她紧紧抓住梦玲的手："玲儿，谢谢你来看我，好多事我都计划好了，你回来的单位，你要相的对象，你住的地方，我……"

"丁阿姨，咱不说这些，你受苦了，我听爸爸说了。"

"我真昏真浑呀！"

"丁阿姨，我相信你是清白的。"

"我真不是为自己呀！"

"那个坏人会抓到的。"

"不知道哇，都说是跑出国的，那个该天杀的。"

"丁阿姨，这是我给你带点吃的，用的，你缺什么尽管说。"

"我……我什么都不缺……玲儿，阿姨对不起你呀，你第一次回家，第一次回省城，阿姨连为你做顿饭都不能够。阿姨混，不仅阿姨混，阿姨还连累你爸呀，你爸可是一世清名呀，我真混……"

"阿姨，我爸并没怨你，你呀，放宽心，既来之，则安之。"

"孩子呀，我安不了心，对不起你爸，更对不起你呀，你一个大姑娘家，一位天仙似的女儿放在那深山老林里，我不放心呀……"

"阿姨，没事，我在滴水岩小学已经两年了，也适应了，老百姓和学生们跟我都很熟很亲了。"

"那不是个长久之计呀，我混哪……"

"阿姨，你不要想多了，思想包袱太大，对身体不好，你放心，我早已是大人了，今后的生活我能应付。"

"孩子，你要走呀，你走前我跟你说几句话，现在呀人情薄如纸，人在人情在呀。我出事，你爸受牵连，你那里肯定也受影响，孩子，你要有思想准备呀。"

"我知道了。"

"如果我能尽快出去，我首先跑安置你的事。"

"安置我？安置我什么呀？"

"把你调回来，实在不行，那里工作不要了，回来再找。"

"那不行，那还有上百名学生呢！"

"再不能在那穷山沟里待了。"

"阿姨，咱不说这些了，你安心在这里，有什么事尽可能向组织说清楚，争取早点出去，别让爸爸担心，出去后和爸爸好好过日子。我呢，在小学校里很好很充实，我还年轻，我还不想这么早回到城市，所以阿姨，不要担心我。"

"可你的安全，你的婚姻，你的未来我们不能不想呀……"

"谢谢阿姨，我的未来我做主。"

暑假四十多天，梦玲除了每周去拘留所看丁香以外，每天梦玲都要为父亲做好饭，洗净衣服，打扫房屋。父亲上班了之后，梦玲就跑城市里的新华书店，为小学校购置必要的书籍，再有时间就去省图书馆，多看点有关教育的书籍，同时零零星星为小学校买点学生们喜欢的东西。当然，还有一件更重要的任务，就是寻找"袁方"。梦玲通过很多环节，终于找到了一位分到省公安厅的复旦校友李高。李高比梦玲早两届，毕业已经四年多了，听说师妹要找人，李高非常热情，为了查找叫"袁方"名字的人，请省厅户籍人口处的同志吃了三次饭，还送了几件小礼物，总算把全省人口中的袁方都调出来了，全省几千万人口中，叫"袁方"人名的有七百二十九人，但让梦玲失望的是，在这七百多人中，年龄符合的，学校不符合，学校符合的，年龄又不对，两项都差不多的，长相又不对，等这一切都核对完了李高问梦玲：

"师妹，你这是找什么人呀！这不像是找男朋友呀，是你男朋友你能不知道他是哪里人，这里面肯定有故事呀！"

"师兄，是有点故事，是我的好姐妹，她碰上了一个助人为乐，见义勇为的男人，这人做了好事后扬长而去，她只听见他的同行人叫他袁方，所以，我这位小姐妹就想找到他，当面谢谢他。"

"故事还挺动人。"

"是的，不说感天动地，但也充满传奇。"

"是不是你这位小姐妹爱上这位帅哥了，人长得也挺帅的吧？"

"非常帅，我这位小姐妹可能是喜欢上他了。"

"一见钟情。"

"算是。"

"那她为什么不自己来找？"

"她是宝山市的人，人家是位医生，走不开，听说我来省里，就拜托我了。"

"如果是师妹你的事，我再想办法帮你找。"

"师兄，你就看作是我的事，拜托拜托。"

"那得等我有机会了，拉上人口户籍处的处长，与外省公安厅的同志们联系，请他们帮忙。"

"那太好了，谢谢。"

眼看得暑假将尽，新的学期又开始了，梦玲打点行装，准备回小学校去。

走的头一天，梦玲为丁香送去可口的饭菜，又为父亲浆洗了全部的衣服被褥，还破例为父亲包了许多饺子。等这一切做完，已经是晚饭时间了，知道女儿要走，左贵山推掉了所有应酬，回来陪女儿，也是为了送女儿，更想与女儿说说话。

看见父亲回来，梦玲把早已做好的饭菜端上桌，还专门从柜子里拿出了茅台酒，给左贵山满满地斟上，并说："爸，今晚你喝一杯，你好久没喝酒了，明天女儿要走了，你喝杯酒，算是为女儿送行。"

一句话把左贵山说得老泪纵横，他端起酒，一仰脖子全喝进去了："玲儿，爸爸对不住你。"

"爸爸，你说什么呢。"

"爸爸不能为你遮风避雨，爸爸不能为你排忧解难，你一个女孩子，放在那么偏远的地方，爸爸心里难受呀！"

"爸，去那里是我自愿的，你有什么错。"

"人家的孩子都在父母的羽翼下，可我的孩子——"

"爸爸，千万别，我长大了，总应该让我经受风雨吧。"

"可爸爸总是过意不去，我就你这一个女儿呀。我对不起你妈呀，对不起她呀。"

"爸——"梦玲听左贵山提起妈妈，也抑制不住心酸和思念，流下眼泪。

"玲儿，我看你还是别去山里了，先留在省城，工作我来想办法，原来说好了的单位，我想他们不至于变卦吧，现在正缺大学生呢！"

"爸爸，你应该了解女儿，女儿不能干半途而废的事，我不能把山里那帮孩子扔下不管，我那样做，你也会不高兴的。"

"可孩子——"

"爸爸，咱不说这些，你吃饭，吃完饭咱再说。"

左贵山只得接受梦玲的建议，喝了三杯酒，吃了一大碗米饭，把梦玲做的菜也消灭得差不多。酒足饭饱了。梦玲开始说话了："爸爸，要说对不起，是女儿对不起您，你看，你一辈子也不会烧菜做饭。丁阿姨又不在家。……"

"没事，闺女。楼下都是小饭馆，爸爸好凑合。"

"尽量吃点好的。"

"我会的。"

"爸，我走了，你别闹心。丁阿姨的事我想总会水落石出的。只要她没把国家的钱往自己腰包里放，就不会有太大问题，当然，国家这么多钱丢了，责任是应负的。这一点爸爸应有思想准备。爸爸自己呢，工作以后细心就行了。虽然把你的正职免了，但还让你主持工作，这说明组织上还是信任你的，只不过你有失职失察的问题，所以，女儿劝你不要有太大思想负担，更不要替女儿操心，女儿大了，女儿终究要独立生活，要独立面对外面的世界。"

"可孩子，你总在那么偏远的地方，你……你的个人问题怎么办？"

"爸爸……"

"告诉爸爸，有没有中意的人。"

"爸爸……"

"跟爸爸说实话，对，想起来了，昨天见到公安厅马厅长，说你在找一个叫袁方的青年人，怎么回事，是不是你认识的人，是不是你喜欢的人？"

"爸爸，不是那样的。"

"孩子，跟爸爸说实话。"

梦玲沉默了，她在思考要不要跟父亲说，如果要说，怎么说，说一个自己喜欢的人，却不知道真实姓名，却不知道何方人氏，却不知道干什么工作，在哪里工作。

"我是你爸，是你最亲的人，有什么话不能跟我说呢？"

"爸爸，我是为一个朋友在找人，以后我会跟你详细说的，现在还不是时候。"

"这么说，真是你喜欢的人了，玲儿有喜欢的人了，那是好事呀！"

"爸爸，我说了，不是那么回事，这事以后再说，等我弄清情况再说。"

"告诉爸爸，说不定爸爸能帮上忙。"

"爸，我是你女儿，这方面有什么情况我一定跟你说。"

"唉，你爸心不细呀，要是你妈在就好了，就好了……"

一提起妈妈，梦玲悲从中来，为了不让左贵山看见，梦玲端起桌上的碗盘筷勺进厨房去了。

左贵山呢，面对已经长大的女儿，知道自己也帮不上什么忙，也不知道怎么进一步安慰女儿，只好起身去检查女儿的行装，帮助检查女儿带进山的东西够不够，装得好不好，又反复掂掂重量，看东西沉不沉，怕女儿累着。当看见女儿一大摞几大捆书的时候，他说："玲儿，这么多书你就别带了，我明天让人给你邮寄过去，要不，这书死沉死沉的，你怎么背得动呀！"

"好！"

早上六点钟，当梦玲悄无声息起床，悄无声息洗漱，又想悄无声息地拉上东西，想悄无声息走掉的时候，她打开房门，发现客厅餐桌上，父亲已经煮好了鸡蛋，热好了牛奶，烤好了面包，并从厨房里拿出碗筷："玲儿，快吃点再走。"

"爸——"梦玲一阵激动，从来没有做过饭菜的父亲，为自己这么早准备了丰盛的早餐，她放下行李，扑过来抱住了父亲："爸爸……"

左贵山也满含热泪，轻轻拍打着女儿："孩子，你一定要好好的。"

"放心，我一定好好的。"

等女儿真的走了，左贵山这才感觉好多话没有说，比如，梦玲小学校电的问题，还有房子的问题，还有安全的问题，还有女儿的感情问题，都应该说说，可女儿走了，估计女儿已经在回宝山的火车上，"可是，说说又能解决吗？"

第二十五章
上访风波

　　开学了，所有的学生都来了，甚至，不少学生家长都来了，因为他们都要来看看，这位城市来的长得跟仙女一样的，心肠像观音菩萨一样好的老师还会不会继续来当老师，结果没让大家失望，左梦玲来了，不仅来了，而且还为小学校带来了许多图书，带来了不少玩具，更带来了一样新鲜东西——无线电收音机。打开收音机，就听见小方匣子里有人在说话，有人在唱歌，有人在敲锣打鼓。小方匣子里还告诉山里人们许许多多山外面的事情。

　　随着国家现代化进程的加快，山里人走出大山的越来越多，山里人懂得利用山里资源发家致富的人也多了起来。比如，这宝山滴水岩清水河里的石头，千奇百怪的，像狗像猫的，自然彩绘上许多图形的。还有一种类似宝山深山特产腊肉似的石头，叫黄腊石，打磨以后黄灿灿，亮闪闪，据说这是亿万年前沧海变陆地，火山暴发时，抛洒下的火山岩浆粒。还有山上的千年老树，不少人连根带树挖出来，制作盆景，更有山上满沟满梁的山茶花、杜鹃花、兰草花，成为山下城市追捧的好东西。这不，小学校的学生们，为左梦玲弄来了两盆杜鹃花，两盆山茶花，还在学校小院里栽种了喇叭花、金银花、兰草花，还时不时地从河里捡几块石头放在这些花草四周，倒给这个寂寞冷清的小学校带来一派春色，也增添了满满的生机。而左梦玲除了白天与生气勃勃、充满活力的孩子们和谐相处，孩子们离开学校，放学回家后，左梦玲与这些绿树红花，奇石相陪相伴，特别是每天梦玲都要与"袁方"通信交流，日子过得倒十分充实丰富。除了担心远在省城的父亲和还在拘留所拘押的丁香外，梦玲最大的牵挂和思恋就是远在天边，近在心田的姚远方了。她时不时翻开两年来给远方写的日记，或者说写给远方的信，写着看着，看着写着，时不时笑容迸放，时不时泪如雨下，时不时愁上眉头，这也可能就是梦玲两年来的生活，当她与学生在一起的时候，她全身心地投入到教书育人的工作中去。当她做完一天的工作之后，她又全身心地交给了远方。

转眼间梦玲在滴水岩清水河小学校工作已经三个年头了，梦玲已经二十四岁了，小学校的五年级学生也送到乡里初中去上学了，彭山豹、张永发等学生都离开了小学校，升入初中，而山猴子、石头蛋、王大发也上到四年级或五年级，有的到秋天也要升乡里初中了。由于左梦玲在滴水岩小学校踏踏实实干了近三年，这宝山深处三十里二十里远近的乡亲们都认、都信这个天仙似的女老师，都把自己的孩子送到小学校来读书，而且山里人厚道，几乎每天都有学生或学生家长把山里人家自己种的、山上采挖的蔬菜、野果，甚至山上打的獐子、野兔等野味带到学校，而且山里孩子虽穷，但腿长手勤，特别是一些女孩子，上学的没上学的，不少姑娘女学生都愿到小学校与左老师玩，听左老师讲课，听左老师说话，有的还向老师学城里人用化妆品的学问，左老师的生活过得丰富充实而富有乐趣。由于十里山乡，远近山寨的老百姓信任梦玲，都愿意把孩子送过来读书，因此，滴水岩小学的学生，由梦玲刚来的五十多名增加到现在一百零八名，差两人就够一百一十名学生了。但就在夏季学期即将考试结束，广大师生将要迎来放暑假的时候，传来教育局一个惊天动地的大消息，教育局局长倪千成为履行他的诺言，准备把左梦玲调到清水河下游另一个山村的小学校去，对县城、对全县上万名教师来说，这不过是一个普通的调动而已，但对滴水岩小学校来说，对滴水岩上百名学生及几百户山里人来说，这无异于是一个晴天霹雳。老支书急了，余水灵急了，山猴子急了，石头蛋急了，毛妮子急了，同学们急了，学生家长更急了，老支书只能通过组织程序，先跑到乡、再跑到县，一个要求："左老师不能走!"听说老支书到乡里、县里为留老师奔波，滴水岩十几个村民组的山里人到乡里来了，滴水岩小学除了一二年级学生小，其他各年级的学生也都赶到了乡里，上百名山里人、六十多名学生，再加上沿路不断增多的人，会集到乡里上访希望左老师留下的人已经有二百多人。到了乡政府，乡党委政府也出奇的一致：也不同意左老师调走，这样的好老师绝不能调走，但不支持上访。但乡里态度也解决不了留住左老师的问题，乡里的书记乡长都出来做工作，上访的山民和学生要求乡里向县教育局反映，把左老师留下来。当着上访农民和学生代表的面，乡长书记直接打电话给教育局局长倪千成，先是乡长说情，后又书记道好，只一个要求，不要调左老师离开滴水岩小学。但倪千成就斩钉截铁一句话："这是局长办公会的集体决定，个人无可更改，也绝不更改。"

学生和山里村民听说教育局不改初衷，坚持要把左老师调走，就一骨碌全赶到县里，几百号人先在教育局请愿，要求教育局改弦更张，收回成命。但教育局依然坚持自己的决定，并派人出来劝导学生和家长回去。上访人群见请愿无效，又转而到县委县政府大门外广场，本来只有二百多人，再加上看热闹的、问究竟的、支持的、随大流的，等围到县委县政府大门的时候，已经有上千人。这么多上访的人自然惊动了县委县政府主要领导，县委书记是省里空降下来的省后备干部，曾经的清华大学学生会干部，经济学博士肖岩。肖岩刚来县里三个月，是接任刚提拔的县委书记的，接到关于上访的报告后，他换了个便装，戴了眼镜，先在人群中转悠了几围，他在信访办接待人员与上访代表的对话中听到了事情的端倪：

"你是学生代表？"

"是，我叫山猴子，是左老师的学生。"

"你呢？"

"我是学生家长代表，我叫毛永安，我女儿是左老师的学生。"

"你们上访究竟为什么？"

"就一件事，不能让左老师走。"

"左老师是什么人？"

"左老师是大城市人，在我们学校教得好好的，为什么调她走？"

"我们同学都舍不得左老师。"

"我们不让左老师走。"

"你们还有其他要求吗？"

"没有。"

"留下左老师！"

"不能让左老师走！"

"左老师是好老师！"

肖岩听明白了，这么多人上访其实就为一件事，留下在深山区教书的老师。

肖岩回到办公室，请来了县委副书记，因为县长去省委党校学习，常务副县长、宣传部长、主管教育的副县长和县信访局局长及相关人员都来了，肖岩说："之所以今天没教育局的同志来，是因为教育局是当事方，教育局与上访群众和学生代表两个方面，我们是裁判方，所以不请教育局来。大家说说情况吧。"

信访办主任说："其实，这次上访的事情起因很简单，就一件事，留下从地区到山区支教的左梦玲老师。"

肖岩说："是我工作不到家，这个滴水岩村听说是宝山最深最远的地方，去宝山乡几次，想去滴水岩看看，但一是因为远，二是因为乡里说山路崎岖难行不让去，三是我官僚主义，到底怎么崎岖，怎么路陡，怎么深怎么远，去了才知道。一个城市姑娘，在这么个深山区干了三年，山里老百姓和孩子们不让走，可见这个老师敬业之深，表现之好。"正说着，办公室主任在肖岩耳边说："宝山乡的书记乡长到了。"

"好，宝山乡的父母官到了，让他们进来。"

宝山乡党委书记辛大刚和乡长和尔贵走进会议室，忙作自我检查："对不起，我们工作没做好，给县委县政府添麻烦了。"

肖岩笑道："先不忙着做自我批评，你们先听情况，一会儿给我介绍这个左老师的情况。"

主管教育的副县长余为远说："肖书记，我跟乡里和教育局都碰到头了，这次上访事件虽然影响不好，但群众上访学生请愿都是自发的，他们只有一个要求，不希望滴水岩小学的左梦玲老师离开。"

常务副县长乔飞叶发言："肖书记，这件事，左老师这个人我知道一点，左梦玲同志是上海复旦大学中文系毕业的品学兼优的学生，是我们宝山地区原财政局长左贵山的女儿，当年因为要照顾生病的母亲，自愿分回老家，在地区教育局工作。后来地区教育局组织到偏远山区支持教育，左老师主动报名来到我们宝山县最偏、最远也是最穷的宝山乡滴水岩村小学教书，而且一干就是三年。三年来孩子们与她结下了深厚的情谊，与周围的村民也十分融洽，老乡们亲切地称她为宝山上的'仙女''金凤凰'。左老师不但人长得漂亮，而且心灵也十分善良美好，她父亲已经调省财政厅工作。左老师不仅热爱教师工作，在教师的岗位上尽职尽责，而且通过她父亲帮山村办了不少好事，通了电，建了桥，公路也开始了修筑，滴水岩的乡亲们不让她走，学生们留她，是情理之中的事。"

乔副县长看见了和乡长后面的老支书余文化："老支书，你最了解情况，你说。"

肖岩把老支书记让到自己身边说："是的，老支书，你最有发言权。"

"对不住呀，书记，给你添乱了。可我得说实话，这闺女就是好哇！别看人长得跟仙女似的，可这闺女人咋恁好呢，我当书记几十年了，送走迎来多少老师呀，可有哪位有这闺女干得长呀，有哪位有这闺女干得好哇，这闺女是金子心，总把学生当成她的心肝肉，从城里带来的、她爸爸送来的好吃的、好用的都给咱山里那帮娃了呀，这闺女心里没有自己，只有山里这帮娃。有一次山里发大水，这闺女为了救毛妮子，被山洪卷走了，好在咱闺女人好心好命大，被河边的树枝刮着没冲走哇。"

老支书一席话把大家说得泪光点点，而首先落泪的竟然是县委书记肖岩。

"咱闺女?"

乔飞叶说："老支书，左老师什么时候成了咱闺女了?"

大家笑了。老支书接着说："左局长把左老师交给我，说玲儿就是你家又一个姑娘，我老伴，我，我们全家都喜欢这闺女，特别是我女儿水灵，单有三天不见左老师就活不了。左老师人就是好呀，各位领导，你们想，一个城市长得跟花一样的姑娘，在我们山高石头多的穷山村教书育人培养孩子，多么了不得呀。深山野沟里，每天就一个姑娘家，白天还有学生，还有民办教师，可到了夜晚，头两年连电都没有，一个闺女家，硬是干了三年，还干得十里八乡无人不翘大拇指呀。肖书记，这样的好老师，真不能让走哇。"

老支书的话感染了在场的每一个人，肖岩也激动不已，但他是书记，他要主持会议，他问主管教育的余为远副县长："余副县长，你了解教育局为什么要调动左老师吗?"

"这……"余为远有点为难。

"不方便说吗?"肖岩变得十严厉，口气相当重。

"也……也不是，开始我问他，他是说正常调动，不为什么。后来再问，他又说是局长办公会的决定，但……但……"

肖岩加重了口气："余副县长，你主管教育，难道有难言之隐吗?"

"不……不，肖书记，我作了调查，实际上没开局长办公会，是倪千成个人的决定。后来教育局的二把手才告诉我，当年左老师刚来的时候，倪千成因为喝醉了，想占左老师的便宜，左老师愤怒之极，打了倪千成两个耳光。倪千成发下誓言，只要左老师还在宝山县干，就让每两年换一个地方，而且都是宝山最远、最偏、最穷的地方。"

"啊——"众人大吃一惊。

肖岩笑了："好啦，这个倪千成，挺重承诺，可惜，这个承诺是个伪善的错误的承诺。"

肖岩又问乔飞叶，"乔县长，你是老宝山，你的意见?"

"我说点意见：一、左梦玲同志是个好老师，这样的好老师不能走。二、左梦玲同志是青年知识分子的先进典型，应把她的事迹在全县宣传推广。三、从对宝山的经济建设讲，我们也要善待左老师，她父亲左贵山是省财政经济开发集团的一把手，支持过我县不少项目，今后还有更大的项目需要左局长支持。所以左老师要留、要保、要宣传。"

肖岩又征求了副书记和乡里书记乡长的意见，他们的说法非常一致，左老师不能走，只要左老师自己不走，就应支持她留下来，同时要尽可能帮助她。

肖岩见大家说得差不多了，就总结说："好，我看我们这个小会开得好，说它好是因为有如下几点：第一，弄清了学生和村民上访的来龙去脉，知道了他们上访的目的。第二，通过这次上访，我们发现了一位深入山区、支农助教、爱学生、爱山林、爱人民的优秀人民教师，我们发现了一位先进典型。第三，也找到了解决这次上访的办法。第四，通过这件事也知道了我们工作上的毛病，特别是我工作存在的问题。好了，谢谢大家，一会儿，我去见上访的学生和群众代表，乔县长，你从交通局找四辆大客车，我跟他们说完后，用大车把孩子们和超过六十岁的群众送回乡里。辛大刚、和尔贵，这些人到乡里，绝不能打压，和和平平地把他们送回学校送回家，有一个人不愿意，我拿你们是问。余县长，你通知倪千成，等我做完上访学生和群众的工作，让他在常委会议室见我，到时，彭副书记、乔县长、文部长、余县长，还有县委办公室主任，我们一块会会他。"

肖岩来到了大门口，来到了上访人群面前，他首先站到广场的一个高台阶上，高声道："同学们、乡亲们，我是宝山县委书记肖岩，请宝山乡滴水岩村上访的同学和乡亲们围过来，其他不是上访的同志，请公安部门的同志做做工作，让他们退后。"

很多凑热闹的人怕惹麻烦，在警察的疏导下，大门前的广场中央只剩下上访学生加上访乡亲二百来人，肖岩走到人群中间："同学们，乡亲们，咱们坐下谈，大家已经很辛苦了。"

肖岩不管地面干净与否，一屁股坐在了广场中央的水泥地面上："孩子们靠我近一点，学生，对，学生，学生们围过来坐。对不起乡亲们，你们靠后边一点，让孩子们，对让学生坐前面，我要先与学生对话。"

上访的人群，很听指挥，不出五分钟，五十余名学生围在肖岩面前，肖岩问："你们谁能代表说话？"

山猴子蹦起来："我！"

"你多大了？"

"我十六岁。"

"你叫什么名字？"

"山猴子。"

"很有意思的名字，你可以代表大家？"

"可以！"

肖岩又问："同学们，他能不能代表你们？"

"能！"声音洪亮整齐。

"小鬼，看来你蛮有威信的。"

"我不是小鬼，我是五年级学生，也是滴水岩小学的少先队大队长。"

"好，也是个学生头。"

"对，我是学生头儿。"

"那你们是什么要求？"

"你叫……肖……肖书记，你先告诉我，你是不是宝山县最大的官，你说的话会不会算数。"

"好吧。我是宝山县最大的官，我说话算数。"

"那好，我对你说，肖书记，这次上访是我带的头，不怪其他同学，更不怪俺后面那些叔叔伯伯，他们都是我让来的，要处罚就处罚我一个人。"

"好，我信你，我也告诉你，我既不会处罚他们，也不会处罚你。"

"真的。"

"君子一言——"

"驷马难追。"

"你说吧。"

"我们就一条要求，不能让左老师走。"

"没其他要求？"

"没有！"

"你跟我说说，左老师有多好？"

"左老师就是好，同学们说是不是？"

"左老师好！"几十名小学生把声音喊得震天响。

"山猴子，我希望你说得具体点。"

"那，我就给你唠叨唠叨。"

"请！"

"左老师首先是长得好，长得漂亮，长得美，我看过那么多电影画报上的演员，没有一个超过左老师的。"

"这是形象好。"

"再就是教书好，左老师不仅歌唱得好，教书上课也跟唱歌一样，语音动听，生动活泼，深得入浅得出。"

"那叫深入浅出。"

"对，深入浅出，反正左老师讲的我们能听得懂，记得住，上课教书，左老师好得很。"

"这叫工作好。"

"对对对，工作好，还是肖叔叔水平高，还有就是心眼好。左老师对我们学生太好了，总把我的冷热喜乐放在心上，有好吃的，让我们学生吃，有好用的，让我们学生用。去年我喜欢她从城市带回来的收音机，左老师看我每天都盯着收音机看，就在一个星期六放学的时候，把收音机送给了我，这我可不能要，因为全校就这一台收音机。但左老师说，你拿回去吧，让全家人都听听，我又找我爸寄来了两台，明天就到。一听说有新的，我就拿回了家，回到家俺小湾子总共五户人家，山村人就如见了宝贝似的，这个摸摸那个看看，天天有人围着收音机转。还有，毛妮子家穷，左老师每次放假从城市回来，都要给毛妮子带两身衣服，我们上这几年学基本上没给钱，所有的学校费用，都是左老师用工资垫的，她自己的工资不够，她就找她爸要，每年还给学校添不少图书用品等。其实，左老师比我们也大不了多少，但她把我们当作她的孩子一样，生怕碰着了，又怕冻着了。肖叔叔，有一件事至今左老师也不让对外说。"

"是不是为救学生被洪水卷走那件事？"

"不是，不是，那件事好多人都知道了。还有一件是去年冬天，有一天上午，我们刚到学校不久，就下起了大雪，过去如果下大雪，我们深山的学校是不上学的，但既然上学后才下的大雪，就坚持上课，中午左老师不让同学们吃从家里带的冷饭团，就煮了一大锅饭让同学们吃。二年级有个女同学叫二梅子，小妮子心眼好，她看见饭都让同学们吃，左老师没吃的了，就把分给自己的饭趁左老师不注意又倒给了左老师，自己嚼了冷饭团，又喝凉水。到下午两点的时候，二梅子突然肚子疼得不得了，满地打滚，眼看见二梅子要出问题，左老师就让张老师护送其他同学趁早回家，自己则带着我和石头蛋，背着二梅子往乡卫生院走。那天雪下得特别大，满天鹅毛大雪，夹杂着刺骨的北风，刮在脸上又凉又痛。我和石头蛋是山里人，这样的大雪不怎么怕，可左老师是城里人，细皮白肉，哪见过这么大的雪呀，我、石头蛋、左老师三个人轮流背二梅子，我和石头蛋还能坚持，因为路熟，但左老师哪走过这么大雪的山路呀。左老师心痛我们，不让我们一直背着，她总是咬牙坚持背二梅子一会儿。在下卧龙潭边的崎岖山路时，背着二梅子的左老师不熟悉山路，重重摔了一跤。后来我才知道，那一次左老师不但身上有三处擦伤，而且扭了腿，但左老师硬是坚持爬山，坚持下沟，坚持背二梅子。我们知道左老师摔了一跤，也尽量把平路让给左老师，我和石头蛋背有坡的路。可我们哪里知道，左老师是带着伤，一步一步硬是走了三十多里山路。当我们连滚带爬赶到乡里的时候，因为到卫生院是一段平路，左老师还要背二梅子，就这样左老师背着二梅子，一步一步……等到医院门口的时候，左老师也昏倒了，在她昏倒的地上我们看到了血迹，那是她腿擦伤流出来的血迹，看到昏倒的左老师，看到流血的左老师，我、石头蛋、二梅子哭作了一团，二梅子得救了，但左老师的伤也治了两个星期，至今左老师的腿上还留有伤疤呢，你说左老师好不好！"

"你这说的是左老师心灵美，德行好。"

"对，德行好。"

"左老师有多好，我嘴笨不会说，要叫彭山豹那小子来就说得好了，我告诉肖叔叔，彭小豹在城里上重点初中，但每星期肯定要回来看看左老师。"

"好了。"肖岩站起来，高声说道，"孩子们，同学们，乡亲们，我首先要感谢你们，是你们的上访，让我们发现了一位深入贫困山区，支教爱民，爱学生的优秀教师的典型，左老师是我们大家，尤其是我学习的榜样，谢谢你们；其次，以后如果遇到什么事情，可以找乡里，找乡党委、乡政府，也可以找县里，找县委县政府，我叫肖岩，是这个县的县委书记。我也当着学生和学生的家长表个态，我满足你们的要求，只要左老师愿意，她就留在滴水岩的小学，继续她教书育人的神圣工作。"

"噢——"山猴子带头蹦了起来，学生们、家长们以及围观的所有人都欢呼起来："左老师不走了。"

"左老师留下了。"

很快，乔县长调来了四辆大客车，把上访的学生和学生家长们浩浩荡荡地拉回了宝山乡。在宝山乡，闻讯赶来的左梦玲焦急地等待着孩子们的归来，学生们归来时，看见了急切等待的左老师，山猴子带着学生来到左梦玲面前，山猴子第一个跪了下来："对不起，老师。"

山猴子一跪，赴县城上访的所有学生跟着都跪了下来，看见山猴子等四五十个学生跪了下来，从山里赶过来的学生也齐刷刷地跪了下来，"左老师，不要责怪山猴子他们。"

这场面倒是为难了左梦玲，贸然上访，不仅带着学生上访，而且还动员了学生家长，不仅到乡里上访，而且还跑到县里上访。这还得了，谁给山猴子这么大胆量，谁让他这么做的，气急的左梦玲，真想上来抽山猴子两嘴巴，但八九十个学生齐刷刷地跪在自己面前，让左梦玲感到手足无措，"你们，你们这些孩子，让我说你们什么好。"

正在为难之际，宝山乡书记辛大刚、乡长和尔贵下车了，他们看见了左梦玲面前跪倒一片的孩子们，也不禁怦然心动，这是多么让人感动的场面啊，与其说是为了不让左老师批评这些学生，倒不如这些学生想用真心真情留住他们挚爱的老师，老师做到这情分上，也算是做到高深处了，做人做到这份上，也是值了。

左梦玲以她从未有过的威严叫道："山猴子，都起来。"

山猴子惊得蹦了起来，其他学生也陆续都站了起来。

辛大刚紧握着左梦玲的手："左老师，你辛苦了。不要责怪学生，他们也是爱之深，情之切，不想让你走哇！"

"辛书记，没想到山猴子这孩子弄出这么大动静，给你们，给县委、县政府添麻烦了，都是我不好，我没教育好学生，我向领导道歉。"

"左老师，肖书记让我代他向你问好，他要专门找时间去看你，去看你的滴水岩小学和孩子们。他说他谢谢孩子们，是孩子们的上访让县委发现了一位扎根山区、教书育人、任劳任怨、艰苦奋斗的优秀青年教师，让他了解到一位先进典型。肖书记让我转告你，你尽管在山里安心教书，教育局的工作由他来做。"

"我是教师，在哪干都是教书育人的工作。其实，我倒不怕调动我的工作，这几年的经历教会了我怎样去对待生活，尤其是对待艰难困苦的生活，在这里的确熟了，跟孩子们跟乡亲们有感情了。说实话，他们不想让我走，我也舍不得他们。"

"好了，你可以安心工作了，有什么困难尽管讲，我们努力解决，这是肖书记临走时特别交代的，不能让典型再吃苦受累受委屈了。"

"孩子们，过来，谢谢辛书记，谢谢乡里领导。"

"谢谢辛书记！"学生们的声音出奇的亮，出奇的齐。

县委常委会议室里，县委书记肖岩，副书记郝来，常务副县长乔飞叶，宣传部长米范，副县长余为远，县委办公室主任佟如铁会集于此，等待着教育局局长倪千成的到来。

"咚咚。"

"请进。"

倪千成进来，与已经在会议室的肖岩等一一握手，坐下后，肖岩首先发问："倪千成同志，县委常委几乎一半的人都在等你，你知道为什么吗？"

"不知道。"

"宝山乡滴水岩村的村民和小学生上访你知道吗？"

"知道，无理取闹。到教育局我已经给堵回去了。"

"但上访的人围住了县委县政府大门，最多时，人数几乎达到了千人你知道吗？"

"这……"

"学生们上访并不多见。但这次学生上访就因为你的一个决定，要让县委县政府拿出很多时间、很多精力，甚至很多人员去应对这件事，我们要派大车把这些学生送回去，要把宝山乡的书记、乡长甚至滴水岩村的支书村主任调来处理问题，要派公安局上百名警察来维持秩序，以防万一。如果哪个好事的或者碰巧在这里的记者把这件事捅到媒体上，将会造成多大的影响，你知道吗？"

"我……这，不知道。"

"你的个人决定，大大提高了我们的执政成本；你的决定，严重影响了县里的安定团结；你的个人决定，很坏地损害了党同人民群众的血肉联系。你是一个共产党员吗，你首先是一个党员，国家干部，其次你才是一个男人，才有你的面子。"

"对不起，我想不了那么多。"

"那我再问你，左老师工作的滴水岩小学，你去过吗？"

"没有。"

"全县最穷最远最偏的小学学校你都去过吗？"

"去得……很少。"

"左老师的表现怎么样，你知道吗？"

"听到一些，但不详细，不具体，不全面。"

"那你调整她的依据是什么？"

"正常的教师调动。"

"是正常的吗？"

"正常。"

"怎么正常？"

"肖书记，请问你，怎么就不正常？"

"看来，我请这么多县委领导与你谈话是对了，好在我们之前对你做了点调查研究，知道你是烂水沟里的石头又臭又硬，也知道你是一个有个性的人物，那我告诉你，为什么不正常：你用个人的决策来代替局党组的决定，却还冒充局长办公会的决定，这是第一个不正常；你不了解左老师的情况，不关心她的工作学习和生活，而却贸然决定她的去留和调动，这是第二个不正常；你的错误决定引起了民愤，影响了社会安定，增加县委政府的工作难度，增加了执政成本，你还不知道认识错误，这是第三个不正常；你本来就是有错在先，你借着醉酒，欺负左老师，酒醒后你本应认错道歉，充分尊重左老师，说轻了你是行为不端，说重了你调戏猥亵女性，党纪国法找你对号入座也不为过，但你不但不悔过，不思错，反而要兑现你的所谓让她在宝山县贫穷偏远的学校待个遍，你是古代的封建君主吗，你要是君主，你要是负更大的责，当更大的官，有多少百姓要遭殃，有多少志士仁人要受害，你的这些所作所为正常吗？"

肖岩说完这些，倪千成才大汗淋漓，脸色惨白，头低下去了。

肖岩说："为什么要跟你谈，就是让你真正认识错误，谁造成的恶劣后果谁来收拾。同时也是为了治病救人，为了挽救你，倪千成，我也可以告诉你，如果按你给县委县政府工作捅下来的娄子，如果按你的所作所为，如果按照我过去的脾气，有必要跟你谈吗？让纪委查查你的事，往会上一摆，恐怕你不仅保不了这个教育局长，这个干部身份能不能保住很难说呢。我呢，是受了左老师精神的感染，感到受启发很多，我和左老师一样，都是名校的毕业生，只不过我比她早几年而已，但她能在深山沟任劳任怨、默默无闻地教书育人，你知道吗？左老师的所作所为，会深深地影响那一带的孩子，所有被她教过的孩子，都会深深地受她的影响。她为我们这个国家，这个民族做最基础，最坚实的工作，比比左老师，我都感到羞愧，你难道不感到羞耻吗？"

倪千成说："我错了，肖书记，我改，立即改。"

乔飞叶说："千成同志，肖书记苦口婆心，义正词严地跟你讲了这么多，我跟你说几点：一、立即改正错误，纠正已发出的决定；二、找时间专门去看看左老师，不仅仅是向左老师去认错，更重要的是要学习左老师的品德和精神；三、尽可能为左老师工作、生活提供多一些帮助和支持。你做不好，不真心认识错误，不仅肖书记和我们在坐的饶不了你，左老师的父亲也饶不了你。更重要的是宝山的老百姓饶不了你。左老师，那可是我们宝山的凤凰，宝山的仙女，我们宝山孩子的好师尊呀！"

肖岩作最后的总结："飞叶同志说得好，我完全赞成。千成同志，我们不对你施压，是希望你真正认识错误，改正错误。认识改正错误，你还是好同志。撤一个干部容易，找一个教育局长也容易，但如果你能变成一个好干部好人，那是多么功德无量的事，人常说，怀揣仇恨，私欲过多的人其实也不轻松呀，等你变成也像左老师一样心地纯洁善良透明人的时候，你也是轻松的快乐的！"

倪千成头更低了，一个劲地说："是，是——"

两天后，左梦玲接到通知，继续在滴水岩小学教书。

为了这个消息，滴水岩村的近千口子乡亲，滴水岩小学三年来左梦玲教过的所有学生都来到了小学校，他们歌，他们唱，他们哭，他们笑，在小学校整整热闹了一天。不仅山民和孩子们来了，连乡里的书记乡长和许多干部也来了，他们带来了慰问品，带来了感谢信，带来了全乡人民的问候，左梦玲一次又一次地感谢，一次又一次感动流泪，一次又一次地推辞拒绝。在辛书记和乡长离开小学校的时候，左梦玲把他们送到小河桥边，并十分严肃地对他们说："辛书记，和乡长，我请求你们，也请你们转告县委肖书记和其他领导，不要送东西给我，不要组织人来看我，更不要宣传我。其实我所做的都是一个人民教师应该做的事，都是我的本分，我仔细回顾过，没有一件是离奇的，是过人的，是英雄的，是壮举。作为老师，不教书育人行吗？孩子落水，你是老师，你也会救呀，孩子没吃的，我能只顾自己吃吗？孩子生病了，我能不送医院吗？家长把学生们送到学校来，就是信任，教孩子，爱孩子是每一个教师的天职，没有任何可夸耀的。就如你作为书记乡长，把全乡工作做好，是你的应尽职责，我把书教好，把学生们带好，难道值得去夸耀吗？我是个爱清静的人，只想踏踏实实、安安静静地履行我教书育人的职责，如果经常有人来学习参观，或有领导来看我，我这里安静的环境会被打乱，我会不习惯，如果小学校成了热闹的名利场，那我真的要走了。请你们务必代为转告。"

左梦玲的话说得辛大刚、和尔贵无言以对，他们真的没有想到，左老师真是一位不追逐任何名利的人，真是山里孩子难得的好老师，等左梦玲快走回小学校门的时候，辛大刚才回过味来，高喊道："左老师，请放心，你的意见我一定转达。"

辛大刚把左梦玲的话全盘汇报给了县委书记肖岩，肖岩沉思了好一会，才缓缓地说道："这位左老师真不简单，是位至善至美的人，尊重她的意愿，绝不要打扰她，我一定要去拜访她，但不是宝山县县委书记，而是同代人作为大学生，作为朋友去看她，而且不会让你们陪，我一个人去。"

在滴水岩小学校欢庆的乡亲师生曲终人散的时候，在一轮皎月挂在宝山顶的时候，看到学生们把小学校打扫得干干净净的时候，左梦玲坐在窗前，禁不住百感交集，泪如雨下。她摊开日记本，对着窗外如洗的月光，又开始了与"袁方"的交流：

"袁方，亲爱的。

"你在听我说话吗？今天的事你怎么看？我来这个很远很远的深山沟做教书先生，是为了名誉、为了宣传、为了展示自己吗？不是，山区孩子们需要老师，于是我来了，我尽职尽责把书教好，这是我应尽的职责，是必须应该完成的任务，应该做的，必须做的，值得夸耀吗？你那么纯净，你一定赞成我的做法，是吧。刚来的时候，害怕黑夜，害怕安静，害怕寂寞，但三年了，黑夜成了我的朋友，安静成为我的慰藉，寂寞成了我的心情，其实黑夜、安静和寂寞都是我和你交流、谈心最好的平台，是我们谈情说爱最好的工具，是你我最好的时空隧道。我现在担心，学生上访这件事以后，我被县里乡里称为所谓的'先进典型'之后，这里还会不会是一块纯净的自然天地，还是不是我和你的私密空间，还是不是我和山里孩子的一片自由天地。如果真成了人们追名逐利的世俗场，我宁愿再去一个新地方，宁愿去一个没多少人知道的地方，哪怕再远、哪怕再偏、哪怕再穷。

"袁方，三年了，为什么还听不到你的消息，为什么还看不到你的踪影，你在找我吗？你看到我给你留下的纸条吗？你理解我的心吗？如果你再不主动，我可是要主动出击，实际上我已经在找全省所有叫袁方的人，都查找了，但都不是你。你可能不是我们省的人，但从你的地方口音里，我又感觉你离我不远，可你在哪里呀，你一定会找我的，对吧？

"我告诉你，利用这个暑假，我要攀登宝山。听说，山顶有个真灵寺，山上有龙凤顶，还有一棵象征爱情的什么树，我想去看看，拜拜佛，求求仙，看神仙如来等什么时候把你送到我面前。

"袁方，我已经二十五岁了，我真担心，等见到了你，我老了怎么办？

"袁方，茫茫人海，你在哪一道山，哪一条河，哪一座房，哪一家……"

第二十六章

非凡境界

　　左梦玲带着幸福的心情回忆往事，感受是不一样的，带着甜蜜的感觉读自己写给远方的信和日记心情更不一样，过去的痛苦，过去的委屈，过去的磨难都变成财富，变成宝贵的难忘的经历。就这样，她看着，读着，想着，忆着，竟歪躺在床上又睡着了。这一觉睡得很实很沉，很香很甜，一直睡到第二天早上六点自然醒，睡到自己该起床的时间了，起床后的左梦玲，除了上厕所和洗漱的时间，其余时间如上山头做操，在山路上行走，在厨房里做饭都是哼着歌进行的：

　　　　幸福的花儿竞相绽放
　　　　欢乐的鸟儿争相歌唱
　　　　我们的生活充满阳光………

　　左梦玲一边歌唱，一边麻利干净地完成早上的工作，做饭、吃饭、洗碗、打扫房间、批改作业；一边想着如何尽快地与姚远方相见，憧憬两人未来的幸福生活，但最重要的是让远方知道自己已经接到电报，知道自己急切期待他们之间幸福的相见，于是，她决定上午去一趟村里，问问老支书村里的电话修好了没有，她明天要在村里给远方打电话，二是她要到邮电所也要发电报，一封是发给远方，告诉远方，自己在等他，自己非常幸福。自己在明天，因为是星期天，自己要用一天的时间给远方打电话，二是给父亲左贵山发个电报，电报的全文她都想好了："爸爸，我找到他了，他叫姚远方，就在我们宝山的山那边，那里叫灵山林场。"

等小学校的老师和同学们到齐，左梦玲把自己的课安排给其他老师，就搭一辆能跑山间土路的昌河面包车，匆匆上路了。

七年了，七年来，滴水岩伴着国家改革开放的步伐，已经进入了九十年代了，山里的面貌也发生了很大的变化。首先，滴水岩的山路通了。在滴水岩村与宝山乡之间隔着一座老虎岭，这老虎岭的北边，山里的水泥路已经修通了，但老虎岭这边直达滴水岩的十几里路，由于山高坡陡，只是修了道山里土公路，昌河车能跑，拖拉机能上，货车也可以，就是一般的客车和轿车，还很难上来，当然也不乏有些马力大的越野车能爬上来。二是电通了，不仅山上不少小村落都通了电，每晚都见到了光明，而且少数在外做包工头的小老板们，还安上了天线，能看两三个频道的黑白电视机。其三是山间的旅游资源已经被人发现并重视，省旅游局、市旅游局的人已多次来滴水岩，看了很多景点，他们形成了一致意见，这里只要稍加装点，就可以形成一条黄金旅游线路。其四是人的观念发生了更大变化，许多人都外出打工去了，除了带回来金钱和财富以外，带过来更多的是对外开放地区新的生活观念和新的生产观念，山里人开始尝试利用青山绿水、利用自然资源来发家致富。

等左梦玲到村里，再到乡里办完这一切，回到滴水岩小学的时候，小学校来了四位女性客人。

"左老师，左老师，有几个人等你。"

"等我？"

左梦玲走进学校小院，就看见四位美女齐刷刷站在那里，左梦玲很有礼貌地走过去："你们好，你们找我？"

"我们是……"

"我们是宝山人"，说话人打断了前者的话，"我们即将大学毕业，听说左老师在这么偏僻遥远的深山里坚持教学七年之多，慕名而来，向你学习。"

"不要客气，我只是一般的小学老师。"

"不，我听学生们讲了，你是他们的楷模、榜样，他们相信和依赖你。"

"我到深山里做老师，既是为了学生，也是为自己，做老师既是我喜欢的选择，也是一份快乐的职业。"

"能坚持七年，就很了不起。"

"没有什么，有些教师一干就是几十年，有的是一辈子，他们每月才拿几块钱，几十块钱，但他们照样做，而且一直都有人做。"

"你能一直做下去？"

"这一点我不能保证，我不想唱高调。"

"你坚守七年，精神支柱是什么？"

"是孩子们，是孩子们的需要，也有困惑犹豫，但每当看到山里孩子那纯真无邪的眼光时，想走也走不了。"

"就是这个信念？"

"应该是，也不完全是。"

"别的是什么？"

"别的………"

"是不是还有个他？"

左梦玲没有回应对方的问题，而是把目光投向很远，那眼光像是飘过院墙，飘过青山，飘向蓝天，飘向很远很远，"是有个他。"

"他是谁？"

左梦玲有点羞涩地笑笑，笑得很真诚，很满足，很客气，"不说了。说了你们也不知道。还没放学，你们先在这院里坐，放学后我陪你们说话。"

很快，放学了，左梦玲又满脸放笑地来到四位美女面前："大家好，现在放学了，这会儿没事，看我能为你们提供什么帮助，是去附近的几个景点看看，还是去山里人家走走，你们说，不要客气。"

"我们……"四位女性好像不知道说什么好。

左梦玲说："我们小学校一下子来了四位大美女，真是大喜事，刚才还有调皮的学生问我，左老师本事真大，一下子请过来这么多超级美女，问问有没有愿意留下来的。"

四位美女虽说笑了，但笑得很勉强。倒是左梦玲轻松自然："大家来了，咱们就是好姐妹，不要拘谨，这样吧，我们互相介绍一下吧，我叫左梦玲，就是这个学校的公派教师，山村女教师，你们？"

"还是我来吧，我呢，李琳琅。和姐姐一样，是上海复旦大学的，刚毕业，正在考研。这位穿白衣服的叫梁红玉，是个医生，这位着碎花上衣的叫马云霞，和你一样，学教育学当老师的。这位穿大红衣服、特鲜艳的叫张秀巧，学农的。"

"原来你们不是都要当老师的。"

"对。"

"那，你们来这里？"

马云霞也不客气地说："左老师，俺也是做老师的，来这里就是想看看，你是怎么让学生喜欢，让人喜欢你，让人忘不掉你的。"

"学生忘不掉我？那是自然的。一般来说，少年儿童时的记忆可能最清晰，也可能最长久。"

张秀巧说："俺……俺就想知道，你……你怎么会让你的那个'他'忘不了你，心里只有你。"

"你叫秀巧吧。你这么秀丽，爱上你的男人肯定忘不了你。"

"可他的心里只有你！"秀巧更像是自言自语，又像对左梦玲说道。

"秀巧姑娘，你是……？"

"俺是灵山的。"

"你是灵山的？"

李琳琅又打断秀巧的话，"别听她瞎说，左老师，我们四人呢，对未来的工作，包括感情生活有点茫然，出来散散心。到了宝山县，听说了你这个好典型，就跑到你这里来，一是为了赏山观水，二是为了向你讨教，希望能取得一点真经。"

左梦玲满脸狐疑，"秀巧姑娘她……"

梁红玉走过来，拉住左梦玲的手："左老师，你这地方太好了，你这人也太好了，你不仅长得美如天仙，而且善解人意，为人淑惠，你果真是人美心美。眼见得天快黑了，你这小学校有地方住吗？吃的没问题，我们四个人从县里给你带了不少东西。只要能住下，晚上吃的我们自己动手。"

左梦玲笑了："委屈姐妹们了，睡觉的行李有，我父亲怕我冬天冷，为我准备了好几套被褥，难得你们来这里，也难得你们看得起我。我们自己动手，弄山间野物吃，我们姐妹打个通铺，咱们彻夜长谈。"

五位花枝招展、年轻貌美、性格各异，然而心地如此善良的女性一起动手，梦玲拿出了乡亲们、学生们送的野山鸡、野兔子、野猪肉、山木耳、山韭菜、山大蒜，琳琅、秀巧打开了带来的火腿肠、罐装牛肉、猪手等菜肴，再加上小学校菜园子里的黄瓜、苋菜、西红柿、茄子、豆角，一大桌丰盛的晚餐摆上了。左梦玲还从小衣柜里拿出一瓶酒："姐妹们，这瓶茅台酒是我父亲专门从省城给我带来的，父亲说，等我找到了对象，他要亲自来喝。今天一下来了这么多姐妹，我们高兴，今天当一次家，尽一下地主之谊，这瓶酒我们五姐妹把它喝了，每人二两，不管会喝不会喝，都必须喝，不许偷懒、不许浪费、不许找人替，今天我们高兴，不醉不休。"

五位女士吃着、说着、喝着、笑着，满桌子菜肴吃得杯盘狼藉，一瓶酒喝得干干净净，每位姑娘脸上都泛着红，不胜酒力地开始说醉话；喝得有点迷糊，开始说晕话；头脑还清醒的，开始说大话。大家摆的第一件事是排年龄：第一是马云霞，二十八岁，其次是梁红玉，也是二十八岁，其三是左梦玲，二十七岁，其四是张秀巧，二十六岁，最小的是李琳琅，二十三岁。马云霞不胜酒力，开始说醉话，"我成老大了，我要做这个老大，我们也学江湖上，拜把子弄个姐妹帮。"

"拜不拜，我们都是好姐妹。"

"好姐妹，再走一个。"

梁红玉属于喝晕乎的："不喝了，喝多喝醉什么也改变不了，来了来了也改变不了，看了看了也改变不了，感情上的事不是其他事，认命吧！"

秀巧也喝醉了，她是从不喝酒的人，喝醉了就要说醉话："她等了他七年，我等了他四年，我再等三年也是七年，是我找到了她，如果我找不到她，我再等三年，等够七年，他就是我的了。可没了，该回了，我该走了，走了，回家了。"

清醒的是两位大学生，而且还是同一学校的大学生，但差距是两人之间相差了七年，这七年是毕业后的时间差，也是两个女人对一个男人的等待差，左梦玲等远方等了七年，而琳琅看上姚远方也只不过七个月多一点而已，时间不是差距，差距是爱情自身。

左梦玲把这三个人安置好："小师妹，跟我说说，你们来，究竟是为了什么？"

"为什么？"琳琅也喝得摇头晃脑，"真是慕名而来，我们在很远的地方知道了你的大名。你的名气，我们四位朋友真是因为各自工作和情感上碰到了难题，就到这山清水秀、景色宜人的地方来游山玩水，到这里又听说了你这位奇人和你的奇事，于是就想与你认识，期望从你这里寻找到一点精神激励，知道解决问题的良方。其实也是一种自我解脱的方法。"

"我哪是什么奇人奇事，你们抬举我了。"

"姐姐，那你跟我说说你的故事呗，说说你的工作，你的生活，你的爱情。"

"她们睡了。"

"两个小时以后她们准醒，你说吧，我是最忠实的听众，她们不胜酒力，但二两酒还醉不倒她们，大家都是个心情问题。"

"好吧，我不知你们想找什么答案，但我的经历可以跟你说说，我要说的主要是两大方面：一是我的传奇情感经历，另一个是我苦涩艰难的七年人生……"

已经入夜了，小学校外一片静谧，四周的青山巍然屹立，沉着冷静；门前小河安然流淌，不紧不慢；野外的蚊虫凌空起舞，自由任意；山间流来流去的山风，无所顾忌，潇洒开放；挂在天上的那半弯明月，美丽而悠闲，深山区滴水岩小学周围的一切都处在美妙的氛围中。小学校里灯光通明，而左梦玲的小宿舍里，灯光柔和明亮，床上躺着两个人，马云霞和梁红玉，因为年长和喝醉，她们俩都在床上躺。地面上，因为左梦玲父亲多次来过，打地铺司空见惯，左梦玲把地面打扫了多遍，在地面上铺了层地毯，在地毯上又铺了两层羽绒被，羽绒被上又铺了层被单，秀巧、琳琅和左梦玲躺在地铺上。其实，琳琅靠在大床边，梦玲也靠在大床边，秀巧躺在地铺上，不知什么时候，她也坐起来，靠在床边，因为她们都被左梦玲的讲述牵引着……

左梦玲给李琳琅、张秀巧讲了她与姚远方香山邂逅的故事，讲完之后，李琳琅说："姐姐，你的爱情经历果然是感天动地，果然是又新又奇，果然让人难忘。"

"怪不得他一直等你，怪不得他忘不了你，怪不得好梦成真……"

左梦玲又一次惊奇地看向秀巧："秀巧妹妹的话让我……"

"姐姐，她喝多了。你跟俺说说，你跟姚远方分手以后，你在这深山孤地是怎么过的，这七年的春夏秋冬，这七年的日日夜夜，这七年的分分秒秒，你是怎么熬过来的，你最苦，最难，最寂寞孤独的岁月都是怎么熬过来的。"

"好妹妹，你真聪明，的确，与远方在一起的那一天是美好的，是神圣的，但回到家以后，尤其是来到这深山区的滴水岩小学的生活，是十分苦酸和难熬的，虽然有天真烂漫的山里孩子相伴，虽然我天天与远方交流说话，但是那家徒四壁的贫困，无边无际的寂寞，推揉不掉，重重相围的孤独无时无刻不在侵扰、啃咬、撕裂着我。七年前，这里不通电，七年前这里的山路陡峭难行，七年前，这里好多个日夜几乎就我一个女孩子，那份苦闷、孤寂、担心，恐惧一般人是无法理解和领略的，只跟你说说一件事……"

那是左梦玲来滴水岩小学任教的第二年初夏，小学校还没来得及整修，教室在左梦玲的反复要求下，又经过左梦玲父亲左贵山的支持，基本上修好了，并由草房换成了砖瓦房。但小学校的两间宿舍和一个小厨房还没来得及整修，虽然列入了计划，但在雨季前和暑假前是顾不上了，乡里、村里都表示，争取在暑假期间把三间草屋改造了，但雨季不等人，老天爷也不给面子，深山深处的大雨铺天盖地地下来了。那一天，下午雨刚一小停，左梦玲和学校其他老师依据经验和天气状况，决定提前放学，小学校的学生回家，小学校的老师也回家，原定值班的民办老师因为家里有生病的孩子，跟左梦玲说了一声，也打着雨伞回家了。独自一人在小学校，梦玲已习惯了，又不是一次两次了。梦玲就抓紧时间批改作业、备好第二天的课，然后起灶做饭，想早点休息，然而，从下午四五点开始，这山间的雨就一阵紧似一阵，而且还伴着一阵阵的狂风，狂风暴雨在斯打着梦玲住的小茅草房，梦玲明显地感到小茅草房在颤抖，在摇晃，听见窗外"叭叭嗒嗒"的雨点声，听见窗外汇成小流的"呼啦啦"的流水声，梦玲有点害怕，尽管这种害怕已经有不少次了，尽管她认为自己一定能挺住，但她还是害怕，主要是害怕这破废的茅草房能不能经受得住这狂风暴雨的摔打。

"滴答——"一滴、两滴、三滴，小茅草房中间开始滴水了。

"漏雨了"，这现实一下充满左梦玲的大脑，左梦玲的心里默默急道，"别漏，别漏"。

雨水似乎不漏了，有半个小时没有滴答了，左梦玲又开始低头看书，但半个小时刚过，伴随着一阵更剧烈的大风吹来，小茅草屋经过更大的颤抖以后，"滴答"声又开始了，一下、两下、三下……眼看见地面有明水了，梦玲赶紧拿来洗脸盆，漏下的雨点开始"当——

当——"地敲击着脸盆，很快，一盆接满了，梦玲又找来了小水桶……接着又找了脚盆、面盆、菜盆、茶壶……漏水好像永不消散似的，小屋里所有能盛水的东西全部用完了，再也没有可以用来接漏水的东西了。而最难过的是，由于那只是梦玲来的第二年，三间茅房与小学教室还没连成院，或者说，还没有把茅屋外的院墙拉起来。在狂风暴雨的深夜之中，梦玲不敢打开小屋，因为门外与野外、与深山、与大自然紧紧相挨在一起，梦玲不知开门后门外会有什么，尤其是在这风吼雨急的伸手不见五指的山间雨夜。梦玲站起来，搓着手，她在想办法，她突然想起来，刚来的头一年，有一次也是在雨夜，茅屋也是漏雨，由于余水灵是和她同住："左姐姐，你别怕，有我呢。"余水灵从房里一角找来一根竹棍，往漏雨的地方轻轻拨了拨，捣了捣，"咳，挺灵"，真不漏了，而很快，老天也不落泪了不下了。有了这次经验，梦玲就在小屋里又找到了那根竹棍，又用那根竹棍往漏水的地方拨了拨，捅了捅，也灵了，好像不漏了，但不到一分钟，随着梦玲"坏了"一声叫，原来是滴答滴答的滴水，由于用竹棍捅了以后，下来的雨水变成了小水流，梦玲又用棍拨了拨，不但拨不住，而且水流越来越大。梦玲不敢再用竹棍拨了，瞬间，她被吓傻了似的，立在房屋中央，任漏水淋湿她的衣服。

梦玲的确是被吓住了，呆呆地站在房中央，任雨水和泪水从头上、脸上淋下，突然，她"哇"的一声放声大哭起来，虽然哭声很大，很响，很难忍，但在那个风雨交加的深山深夜，谁也听不见，谁也顾不了，谁也不会来安慰。梦玲一阵号啕大哭之后，明显感到地面上水已经浸泡了她的鞋，这才缓过神，赶紧把地上不能湿水的东西往桌子上、床上转移。

很快，小屋的水几乎积攒了半尺深，由于门槛不高，门缝有隙，超过半尺的水顺着门缝开始往外流。

左梦玲尾缩在床上一角，双眼不停地流泪，双眼死盯着那盏孤弱瘦小的煤油灯，好在刚才把煤油灯抱出来了，她的眼泪渐渐不流了，她的眼神先是恐惧，接着变成了孤独无助，又变成淡泊和平静。她在心里呼喊："爸爸，你在哪里，你知道女儿在这里受苦吗，爸爸……"

梦玲又在心里呼喊："妈妈，你在天国要保佑我呀，你不能让我在这里受苦呀，妈妈……"

梦玲更在心里呼唤："袁方，你在哪里，你这个死袁方，坏袁方，你为什么不出现，你为什么不来找我，你会让我在这里受苦吗……"

哭喊声再大，没人能听见，心情再差再坏，也无人能知道，左梦玲眼前能看到的是可怜巴巴但顽强亮着的煤油灯，脚下是明晃晃能流的雨水，小房子能抢救保护的东西堆在床上和桌子上。耳朵能听见的是窗外肆虐不停的风雨声，还有从房顶落下的，落进地面水流的"吧嗒"声，左梦玲想走走不开，想躲躲不掉，她只能面对，而且要坦然面对。

左梦玲在心里祈祷："只要煤油灯还亮，只要还有光明，我就不能害怕，就不会害怕，害怕多了，害怕过了，我不会再怕了。不就是狂风暴雨吗？不就是屋破雨漏吗？还有什么呢？既然来这里，就不怕吃苦，如果怕吃苦，就不会来这里，老天呀老天，你的肚子烂了吗？为什么总下个不停，你不可能永远下个不停吧，我等你，总有那个雨停风住，云开日出的时候。"

左梦玲坐在床的角落里被狂风暴雨惊吓了一夜，被破屋雨漏挤对了一夜，被孤寂恐惧折磨了一夜。她一夜未睡，一夜没合眼，泪水滋润了她一夜，思念陪伴了她一夜，斗志激荡了一夜。当第二天雨过天晴，风和日丽，雨后彩虹挂在天地间的时候，她依然一脸春风地打开门，上课，迎接她的弟子们。

左梦玲讲完这段，眼眶里充满了泪光，李琳琅也满脸热泪，但没有说话。

张秀巧突然冒出一句："姐，真苦了你了。"

"你没睡着。"

"姐姐，你能在这穷山区苦苦干七年，对山里人那么好，又对孩子那么好，你得到幸福是应该的。"

"你也知道我有幸福了。"

"知道，好人有好报。"

琳琅说话了："姐，到这深山来做老师，条件这么艰苦，你不后悔吗?"

"后悔! 苦的时候，累的时候，尤其是孤独的时候，寂寞的时候，还有特别是害怕的时候，也有后悔的时候，但既然来了，后悔有什么用，就不后悔，咬牙坚持，寻找快乐。"

"快乐在哪里找?"

"在学生中间，在山民之间。山里孩子朴实、纯真、善良、能吃苦，有许多孩子每天上学要跑三四十里地，但他们整天乐呵呵，只要能让他们读书认字，只要能给他们讲外面的世界，他们就高兴。"

"姐，还有什么稀奇的事，你给俺讲讲，酒醒了，反正也睡不着。"

"就你俩妹妹能熬，你看那俩姐姐，睡得多香哇。"

"她们，她们俩心思没有我们俩重，她们睡得甜，我们睡不着。"

"你们俩有什么心思，说出来姐姐给你排遣排遣。"

"姐姐能救一个人，但救不了我们这一群人。"

"此话怎讲?"

"秀巧，还是我来讲吧。"李琳琅把身子往左梦玲身边靠了靠，"梦玲姐，跟你说实话吧，我们四个人同时爱上了一个人。"

"啊?"左梦玲大是吃惊，"有这种事?"

"是的。"

"那这个男人怎么选择，他爱的是谁?"

"他对我们都不错。"

"他不可能你们四个都爱吧。"

"不是四个都爱，而是我们四个，他一个也不爱。"

"那就奇怪了，你们一个个貌如天仙，心地又这么好，他为什么不爱?"

"我们弄不懂他，也可能他的爱远在天边，也可能他的爱无边无际，也可能他的爱天已注定，注定与我们没有缘分。"

"他有爱的人吗?"

"当然。"

"在哪里？"

"不知道。"

"不知道？"

"所以，我们四个人一块出来找答案。"

"找到了吗？"

"应该说，找到了。"

"找到了？他的那个她在哪里？"

"在哪里？远在天边……"

"姐姐，"秀巧又挤到左梦玲身边，"你还给俺讲讲你的故事吧，你在什么山、北京的什么山？"

"北京的香山。"

"香山的爱情多特别，多新鲜。真让俺羡慕，你再讲讲你们分别以后，你又碰到些什么？"

"姐妹们，冲着你们碰上爱情难题，我给你们讲讲，我能在这宝山深处的偏远地滴水岩扎根立足，主要靠两种力量支撑，一是学生对我的爱，二是我对远方的爱。告诉你们，我的爱人叫姚远方，他终于找到我了。"

"远方？"

"姚远方。"

"对，我习惯叫他'袁方'，昨天我才知道他叫远方，姚远方。我相信能找到他，上苍保佑，他找到我了。"

"你真幸福。"

"是的，我很幸福。明天正好星期天，我们小学校和村里都没有电话，我要去乡里给远方打电话，我期望听见他的声音，更盼望他尽快到我身边来。"

"你幸福，真是幸福。"

"幸福。所以我一定满足你们的要求，还给你们讲讲我的经历，多半是一些难受的经历。"

"好，我喜欢听。"

"特别困难的事都出在刚来的那两年，因为山里穷，因为条件差，那是来滴水岩小学的第二年冬天……"

山里山外，山沟里都被这茫茫白雪掩埋了，满天一片皆白，到处银装素裹，山里冬景非常的壮丽好看。由于雪大，能来上学的学生不多，来的能上学的，左梦玲就和几位民办教师给他们上课，并多布置一些作业，尽可能地让学生在家学习。雪一直在下，已经有两天学生都不能来学校上学了，因为天冷，雪大，学生上不了学，连民办教师也都回家了。学生和老师回家前，尽最大能力帮助左梦玲准备好一切，足够的饮水、足够的取暖用的木材，尽可能多的粮食。由于已经在滴水岩整整两年，又经历了夏天漏雨的洗礼，左梦玲无论是能力和心态，都能坦然面对深山区的困难、孤寂和恐惧。茅草屋又经修缮整理，再下大雨大雪也不会漏了，宿舍与教室的院墙也已经砌得半人多高了。本来半个月前可以完工了，但由于包工队队长家办喜事，就推迟几天，结果这一推迟就碰上了百年未遇的山里大雪，大雪一下下了五六天，然后就是北风、小雪，天没有放晴。学生连学都上不成了，被厚厚积雪覆盖的半截院墙，恐怕只能等开春，至少要等到老天变晴，大雪融化之后才能盖齐。但对左梦玲来说，有吃的，有喝的，有烤的，房屋坚实，食物充足，白天看满天皆白，山舞银蛇，夜晚读书备课，还有时间与远方说话交流，难得的悠闲，难得的休息，倒也没有什么不妥的。尤其经过夏天屋破漏雨的事件以后，左梦玲更看得开了，来这里就要随时准备吃苦，随时准备应对各种困难的局面。

这一天，雪仍在下，到傍晚时分，雪下得更大了，因为学生没来，老师早走了，梦玲就早早生火做饭，吃完饭后就紧锁房门，待在自己的小宿舍里，打开父亲为自己买的收音机，把炉膛里的火捅得旺旺的，一边听音乐，一边批改作业。作业本来就不多，因为学生两天没来上课，作业就更少了，批改完作业，就看了一会小说，翻了翻《小说时报》，小说也翻完了，就又摊开日记本，开始给远方说话。

"袁方，雪下得真大呀，大雪后的山河大地，洁白美好，空气清新，雪，晶莹飞舞，白雪把绿树装点得银花点点，多姿多彩，把小草挤压得低头弯腰，楚楚可怜，把河结成冰，把沟刷成白，山风卷着飞花片片，遍地起飞起舞。深山里的雪天真美，真安静。你在哪里，是在山里还是在平原，也许在城市，城市就不行了，在城市刚下雪还能欣赏窗外的美丽，但很快就被人、被车轧成黑色，雪白的雪变成黑水污泥，多让人心痛呀，你千万不要用黑脚去踩白雪呀。

"袁方，我们已经分开两年了，两年来我无时无刻不在找你，想你。今年暑假，我又去了一次北京香山，但找不到你的影踪，我又托人找叫'袁方'的人，找了几十个，但没有一个跟你一致的。你在找我吗……

"袁方，我在学校已经习惯了，上次已跟你说过，经过去年落水和今年夏天漏雨的事后，我更坚强了，你放心，我一定勇敢地活着。好好地工作，等待我们相逢的那一天……"

左梦玲正沉浸在与袁方的交流中，她有说不完的话要向袁方倾述，有诉不完的情要向袁方表达，正当梦玲在说在诉的时候，突然"咣当！"

"有人敲门！"左梦玲感到，在这深山雪夜，有人敲门，让她有点兴奋：是不是张老师或李老师不放心自己，来学校看看？是学生路过这里看看老师，还是老支书或者余水灵来这里有事？但已经深夜了，雪又下这么大，如果不是他们，如果是生人，不认识的人，甚至是图谋不轨的人，怎么办？想到这里，梦玲身上的汗都下来了。本来她已经起身，准备去开门，想到这里，她怯怯地问了一句："谁呀？"

没有回音，梦玲又追问一句："谁呀？"

不但没有回话，而且紧接着"咣咣当当"又有了加急的敲门声。

"咣当、咣咣当当"准确地说是撞门声。

梦玲这个时候真的害怕了，她几乎是用哭腔问道："谁呀？"

没有回答，没有言语，回答的只是"咣咣当当"的撞门声。

一种穿透心扉，穿透血管毛孔的恐惧一下子笼罩住了左梦玲，"如果是熟人，如果是好人，不会不说话，不会不回话，不回话还连续敲门，应该说是撞门，好人能这样做吗？"

梦玲浑身发抖，她从房门前往后退，退，退，一直退到床边，她下意识地拿起房间里早就准备好的榆木棍，这是学生们准备的，还有一根是父亲准备的，木棍在手，似乎为梦玲增添了一些胆量。她对着门又喊了声，"谁呀，是人就说句话，不说话我可喊人了。"

没有回音。

没有回音，却回答的又是几声撞门声："咣咣当当，咣咣当当——"

梦玲不知哪里来的胆量，走到门边，对着门外说："有种的你就说话，不说话算什么好汉。"说着，梦玲下意识地用木棍敲击了门板。

"嘎——"门外传来了类似狗的撕叫声。

"野兽？狼、豺狗？……"

虽然梦玲感到毛骨悚然，但野兽在此时似乎还没有人可怕。为了确认门外是不是野兽，梦玲又用榆木棍重重地敲击了房门，刚撞击两下，门外又传来几声"嘎嘎嘎"的狗叫声，梦玲完全明白了，不是人，是动物，有可能是狼。因为在这深山之中是不缺狼的，她和学生们一起在白天看见过狼，为了确定门外到底是什么动物，梦玲从小书柜里翻出父亲为她准备的高强度手电筒，装上电池，对着门缝照了出去，一道比白雪更炽烈，更耀眼的电灯光顺着门缝泻了出去，门前的动物看见了灯光，又"嘎嘎嘎"叫着，从房门往外退去。梦玲借着门缝的手电光看清了，"果然是狼！"门外的野狼有十条之多，可能是雪大找不到食物，也可能是看见梦玲小屋泻出去比较柔和的灯光，也可能是小茅屋烧柴炭火外飘出去发黑的炊烟，更可能是下雪前有一位同学家长送来的腊肉香味。梦玲意识到，这群狼肯定闻到了小屋的食品和肉香，因为饿觅食来了。好在小屋的房门很结实，梦玲父亲在原有一道门闩的基础上，又加了上下两个铁棍做成的两道门闩。如果不是群狼一齐撞击房门，而且是较长时间的撞击，房门是撞不开的。房门撞不开，梦玲就没有致命危险。但是只要狼不走，危险就一点也没有消除，梦玲打开大手电，群狼就不撞门，但梦玲只要收回手电，群狼又开始撞门。

梦玲的心一阵阵抽紧，"怎么办？"她尽管心发颤，手发抖，但她必须应对，她大脑迅速在转动，她环顾小房间，看有什么可以利用的东西，除了两根木棍之外，还有一些东西，可这些东西根本不是十几只饿狼的对手。梦玲不由得脊梁直流冷汗，在这荒野之中，只有这里有生命，只有这里有亮光，只有这里有米、面、油、肉的香味，如果门被撞开，不说小屋里的食物，就是梦玲自己，也会成为饿狼的口中之物。

"首先把门加固。"梦玲因为害怕，因为恐惧，反而激起了她的斗志，她把办公桌、小课桌和吃饭桌全部拉到门前，在门后又加上一道屏障，还把房屋角落的两截圆木也推过来。顶住了几张桌子，然后，她把衣架拿过来，把手电筒绑在上面，每五分钟打开一次，这一招果然有效，门外的野狼看不见灯光了，就开始撞门，灯光亮起来，照出去，撞门停止了。而灯光一灭，撞击又开始了，就这样，灯光亮，撞击停，灯光熄，撞击起，起始往复，循环使用。但是梦玲更担心了，狼是最狡猾的动物，这样做很可能会被野狼适应，最终被野狼识破，到那时，会不会更加疯狂地撞门。梦玲在小房里乱转乱翻，想找到更加有威胁的东西，翻来找去，梦玲在一个铁皮盒子里找出一串鞭炮，"鞭炮能有什么用？"梦玲并没想出利用它的办法，就把鞭炮扔在床上，不停地打开手电，用木棍敲门板，让亮光和响声震慑门外的野狼，然而，这种做法没有从根本上解决问题，野狼照样地敲门，梦玲边打开手电筒，边敲击木板，又不断地琢磨，看来，野狼怕两样东西：一是光，二是响声，而且，光要强烈、声要大声。想到这里，梦玲突然想到了鞭炮，鞭炮不是比木棍敲击木板的声音大得多，也强烈得多吗？于是梦玲看见小屋内因为顶门，桌椅挪动后，已经腾开了一块空地，梦玲就搬来两个小凳子，又在小凳子中间顶上放上洗脸盆，下面放上几枚鞭炮。正当野狼又撞击房门的时候，梦玲悄悄点燃了几枚鞭炮。

"砰——当。"因为是深夜，又因为是深山，还因为上面有瓷盆，随着这几声特别激烈的鞭炮声，只听见门外"嘎——嗷——"群狼撕咬碰撞着狂窜而去。随着这一声震响，很久很久，野狼撞门的声音停止了，梦玲打开手电筒，从门缝看门外，好像野狼跑走了。但两个小时过后，门外又有了撞击声，由小及大"当当——"，左梦玲如法炮制，又燃放了一枚鞭炮。炮声响过，门外又沉寂了——。而左梦玲放了第三枚鞭炮之后，好像门外的撞门声停止了，梦玲高兴了，甚至想打开门看看，但在无意打开手电筒，又照射门外的时候，梦玲发现，门外雪地坐着野狼，只是不敢靠近门前而已，"好险"。

但是左梦玲放心了，反正野狼也不敢再大张旗鼓撞门了，就左手拿着手电筒，右手捏住榆木棍，身边放着鞭炮，死盯着房门，盯着，盯着，她眼皮发困，盯着盯着，她睡着了，一觉睡到第二天天大亮，好不容易盼到了大雪停止的时候，太阳出山了……

而就是从这次事件以后，小学校很快盖起了院墙，把梦玲的宿舍围在小院里。也正是因为这件事，村老支书和乡里决定，无论什么时候，小学校必须安排天天值班，老师忙不过来，就留下年龄大的学生。

因为经历艰险，因为讲述得也很紧张，讲完这些，左梦玲这才发现，她的两只手被张秀巧和李琳琅紧紧握住，而且握得满手是汗。

"真险！"

"姐，你好勇敢！"

梦玲苦笑笑："什么勇敢，把我逼到那份上，我也没办法，那个时候，要为生存而战。"

"姐姐，了不起，像你这样经历这么多磨难的人，理应得到幸福。"

"是吗？"

"所以，远方归你理所当然。"

"妹妹，为什么说远方归我？"

"因为像远方这么优秀的男人，也会有其他姑娘爱他！"

"这点，我相信。"

"姐姐，你一定会相信远方肯定会爱你，至死不渝吗？"

"只要他看见了我给他留下的纸条，我相信，他会爱我！"

"他肯定看见了你留给他的纸条，那是你们相爱的信物。"

"秀巧妹妹，你也相信？"

"不是我相信，而是他真的看见了。"

"你怎么知道，你们是谁？"

"我们……"

"我们是什么人不重要。重要的是你们的爱情故事感天动地。"

"你们是——"

"我们是什么？"不知什么时候，梁红玉和马云霞也醒了，半清醒半迷糊地问道。

梁红玉首先发问："左老师，你是让我敬佩的人。"

马云霞也接着说："左老师，你人美心美，值！值！"

左梦玲笑着说："值？什么值？"

"爱你的人，他值！你爱上的人，你值。"

"你们说是远方吗！姚远方！"

"是！"四个人异口同声。

左梦玲站起来，"两位好姐姐，两位好妹妹，我们打开窗户说亮话吧，如果我没猜错的话，你们认识远方，也许可以说，你们喜欢远方，可能有的爱上了远方。"

"应该说，我们四个都爱上了你的远方，姚远方。"

"啊！"这次惊讶的是左梦玲，"怎么会这样？"

"姐姐，你不要吃惊，"又是琳琅，"姐姐们，还是由我向左姐姐说吧，我说得不够，你们再补充。"

"左姐姐，你说得不错，我们四个人都喜欢姚远方，你的姚远方。我，是喜欢远方时间最短的人，我在山上总共不到一年，但我的任性让我差点掉下了悬崖，是远方救了我，救了我还不图感谢，救了我还不让外人知道。我以为他只是个山里人，但我发现外面的世界却装在了他的心中，我喜欢他那毫无邪念的眼神。我喜欢他包容无私的胸怀，我喜欢他从容不迫的气度，我喜欢他风趣幽默的谈吐。我以为我不会喜欢乡下人，更不会喜欢山里人，但见到远方哥哥，我投降了。

但是我自以为学识、气质、长相不比任何人差，至少远方能多看我几眼，能多与我交流，但远方哥哥除了一句'你是位好姑娘'以外，从没有对我的喜欢有任何反应，后来我们知道了他爱的只有你，所以我就想来看看，你到底是不是不食人间烟火，是不是天上仙女下凡。我们来了，他的眼光不错，左姐姐，你出类拔萃。再说我们之中的大姐马云霞老师吧，她和梁红玉医生都是认识远方哥哥最早，也是最早喜欢远方哥哥的两位美女，应该有六年了吧"

"七年，远方上山那天起，我就喜欢上他了。"

"马老师爱得坦诚磊落，爱得轰轰烈烈，她从不避讳任何人，她可以向全世界宣告，她爱姚远方，但远方一次又一次告诉她，他自己有心上人，而这个心上人就是你，可马姐姐不死心，马姐姐说除非你爱的姑娘出现，除非远方结婚了。这会儿好了，你出现了，马老师，你该死心了。"

"是啊，我似乎该放手了。"

"山下那位局长人挺好的呀！"

"也许，他那儿才是我的归宿。"

"而我们的梁红玉梁医生，她认识远方哥哥，一天也不比马老师晚，但她一直把爱藏在心中，她的爱更深沉更挚着，以至于谁介绍对象，她都不见。梁医生爱远方哥哥，但她不善于表达，又羞于表达，也从不表达，她的爱，深沉久远，一点也不比其他人差。至今，灵山林场没有几个人知道梁大夫爱姚远方的，她只是默默地为远方哥哥着想，默默地为远方排忧解难。我只是在一次会议上，看见了红玉姐姐的眼神一刻也没有离开远方，我知道，又是一个傻姑娘，可这个男人能分成几份吗？"

"我只希望远方好，希望他幸福，他找到了梦玲，真好！"

"那你怎么办？"

"我……我……怎么办？只要能经常看到他，我就够了。"

"一个傻女人，最傻的是你身边的这位，就是她，张秀巧。你看她，皮肤多白，身材多好，相貌多俊巧，就是她，与姚远方的关系最纠结，最让人心动与心痛。秀巧和远方是同乡，是远方老爹从家乡挑来的'儿媳妇'。秀巧上山后，无人不夸，无人不赞，不仅人长得漂亮，而且为人特善良，特助人。就是她，上山追随远方已经四年了，和远方在一个屋檐下共同生活了四年，侍候远方他爹了四年。远方虽然对你左姐姐的爱坚如磐石，但远方恐怕最感到对不起的就是秀巧姐姐了。更难得的是，秀巧不仅把远方哥看作自己的男人，把远方的父亲看作自己的父亲，为远方一家内外料理洗补操持，而且就是她，是她找到了你，找到了你还告诉了远方。她，她的爱多么伟大，多么高尚。是她，找到了你，是她，成全了你和远方的美梦，也是她，同时埋葬了我们四个人关于爱情的美好憧憬。"

秀巧已经泣不成声，但她的手还与左梦玲紧紧相扣，左梦玲听到这里，也泪如泉涌，她伸出另一只胳膊，把张秀巧紧紧抱在怀里："好妹妹。"

"我们是三天前，准确地说，远方哥哥也是三天前才知道你的下落的。听说你在合欢树下留下思念远方的牌子，他连夜上山去看牌子，我们几个趁他上山回来见不着我们的空，大清早就出发，相约一块来宝山滴水岩看你。我们想看看，远方哥哥日思夜想、七年坚守等待的姑娘到底是个什么样的人。于是我们来了，不过，你这地方太难走了，不知道你这七年是怎么熬过来的。听你刚才的介绍，你太不容易了，太让我们感动了。"

左梦玲笑而不言，泪光点点。

第二十七章

五女相会

　　打电话如约如期进行，只是梦玲没想到，姚远方更不会想到，打电话的左梦玲，身边会增加四位超级美女，而这四位美女是灵山林场的人。

　　左梦玲双手颤抖着摇动电话，那时还是摇把电话，打电话还只能摇动电话，给邮电所的电话总机报上区号和电话号码，然后就是等待。

　　邮电所只有两小间，说是两小间，实际上只是能待一个人的方格子，方格子头顶有一个大点的挂钟，既是让人看时间的，也是让人计算通话时间的。电话号码拨过去了，五位姑娘一直在等待，时间一分一秒在流动，大家没有一丝声音，动人心弦的是头顶挂钟那"叭嗒叭嗒"永不知疲倦，不会停歇的摆动声。话务员告诉左梦玲，只要邮电所指定的电话一响铃，就可以接电话了。

　　"丁零——"

　　左梦玲扑上去，抓起电话："喂——"只听见电话"嘎"的一声没了声音，很快被"嘟嘟——"的忙音代替。

　　"放下电话，再等。"里间传来话务员的指令。

电话铃声打破沉寂，也让几位姑娘开始了说话。

李琳琅说："姚大场长架子大了呀，吭一声就不说话了。"

秀巧说："兴许是远方哥太激动了，按错了电话。"

马云霞说："啥错也不能这个时候错。"

梁红玉说："耐心等，远方一定会打过来的。"

再看左梦玲已经是满手汗水，眼睛泛红了。

"丁零——"

电话响了，左梦玲呆了，又不敢去接了。正巧里间传来话务员的喊声："让它响几声再接。"

电话铃一直在响，响了很长时间，左梦玲好像还没回过神来，还不敢去接电话。

秀巧提醒她："左姐姐接电话，别让远方哥等。"

"姐姐，接吧。"琳琅把左梦玲推向电话间。

左梦玲机械地抓起电话，里面传来远方急促的话音："梦玲，梦玲，是你吗？"

"是……"梦玲说不下去了，蹲在电话机前开始抽泣。

"梦玲，梦玲。"姚远方依然在焦急地询问。

其他几位姑娘挤不进窄小的电话间，只能在梦玲的身后轻声安慰，秀巧轻轻拍拍梦玲的后背："左姐姐，你们多幸福呀。"

可能是已经哭泣了一会儿，更可能是秀巧的话提醒了她，左梦玲开始缓过神，她满面泪花，从地上缓缓站起来，拿正话筒："我是梦——""玲"字还没说出来，又说不出声，眼泪又夺眶而出："我……是……梦……玲……"

"梦玲不哭。我知道你一定是吃了很多苦，受了很多罪，都是远方不好，远方爱你，可远方没能找到你，没能保护你，远方是个大混头。

"梦玲不哭，七年两千五百五十五天，我们思恋，我们寻找，我们相爱，你看，你不是找到了我吗？

"梦玲不哭，七年七个春夏秋冬，蓝天作证，青山作证，绿水作证，你的爱与日月同辉，与山水同在……

"梦玲，你没听到我在作诗吗，我可是李白再世，杜甫现身呀，我可是当代大诗人喽。"

"又在吹。"

"你缓过神来了，你一定很不容易，滴水岩那个地方我小时候跟我爹去过，很远很偏的地方……"

"远方，我……我真想你……"

"我……我知道。"梦玲的一句话也激起了姚远方的满腔柔情，而不由得鼻子发酸，热泪涌出，"我……也是……好想你……"

"我也很想你，每一年，每一天，每……分……""是"，听到了这里远方也控制不住，开始抽泣。

"你不要伤心，我们已经找到了，幸福来了。"

"对对，幸福，找到了你就找到了幸福。"

"你这些年也很不容易吧！"

"没有，挺好，我大男人一个，又到我喜欢的林场工作，倒是你到那么偏远贫穷的深山里教书，一定很苦很苦的吧。"

"苦……苦……不苦了，有你，苦变甜了……"

"我以后不能再让你受苦了，在香山就怪我，怪我不把单位地址留给你。"

"不怪。"

"怪我世故庸俗，不问你的单位、地址。"

"不怪……"

"怪我没下苦功夫找你，让你苦熬了这么多年。"

"不怪……"

"梦玲，这七年你……你工作好吗？身体好吗？你爸好吗？"

"远方……"

"哎！"

"远方……"

"你说。"

"我害怕……"

"害怕什么？不怕！"

"我害怕我是不是老了，变丑了……"

"不会，你永远是我心中的天使，是我的公主，是我的真爱！"

"接到你的电报，我看我的眼角都有小皱纹了，我的头上居然找出了一根白发，我变丑了，你会不会不喜欢我了。"

"不说傻话，你不会变老，也不会变丑，不论你怎么样，我都永远爱你，我们要一起变老，老了后一起变丑，变丑后一起成仙，我们在这绿水青山间找一片永远的栖身之地。"

"是，这宝山灵山是一座山，山南山北是一家人，怪不得我每天跟你说话，总感到你很近很近，你就在我身边。"

"我就在你身边，梦玲，亲爱的，我什么时候去找你，今天明天。"

"今天、明天，今天、明天，我想永远在一起，再不分离。"

"永不分离。"

"我已经跟我爸说了，他过几天会往这赶。"

"那我们约定个时间，约定个地方，我不想让你再离开，我要你马上做我的新娘。"

"新娘，结婚——结婚，新娘！"

"对，我们见面时，就是要娶你的大喜日子。"

左梦玲已经是非常激动，她喃喃地说："做你的新娘。"

"远方哥哥，我给你们出个主意。"

"谁，你是谁?"

梦玲从极度激动中清醒过来，忙说："远方，只顾高兴，你们林场的四位大美女来我这里了。"

"四位，哪四位?"

"梁医生、马老师、秀巧妹妹、琳琅妹妹，她们昨天就来了，今天和我一块打电话。"

"她们，可真是……"

"你们的故事我听说了一些，以后你要详细给我交代，但他们都是大好人，我衷心感谢她们。"

"不仅你，我更要感谢她们，她们都是我的朋友和亲人。"

"远方哥哥，你们别腻味了，听我说个建议。"

"琳琅你说。"

"既然你们相爱了七年，等待了七年，现在又找到了，为什么不尽快开花结果，你们也不小了，双方父母也等急了。我看这样，七天后，你们在龙凤顶合欢树下举行惊世骇俗的超级婚礼。"

"合欢树下举行婚礼？"

"是，因为你们毕竟是两个省两个县，两个单位两座山，要开介绍信要向单位申请，要作必要的准备。给你们七天时间准备，可以吧，我的意见，秀巧、马老师、梁医生回林场为你做准备，我呢，留在这里，帮梦玲姐打理，我要亲身亲眼见识一下你们这亘古传奇的爱情，要亲自经历你们惊世奇异的婚礼，我要记录下这一切。远方哥哥，梦玲姐姐，我这样安排可以吗？"

马云霞说："琳琅，就你的鬼点子多。"

梁红玉说："是个很棒的主意。"

"秀巧，你呢？"琳琅问秀巧。

"琳琅是大学生，喝的墨水多，这点子挺好的。"

"左梦玲，这……"

远方说："等七天呀！"

"远方哥哥，你就忍忍吧，七年都等了，还在乎这七天吗，结婚是件大事，要充分准备准备呀！"

远方对着电话高喊："梦玲，你的意见呢？我听你的。"

梦玲犹豫了一会儿："好，七天就七天，是要准备，好好准备一下，我要做天底下最漂亮最幸福的新娘，远方的新娘。"

远方在电话的另一头喃喃自语："是我的新娘。"

第二十八章

浪漫约定

　　秀巧、马云霞、梁红玉与左梦玲、琳琅告别，她们要回灵山林场，为姚远方准备婚礼。她们相约，每天打一次电话，通报一下各自的准备情况，还相约，谁都不允许离开，一定要把梦玲和远方的婚礼办好。

　　秀巧她们走后，梦玲在邮电所又给省城的父亲左贵山打了个电话，告诉了父亲七天后在龙凤顶合欢树下与相爱、等待寻找了七年的爱人姚远方结婚的消息，希望父亲同意，更希望得到父亲的祝福。左贵山得到消息后也十分激动，他早就知道女儿在等待寻找这个姚远方，没想到还真找到了，左贵山非常爱自己的女儿，更了解和信任自己的女儿，女儿选中的对象不会错。但是，左贵山做出了一个决定，他让妻子丁香和寄宿在家的余水灵，抓紧请假，尽快赶往滴水岩，为女儿准备婚事。自己则赶往另一个方向，他要亲自上一趟灵山，去会会他未曾谋面的女婿。

　　"爸，你还不相信自己的女儿？"

　　"不是不相信，而是太相信了，爸爸上灵山，与其说是考察我未来的女婿，倒不如说是好奇。我好奇的是，这个孩子有什么魔力，让我的女儿七年坚守、矢志不渝。"

"爸，你还是不放心。"

"放心，爸爸一百个放心，爸爸不放心的是你婚后的生活，我去了是为了和那小子商量你们婚后怎么办，总不能一个在高高的灵山上，一个在远远的滴水岩吧。"

"老爸想得周到。"

"其实，我还有一项非常重要的工作任务，我们总公司和灵山林场商谈合作的事，这小子有能耐，他们在旅游开发，山货加工，花卉种植和中草药开发上都很有成效。我是公私兼顾。"

"爸，那我跟远方说一声。"

"千万别，爸爸要给他一个惊喜。"

第二十九章

舍己救人

电话后的第二天，左贵山一行人驱车赶往灵山，而丁香和余水灵则搭乘火车，赶往滴水岩。因为这两年铁路修到了宝山，并在宝山县和宝山乡之间增添了一个小站，丁香和水灵要在这里下车，坐火车比原来的路近了三分之二。

火车在起伏蜿蜒的山岭上穿行，丁香和水灵都趴在车窗看车外的风景，"又回家了，老家的风景真好。"

"水灵，回家高兴吗？"

"阿姨，高兴，更高兴的是姐姐终于找到她的那个他了。"

"你知道？"

"姐姐跟我说过，但我听得挺玄的，怎么只见一天就相爱终生，怎么就一见有情？"

"那叫一见钟情。"

"对对对，一见钟情，姐姐七年前就跟我说过，你看我这记性。"

"你姐姐太不容易了，这孩子应该得到幸福。"

"是，应该，太应该了。"

余水灵捧腮远眺，不由得回想起七年前梦玲来宝山，来滴水岩小学那一幕幕难忘的经历……

"水灵，想什么呢？"

"啊，想姐姐，姐姐真太不容易了，姐姐太苦了。"

"是啊，这孩子太苦了，她本来可以在省城过着很好的生活，可她为了一口气，也为了信守她给远方的承诺。"

"阿姨，与现代有些年轻人相比，姐姐有点傻。"

"是，是有点傻。"

"就说我碰见的那件事吧，姐姐如果稍为世故一点，她也不会管那件事，不管那件事，姐姐也不会遭遇那个险。"

"水灵，只知道你是逃婚到省城的，怎么会牵连到梦玲的？"

余水灵双眼远眺，目光沉重："说起来真险呀……"

左梦玲在滴水岩小学教书已经三年了，这三年余水灵成了梦玲最好的朋友和姐妹，水灵一有时间就跑到小学校，帮梦玲洗衣做饭，梦玲则帮水灵温习文化，梦玲因为余水灵的到来，孤寂的心灵感受到了饱饱的慰藉。而余水灵因为有了梦玲的引导和启发，对未来则充满了希望，尽管余文化、余水灵爷俩拒绝了左贵山的水灵算学校教师，领一份工资的好意，但对左贵山、左梦玲爷俩关于让水灵走出大山，在城市工作的许诺，还是充满期待的。之所以没有马上兑现，是因为左贵山希望左梦玲还在小学校任教期间，由余水灵陪着，等左梦玲教三五年以后，余水灵跟左梦玲一块回省城。然而一件突如其来的事件，加快了水灵进城的进程，而这件事也几乎搭进了左梦玲的性命。

已经有三天，三天了，余水灵都没来小学校，正在梦玲着急准备托学生问的时候，余水灵来了，来到小学校的余水灵抱着左梦玲就哭："姐姐救我，姐姐救我。"

"水灵不哭，水灵不怕！说说是咋回事。"

余水灵哭着把事情的来龙去脉说了一遍：原来，水灵小的时候，水灵大舅给水灵介绍了一个对象，在农村实际上是找了一个婆家。小伙子人长得很精神，也聪明，还有初中文化，但小伙子十七岁参了军，水灵见过这个年轻人，对他也不讨厌。但不幸的是，小伙子在参加边防自卫反击战时牺牲了，骨灰盒抱回家时，小伙子一家哭得死去活来，地方政府和民政部门除了按国家规定给予必须的补贴和安置费以外，还多次征求家属意见："还有什么要求？"

家属只顾哭，不说要求，但又不要政府的人走，政府民政部门的人只有耐心等待，死者为大吗。等一家人哭完喊完哭累喊累以后，老两口才到来人面前："该给的，国家都给了，俺们家，俺孩子该做的也做了，为国家命都搭上了，保家卫国，那是俺的本分，孩子牺牲在疆场，那是孩子的造化。俺没有别的要求，只有一个要求，希望政府成全。"

"请讲。"

"俺就俩娃，二娃埋在边疆了，家里还有老大，叫齐强，比二娃大十岁，为了国家，俺不能绝了后，二娃死了，大娃要娶个媳妇，俺齐家不能断了香火。"

"那是应该，二老有什么具体要求吗？"

"俺二娃原来说了个媳妇。"

"结婚了吗？"

"没有，小时候定的。"

"二老怎么想的？"

"俺想得简单，给二娃说的媳妇，嫁给老大。"

"啊？"

"俺二娃把命都报答给国家了，希望国家成全俺这点要求。"

"老二的媳妇是谁家闺女？"

"好说，是俺村余支书的闺女，叫余水灵。"

正好，老支书余文化陪县乡两级民政部门的人一块来齐家慰问，也到了齐家。

"齐家大叔，大婶，你先等等，我们找余支书问问情况。"

县乡两级干部找余文化一说，余文化坚决不同意，"本来，齐家老二是孩子们小的时候亲戚说的，我们过去就没应承过，现在孩子大了，又是新社会，婚姻自由，这事我们不能包办。"

县乡干部把意见向齐家反馈，齐家坚决要求，并且死拽住县里干部的手不让走，说不答应齐家的条件，齐家死不答应，既不让来人走，还威胁说："如果他们走，老两口就撞死在房门前。"

县乡干部没有办法，就反复做余文化工作，在强大压力和多方威胁利诱下，余文化从不同意到答应跟余水灵做做工作，而且说明这是权宜之计，先让县乡政府干部走了再说。余文化用的是缓兵之计，他本想先让县乡两级的领导走，再做齐家的工作，再与齐家理论。临走时，县里干部说："余支书答应考虑，做做余水灵的工作看看。"

齐家只听了"答应"两字就欢天喜地，叩头谢恩了，后面"考虑，做做余水灵的工作"，他们压根就没听见，也压根就不愿意听。

第二天，齐家老大齐强就带着县乡两级带来的慰问金、慰问品到了余文化的家，"送彩礼"，并要与余文化商量迎娶余水灵的日子。这下余文化、余水灵怎么可能同意呢，先不说余水灵不可能同意这桩婚事，就说老支书余文化，也坚决不会赞同这门婚事。为什么，因为余文化知道，这个齐家老大齐强，患有精神疾病，用山里人通俗的话讲，叫这小子是一阵清醒、一阵糊涂，名副其实的"精神病"。

齐强来了被余文化赶走，东西被退回，齐家能愿意吗？齐家认为，俺家一个活蹦乱跳的大活人都为国捐躯了，你家女儿又不是金枝玉叶，又不让你上刀山下火海，你凭什么不同意。再说了，县乡政府来人时，你余家不是同意了吗！于是，齐强一家及齐姓四五十口人全部来到了余家，围住了余家。他们宣称，娶余水灵是国家同意的，政府答应了的，也是你堂堂支书余文化允口了的。齐家的人扬言，如果余文化不同意，他们就抢人，抢回去就成亲。齐家人掂着扁担、锄头和钉耙，把余家围了个水泄不通。齐家长子手提着钉耙，像个猪八戒似的，坐镇在余家门前，高喊着："我要媳妇，国家给的媳妇。"

亏得余文化有经验，在齐家刚到门前的时候，就让余水灵从后窗户跳窗逃走了："快找左老师，让左老师她爹想办法，把你弄走，去省城。"

就这样，余水灵逃到了左梦玲这里，哭着喊着让左梦玲救她。

　　碰到这样的事情，左梦玲也是不知所措，但她还是很爽快地答应了："放心，明天我就去乡里打电话，你去省城，让我父亲为你找工作。"

　　但是，水灵在小学校还不到半天工夫，就传来了学生们的报告：齐家七八十口人往学校这边来了。原来，齐家不知从哪里得到消息，说余水灵到小学校来了，余水灵让左老师藏起来了。接到消息，左梦玲先让余水灵藏到小学校后边不远的树林里，自己则和几位老师一块去"迎接"齐家浩浩荡荡的人群。

　　齐家人一古脑儿都拥进了小学校的院子里。齐强手持钉耙"嗷嗷"高叫："交出余水灵，交出余水灵，那是俺媳妇。"

　　左梦玲走到齐强父亲面前："齐家大伯，这里是学校，学生正在上课，你让乡亲们退出去，先在外面，不耽误孩子们上课，好不好，有话我们在外边说。"

　　齐强父亲知道左梦玲在十里山乡的口碑，也知道梦玲父亲的厉害，就高喊道："听左老师的，大家退出去。"

　　众人退出校院子，但齐强还在院子里叫个不停："我要媳妇，我找我的媳妇。"

　　大门外，齐家几十人紧紧围住了左梦玲，齐家父亲首先说话："左老师，我听了你的话，俺老齐家的人都从学校里退了出来，但左老师你是明白人，俺希望你也给俺一个面子。"

　　"齐家大伯，你说，只要我能办到的。"

　　"把水灵交出来，她是俺齐家媳妇。"

　　"齐家媳妇？"

　　"是，左老师，余文化是村支书，他亲口答应的。"

　　左梦玲笑笑："齐家大伯，老支书答应了，那水灵答应了吗？"

　　"父母之命，媒妁之言，她爹答应了，她就得嫁。"

　　左梦玲停顿了一下，想了想：如果硬碰硬，跟齐家人讲道理，恐怕不会有什么结果，就决定不与齐家正面对抗。于是梦玲笑笑："大伯，你们要媳妇，到我们小学校来干什么？"

"余水灵就在你们学校，请你让她出来，跟俺走！"

"余水灵去我们学校，谁说的，你看到了，还是找到了？"

"有人看见了，就在你们学校。"

"齐家大伯，我不评说你们这样做得对不对，我只是想告诉你，水灵不在我这里。"

"土狗子，你不是说水灵到学校了吗？你几时看见的？"

"这个……反正水灵经常来小学校。"

"是的，水灵是我的好姐妹，她也的确经常来这里。要说也真是巧了，就是今天没来，怪不得水灵有三天都没来学校，是不是你们抢走了？齐家大伯，现在是新社会，可不兴抢人，抢人是要犯法的，犯法的是要蹲班房的。"

齐强又在人群中大吼："就在学校，我要娶媳妇，我媳妇可漂亮了。"

"齐家大伯，我们还要上课，你看这样行不行，为了让你相信我的话，你呢，找几位女同志，我们一块，在学校各个房间看看，你们认真找一找，找到了，你要能带走，你就带走。如果小学校没有，就拜托你老人家动员大家回去，不能影响孩子们学习，这里面你们齐家的学生就有八九个呢，你们都希望他们安心学习，取得好成绩吧。"

左梦玲说得条条在理，齐家大伯只好点头："大家听着，不要往学校里挤，老老实实在大门外等着，我们几个人进去找找，找到了更好，找不到我们回去再想办法。"

左梦玲领着齐家大伯等三四个人在小学校里里外外找了个遍，结果可想而知。左梦玲正准备与齐家大伯告别的时候，突然，小学校的一个教室传来哭叫声："不好了，不好了，打人了。"

左梦玲不由得心里发慌，急急忙忙往教室那边跑。

"要杀人啦。"

"砍人了——"

左梦玲双腿发软，但还是硬着头皮冲过去，在小学校二年级的教室外，有两个吓得腿发软，尿裤子的几个学生跑不动、走不了，坐在地上哭喊："别打了，别杀我——"

"不要砍我——"

左梦玲冲到教室门外，教室门从里面插上了，左梦玲从窗户捣破的纸缝往里一看，左梦玲真的吓坏了，里面的场面惊险万分，让人看得胆战心惊。

原来找不到余水灵的齐强，既着急了，又犯病了，趁着他父亲与左梦玲一块在学校里搜查余水灵的空闲，自己一个人在教室外乱窜，看见一位女民办教师正在教室里教课，以为这个人就是余水灵，就冲进教室，上去对着女教师喊："好媳妇，你跑不了。"

"你是谁?"

"我——"

"你要干什么"

"你是俺媳妇，俺要娶你。"

"胡说八道，疯子，快走，这里是教室，我正在上课。"

"媳妇，你身上的衣服好花呀，让我摸摸，好看!"

齐强边说边扑向女教师，女教师赶紧躲闪，转眼之间，教室冲撞得桌翻椅倒，小学生乱叫一团，哭喊声，惨叫声此起彼伏。

女老师知道碰见坏人了，边躲边高喊："同学们，快出去，出去。"

开始，齐强笨笨拙拙地追女教师，好在女教师灵巧，东挪西躲，有时绕过桌子，有时跳过椅子，有时钻进桌子下，气得齐强"哇哇"乱叫。而此时胆子大点的学生趁着这机会，从教室门逃了出来，逃出来的学生边跑边哭喊："打人了。"

"坏人来了——"

而在教室里乱跑乱撞的齐强发现了学生外逃的情况，他不追女教师了，反而回到教室门前，想把教室门关上。而女教师此时发现了齐强的意图，不顾一切地冲到教室门前，想阻止齐强关门。两个人厮打，搏斗，女教师拼尽全力，把教室门拉开了一点，而齐强怒火中烧，一拳打在女教师头上，又把女教师从门边踢了出去，接着，他把教室门"砰"重重地锁上了，并拉来几张桌子，把教室门给堵上了。教室内还有十四五个学生，他们哪见过这场面呀，学生们真的吓坏了，有几个女学生"哇——"地哭起来，一个女学生哭起来，接着其他几个女学生也"哇——"地哭起来。

哭声又刺激了齐强的神经，他一脚踢烂了一张桌子，又连跺两脚，从课桌拽出一根桌子腿，怒气冲冲挥舞着桌腿向墙角的学生扑来。

"住手！"而在此时，左梦玲赶到了，喝住了齐强。

左梦玲从外面撕开了窗户外的白纸，对着齐强怒吼："你要干什么，没看见他们只是一群孩子吗？"

齐强转身看见左梦玲："你，你是余水灵，你是我媳妇，媳妇。"

这时候，其他老师和齐家老伯等人也赶到了教室外。

齐家老伯一看事情严重，也对着齐强怒吼："龙蛋，不能撒野。"

"爹，俺不撒野，俺要娶媳妇，你身边的女人怎恁漂亮，她就是余水灵吧，我就娶了她！"

"混账王八蛋，她是左老师，不能胡搞。"

"那我不管，你们不把余水灵找来，不把俺媳妇找来，俺就在这里，别惹我，惹我把这里的几个学生都剁了。"

"龙蛋，不能胡来"，齐家大伯毕竟还是多少知道一些轻重的人，看见这阵势，也担心也害怕了。如果有一个学生有个三长两短，他作为这次事件发起人、组织者，是要吃官司，弄不好是要进大牢、坐班房的。如果有一个学生出了事，不仅政府饶不了他，就连学生家长也不会轻饶他。想到这里，老汉也有点惊慌失措："我儿，齐强，咱不闹了，回家吧，媳妇，我跟你娘再想办法给你找。"

"今天就娶，今天就要，俺要花媳妇，媳妇……"

"齐强，你不能胡来。"左梦玲一边安排人去找老支书余文化，让他赶紧去乡里，找政府，找派出所，一边对教室内的齐强施加压力，希望他能够恢复理智，放掉学生。而齐强的父亲此时也害怕齐强疯病发作，伤害了学生，把事情弄得不可收拾。最让人揪心的是教室里面的学生，他们害怕极了，大多都拥挤在墙角和桌子低下，高一声低一声地喊叫："爹——"

"娘——"

"大，来救我！"

"左老师来了。"

"左老师救我们，放我出去。"

"左老师——"

同学们的呼救声又激起了齐强的愤怒，"喊什么熊、叫什么屌，我弄死你们。"说着，齐强掂着桌子腿，向学生们逼去。

"左老师——"

"救我——"

"齐强，你站着"，左梦玲发出了她从未有的高声，声音激烈，嘶哑，穿透心肺，齐强也不由得停下来脚步。

"齐强，你有什么要求，我们可以谈。"

"要求？要求。我想想，我有什么要求。"

"对，只要你放了学生，你想要什么，我们可以谈。"

"我要娶媳妇，漂亮的媳妇。"

"这里没有你的媳妇。"

"没有？没有我就弄死这帮学生。"

"不能胡来。"

"余水灵是我媳妇，你把她叫来，我放学生。"

"余水灵不在这里，你放了学生，我帮你找。"

"那不行，用余水灵换学生，媳妇不来，我弄死几个。"

左梦玲几乎无计可施了，因为她既不可能把余水灵交出来，更不可能伤害教室里的孩子们，她几乎要发疯了，因为齐强拿着粗厚的课桌腿，在教室里追打学生，学生们发出惨不忍睹的哭叫声。

"齐强。"左梦玲又发出怒吼。

"莫叫我，找不来媳妇我不答应。"

"我们谈个条件。"

"不谈条件，我要媳妇。"

"我进去，放学生们出来。"

"不能啊——"

"左老师危险！"

教室外发出一阵惊呼。

"齐强，你听着，我进去，把学生们换出来。"

"嘻嘻嘻，你进来，你是漂亮，做媳妇也行。余水灵来了，做媳妇也行。"

"我进去，一直等余水灵出来，只要你能把学生放出来！"

"左老师，不能这样！"连齐家老伯也意识到这样做的危险性，劝左梦玲不要冒险。

教室外已经围满了人，除了学校的老师、同学之外，齐家来的人，附近村听到消息赶过来的人，把教室外挤得满满的。

"老齐家，这会儿事弄大了。"

"齐大叔，弄不好吃官司呢。"

"什么时代了，还搞强迫婚姻。"

"早干什么去了。"

"齐强，你答应不答应，你不答应，可是找不到媳妇了。"左梦玲心里只有一个念头，把教室里的十几个学生救出来。

"媳妇，找不到了，那不行，我来干什么，就是找媳妇的，媳妇，媳妇，在哪里？"

"让我进去，放学生出去，你就能找到媳妇。"

"真的？"

"是真的。"

"那真的好，你进来，找不到媳妇，你替俺做媳妇。"

"答应不答应？"

"儿子不答应！"

齐强真的打开教室门。

"让学生出来。"

"我才不傻呢，你进来。"

左梦玲站在门槛上，"你不放学生出来，我不进去。"

"不怕你不进来，狗娃、猫妹、儿子娃们出来。"

"同学们不怕，左老师在呢，你们出来。"

龟缩在墙角的学生们哭哭啼啼、战战兢兢地走了出来，有的满脸是泪，有的满身是灰，有的明显尿湿了裤子，有的掉了鞋子，让人心痛、让人怜惜，学生们边走，齐强边催："滚蛋，滚蛋，娃们，坏我好事。"

眼见得学生们快走完，只剩下两个学生了，而此时的左梦玲也想趁着同学们走完之后，自己再突然脱身，然后把齐强交给齐家大伯来安置，但此时半疯半傻的齐强，突然变得十分灵敏，在最后两个学生到达门口的一刹那，他双手拧着了两个学生。狰狞着对左梦玲说："你进来，你不进来，我拧死这俩学生。"

左梦玲苦笑笑，只好踮脚迈进了教室，而与此同时，两个学生几乎是被齐强扔出了教室，紧接着，教室又"砰"被关上，插上门闩，然后，教室恢复了死一般的寂静。

左梦玲本能地进退到课桌中间，她想与齐强隔开一定的距离，以防齐强突然会对她有不利之举。而此时的齐强，当教室里学生们走光，失去了哭喊声之后，也失去了刺激的力量，一时间也变得不得要领，变得安静起来，既没有狂吼，也没有挥舞课桌腿，傻傻地站立着。越是无声，越是寂静，越让外面的人不安，更让教室内的左梦玲心惊。

齐家老伯最先打破了寂静："儿啊，莫干傻事哈，里面是左老师，左老师是国家的人，国家的人不敢招惹，招惹公安局要抓人的，要关你的，不要干浑事呀，我让人去叫你娘了，你不是最听你娘的话吗？"

"娘，娘，娘来了，娘我听你的呀，好好对俺媳妇。"本来，齐强在不犯病的时候，还能有正常人的思维。当教室里安静的时候，齐强的情绪逐渐平稳，他也似乎意识这样干下去的危险性，也想早点开门回家去，因为他感到肚子饿了，饿了是要回家吃东西的。但齐家老伯关于他娘的话，又激起了他的情绪，因为是他娘近一个月来，天天在他身边说让他娶媳妇。说弟弟没了，不能让齐家绝后，媳妇，媳妇，媳妇好，媳妇美，他娘在他耳边说了不下几千遍。媳妇一词塞满了他的大脑，挤占了他的思绪，成了他近来生活的全部，因为在家里，就他娘对他最好，在他忽而清醒忽而糊涂的思绪里，近期只容下了一个词，这就是讨媳妇，抱媳妇，要媳妇。娘只要他做一件事，就是娶媳妇，要媳妇。想到这里，齐强又恢复了暴躁极怒的状态。

"你是左老师？"

"对！"

"你给俺媳妇。"

"我在哪里给你媳妇。"

"你刚才答应了，就得给，就得找。"

"要找，也需要时间，需要一个过程。"

"俺爹说，你和余水灵好。"

"是好。又怎么样？"

"俺娘说，余水灵是俺媳妇。"

"那是你们的事。"

"我先前要用学生换媳妇。"

"那绝对不行。"

"后来你说用你换，你赔俺媳妇。"

"我在哪里找？"

"你找。"

"在哪找？"

"你找不找，不找——"

看见面露凶光的齐强，左梦玲虽然心存恐惧，但在教室里已经有一段时间了，慢慢适应了危险的气氛，更慢慢琢磨出来，齐强属于精神极不正常的人，不能硬顶，不能刺激，只能顺着来，想办法化解。想到这里，左梦玲马上换了一种口气，"找媳妇好呀，你说你，齐家大哥，你想找一个媳妇，传宗接代，这当然是好了。"

"好事，好事。"

"齐家大哥，你看，你让我为你找媳妇，可在这教室里能找到吗？找不到。我困在这里，怎么去给你找媳妇，所以呀，你想让我还你媳妇，帮你找媳妇，只有一个办法。"

"什么法子？"

"放我出去。"

"放你出去？"

"对呀，你放我出去，不仅我可以帮你找，而且可以动员我的学生帮你找，你想想，大家一齐想办法，一齐动手，还能帮你找不到媳妇吗？"

"放你出去？"

"对呀！"

"放你出去，你还帮我找媳妇？"

"我说话算数。"

"俺娘说了，漂亮姑娘说话最不算数，余水灵说话就不算数。"

"怎么算数？"

"她爹答应了俺娶她，可她不听话。"

"俺说话坚决算数。"

"真算？"

"真算。"

"那俺——俺得问问俺娘，娘——"

"龙蛋——"窗户外真的传来了齐强母亲的喊声，齐强母亲惊呼，"儿啊，你怎么会干——"话没说完，就晕倒在地。

"齐大娘——"

"孩他娘——"

"齐家嫂子——"

"娘，娘，娘，你怎么啦"，齐强的情绪又变得十分急躁，用课桌腿猛烈敲击着教室内的黑板和桌椅。在教室内来回咆哮，还不时向左梦玲挥舞着课桌腿。

在人们的千呼万唤下，齐强母亲终于苏醒了，老太太支撑着爬起来，对着窗户里的齐强说："儿啦，你这是弄啥呀？"

"娘，娘，你跟俺说，俺要不要找媳妇了。"

"要哇，怎么不要？"

"这屋里的老师讲，她要给俺找媳妇，她会找吗？"

"儿呀，你真傻呀，她怎么会给你找媳妇呀？但你不能这样弄——"

齐家老太太的话还没说完，齐强便暴跳如雷，在教室里咆哮着，"你骗我，敢骗我"，冲到左梦玲身边，抓起左梦玲的头发就往外拉。

"不能"；外面的人一片惊呼。

"傻孩子——"齐家母亲又晕倒在地。

齐强看见了他母亲倒下，更加怒火冲天，便冲着左梦玲发泄，他把左梦玲双手扭到背后，按倒在地，用一只腿跪在左梦玲后背上，并拿着课桌腿，压住了梦玲的脖子，齐强力大手重，如果再一使劲，梦玲的脖子就有压断的可能，梦玲感到浑身疼痛难忍，胳膊痛，脖子疼，后背痛，而且脖子越来越痛，呼吸困难，但在最危险的时候发出一句呼喊："袁方救我——"

教室外的齐家大伯发急了："龙蛋，王八羔子，你再胡来，我死给你看。"

听见父亲的呼喊，齐强的手松了松，但仍然用腿压住梦玲，课桌腿依旧压着梦玲的脖子。由于课桌腿粗糙，棱角分明，梦玲的后脖很快被压出血，鲜血迸流。

看到这阵势，齐家老伯更是急坏了，他用全力发出怒吼："把你娘气死了，你还想气死我呀。"

"娘，娘死了？"

"儿啊。"齐强娘又醒过来了，"你不能胡来，放了人家左老师。"

"放她？娘，俺问您，媳妇俺还要不要。"

"要呀！"

"娶不娶。"

"娶！"

"要娶就不能放她，她不赔我媳妇，我杀了她！"

"儿啦，媳妇咱不要了，也不娶了。"

"娘，你咋说胡话呢，你不是天天让我娶媳妇呀，俺说媳妇不好，是女的都不好。你说媳妇好，媳妇给俺做饭，给俺洗衣，给俺生娃，媳妇咋又不好呢？"

"龙蛋呀，那是那会儿，这是这会儿，咱不能干这蠢事呀，放了人家老师。"

"不放，放了没有媳妇了。"

齐强娘前后不一致的信号给齐强大脑造成了更大的混乱，他变得更加暴躁不安，无形之中，他的手劲使得更大了，左梦玲又发出了惨叫，脖子上的血依然流个不止，教室外的人又发出一阵惊呼："不好——"

"放了左老师。"

"左老师。"

"快救左老师。"

"龙蛋放手。"

"儿，别犯傻！"

"救——"

"救——我！"左梦玲又发出撕人心肺的喊叫。

"你还喊——"齐强依然暴打梦玲，梦玲脖子上的血还在迅速流着。

"救左老师。"门外的学生们发出宏大的齐鸣。

"救左老师。"小学校传出震天的呼叫。

"救我——"左梦玲拼尽全力，再一次发出悲壮的哀鸣。

而已经疯狂的齐强更加不能自已，他掂起已经扔在地上的桌腿，准备用这家伙打左梦玲，他高举课桌腿，"你还敢喊——"

"咣当"，正在这千钧一发之际，老支书带着乡派出所的三名警察撞开教室门，冲了进来。也就是这剧烈的冲撞声，吓掉了齐强手上的课桌腿，左梦玲才在齐强被惊吓的瞬间，松了被挤压的肚子和腹部，"啊"地松了一口气。

"齐强，你这坏孩子，你这样是犯法的。"老支书威严地说。

"齐强，放了左老师。"派出所范所长也义正词严地吼道。

"放？不放，她还我媳妇。"

"齐强，范所长有枪，你做傻事要枪毙的。"

"啊，枪——枪，我怕枪。"

"老支书，可不能开枪呀"，齐强父亲冲进教室，"咕咚"一声跪下了。

"爹，我怕枪毙，他要枪毙我，我就杀了她。"齐强又掂起课桌腿，在左梦玲头上比划。

情况更加危急，容不得犹豫，如果齐强的课桌腿落在梦玲的头上，那后果不堪设想。看到此情况，余文化拉拉派出所范所长的衣襟："开枪，快开枪！"

"开枪？"范所长大吃一惊，"这里都是群众，怎么能开枪，"范所长悄声说，"再说，对齐强，也是不能开枪的。"

"开枪！"余文化又急促地说，"开枪！不是对齐强，对着墙角开两枪，吓住齐强。开枪的同时，你们两人冲过去，制服齐强。"

"这样——"

"快！"

范所长迅速跟另外两个警察交代了一下，然后举起枪："齐强，放下左老师，要不，我真开枪。"

"啊——"齐强有些发愣。

"开枪！"

"砰砰！"随着范所长的两声枪响，另两名警察以迅雷不及掩耳之势扑上去，一拳击倒了齐强，另一位警察则把左梦玲救了出来。

被救出的左梦玲几近昏迷，脖子上也流了不少血，在迅速止血以后，梦玲才逐渐苏醒过来，苏醒过来的左梦玲赶紧问："学生怎么样？有伤着的没有。"

同事及老支书告诉梦玲："学生们都很好，放心。"

左梦玲脸色惨白，四肢无力，本不想多说，但又强支撑着站起来："那个齐强怎么样？有没有被枪伤着。"

"这人太坏了，挨枪子也应该！"

"真是个精神病。"

"恶有恶报！"

"老支书，我想呀——噢。对了，您能不能把范所长找来？"

范所长来到了梦玲的房间，梦玲开门见山就问："范所长，齐强一家在这件事上有多大罪过，会怎么处罚。"

范所长说："这次事件，齐家是组织者，肇事者，恶果造成者，依法他们应负法律责任。"

"有多严重？"

"我会让法医给你验个伤，这是个很重要的证据。"

"根据你的经验，会不会判刑。"

"根据我的经验，肯定会判刑。至于会判多重，主要看你的意见。"

"能不能不判？"

"啊？"范所长从未想到，惊愕地张大嘴巴。

"齐家大伯一家也不容易，二儿子刚牺牲，如果把老大也判了，他们一家怎么办？"

"不是齐强，而是齐家老爷子。"

"怎么会判齐家老人？"

"因为这一切都是齐家老头子干的，策划、组织、围余支书家，围小学校，给小学校造成这么大损坏，又对学生们的心理造成这么大伤害，不判刑，法理不容。"

"范所长，我还是受害人，希望你们重视我的意见：齐家老伯，能不判坚决不要判。齐家老大，精神有病，更不能判。只有一条，只要他们一家不对我们小学校再造成伤害就行了。"

"你的意见我们会充分考虑，但法律就是法律，我们还是会重法律、重事实、重证据的。"

"那好。齐强尽管对我造成伤害，他精神有毛病，我看算了。"

"不处理也不能现在就算了。不吓唬吓唬他，他还会犯病犯浑的。"

这件事差点要了梦玲的性命，但梦玲好像不知记仇似的，好像忘记了痛苦似的，好像忘却了恐惧似的，并没把这件事挂在心上。而正是左梦玲的强烈要求，政法部门并没有判齐家入狱，而是经过县乡两级公安部门严厉训教后，放回了家。而齐家通过这件事，真正吸取了教训，再也没有为难左梦玲和小学校，而且特别感激左老师。齐家逢年过节总来学校，看望梦玲，对梦玲感恩戴德。但对余文化一家并没有放过，说余水灵就是齐家儿媳妇，国家同意的，余文化支书点头了。隔三岔五，齐强还疯疯颠颠地去余家闹一闹。而老支书为了永绝齐家念头，很快把余水灵送到了省城，由梦玲父亲左贵山帮助安排了工作。

　　余水灵讲完这段惊心动魄的往事，丁香不由得发出感慨："梦玲这孩子，心肠真好！"

　　"是啊，俺没见过像姐姐这样心眼好的人。姐姐这次找到心上人，是天保佑，地显灵的，这也许就是好人有好报。"

　　"水灵，这几年在省城学了不少东西，见识大了。"

　　"阿姨，别夸我了，是姐姐，是左大叔，丁阿姨你们一家救了我，帮助我，还想办法让我上学，你们的恩情，我八辈子也报答不完。"

　　"傻孩子，说这见外话干什么，你和梦玲都是我们的亲女儿，我们是一家人，以后不要说客气话。"

　　"阿姨，我听你的，以后姐姐嫁人走了，我就是你的亲闺女，我侍奉你。"

　　"就是。也不知这一次梦玲怎么考虑，是跟远方那孩子上灵山，还是回宝山，我们的想法是让梦玲、远方跟我们一块回省城，我们一家也该团圆了。"

　　"好！这次回老家，一定要把姐姐的婚礼办得轰轰烈烈，光彩辉煌，我一定要告诉山里所有的人，告诉山间所有的鸟，告诉山上所有的树，姐姐大喜了，姐姐成亲了，让所有的人都来祝贺，都来道喜，都来欢庆。"

　　"水灵说得好，这次就是要把玲儿的婚事办得排排场场的。"

"真好！"

过了一会儿，丁香突然问："水灵，齐家后来怎么样？"

"哎，说来——说来应该是又悲又喜。"

"什么情况？"

"这是前年的事，齐强毕竟精神有病，神志不清，又没有很好的治疗，后来发展得比较严重。前年冬天，齐强不小心掉下悬崖摔死了。"

"唉，真可怜。"

"齐强一死，齐家真是绝后了，但是，又是梦玲姐姐发善心，因为齐家后山还有一家齐家，有一个孩子在小学校上学，学习成绩很好，但因为家里兄弟姐妹多，供养不起，家长坚决要求孩子辍学。左姐姐就跟这个孩子家长商量，能不能把孩子过继给齐家老伯做孙子，齐家老伯出一些钱，资助他们，如果同意这么做，就还让这个孩子的弟弟妹妹来学校上学。这个学生家弟兄四个，姐妹五个，孩子多，这样做既能帮助他们解决家里生活困难，又能多让两个孩子上学，过继的又都是齐家，何乐而不为呢。齐家老伯高兴得欢天喜地，后山齐家也高兴，既得资助，又多有一个孩子读书，两家都乐意，都欢喜。现在，齐家老伯把过继过来的孩子视为掌上明珠，百般呵护，而这个孩子在左姐姐教导下，也知道报答和感恩，刻苦学习，眼明手勤，对两家长辈都特别孝敬。而山后山前两家齐家，都特别感谢梦玲姐姐。从那以后，左姐姐每天吃的菜用的粮几乎都是齐家送的。"

"真会这样？"

"是这样，在滴水岩，姐姐就像天女下凡一样，人人敬仰。"

"傻姑娘，越说越玄了。"

"阿姨，咱还是说说怎么给姐姐办婚礼吧！"

"这才是正事。"

第三十章

贵山实访

　　张秀巧、马云霞、梁红玉第二天就回到了灵山林场，她们找到姚远方，要求由她们负责，全面准备远方和梦玲的婚礼。

　　远方喜出望外，也免不了有些吃惊："你们？"

　　秀巧说："我们怎么了？我们也是胸装大海，肚量大着呢。"

　　梁红玉说："因为你们的爱情感动了我们，我们虽然羡慕梦玲，但我们还是要成全你们。"

　　马云霞说："你们俩天造地设，特别般配，我们认输。"

　　"谢谢！"

　　"别假惺惺客气，办完你的喜事，我回老家，我找我的王子。"

　　"我也是，把你的婚事做好，我也要下山，不能让他再等了。"

　　"我还只能留在山上——"

　　"拜托你们，我这几天工作上还有几件急事，你们商量个意见，咱们再碰碰头。"

　　"好——"

"姚场长，"尤喜贵报告，"邻省投资总公司的人来了，在会议室等着呢。"

"走，去见见。"

姚远方和每一个人握手："我是姚远方，欢迎你们远道而来。"

来人之中就有左贵山，他是投资总公司的董事长兼总经理，也是这次灵山实地考察洽谈合作的带队人。握完手后，左贵山说："你是姚远方？"

"是！"

"灵山林场的场长？"

"是！"

"好，我是H省投资开发总公司市场开发部的总经理，我姓右。"

"啊——"跟随说话人的几个人发出一阵惊呼。

说话人抬手示意随从不要言语："我姓右，你叫我右大叔也行，叫我右总也可以。"

"那我叫你右大叔吧，这样亲切。不过，右大叔，我看你很疲惫，要不要先休息一下，咱们再谈。"

"嗯，小伙子果然体贴人，我是很累，从昨天出发，到今天凌晨四点，我们开了二十个小时的汽车，其中只休息了不到四个小时，很累。"

"既然这样，右大叔，你在招待所休息半天，咱们下午再谈。"

"是应该休息，可是我有一个不情之请。"

"大叔，请讲。"

"我年龄大了，一步也不想走了，我就想在你这办公室休息一会儿。"

"这——"

"我在沙发上躺一会儿就行，他们三人，去招待所，咱们中午吃饭时候见。"

"这可不行，沙发上怎么行，大叔，如果你不嫌脏，我这里间有张床，你躺里间。"

"那怎么行？"

"可以。我正好出去办事，为了让你多睡会，我十二点半再叫你。"

"好！"

"你们三个，"左贵山对跟随他的人说，"好好休息，什么也不要说，回头我再给你们讲。"

三人虽然如坠云雾中，但也只好点点头，随林场的人去招待所休息了。

左贵山非常激动，看见女儿选中的女婿，看见女儿苦熬苦等了七年的女婿，看见了外表俊朗，待人亲切谦和的女婿，看见既厚道又精明的女婿，怎么能不激动呢！尽管他一百个、一千个、一万个地相信自己的女儿，但出于对女儿的爱，出于做父亲的本能和自私，本来这次遥远的洽谈考察任务不由他来承担，但为了女儿的幸福，他不能不来，他特别想来。刚才的第一关测试，让他十分满意，这个姚远方不仅善解人意，总是为他人着想，看见自己疲惫，就让自己休息，自己要占用他的办公室休息，他就把自己的寝室留出来，"这孩子为人还行——"

左贵山进了姚远方的寝室，忘记了自己是一位尊者，是一位大公司的老板，是一位为人稳重的长者，竟动手翻看远方房里的东西。他首先看到了放在寝室显眼位置的香山红叶，这香山红叶听女儿多次说过，但那时候说的与现在看的印象犹如天壤之别，那时候听如听天方夜谭，这时候看如此的亲切感人。再看看床边的小方桌上，放着用楠木制作的相框，里面的木板上，刻划着"思念远方"的诗句："香山邂逅情难忘……"这就是闺女合欢树上留下的诗句吧，听女儿说，为了寻找远方，她四年上了四次龙凤顶，在合欢树下也不知徘徊了多少次，就是看见许多人许愿兑现又还愿，就在合欢树下许了重重的愿，又用木牌刻下了自己的思念。就是因为这个小牌子，让姚远方找到女儿，左贵山不由自主地抚摸牌子："老天保佑呀，我的苦女儿啊——"

再看看桌子上，靠近床头的地方，放着一个没有合上的日记本，日本记里还夹着一支钢笔。左贵山也顾不上要尊重别人隐私，顾不上翻人家东西不合适，急忙打开日记本，急切地看了下去，整个日记，除了记工作，就是关于想梦玲、忆梦玲、找梦玲的话语……

"梦玲，亲爱的，红叶里的秘密被我发现了，我知道了你爱我，我一定会找你、等你，一定要找到你，等待我们相会的那一天。"

"梦玲，我借出差机会，又爬了一次北京香山。我问了我买香山红叶的店主，他们记不起来了，说好像有一位美女夏天来过香山，问了很多问题，其中就问了有没有一位年轻人来这里买枫叶，但他们说买红叶的人多了，他们记不住了，我肯定，那个问人的美丽姑娘一定是你。"

"梦玲，我无法不想你，尽管我身边有好几位美女，但你把我的心占得满满的，谁也挤不进来，你在哪里，我好想好想见到你……"

"梦玲，老天不负有心人，大地不负痴情人，你我的等待终于有了结果，我们的爱情终于要开花结果了，我终于找到你了，你就在山的那一边。这要感谢天、感谢地、感谢灵山、感谢我身边的人，尤其是秀巧，秀巧是位多么好的姑娘，是她帮我找到了你，我太幸福了……"

左贵山看着看着，露出十分幸福、甜蜜、满意的笑容，他看着看着老泪纵横，看着看着笑意满身，看着看着，他太累了，竟然歪侧在床上，打起了呼噜——

十二点半的时候，姚远方来看看，看看熟睡的左贵山，不忍叫醒他，又拖了半个小时，到下午一点，远方才叫醒了左贵山："右大叔——"

"啊——"左贵山醒了，"几点了？"

"大叔，正好，起来吃饭吧！"

左贵山一看，"一点了，你这小子，就是心眼好，看我这老家伙贪睡，就不叫我。"

"你累了，多休息一会儿好。"

"咱去吃饭？"

"去吃饭。"

姚远方让食堂准备了全部山上的食品：野猪肉、野兔肉、野山鸡，山菇汤，还有清一色的山里蔬菜。"大叔，你是大城市人，吃惯了大鱼大肉，吃吃这山里的菜，油少、清淡、不腻，换换口味，多吃点饭。"

"对，休息好了，心情也大好，我一定多吃点。"

左贵山胃口大开，他感觉每一种菜都特别可口，特别好吃，以至于忘记了节食和减肥，这时姚远方提醒他："大叔，我有个建议，想跟你说说。"

"说吧，孩子。"

"大叔，你是位和蔼可亲、平易近人的长辈，我见了你感觉很亲很亲，我特别喜欢叫你大叔，你叫我孩子，我听了也特别舒服，咱爷俩怎么就有一种天然的亲切感。"

"好孩子，我的感觉跟你一样，有啥你说。"

"大叔，你留点胃口，晚上到下面林场，好吃的更多。"

"山里东西太好吃了。"

"我担心您的胃，一下子吃多了，怕您胃受不了。"

"好孩子，我听你的。"

吃完饭后，姚远方与左贵山商定："右大叔，我们一边看一边谈，怎么样？"

"当然可以。"

"今天下午和明天一天，我先带你去我们可能合作的项目基地看看，看完后咱们商定合作方案。"

"好，客随主便，我上灵山，一切听你安排。"

姚远方先带左贵山看了灵山的最珍贵的金丝楠木林："右大叔，这是全省，甚至是全国仅有的不多的楠木林，每年国家有十分苛刻严格的采伐和使用计划，我们几乎没有一点自主权，但我们有树桩、树枝、树杈的加工开发权。也就是说，我们可以把采伐剩下的树桩、树枝、树杈，也就是剩下的废料，把它加工成各式各样的手工物件，比如，楠木手镯，楠木筷子，楠木象棋、楠木元宝、楠木玩具。我们试验了两批，拿到市场上，销路特好，这个项目我们可以合作，你们可以帮我们找到更高级的设计师，开发高端市场，特别是国外的市场。"

"这个项目有特点、有前途。"

接着，姚远方又带左贵山一行到山茱萸生产基地："右大叔，您看这一望无际的山茱萸林，真让人开心。这片林子是我们林场的发财林、致富林，这些年来，就是这片林子解决了我们林场的吃饭问题，花钱问题和职工的致富问题。就是这片林子，每年给林场带来一千多万元的纯收入，而且，让绝大部分林场职工都成了万元户，我们想与外面合作的是山茱萸的深加工，想大大提高这片林子的附加值，为林场带来更大的收益，为职工带来更多的好处。"

"嗯，又是一个好项目，我们很有兴趣。"

往下，远方又带左贵山来到茱萸林下面的茫茫丘林，"这里是中草药种植基地，据我们的统计，这莽莽深山有二百三十一种中草药，我们的想法是，不仅要采挖，更重要的是种植，用山上的土、山上的雨水、山上的空气，再种植山上的草药，让它良性循环、持续发展。我们有一个更长远的合作意愿，我们想在这山上合作一个中草药加工厂，技术、资源我们没问题，但我们一缺资金，二缺市场，想与贵公司展开合作。"

"对，这个项目的利润空间更大。"

远方又带左贵山来到十里花海的杜鹃花山岭和万棵兰花沟："右大叔，这两个地方我们想搞一个花卉种植基地，由我们栽种培植花卉和盆景，由你们在大城市投放市场。兰花和杜鹃在城市也是稀罕花种、市场前景应该很好。"

"应该有很大市场。"

远方还在几个地方的参观介绍中，为左贵山勾画了一条充满绮丽风光和山区特色的金牌旅游线路，它们分别是：奇特壮丽的百米瀑布和优美独特的深潭探月；热烈奔放的绿林花海和沟底寻兰；高险宏伟的奇险日出和亦真亦幻的虎跳猴跃，还有悬崖探幽、奇峰抱月、仙女回首、文人对弈，近二十处风光独特和可看可观的风景景点："右大叔，这是一条黄金旅游线路，现在需要的是以下三个方面，一是修路，就是打通每个景点之间的通道。这些年我们林场付出了大量的人力物力，已经有相当的基础了，再追加一部分投资，就可以实现路通了；第二是有些景点需要人为修建开发，这方面的投入也不是很大，因为好多景点都是自然天成，只是把景点周围的路、树、草稍为修理一下，就可以了；第三是宣传，这条旅游线路必须与政府旅游部门合作，加大宣传力度，从整体上对线路进行包装宣传，才能收到意想不到的效果。"

回到林场，已经是两天后，在路上已经就有关项目谈得差不多了，基本谈妥的是楠木加工开发项目、中草药种植项目、花卉开发项目。至于中草药厂和开发旅游线路，左贵山说："这两个项目周期长、投资大，回去要开董事会和进一步论证。但这两个项目一定要合作搞，具体怎么合作，如何进一步开发，下一步再说。"

在林场，三个左贵山可以现场拍板的项目，在双方合作占股份比例上存在一些分歧。楠木加工开发，因为从原材料到加工生产到市场营销，灵山林场已经有一定的渠道、经验和成果了，林场占大股份，远方说林场占百分之六十五。左贵山说，林场占百分之六十，双方有百分之五的分歧。而花卉开发项目，双方各占百分之五十，没有异议，而中草药的种植和销售，远方的意见：林场占百分之五十五，投资公司占百分之四十五，但左贵山不同意，他说，双方必须各占百分之五十，双方意见相持不下。

远方继续阐述自己的意见："右大叔，你看啊，这中草药种植是我们，一般加工也是我们，而你们主要是销售，我们作过市场调查，现在中草药根本不愁卖。"

"如果卖不出去，你种得再多，加工得再多也没用。"

"我们已经开始销售了，势头很好，只是我们没那么大的量。"

"销售是终端，是最重要的——"

双方相持不下。

在争论未果的时候，突然，左贵山提出，先休会，所有其他成员退出，由他与姚远方单独谈。

"右大叔，单个人谈也行，你看你们能不能让步，我说的情况实事求是，已经充分考虑了你们的利益。"

"远方，你一定坚持？"

"当然！"

"坚持不更改？"

"不会更改。"

"我提个折中方案行不行？"

"请讲。"

"你过来。"

远方走近左贵山："右大叔，你搞得这么神秘干什么？"

"远方，我提一个对你们林场和你个人都有好处的方案，你考虑一下。"

"右大叔，请说。"

"你们林场退出百分之十，然后，我按销售额每年给你个人提百分之十。"

"什么？给我个人提百分之十。"

"对！"

"右大叔，你是不是糊涂了，我印象中你不是这样的人。"

"别管我是什么人，你接受不接受？同意不同意？"

远方强硬起来："我不会接受，更不会同意。"

"这样林场不会受多大损失，你个人在林场这么多年，那也是你应得的。"

"右大叔，请不要再讲。"

"当真不讲？"

"坚决不讲。"

"果然不接受？"

"肯定不接受。"

"远方，你在林场已经多年了，为林场的贡献很大呀，如果从中得到一些，也情有可原。"

"我是场长，几百口子职工都看着我，这种事我想都没想过。"

"现在社会上很多人都这样，名义为国家，实际为个人。"

"是，社会上不少人这样，但我不能。"

"唉——"左贵山一声长叹。

"右大叔，你不了解我！"

"我太了解你了，好吧，我刚才的话就算没说。请他们都进来吧。"

"大叔！"

"让他们进来吧。"

双方所有谈判代表全部就位，没等姚远方说话，左贵山首先发言："我已经与姚场长全部谈妥，充分尊重林场的意见，所有股份比例，都按姚场长说的办。"

"啊，右大叔。"姚远方不知所措，一脸茫然。

双方拟定了合作意向书，在姚远方代表林场签上姓名以后，就等左贵山签字了，但在拿笔的一刹那，左贵山犹豫了，姚远方首先发现了："右大叔，你有问题吗？是不是还要回去商量，还要征求你们集团的意见？放心，我们可以等。"

"应该说没有问题，但是……远方，我们俩出去转转吧，或者说到你家看看，去看看你老父亲，咱们边走边说吧。"

"山上的家很简陋，父亲在林场干活。"

"看看再说，你们的人，我们的人，谁都不跟，就咱俩，边走边说。"

远方不知这位右大叔又要干什么，在山上的这几天，让姚远方明显感觉到，这位右大叔沉着老练，为人宽厚谦和，很容易让人接近，给人既有一种敬畏感，又有一种亲切感。然而就是时常有些让人意想不到的举动出现，比如不去招待所休息，却要休息在办公室；再比如明明是讨价还价，中间却冒出一个为个人提成百分之十的奇异想法。还有，本来是他老人家要签意向书，却在要签字时提出来出去走走，到家里看看："真不知他又有什么新招数。"

姚远方和左贵山在山路上行走，在一片绿绿的树林里，左贵山说："远方，我呢，五十多岁了，不像你们年轻人，走不动了，咱歇歇吧。"

　　"大叔，你要累了，我看就别去了。"

　　"去还是要去的，你的家我必须要去看看，你父亲我也必须要见见。"

　　"大叔，你没必要这么客气。"

　　"客气，这不是客气，这是必须的。"

　　"大叔，你一上山，我就看出你是个好人，咱爷俩有缘。正是因为有缘，你真没必要这么客气。俺爹是山里人，特好客、特热情，见了你他会很高兴。"

　　"孩子，正是因为咱们有缘，正是因为我喜欢你，我有一个要求，但不是合作的附加条件。"

　　"大叔，请讲。"

　　"我呢，今年五十三岁了，年龄大了，膝下只有一个女儿，不是夸我女儿，那形象气质品格才华，可以说没人可比，这孩子心比天高，一般人她根本看不上。这么多年了，家里、朋友、同学给她推荐介绍很多不错的小伙子，可她一概不见，一概不说，一概不提。她说她在等，她一直在等，在等她的白马王子。我问她，你的白马王子是什么条件，她说，对爱情忠贞不渝，对事业执着坚定，对他人爱护尊重，我问她，你现在有这样的对象吗？她说她在找在等。远方，你说我闺女是不是傻呀？"

　　"不，大叔，我非常赞赏你女儿的观点，对爱情就是应该忠贞不二。"

　　"我的女儿我着急呀，我也在帮她找呀。"

　　"那是，做父亲的为女儿操心也是应该的。"

　　"应该的对吧？"

　　"对！"

　　"那——远方，我为闺女选中了一个女婿。"

"好呀，你先说说。"

"我选中的这个女婿，不知他同意不同意。"

"是吗，他为什么不同意？"

"你是说应该同意。"

"当然，如果这个男孩没有对象的话。"

"那我就问问他？"

"那你可以问，只是你今天还在山上，过两天你回去后，你应该马上问。"

"不是回去问，而是现在问。"

"现在？"

"现在。"

"你相中的女婿在哪里工作，做什么工作？"

"远在天边，近在眼前。"

"大叔。"

"是的，远方，我相中的女婿就是你。"

"大叔，不要开玩笑。"

"不是开玩笑，我说的句句是真。"

"大叔，你是一位沉稳老练，经验丰富的长者，你不会说这种没有把握，不了解情况的事吧？"

"远方，作为咱俩的缘分也好，作为咱俩合作的附加条件也好，作为对你为人的欣赏也好，我肯定你是一个好男人、好丈夫、好干部，你就是我女儿要选中的那种男人，所以，请你考虑考虑，能不能与我女儿先接触接触，见见面，能行就谈，不行再说。"

姚远方愣神了，这个右大叔真是匪夷所思，且不说你的女儿我会不会喜欢，你至少应该了解一下，我姚远方有没有对象，结没结婚吧，你总得有的放矢，弄清情况再拉郎配吧："右大叔，你不能这样。"

"为什么？"

"因为我已经有爱的人了。"

"不可能吧？"

"大叔，我十分感谢你的美意，我也欣赏你女儿的爱情观点。"

"能不能考虑一下，我女儿特别优秀。"

"不考虑。"

"我女儿长得貌若天仙。"

"不！"

"那我们的合作可能——"

"大叔，我以为你不是那样的人，你不会以你个人的喜好代替单位的工作。我说了，我已经有爱人，而且三天后就要结婚了。大叔，我们的故事不说感天动地，也是催人泪下，富有传奇色彩。我的女朋友梦玲，她找了我七年，等了我七年，爱了我七年。我呢，也找了她七年，等了她七年，别说因为一份合作的合同让我分开，就是你现在把我的生命拿走，我也不放弃背离我们的爱情。"

"你真那么爱她？"

"地老天荒，至死不渝。"

"这七年，你就没有与其他好女孩子好过？"

"没有！"

"七年，可不是一个短的时间呀！"

"是的，七年，七年在我们山上，就有好几位长相、心地非常好的女孩子，但梦玲已经占满了我的全部大脑、全部神经、全部血液，别的女孩，只能是好朋友，而不能做爱人。"

"你的爱人在哪里？叫什么？姓什么？在哪里上班。"

"我的爱人在哪里，就在那万花丛中，就在那绿林深处，就在那白云之下，就在那碧水旁边，她是那么的坚强，那么的善良，那么的美丽，那么的可爱。我太想她了，我们就要在一起了，天天、时时、分分、秒秒……"

"那让我猜猜，你的爱人姓啥名啥，干什么工作？"

"你，会猜？"

"对，我试试。"

"你——"

"你的爱人姓左。"

"你怎么——"

"叫左梦玲。"

"是！"

"左梦玲在宝山县宝山乡滴水岩小学做老师。"

"你怎么会知道？"

"你们是七年前在北京香山相识相爱，而且在北京你们只聚了一天。"

"大叔，你是谁？你怎么知道？"

"你们也是三天前才找到对方，而三天后要在这灵山顶上，合欢树下举行两省两县两位七年未见的独特难得的婚礼。"

"是的，大叔，你知道了，你知道了一切。"

"对，我知道一切。"

"那你为什么还让我找你的女儿？"

"因为，孩子，你过来。"

姚远方走过来，左贵山把姚远方紧紧抱住："孩子，因为梦玲就是我的女儿。"

"啊——"远方这一次真的大吃一惊，喜出望外，"大叔。"

"还叫大叔。"

"那——爸爸。"

"哎，孩子，我的孩子——"两个人紧紧相抱，喜极而泣。

左贵山说："孩子，梦玲给你通电话后，就打电话告诉了我找到你的喜讯，也告诉了我你们三天后举行婚礼的消息。于是我们兵分两路，你丁香阿姨带着梦玲的好姐妹余水灵直接去滴水岩，为梦玲准备婚礼，我呢趁着我们公司与你们洽谈合作的理由，到这灵山上，一是谈合作，二是要考察测试我女儿选中的女婿到底怎么样。"

"怪不得你——你的行为一会儿正常，一会儿又离奇——"

"孩子，测试合格，应该说是满分，我满意。"

"谢谢爸爸。"

"好了，意向书明天再签，你知道我不签那只是个幌子，走，去见见你老父亲，我们商量商量婚事具体怎么办。"

左贵山与姚老爷子会面当然是喜庆的、欢愉的，双方满意的。在远方家左贵山也见到了为远方准备新房，置办新衣的张秀巧，远方介绍道："秀巧，这是梦玲的父亲。"

"大叔好！"

左贵山问远方："这位是?"

"我妹妹秀巧，张秀巧。"

"大叔，过去我是俺大挑的'儿媳妇'，可远方哥哥就是忘不了梦玲姐姐，那好啦，我就进步一下，由后备媳妇变成妹妹了。"

"你认识梦玲?"

"我刚从梦玲姐姐那里回来。"

"也想看一看梦玲是个什么样的人。"

"大叔，跟你一样，你为啥上灵山，恐怕主要是相女婿吧。"

"对对对，秀巧姑娘说得好，说说，俺闺女怎么样?"

"看你得意的，大叔，知道你女儿不差，我去了，俺信了，也服了。"

"我女儿挺棒吧。"

"真好，我做远方哥哥的亲妹妹，我愿意，我和梦玲已经是好姐妹了。"

"秀巧，你是位特别好的姑娘，说实在的，你不比我女儿差。"

"怪只怪我认识远方哥哥在后。"

"梦玲有你这样的好姐妹是她的福气。"

"左大叔，你跟俺大和远方哥说话，我要为远方哥准备结婚用的东西了。"

"你去忙。"

秀巧出去又回来："远方哥，你去红玉姐那一趟，她为梦玲姐加工了一件婚纱，还有你的西装，你看看，如果可以，明天派人给梦玲姐姐送去。"

第三十一章

真情红玉

　　远方安排左贵山与自己的父亲聊天，自己则兴奋出门，去看看灵山林场巧手梁红玉为梦玲缝制的婚纱。梁红玉是林场远近闻名的巧手，一手手工活做得描龙绘凤，活灵活现。在林场，无论是嗷嗷待哺的幼儿，还是潇洒俊逸的青年，再就是七八十岁的老人，灵山林场医生梁红玉都能为他们做一身特别合体，又新颖别致的衣服，因此，在灵山林场，梁红玉还有一个称呼"巧手梁红玉"，再加上她是医生，对病人又特别好，"天使梁红玉"，是她的另一个美称，由此可见，梁红玉在林场的口碑。在去梁红玉卫生所的路上，姚远方不可避免地回想起七年来在山上与梁红玉交往的点点滴滴，梁红玉，是唯一一个看过他身体全部的女人，是唯一一个与他同床共寝，身体又紧紧相连的女人，是唯一一个可能与自己发生点什么，可自己又什么也不知道的女人。而这一点，也只有远方自己和梁红玉两个人知道，那次经历以后，每见到梁红玉，梁红玉都会脸红到底，有时甚至开会的时候，只要远远看见姚远方，梁红玉也会脸红，红得只好低下头或逃开。

……

那是三年前深秋一个傍晚，天下着小雨，远方正在林场值班，下班了，远方准备回家吃饭，正巧，远方看见场医梁红玉正陪着一个女孩子匆匆往外走，"红玉，你们去哪？"

"姚场长，四队的方瑞娟病重，我得去看看。"

"这么晚了，路又这么远，就你一个人？"

"还有翠花这女娃呢！"

"那你回来怎么办？"

"没事！"

"怎么会没事，四队离厂部是最远的，路又特不好走。我陪你去。"

"那怎么行，你是场长。"

"你傻呀，我已不是场长了。"

"在我心中，你一直都是场长。"

"我让他们给家里带个信，我陪你去，这样回来你就不用怕了。"

"那怎么好。"

"别说客气话了，我们走吧。"

梁红玉虽然嘴里拒绝，但心里非常乐意，甚至可以说是欣喜。因为自从上次抗洪抢险，姚远方受伤，在卫生室被梁红玉擦身洗澡，治疗以后，梁红玉就爱上了姚远方。只是由于性格内向，羞于表达的原因，她从没有表白，也不敢表白，因为几乎林场的人没有不知道的，林场教师马云霞喜欢姚远方，而且马老师爱得直白热烈，光天化日，马老师从不隐瞒她爱姚远方的现实。梁红玉则不一样，她只把爱埋在心里，她不好意思，也缺乏胆量和底气与马云霞竞争，倒不是她比马云霞差，而是她认为能不能爱，会不会有结果，主要因素在男方，在姚远方。而随着时间的推移，特别是张秀巧上山以后，张秀巧是远方父亲挑的"儿媳妇"，又为人特贤惠，特乖巧，人长得特美丽，梁红玉感觉自己更是不好意思表达。然而，爱就像种子，既然种下，就很难根除，她只是毫无怨言，不计回报，甚至没让远方知道她爱着姚远方，她只是想离远方近一些，只是想经常能看到姚远方，甚至她经常会傻傻地想：希望远方能生病几次，能在卫生所住院，这样她就能天天看到，天天与远方密切相处了。

翠花女娃领着梁红玉医生和姚远方在密林间穿行，等到翠花家的时候，天已经黑了，而不巧的是，天下雨了。梁红玉为翠花母亲诊完病，又打了一针，并留下三天吃的药，就准备回场部了。但天黑了，又下雨了，翠花母亲要留两个人住下。

方瑞娟说："我这个身体就是天气预报，今天腰腿疼得很，我知道今晚和明天肯定要下大雨，你们别走了，就在我家挤挤，虽说只有一间房，姚场长，你委屈一下，你和梁医生挤一张床吧。"

"啊——"梁红玉大惊失色。

"这怎么行？"姚远方也坚决不同意。

"天下大雨，山陡路滑，还可能有野兽出现，在家里挤总比外面安全呀。"

"瑞娟大姐，放心吧，我堂堂男子汉，会保护梁医生的，山路走惯了，没事。"

"就是！"尽管梁红玉从内心并不反对留下，留下挤在一个床上也不会发生什么，但毕竟是和自己喜欢的男人，在一起就在一起，怕什么嘛！但她嘴上还是说："我们回去。"

就这样，两个人冲进了雨幕，开始了返回林场场部的行程，开始是雨，一直下个不停，路上、树叶上到处都是水，很快雨水汇成了溪流，溪流又扩大成了山洪，虽然还不具有威胁，但水流在四处飞溢，每一脚都会溅起一片水花。姚远方和梁红玉顶着风雨，打着手电，虽然有一把雨伞，但雨水太大，衣服基本上都湿透了，远方把雨伞给了梁红玉，自己早就成了落汤鸡，但他是男人，他只能这么做。

"咔嚓！"随着一声巨响，雷鸣电闪，中雨变成了大雨，天就像漏了一样，宽大的瀑布般的雨幕遮住了人们的视线，梁红玉不由自主地发出一声叹息："我怕——"

远方赶忙扭头，抓住了梁红玉的手："红玉，雨太大了，咱找个地方避一会儿，下小了再走？"

"嗯。"

"可这里哪有躲雨的地方呢？"

"前边不远有个山洞。"

"你怎么——"

"我经常给方瑞娟看病，有一次下雨了，就躲在那个山洞里，可那是白天。"

"好，咱去躲一会儿。"

不到五十米，两个人就来到山洞前，由于雨大水急，山洞前的小路被雨水冲倒压弯的树枝绿草全部覆盖了，小路没了，必须跳过树枝和草丛才能走进山洞，"我先去看看"，梁红玉伸腿就要过去。

"停住。"远方拉住了梁红玉，"怎么能让你去？"

远方把手电给了梁红玉："红玉，你站在这里，用手电照着我，我把路踏开，把两边的树草分开，路打开后，你再过来。"

"场长——"

"别争了，我是场长，能让你一个女孩子去吗！站好，拿好手电，雨伞你打着，我过去了。"

在巨大飘忽的雨幕中，在哗啦奔涌的山流里，远方借着梁红玉打射着的并不强烈的手电光，快速地踏路，拨开树枝，踢开杂草，搬掉石块，撕烂藤蔓。眼见得已经打开小路，只剩下三棵树枝，就可以迈上洞的青石板了，在远方弯腰伸手，并用脚踩开两根稍粗一点树枝的时候，就听见远方"啊呀——"一声叫了起来。

"怎么啦？远方。"

"可能是碰到蛇了。"

"蛇咬了，那怎么得了？"

"没事，路已经打开，红玉，过来吧！"

梁红玉急切地顺着姚远方打开的路走近姚远方，"我看看，咬哪了？"

"没事，先进洞再说吧。"

两人进了洞，尽管洞里也漂进了不少雨水，但洞比较深，在洞的高处还是干爽清洁的："红玉，我——我们歇一会儿。"

"场长，远方，你怎么啦？"

"我，我冷——冷——"。

"我看看，蛇咬你哪了？"

远方也没有劲坚持了，伸腿让梁红玉查看。

"竹叶青！"梁红玉"哇"地哭了起来。

"别慌，红玉，你是医生，我还指望你——你治呢。"远方浑身发冷，双牙碰磕，但他坚持鼓励梁红玉。

"这是咱灵山最毒的蛇，老人说竹叶青咬了以后，人走不过七步，咬得轻的也是早上咬，晚上完，这可怎么办？啊——"

梁红玉又要哭。

"红玉，——想一想，有没有治疗的办法。"

"我——"

"红——玉，要坚持，有我呢。"

"我害怕——"

"怕——怕什么呀。"

"我怕你，怕你有个三长两短，那该怎么办？"

"胡说！"远方强力支撑，"红玉，你是医生，我现在被毒蛇咬了，怎么办，就靠你这位医生治疗，如果——你还认为我是场长，你——你就想办法给我治。"

"治？"

"对，必须治。"

"我——"

"振作起来！"远方又怒吼一声。

沉默，短暂的沉默后，梁红玉"刷"地站起来："我治！"

说完话的梁红玉突然兴奋起来，她脱下远方的上衣，用挤下的雨水冲刷远方被蛇咬的伤口，又从药箱里拿出消毒的药具，为远方消毒，消完毒她轻轻地叫了声，"场长，场长。"

远方已经昏迷，梁红玉又呼叫："远方，远方哥——"

　　远方没有回应，梁红玉抱住姚远方，感觉远方还有心跳，再摸脉搏，脉搏还在跳动，"怎么办？怎么办？"梁红玉此时已经忘记了害怕，只剩下焦急，"必须想办法"，梁红玉知道，她的药箱里是没有治疗毒蛇咬伤的药的，但消炎的针还是有的，于是她拿出消炎针的两倍剂量，先给远方打了下去。梁红玉希望，但愿这两支翻倍的消炎针能缓解毒性发作，接下来"怎么办，怎么办？"梁红玉打开手电，看自己喜欢的这位男人，终于和他单独相处了。刚才，紧急之下，也和自己心爱的男人紧紧拥抱了，本来是件幸福的事，但在远方遭毒蛇咬，生命危在旦夕的情况下，快乐和幸福感转瞬即逝，取之而来的是极度的担心和恐惧，担心毒性发作，远方会丢掉生命，一种铺天盖地蜂拥而来的恐惧笼罩全身，"绝不能让远方丧失生命。"此时此刻，在倾盆大雨下，在深深山洞里，梁红玉一种信念油然产生，并且越来越强烈，而要让远方生存活下来的人只有她梁红玉了，而梁红玉要救姚远方的办法就是必须去找药，找中草药。过去，她曾经救治过被竹叶青毒蛇咬伤的人，当时，卫生室所有的药都用过了，但受伤者依然发高烧，说胡话，是灵山上的"老中医"胡先生，从山上采集了一种叫"灵芝花"的中草药，既熬水喝，又用中草药的枝叶捣成泥糊状，敷在伤口处，结果，不出三天，伤者不仅脱离了生命危险，而且活蹦乱跳地上班干活去了。

　　"去找草药"。梁红玉是个有心人，那次治疗蛇毒咬伤，她就专门向老中医学习，并和老中医上山采过药，并现场学习了识别、采挖救治的方法。梁红玉在山洞里找了些留存的山草，把远方安置躺下，自己则走出山洞，她要在茫茫雨夜、深深密林、漆黑不见五指的山中寻找救远方的草药。站在洞口，梁红玉双腿打战，更重要的是心在害怕，她双手哆嗦，忘记了打开手电，她不由自主地往后退，她想回头往洞里走，因为外面太黑，太暗，雨水太大，气氛太瘆人了。"我回去，远方怎么办？"梁红玉又停下回去的脚步，一扭身，毫无顾忌地冲出山洞，扑进茫茫雨夜里。

梁红玉无法打雨伞，因为打雨伞无法寻觅草药，再说了，衣服早就湿透了，打雨伞也没什么用。梁红玉找了一根木棍，一手拿着手电筒，一手拿着木棍，忘掉了胆怯，扔掉了恐惧，打开手电是为了照路，为了找到治伤的草药，挥舞木棍，是为了开始把可能碰到的蛇、虫和小动物吓走。至于会不会碰到狼和豹子等更凶狠的动物，那么只能碰运气和个人的造化了。在莽莽密林里找了一个多小时，手、胳膊被树枝、树刺拉伤了，梁红玉感觉不到；腿、脚被荆棘刺伤了，流血了，她顾不上，她还必须留下回山洞的记号。不能找到了草药，却在茫茫雨林和夜色中迷了路，如果那样，不仅远方得不到治疗，而且她本人也可能被这无边无际的雨夜和山色吞没。两个小时过去了，终于在山崖的夹缝处，梁红玉找到了治毒蛇咬伤的中草药灵芝花，梁红玉喜极而泣，流着眼泪冲了过去。

　　草药采了回来，回到山洞的梁红玉急切地赶到远方身边，她摸摸远方的脉搏，已经很微弱，再听听心跳，虽然还有，但也很虚弱。而最严重的是，远方浑身烫得吓人，梁红玉摸脉搏和量体温时就感到远方发烧发烫的体温。以梁红玉的经验，这种高烧体温，几乎到了人体温度的极处，必须及早救治。

　　梁红玉忘记了身上的疼痛，把草药的叶子汇集于一块，按正常的正确方法，应该把树叶熬成水，先让远方服下，可这山洞里除了有几堆乱草，那是过去猎人和过往的路人睡觉用的，没有火，没有熬水的工具，任何能够榨汁的东西都没有，"怎么办？"梁红玉把叶揉碎，想往远方嘴里塞，但远方知觉毫无，嘴巴紧闭，树叶根本就塞不进去。这下又把红玉难住了。但时间在流逝，多一分钟耽搁，远方就多一分危险，没有办法，在无计可施的情况下，红玉只能采用一个让她脸红心跳的办法，她首先把树叶塞进自己的嘴里，咬碎、嚼出汁来，然后又俯下身，人工呼吸一般，嘴对嘴把嚼出的药汁喂进远方的嘴里。就这样，树叶在红玉嘴里嚼碎，又吐进远方的嘴里，让远方咽进肚里，这样循环往复，操作了半个多小时，梁红玉从开始的脸红心跳到吞吐自如，忙和累，紧张和担心让她忘记了羞怯，治伤救命成了她最大的愿望。红玉感到喂进远方嘴里，流进肚子里的草药汁够了，又转换阵地，趴在远方的腿上吸吮被毒蛇咬伤的伤口，她想尽量减少流进远方体内的毒素，梁红玉是医生，她清楚地知道，因为她刚才无数次用嘴咀嚼过草药，吸吮伤口应该是不会中毒的。经过吸吮，把伤口附近的毒素清理得差不多了，红玉就把草药叶捣成泥，揉成黏糊状，撕出一块胶布，把药糊紧贴在伤口处。等这一切做完，梁红玉才感到浑身大汗淋漓，分不清身上是雨水还是汗水。而与此同时，梁红玉才感到特别的疲乏、特别的累，她眼皮打架，她真想闭上眼好好地睡上一觉，但是作为医生的她知道，必须每隔四个小时要给远方喂一次草药汁，她不能睡，更不能睡沉睡死，她在坚持，无论如何要等三个小时过后，再喂远方一次草药汁，这样她才能好好休息一会儿。为了防止瞌睡，她在树枝上挑了几个树刺，放在下颚，如果太困了，顶不住，一低头树刺就会顶着扎着皮肉，这样困了很多次，也扎了很多次。红玉看看手表，三个小时过去了，红玉又如法炮制，嚼碎树叶，又给远方喂了一次中药汁。而此时已经是午夜一点钟了，离天亮还有五个小时，红玉真的太累了，她真要休息一会儿了，而正在此时远方上下牙直打架，不断发出呓语："冷——"、"下大了——"，"蛇咬了"，"梦玲——你在哪。"

红玉摸摸远方，身上还是十分发烫，但远方口中不断地发出"冷——"的梦话。而想睡一会儿的梁红玉，身子被从洞外的山风吹着，也感到冷。同时，一个人睡也害怕，而与远方已经有了身体接触，更重要的有了接吻一样的接触以后，便也顾不了那么多，她靠近远方，伸手抱住姚远方，一歪头就睡着了。

红玉做了一个甜美的梦：在灵山林场，在那高高的原始大松树下，在杜鹃花开满的山坡上，她与姚远方刚举行完婚礼，两个人隐进了绿树丛中，又在万花丛中流连，两个人手拉手躺在青青绿草上，远方满脸笑容，远方来吻她，远方要撕开她的衣服——

"冷——"可能是体内药汁与毒素斗争的缘故，姚远方依然高烧不退，而且发了癫狂，他暴躁不已，他先是撕自己的衣服，外衣因为湿重，已经被梁红玉脱掉，远方就开始撕自己的内衣，捶打自己的胸膛，继而，他开始撕红玉的衣服，使劲揉摸梁红玉，"远方——"红玉美梦撞破，梦中轻轻掀起她的婚纱变成了现实撕扯她现在穿的衣服："远方，你不能——"红玉想挣脱，但在膀大腰圆的姚远方面前，她的动作无力。"怎么办？"红玉又惊又怕，又喜又羞，怕的是远方对她施以暴力，喜的是如果远方那样，远方会对她负责的，但善良的梁红玉又不想以此来要挟姚远方，她只想姚远方在正常的情况下，堂堂正正、光明正大地宣布爱她、娶她。远方毕竟是在不清醒，没有清醒意识的情况下在撕扯她的衣服的，而且力度也不是很大，所以，梁红玉在想对策，突然想起了姚远方第一次住院和这一次被蛇咬梦呓中说的"梦玲"，就突然来了主意："远方，我是梦玲，你不要撕，我脱。"

不知是"梦玲"一词在远方潜意识中产生了作用，还是远方本来就很累很乏，又加上毒素在身的原因，远方居然真的住手了，只是在梦境中："梦玲，我——冷——"

远方不动了，远方不撕了，这又让梁红玉犯难了，怎么办，怎么办，是离开姚远方，换一个离远方有一点距离的地方休息，还是继续与远方躺在一起，因为远方是病人，是病人就需要医生照顾。要不，就脱去外衣，傍着远方，在远方宽厚的胸里休息。"那多难为情——"，"难为情——，但梁红玉转念又一想，明天还要回去，回去还要见人，衣服真要被远方撕成了稀巴烂，天一亮，我一个大姑娘，怎么在山路上行走，在山路上、在场部碰到人怎么办，又怎么解释，这样不仅对自己，对她喜欢的姚远方场长也是很不好的。想到这里，梁红玉突然来了一股精神，反正在这山洞里谁也没有看见，反正她和远方一样心无邪念，反正她该看的都看到了，反正姚远方意识不清楚，于是，梁红玉又把山草往一块拢了拢，脱了上衣，又脱去了长裤，毫不顾忌，一点也不羞怯地抱住并抱紧姚远方："远方，我来了，你好好睡一觉，天一亮，你的伤就好了。"

这一次梁红玉真睡着了，她睡得十分香甜，睡得十分沉醉，也可能是她太累太乏太辛苦的原因，也可能是她吸进了一部分毒素侵蚀的原因，也可能是她不愿清醒的原因，她睡得十分美好，她只感觉到她一直沉浸在美好的婚礼里，她好像感觉到了姚远方发冷发抖发躁，也好像感到了远方在亲她、吻她、揉撕她、抚摸她，甚至好像感到姚远方狂躁时与她做了该做的一切，她似乎感到云在飘、雾在飞、鸟在唱、风在歌，她似乎感到有疼痛，但又似乎感到特美好，特享受，总之，这天亮前的几个小时，她不愿醒来，更不愿清醒，她想永远都这样。一切都是在做梦，做美梦，就这样在现实与梦想之间，在疼痛与快乐之间，在清醒与迷茫之间，后来她竟甜美美地睡着了。等她醒来的时候，天已经大亮，而昨晚躺在草地上的姚远方已经坐起来，睁大眼睛，惊愕地问她："我对你干了什么？"

而此时的梁红玉已经赤身裸体，赶快抓起身旁的衣服披上，"你转过身去。"

梁红玉迅速穿好衣服，什么事也没发生似的走到姚远方身边："场长，昨天你被竹叶青咬了。"

"竹叶青？我头好晕，我怎么什么也记不起来了。"

梁红玉摸摸远方的头："太好了，退烧了，不烫了，看来这草药管用。"

"红玉，你吃苦了。"

"不苦，和场长在一起，高兴。"

"我被蛇咬以后，什么情况？"

"你被蛇咬以后，很快就昏迷、发高烧、叫冷、发抖说胡话。"

"怎么治的？"

"中草药呗！"

"中草药，你去挖的，昨天夜里？"

"那怎么办？找不到中草药，恐怕今天你就不可能在这里发问了。"

"红玉，谢谢。"

"我是医生，治病救命，是我的职责。"

"你刚才——我是不是对你——冒犯了——你。"

"别瞎说，场长，你被蛇咬，又没得到及时治疗，所以一夜发高烧，说梦话。"

"真没有？"

"你一个病人，能干什么？"

"那——我——"

梁红玉知道姚远方要说什么："被蛇咬的人，毒性发作，一是短时间会失去知觉，因为毒素侵蚀了神经，二是有时会狂躁，比如撕衣服，打自己等，所以，你不要大惊小怪。"

"红玉，如果我——冒犯了——你，我会负责任。"

"别胡扯了。这会儿你清醒了，先吃一点草药汁吧。"

"怎么吃？"

"给，这是树叶，放进嘴里，嚼碎，主要是吃树叶里的汁。"

"那——昨晚我怎么吃的。"

"怎么吃的，我喂的。"

"喂的——怎么——"

"好啦，问那么多干什么。算你福大命大，看你，被毒蛇咬了，却和医生在一起，而这个医生又是知道用什么草药治，而在这黑黑的雨夜里，居然能找到这种草药，你说你——"

姚远方好像清醒了很多，因为他坐着，便双膝落地，向梁红玉深深地鞠了一躬："红玉，谢谢你，你是我的救命恩人。"

"谢我干什么，我是自愿的，以后——以后别忘了我。"梁红玉的头埋得很低，声音说得很小，小得也许只有她自己才能听到。

"场长，"卫生所门口的看病职工打断了姚远方的回忆，远方这才意识到，他已经到了梁红玉卫生所的门口。

"场长，"梁红玉从医疗室里走出来，看见没人，"远方，快进来，看看梦玲的婚纱，也看看我给你定做的西装。"

姚远方仔细地看了婚纱和西装："红玉，果然是巧手，既新颖又大方，既别致又朴素，既好看又经济，你怎么这么能呢？"

"我能吧。"

"当然能！"

"如果可以，让场部来人，尽快把婚纱给梦玲送过去，别耽误大后天的婚礼。"

"谢谢您，红玉。"

"你就会说谢谢两字吗？"

"那你要我怎么样？"

"我？——要你怎么样。不——没什么！"梁红玉突然变得不知所措，也不知应该说什么。

"红玉，听说你也去梦玲那里了。"

"是！"

"就你的眼光，梦玲怎么样？"

"挺好呀！用现在社会上流行的话，人美心灵更美。"

"真这样啊！"

"那当然，要不，怎么让你苦等她七年，也让她心甘情愿地等你七年。"

"是，等是值得的。"

"远方，场长，祝福你们。"

"别场长场长的，我们俩关系特殊，你是我的救命恩人，也是我的好朋友，好妹妹。"

"好妹妹——"

"对，以后你就是我的好妹妹。"

"远方，你的好妹妹多呀！"

"这是我的福分，马老师、秀巧、琳琅，还有你红玉，都是我的好妹妹。"

"我才不做你的妹妹呢。"

"为——为什么？"

"不为什么，好啦，后天就要办喜事了，你忙去吧！"说完，红玉进里间去了。

"红玉，你怎么啦？"远方感到有点突兀，追进里屋，进去一看，他傻了，只见红玉满脸泪花，红玉没想到远方会进来，赶忙找手绢擦眼泪，红玉的落泪也让远方感到突然，弄得他毫无心理准备。"红玉，你怎么了?"

红玉没有回话,只是低头,用手拨弄着手绢。

远方一下子想了很多他与红玉交往的过去,其中最难忘,最让自己没弄清情况的就是那次雨夜蛇咬的经历了,因为他自己醒来的时候,发现自己赤身裸体,而躺在他身边的梁红玉也一丝不挂,他们之间到底发生了什么,有没有发生什么,他没有记忆和印象,但疑问却留下了,愧歉却留下了。去问梁红玉,梁红玉一口否认,什么也没有。想到这里,远方禁不住又发问:"红玉,你跟我说实话,那一天在山洞里到底发生了什么,我对你做什么事了吗?"

"做什么?"红玉发出了从来没有的冷笑,接着又唏唏嘘嘘地哭了。

"红玉,别哭了,有什么你就说。"

沉默。

"红玉,说吗!"

沉默。

"红玉。"

"发生了什么?"红玉双眼远望,"是啊,发生了什么——"

"红玉,有你就说。"

"我——能——说——吗?"

"说,到底发生了什么事?"

"什么也没发生,那一夜,你被毒蛇咬伤了,昏迷了,你能做什么,而我找药、采药、救你,累得都虚脱了,我能做,有劲做什么。不要胡思乱想,你已经快结婚了,梦玲,多么好的姑娘,你要珍惜。只要你幸福,我没什么,我这样,一辈子一个人,挺好。"

"红玉!"

"快走吧,你去看看马老师吧,那是公开追你的美女,你对她,才要有个说法呢,去吧!"

远方被推搡出来,而关上门的梁红玉,无力地跌落在地上,又禁不住双眼泪水涌流:"这样,足够了——"

第三十二章

痴心云霞

"是的，是应该跟马云霞老师说说了。"远方从梁红玉处出来，就前往灵山林场小学校，虽然他知道，山上对他有好感的几位姑娘，已经见过梦玲了，不管是出于心服口服也好，还是无可奈何也好，她们认可左梦玲，她们认可梦玲与自己的爱情和婚姻，但之所以要去见马云霞，是因为在这灵山之上，在灵山林场里，几乎无人不知，无人不晓马云霞喜欢姚远方，等待姚远方，在林场公开声明她要嫁姚远方，虽然在灵山林场，马云霞以直率泼辣、心直口快、说话不拐弯、得理不饶人著称，但马云霞的漂亮、坦诚，执着追求姚远方还是被人称道的。远方上山以来，马云霞就开始喜欢他，公开承认，毫无顾忌，特别是姚远方被市林业局免去场长职务以后，马云霞更是执着如一，无怨无悔，更公开、更直接、更露骨了，而对远方的关心和照顾更细致入微了。只要有好吃的，绝对会给远方送来一份，下山进城，一定会为远方买件新衣或新鞋。远方换在办公室的衣服，绝对不会隔一天，就会被马云霞拿走，洗干净、熨平整，及时送回来。几乎每天，只要马云霞上课不忙，她就会到远方的林场办公室，为姚远方洗衣做饭，忙这忙那。而在张秀巧上山以后，虽然马云霞有所收敛，但关照依旧，体贴依旧，服务依旧，爱的宣言依旧。而奇怪的是，姚远方从没承认马云霞的表白，从没有认可马云霞的示爱，从不主动接受马云霞的关怀和服务，并且一有机会就劝告马云霞："马老师，你别这样，我已经有人了，有爱的人了。"

"在哪呀？有就请出来呀。"

"会来的！"

"只要没人来，只要你不结婚，我就坚持，我相信，总有水滴石穿，感动上帝的时候。"

秀巧上山后，姚远方在父亲的高压下，搬回小家居住，而张秀巧对姚远方的照顾和关心一点不比马云霞差，但马云霞从不示弱，从不停歇，一有机会，就为姚远方做事。值得庆幸的是，马云霞与张秀巧相安无事，从未产生冲突。而山上几乎所有的干部职工都知道，在山下的灵山县，有一位与马云霞青梅竹马、一块长大的退役军官，已经是县劳动局局长的汪岩松也无怨无悔，不计时空限制地等待马云霞，小伙子多次上山，与姚远方已经成为朋友，几乎所有与远方、云霞熟识的人都认为，马云霞应该忘记放掉姚远方，与山下的退役军官、劳动局局长汪岩松成就其美好姻缘，大家一致认为，他们俩才是般配的一对。然而，马云霞就一句话，除非姚远方结婚，否则我会一直等下去，哪怕一辈子。

伴着思绪，姚远方来到了小学校。小学校已经放学，在小学校的教室里，远方看见了正在批改作业的马云霞。

"马校长。"

"远方，你还有几个称呼叫我？"

"马校长，马老师，云霞，我叫的个个是真。"

"这会儿，你高兴了吧，幸福了吧，快乐了吧，恭喜你，祝贺你，祝福你——"

"好啦，做老师的就是不一样，嘴里词多。"

"我的词再多，也比不上你的梦玲呀。"

"岩松昨天上山，他也得到了我找到梦玲的消息，他想和你谈谈。"

"让他等着吧，他不是说要一直等下去吗？让他等。"

"咱们年龄都不小了，也该办事了。"

"你该办事了，我为什么要办事？我盼了这么多年，等了这么多年，爱了你这么多年，就因为你找到了梦玲，我立刻、马上去跟汪岩松好，马上与他登记结婚，那我成啥人了，我对你的感情还是真的吗，那还叫爱吗？不错，我可能会考虑汪岩松，但总要等我疗好伤以后吧，总要等平复一下失落的情感吧，总要淡化了对你的情感以后吧，现在就对他好，甚至谈婚论嫁，那我成什么人了？别人那么不理解我，亏我与你交往这么多年，你也一点不理解我。"

"我——"

"你呀，就是个榆木疙瘩，其实——"

"其实什么？"

"其实，我并不稀罕你能不能给我一个婚姻。"

"那你要什么？"

"我是一个特别固执的人，自从你刚上山问到我的时候开始，到你舍身救险，那一刻我就爱上了你，而一旦爱上，我就很难改变。我有时候就想，只要你跟我好，要不要婚姻无所谓。"

"又胡说。"

"我是真心的，没有婚姻，做你的情人我也愿意。"

"不跟你说了，你怎么有这么多乱七八糟的念头。"

"什么叫乱七八糟，你去大城市看看，这种事多了。"

"我知道有这类事，但我们不能做。"

"我知道，要做你早做了，让我感动的是你能等梦玲七年，梦玲居然在毫不知道你任何信息的情况下，苦苦地痴情地等你七年。我有什么想法，也不敢了。"

"知道你是个明白人。"

"道理你应该懂，我对你是单相思，我对你再用情，你都不为所动，那汪岩松也一样，他对我再好，我心里只有你，两个人能好起来吗？我假装着接受他，跟他好，但心里装的全是你，这对他也不公平，是吧，所以，要等我能把你从我心里请走的时候，我才可能试着去接受别人。"话说到这里，马云霞不由得情到深处，双泪涌流，她用微微颤抖的声音说，"你想没想过，要把植根于心灵的一个男人请出来，容易吗，那不是搬件物品啊——"

马云霞的低声抽泣，把姚远方弄得不知所措，对于感情，他并没有想得这么多，这么复杂，也没有经验，他只知道爱梦玲，就踏踏实实，心无旁骛去爱就行了，没想到他与梦玲的爱情会涉及，甚至会伤害到这么多人。张秀巧，是父亲为自己选中的"媳妇"，为了当上这个媳妇，秀巧在这灵山上整整等了他四年，这四年，秀巧为自己，为老父亲做了多少事，干了多少活，吃了多少苦，他姚远方心知肚明，一清二楚呀。可找到了梦玲，与梦玲结婚，秀巧四年的等待、四年的劳作、四年的辛苦，谁来回报呀。还有眼前的马云霞老师，几乎自己上山的第一个月，马云霞从不畏人前言人后语，从不隐藏对远方的爱情，从不顾忌有没有人，直白露骨地表示她爱姚远方，七年岁月，马云霞从一个情窦初开的姑娘，到成熟俊美的小学校长，最后收获的是什么呀。而马云霞刚才的一席话也的确说中了问题的要害，如果梦玲爱上了别人，我姚远方就能立马转换目标，去和别的女孩相好吗？想到这里，他只嘟嘟喃喃地说了句："对不起，云霞，真对不起！"

"远方，你能知道我的心，我就心满意足了。"

"对不起！"

"好啦，总说对不起有啥用，已经到这个时候了，我也想开了，我会逐渐把你忘掉，并试着慢慢地去接受汪岩松。你——你知道不知道？"

"知道什么？"

"除了喜欢你的英俊潇洒，你的敬业奉献，你的无私无畏，你的善良真诚以外，我喜欢你，还有一层意思，就是我要忏悔、赎罪、报恩。"

"啊？你怎么会有这种心思，别蒙我了。"

"说你傻得可爱吧，你不信。"

"你这样说，总要有来源，有根据吧。"

"当然。"

"请讲。"

"因为我无意中做错了事，这件错事害了你，害了林场，让你受到伤害。"

"哪有这回事？我们关系很好呀，你怎么会干这种事？"

"怎么会不可能，正是我干的。"

"什么事？"

"五年前，知道你场长为啥撤的吗？"

"谁都知道，不就是因木材换水泥，换钢材，修防洪堤坝的事吗，没报国家计划，擅自动用国家物资。这林场上上下下都知道呀！"

"可是，地区林业局是怎么知道的，你晓得吗？"

"反正，林场知道的人太多了，主意是我拿的，活是大家干的，怎么知道的？这不重要。"

"重要。我告诉你，是我不小心，把这件事情说了出去，让你丢了乌纱帽，也让林场建设耽误了很多年。"

"啊？有这种事？"

"你这个傻子，我告诉你——"

那是抗洪救险、修建防洪护地堤坝的第二年冬天，防护堤修成了庄稼地，口粮田不仅保住了，而且经过填坑造地，又增加了近百十亩可以种粮食的土地，林场没花多少钱，用林场上的木材，换回了修堤修坝所需要的物质，林场上上下下欢欣鼓舞，在以姚远方为场代表的林场班子带领下，正决心大干一场，彻底改变林场面貌，让林场及每个职工尽快富起来。正是这年冬天，马云霞因为教学出色，被评为地区优秀教师，参加了地区优秀教师表彰大会，因为是林场的小学教师获得了地区表彰，表彰大会上地委、行署把林业局局长江景天也请到了大会会场。会后，江景天专门宴请了马云霞，江景天宴请马云霞有两层意思，一是马云霞为林场，为林业局争得了荣誉，理应表扬一下，二是想通过马云霞了解姚远方，看看姚远方在山上的表现如何，毕竟当时江家，包括江凤丽本人还没有放弃姚远方做女婿的念头。宴请在灵山地区林业局机关食堂进行，出席宴请的不光有地区林业局局长江景天，还有三位副局长，外加江景天的夫人，已经升任人事局局长的何家慧。宴席上，除了林业局领导的祝贺、鼓励和嘉勉以外，就剩下何局长的发问了。

何家慧问得很随意："马老师，你为灵山林场争了光，争了荣誉，可喜可贺。我想这样好成绩的取得，除了你个人的素质、能力和努力之外，这与你们林场领导的重视、关心、支持分不开的，对吧，马老师。"

"对，对！"

"你们的年轻场长怎么样，你给我说说，他是怎么领导林场并支持你的工作的。"

"你认识远方场长吗？"

"当然，他是地区林业局派出的干部，林业局上上下下对他非常关心。"

"太好了，他干得太好了，你们派去了这么一个年轻英俊、干事创业、一心为公的场长太好了，职工们说，这是林场的福气，建场以来从没有过这么好的场长。"

"有那么好？你具体说说。"

"说林场的事我嘴就笨了，要说小学校的事，我能跟你说一天两天都没事。要说远方场长，那太好了，首先他爱场如家，他把林场的事，看得比他性命都珍贵。为了抗洪救险修堤坝，他几乎失去了生命。还有就是他与群众心贴心、心连心，他几乎每天都和林场职工在一起，植树他和职工一起干，别人多少任务，他一棵也不少。采药他和职工一起干，职工认识多少种药名，他要求自己也必须了解多少种，职工采挖中草药有多少任务，他也要完成多少任务。几乎场里所有职工都和他一起干过活，他说，一天不和职工在一起，他就像丢了魂似的。姚远方像磁铁一样，吸引和激励着林场的广大职工，而他们也真心实意，毫无怨言地跟他干。姚远方在山上的这三年，是灵山林场发展最快的三年，变化最大的三年，职工收入增长最多的三年，也是外出职工回流最多的三年。我们林场工人的工资不比你们城里人少，还根据效益，每个季度和年终都有奖金，山上的职工谁也不愿意走，而附近山下的姑娘钻着空子想往山上嫁。要说这个姚远方是个大人物、大英雄。"

"这么说，你喜欢姚远方？"

"那当然，如果他同意，我明天就嫁他。"

江景天问了句："他同意吗？"

"唉，人家好像心里有人了，根本不理俺这个茬。"

"马老师，那在你的印象中，姚远方做的最让你难忘的事情是什么？"

"是什么？让我想想。"

"你吃点菜，咱们边吃边说。"

"我——我得像讲课总结课文中心思想一样来进行归纳，哎，江局长、何局长，你们都是大官，我是这样概括的，姚远方让我最难忘的，一是不怕死、不怕苦、以身作则，发挥榜样的作用。"

"说具体点。"

"你看，他抗洪救灾，那么危险的事，几乎要丢性命的事，他冲在前，跑在前。哎呀，那一次把我们吓死了，他被洪水冲走了十几里地远，他抱住了河边的树，奇迹般地活了下来。他在卫生室里躺了三天，我和梁医生守了他三天，好人有好报，他活下来了。"

"这一点，嗯，是很可贵。"

"第二呢，是——是有眼光，他上山以后，就对全林场的发展作了整体规划，他说，咱不能只盯着眼前的变化，不能只盯着眼前的票子，要设想我们林场未来五十年、一百年怎么发展。叫俺俺不行，谁能想那么远的事，他说的那'三个大'，至今有些俺也弄不懂。"

"三个大！哪三个大？"

"第一是大宝库，第二是大课堂，三是大花园。"

"马老师，你说详细点。"

"俺说不圆盘，大宝库，就是把灵山林场建成富得能流出油来，而且是永远流，永不枯竭的大宝库。"

"这一点我们能理解，就是持续发展，不断富裕。"

"大课堂俺就不懂了，俺就知道俺教孩子们读书的小课堂，把林场建成大课堂，他说，林场将来要成为高等院校实习科研创新的基地，成为大学生永远鲜活的课堂，有点玄乎，莽莽青山，怎么成为课堂。"

何家慧接口道："马老师，远方的意思我大致上能理解，说简单明白一点，就是把林场变成大学生学习、实验、科研的基地，而大学生科学研究又会加快林场的发展，这一步棋想得很远，现在全国很少有地方这么干，但这可能是个方向。"

"那好那好！第三呢，大花园。这个大家都明白，就是把林场建设得处处跟花园一样，他说要跟旅游、生态建设、山间美化结合起来，把林场建成远近闻名，来人必看的旅游胜地。"

"远方这孩子眼光的确不错，马老师，你接着说。"

"让我喝点汤吧，嗓子都说干了。我说远方第三个是有办法，有点子。"

"你再举例说说。"

"远方就是有法子，你比如说吧，两年前远方刚上山那场大洪水吧，洪水是抗了，地也保住了，但洪水过后，河两边白森森都是石头，尤其是用木头挡住的地边边，需要钢筋水泥修筑，可那时候林场哪有钱呀，于是，远方想了个办法。"

"什么办法？"

"用木材换呀。"

"用木材换？"

"对呀，也不是上山砍的木材，而是用抢险投到河道边建木墙的木材，反正也抗洪了，在洪水堆里泡了十几天，浑身都是泥，泥土泥脸泥屁股的，远方说，这木材抢险也是用，但大水过去了，应该让它发挥作用。正好，灵山县水利局、电业局、供销社都缺木材，于是就用这木材换回了修堤筑坝急需的水泥，钢筋，人家单位也换到了急需的木材。多好哇，双方都解决了问题。"

江景天听到这里，脸色铁青，"看来，这就是林场报了三千方木材抗洪抢险的损耗了，三千方呀，好几百万啊!"

"江局长，有什么问题吗?"

何家慧赶紧接口："马老师吃饭，看来，远方真是有办法。远方还有什么办法?"

"远方别看也是个山里娃，新鲜点子多着呢! 三年来，林场收入大大增加了，但工资又不能随时增加，国家和地区都有明文规定，远方就想了个效益奖金的办法，就是每个分场、小队，也包括个人，按照为林场创造的效益和价值的贡献，按比例分发奖金，这办法真管用，大伙一干上活就跟拼命似的，总是干得多，干的效益好，好多职工一年奖金比工资都高得多。"

"总共发了多少?"江景天问。

"那我不知道，我们只拿平均奖，就平均奖也挺多的。"

"姚远方拿多少?"

"开始定的有规矩，林场效益好，林场领导奖金高，但远方从不多拿，他和我们一样，只拿平均奖。"

"这点他做对了。"

"马老师，谢谢你的介绍，你吃好，我因为有事提前走了，让两位副局长陪你。"

马云霞从地区开会回来不到十天，地区林业局调查组就进驻了林场，调查的内容就是姚远方擅自动用国家财产，不经批准拿国家财产进行以货易货交易，违反重大事件必须上报的规定，违反了动用三十万元林场资产必须报地区批准的规定。同时，林场还擅自决定滥发奖金，尽管三年后已经在全国许多地方开始试行发放奖金，但在三年前全地区，甚至全省也没有像林场姚远方这样滥发这么多奖金。处罚是不可避免的，本来林业局党委决定要开除姚远方，但调查组得出的结论是，现在是改革开放初期，不经批准，动用国家财产，没有先例，自主决定发放奖金，肯定是错误的，是要接受处分的，但调查组同时也不能不承认，三年来，灵山林场确实发生了巨大的变化，林场职工确实表现出了生产的极大积极性和创造性，林场的物质财富有了大幅度增加，三年前负债五百多万，而三年后，林场账上现金就有两千多万，还不包括两千多万的债权。而更重要的是，林场职工拥护、支持、信任姚远方，如果姚远方被开除，林场职工扬言，他们会上地区、上省，甚至到北京告状，对此，调研组既看得清清楚楚，也听得清清楚楚。因此他们建议，不仅不应该处分姚远方，而且还应该表彰姚远方，有些未曾做的事，比如发放奖金，可以作为改革中的尝试。同时，积极向上级反映，寻求上级的支持和答复。但林业局党组经过两天的专门会议，还是作出与调查组不一样的决定，不开除公职，但免去职务，不调动回城，而是留场察看。

　　这个结果一下来，马云霞知道自己闯了祸，事情都近三年了，之前没人反映，之后也没人去说，上面也不知道，更没有处分，如果不是自己多嘴，姚远方哪里会来这飞天横祸。马云霞对自己的那个恨，无从形容，她打自己的头，撕自己的嘴，甚至抽自己的嘴巴，她恨自己、骂自己，自己折磨痛骂自己一个多月，她想找姚远方忏悔，但姚远方好像没事人似的，因为调查组调查的时候，姚远方承认了一切，承担了一切。他表示，这一切都是他上山后想的和干的，他愿意承担一切责任，并愿意接受组织上一切处罚。马云霞在无尽的自责中慢慢地缓和下来，慢慢地平静下来，但她却下了另一个决心，她要为远方献出一切，哪怕是生命，先前的喜欢早已转化为爱，而此时爱又加上追悔、痛惜和自责，她只有一个念头，好好守着看着围着姚远方，不仅姚远方已被马云霞看成了爱人，也看成了她需要报恩，需要珍惜，需要保护的男人，这也就是为什么姚远方被免除场长职务以后，全林场的人都能看得出来，马云霞对姚远方珍爱有加，痛惜有加，关照有加的原因。

　　"远方，你被调查的时候，难道没有想去查查是谁把这事说出去的吗?"

"没想，想那干什么？事是我干的。那时候的确不符合规定，处分我也应该，当然，把它看成改革中的探索也可以。问题是，那时的地区林业局，思想还不解放，所以，没有多想，事既然出了，兵来将挡，水来土掩，只要不把我撵下山，我什么都不怕。"

"现在知道了，你不恨我吗？"

"恨你？为什么恨你，你只是说漏了嘴，再说，你是为了唱赞歌，表扬我才说漏嘴的，虽然免去了职务，也好，对我也是个警醒，干好事也不能太急，改革呀，发展生产呀，扩大事业呀，都要讲因地制宜、因事制宜。"

"真不恨我？"

"除了美帝苏修，我恨过谁呀。"

"哎，你就是特别，胸怀一般人不能比。"

"又夸我了，还想让我出事呀。"

"你真坏！"

"咱不说了，后天就要上山结婚呢，事还多着呢，我走啦。"

"远方！"

"啊，还有事？"

"你进我房间来。"

"好，还有什么话说？"

"我——我——"

"马老师，马校长是这么吞吞吐吐的人吗，有事快说。"

"从今以后——"

"怎么啦？"

"你就是名花有主的人，梦玲找到了。"

"是啊！"

"我——我们有想法也不可能了。"

"嗯！"

"我——"

"说嘛！"

"我有一个……一个小小的要求。"

"你说。"

"你能让我……让我抱抱吗?"

"啊——"

"放心,我只是想抱一抱,这以后该真的断了念头了。"

姚远方长开双臂:"好,感谢你长期以来对我的关——"

马云霞扑过来,紧紧地抱住了姚远方,在姚远方的肩头,马云霞的眼泪,大粒大粒地往下滴落,她浑身颤抖,双臂紧抱着姚远方。姚远方虽然感受不到爱的拥抱,但他的确为马云霞的坦诚和情深而感动,他伸直胳膊,用手轻轻拍着马云霞的后背:"云霞,好好保重,一定要生活好点,我们是好哥们、好兄妹——"

第三十三章

幸福通话

从马云霞的小学校出来，远方按约定时间与梦玲通了一次电话，电话一打通，梦玲就迫不及待地说："告诉你，告诉你，我爸说要去你那里，他到了吗，你见了吗？"

"到了，也见了。"

"怎么样？我爸挺挑剔的。"

"他不相信我，还能不相信他自己的女儿吗？"

"这么说挺好的了，我说嘛——"

"不好。"

"怎么不好，我爸刁难你了吗？我爸对你不好吗？我爸真是的。"

"好啦，唬你的。"

"真的？"

"真的。亲爱的，你既要相信你爸伯乐慧眼识人才的能力，也要相信你爱人千里马的风采。"

"太好了，亲爱的，我就相信我爸会喜欢上你的。"

"不是喜欢。"

"那是什么？"

"是非常喜欢。"

"你真坏，坏。"

"亲爱的，爸爸人真好，为了考察我这个女婿，他给我设了三道关卡，或者说出了三个题考我——"，远方绘声绘色地讲述了左贵山是如何一步一步考察试探姚远方的过程，把左梦玲说得一会儿紧张得出汗，一会儿又开怀大笑，两个人打电话说得欢天喜地的。

"爸爸去，你就一点没感觉?"

"真没有，我怎么会想到爸爸这么远会跑过来，只是感到这人有点怪，尽出些让人捉摸不透的怪招。"

"考试过关。"

"当然，但打多少分我心里没数。"

"你看爸爸满意吗?"

"我感觉满意，最后一关通过时，爸爸紧紧抱住我，我好感动呀!"

"好——两个爸爸都是咱俩的爸爸。"

"俺这里叫爹，好多山里人叫大。"

"是，我知道，我以后会非常孝敬俺大的。"

"我信。"

"我也信。"

"梦玲。"

"远方，不能说了，咱们后天就能在一起了，这里已经快放假了，我请了婚假，整个暑假我都想在灵山住。"

"不是暑假，是一辈子。"

"尽挑刺，一辈子就一辈子。爸爸还让去省城呢。"

"没问题，省城咱也去。"

"不能跟你说了。"

"为什么?"

"我这是乡邮电所电话，后面好几个人等着用电话呢，小学校的电话过两天也安上了，到时候就能直接给你打电话了，爸爸还给我拿来一个砖头大的无线电话，但在山里打不通，说是没信号。再说，小学校刚才来人催我回去，说市里有人找我呢。"

"走山路，你一定要小心。"

"放心，有水灵妹妹陪我，还有两条大狗做保镖，安全。"

"再见，亲爱的。"

"亲爱的，后天见。"

第三十四章

又见义龙

梦玲回到小学校，来人让她看见后，她几乎惊呆了。

梦玲愣在小学校的院子里，她不敢相信自己的眼睛。

丁香急急忙忙赶了过来："义龙，义龙，你不能见梦玲——"

但是，左梦玲与黄义龙就站在院子中间，相隔不到两米，看见两个人相持不语，丁香也不敢说话，悄悄地待在一边，因为她担心黄义龙会对梦玲有什么不利。

"丁阿姨，你看我这样，还能对玲姐做什么吗？"

让左梦玲愣在当场，不能言语的原因，就是黄义龙现在的样子，黄义龙的形象：挂着拐杖，瘸着一条腿，满脸焦黄，头顶光光，眉上还有一道明显的伤痕，从两条胳膊看，好像有一只也不灵便。站在小学校院子中央的黄义龙似乎能被一阵风吹倒。

良久，可能是左梦玲终于缓过神来，她慢步

走到黄义龙身边："义龙，你怎么会这样？"

"很好，你还能叫我一声义龙。"

"我小时候，就是你的姐姐，小时候我都叫你义龙，连你对我最不好的时候，我也没改过口。丁阿姨，麻烦你去教室找条凳子，义龙，咱们坐下说。"

丁香搬来两条凳子，左梦玲和黄义龙都坐下了，左梦玲对丁香说："丁阿姨，你跟水灵说，让她把最好的山里野味拿出来，义龙在这里吃饭。"

"哎！"

丁香走了以后，梦玲说："义龙，跟姐姐说说，你怎么来了？"

"听说玲姐大喜，义龙来为姐姐贺喜了。"

"谢谢。姐姐七年的坚守和等待没有白费。欢迎你来参加我的婚礼。"

黄义龙凄苦一笑："姐姐吉人自有天相。也应了中国人的老话，好人有好报。"

"谢谢义龙。"

"我呢，是恶人有恶报。"

"别这样说，那是过去，你年龄小，没经过事。"

"我不比你小，实际上还比你大十天。"

"但我也是你姐。"

"是啊，从小到大，你一直是我姐。"

"跟姐姐说说，这些年到底发生了什么？"

"唉，往事不堪回首。等我清醒了，明白了，但晚了，恶果已经结下了。"

"义龙，别灰心，你还不大，今后的路还可以走好。"

"我知道姐姐还是忘不了我。"

"小时候我就把你当亲弟弟，现在也是，姐姐还会管你。"

"你知道我的情况吗？"

"我——"

"我告诉你，我被判了十八年，如果不是被打成这样，二等残废，判我死刑不亏，至少判个死缓。"

"怎么会这样？"

"我作恶多端呀，我干了多少坏事呀，我害了多少女孩子！我真有愧呀。"

"知道你已知错，姐姐我放心。"

"是啊，姐姐，挨打了，打残废了，判刑了，坐大牢了，我倒感到解脱了，坐了六年牢，经过无数个不眠之夜，我终于清醒了，也明白了，我错了，我有罪，我现在是保外就医，监狱说我表现好，我连申请都没有，他们申请为我减刑，他们申请让我保外就医。"

"好，说明你表现不错。"

"在监狱里，我虽然残疾，但我的双手还能干活，我就拼命地没日没夜地干活，你看这条胳膊，就是连续干了三天三夜，麻痹了，不大能动了，但医生说，只要坚持活动，还能好。"

"黄伯伯呢？"

"不提他，我恨他……"

"义龙，他是你爹呀。"

"他可恨。他也是我爹。他……他也进去了。"

"啊！我——我怎么不知道。"

"纪委关的，已经一年多了，说是快查清了，要移交司法机关了。"

"怎么会是这样？"

"我尽管恨他，可毕竟还是他儿子。"

"是，无论过去有什么不好的事情，都过去了，现在不兴说要往前看吗！"

"姐姐说的是，看他过去多么威风的一个人，现在全变了，可怜他，不忍不管他。"

"伯母呢？"

"哇——"义龙哭了起来，哭得撕心裂肺，哭得天昏地转。

梦玲弄得丈二和尚摸不着头脑，只好站起来，走上前，轻拍着义龙的背说："义龙不哭，义龙不哭，有什么事跟姐说说。"

义龙痛惜了很长时间，才逐渐平复过来："妈妈死了。"

"啊，这怎么会？怎么会？伯母是位多么善良的人呀。"

"是呀，世界上能有比我妈再好的母亲吗？我被关，父亲又出事，母亲从未遭受过如此大的打击，突发脑溢血，我连看都没看上一眼，老人家就与世长辞了。"

"伯母过去对我很好，小时候把我当亲闺女看，真对不起她老人家，这么多年了，连看都没看过她老人家一次。"

"妈妈过去常念叨你，常说你的好。"

"太对不起她老人家了。"

"不是你，是我，太对不起他老人家了，我做了那么多坏事，老人家都蒙在鼓里，每次回家，对我呵护有加，还以为她儿子是个好孩子，其实我是头顶出泡，脚底冒脓。"

"好了，义龙，不自责了。"

"永远不尽的自责，永远不尽的忏悔，永远不尽的痛惜，最对不起的人就是我妈，她——她把全部希望、心血都放在我身上，可我就是个混蛋。"

"义龙。"

"可最对不起我妈的不是我，不是我——"

"那是——？"

"是我那可恨可恶可气，我又不能不认的爹。"

"怎么会，怎么会，义龙。"

"姐，憋了好多年了，我说了吧，说了也许我会轻松一些。"

"你说吧，义龙，姐姐为你撑着。"

"你知道我为什么会突然变坏，突然变坏的吗？"

"你讲。"

"我们刚上大学的时候，我是个骄傲的王子。妈妈呢，贤惠端庄，对外知书达理，友善厚道，对我百般呵护，痛爱有加。父亲呢，光鲜伟岸，声位显赫。我入校的时候，父亲是市长，等我上二年级的时候，就当上市委书记了。在我幼时印象中，父亲对母亲是挺好的，因为母亲是十里山乡最漂亮的姑娘，娶母亲是父亲在公社当主任时亲自挑的，应该是你情我愿，有爱情基础，但从进城以后，特别是我上高中以后，我发现父亲对母亲的态度变了，后来变得冷漠，甚至鄙视了。为此，我跟父亲没少干架，有时候父亲碍于我在现场，会对母亲态度稍好一些。但我知道，父亲可能因为官大了，事多了，看不上妈妈了。而我妈呢，任劳任怨，无怨无悔，尽心尽力做好家里的一切，父亲的冷眼、淡漠她不是不知道，不是看不出来，但她忍着、让着、偷着哭、偷着叹气、偷着伤心。她对我从来都是笑脸相迎，亲切相待。尽管这样，我认为我们这个家基本上还是可以维持的，父亲虽然对母亲不好，但对我很好，虽然对母亲在家不好，但在外面却都好，但是那一次事，那一次事却改变了这一切……"

"什么事？"

"我真是羞于启齿。"

"如果不想说，你就不要说。"

"难以启齿也要说：那是大学四年级的暑假，我已经毕业了，工作也找好了。我记得刚从上海看你回来，回到家时，妈妈高兴坏了，但父亲还没回家，已经下班了，我急于见到父亲，就骑车到市委找他。市委的人都认识我，门卫一路绿灯。我进了市委办公楼，人都走光了，下班已经很长时间了。天也黑了，我在楼下看见父亲办公室的灯还亮着，我兴冲冲闯进父亲办公室，外面的灯亮着，里面供中午休息的卧室的灯也亮着，我以为父亲在里间休息，连想都没想，推门就闯了过去——"义龙说到这里戛然而止。

"义龙，怎么了。"

"我——我无法形容——污秽不堪，淫荡之极，父亲居然，居然——与女人鬼混，而且，而且是与两个女人在一起鬼——混。"

"啊？"左梦玲也大吃一惊。

"我也不相信，但我亲眼看见的，我——"

"可怜的义龙。"

"这情景彻底击垮了我的意志，砸碎了我的梦想。我从大楼出来，在街道上徘徊，但又怕母亲担心，就无言地回家，吃了两口饭，就上床睡了。那一夜，我从没合眼，那一夜，不知何去何从。第二天一大早，我跟母亲说，我要跟同学去旅游，从此，我基本上没有回过家，从此，我便坠入了犯罪的深渊；从此，开始了我做坏人的历程；从此，我——"黄义龙又泣哭不已。

　　"义龙，真是没想到，你父亲——"

　　"我恨他，那件事后，他到处找我，向我道歉，表示忏悔，但我的心已经死了，我希望他能改。但是后来那两个跟他鬼混的女人找到我，本来她俩找我想说她们与父亲是偶然碰上，偶然为之。但我怒不可遏，我拿着刀威胁她们，问她们是不是父亲让来的，她们还是怕死，只好承认她们是父亲逼着她们来的。同时她们还告诉我，与父亲鬼混的女人，不止她们俩，还有很多……我彻底失望了，便开始自暴自弃，开始违法犯罪……"

　　"义龙，难为你了。我爸妈过去一直都认为，你是个本质不错的孩子，你之所以变成这样，肯定是有原因的。"

　　"我恨他，更恨我自己，如果我不自暴自弃，干尽了坏事，我也不至于落得今天这样的下场，腿没了，身残了，更不会害得母亲含恨含怨离开了人世，我混呀——混——"

　　"义龙，你的腿到底是怎么弄的？"

　　"现在说了也不觉得丑了，那是你下乡教书的第二年，我和宝山市西城黑帮大哥都喜欢上了一个中国和俄罗斯的混血美女，我不仅把美女抢到了手，还让手下把黑帮手下四大金刚的三大金刚打得两死一伤。做了这事以后，我知道黑帮大哥会来报复，于是我指使手下，把黑帮的几个主要地点砸了个稀巴烂，西城黑帮算是垮了，人跑的跑、散的散，但我还是不放心，怕他们报复，但一个月、二个月、三个月都过去了，在三个月后的一个雨天，我们晚上去一个歌舞厅取乐，在停车场，我让手下先上去，我和那个混血姑娘在车上多亲热了一会儿，刚下车，就被几个黑衣人用麻袋捂住，绑走了，结果可想而知，我被打断了三根肋骨，打残了这条腿，往事真是不堪回首……"

"义龙，用你的话说，都过去了。"

"我没事，我保外就医后，我妈妈的远房弟弟，也就是我舅舅，他企业做得很大，舅舅知道我上过大学，有文化，就让我负责企业的职工教育。企业办了个职业学校，还办了个幼儿园，我每天在图书馆看看书，过得很不错，姐姐放心，义龙还能活下去。我这次进山，就是舅舅派人送上山的，听说姐姐结婚，舅舅还为我帮姐姐准备了一份大礼。"

"义龙，我什么也不要，只要你能好起来，比什么都重要。伯母已经过世了，义龙，你记住，以后你还是我亲弟弟。忘了告诉你了，我爱人叫姚远方，他为人很好，他就在大山的那一面，他们叫灵山，他在灵山林场，听说那里风光很美，条件也不错，我们结婚以后，我把你接过去。"

"姐姐，我已经有孩子了。"

"好哇好哇，跟我说弟妹是谁?"

"唐莎莎，记得吗?"

"记得，咱们初中同学。"

"对，家里很穷，人长得漂亮，人品很好。我做坏人的那时候，采用下流手段占有了她，但很快又甩了她，没想到我和她在一起，她怀了我的孩子，而且她坚持把孩子生了下来，并把孩子养到了五岁，养到了我保外就医。"

"义龙，你这个坏小子，还挺有福气。"

"姐姐可能要问为什么，是的，我也问为什么，原来，唐莎莎在我上中学的时候就喜欢上了我，因为她们家穷，因为我父亲是高官，她怕高攀不起，没有敢表达。那次我糟蹋她，虽然不高兴，但心里她也是自愿的，没想到我因祸得福，她现在也在舅舅的职业学校做教师，我儿子已经五岁了，小子长得特别漂亮。"

"有时间抱过来我看看。"

"我痛恨过去，痛恨过去我做过许多坏事，但我更珍惜今天的生活，儿子很可爱，莎莎对我特别好，我一个残疾人，我一个罪孽深重的人，能有今天的好生活，我已经满足了，所以这次来，真心实意是向姐姐祝贺祝福的，也是向姐姐忏悔道歉的。"

"义龙，你知道，我们姐弟俩在一起已经二十多年了，我们的情谊从没改变过，即使在你糊涂对我威胁很大的时候，我也不忍心伤害你。现在你好了，醒悟了，自新了，就不存在忏悔和道歉的问题。从今天开始，我们再不提过去伤心的事，过去，我们两家就是好同事、好朋友、好邻居，到了我们这一代，更应该是好兄弟、好姐妹、好朋友，还应该是亲人。义龙，不要记恨你爸爸了，他也受到了应有的惩罚，等我结婚后，我和你远方姐夫，我们一块去看黄伯伯，你已经原谅了自己，也应该原谅你父亲。"

"嗯，姐姐的话，我会考虑的。"

"玲儿，饭好了。"

"义龙，吃饭，尝尝咱这山里的野味，保证让你吃了还想吃。"

"姐，我不吃了，天也不早了，我还要下山。"

"天不早了，就住在这里，饭是一定要吃的。"

"但是……"

"先吃饭，吃完饭如果你一定要走，姐不留你。"

"好，饭我吃，但一定要走。因为舅舅给我派了两辆越野车，都在山那边等着呢，今天我回去，后天我一大早就过来，带着莎莎，还有儿子，为姐姐送行。"

"好，义龙。"

第三十五章

凤丽复来

　　姚远方为准备结婚，也非常忙碌。既不能因为举办婚事耽误工作，也不能因为工作头绪多而影响了筹备婚礼，好在热心的人多，支持的人多，帮忙的人也多，场部有洪场长、尤主任，家里有秀巧、有两个爹。但有一样关键的东西是必须具备的，定下婚期的第二天，远方就向地区林业局打了结婚申请报告，远方已经三十岁，属于晚婚了，送交报告的时候人人贺喜、个个祝贺，姚远方虽然不是局机关的人，但姚远方近些年在地区整个林业系统的名气无人不知，无人不晓，局里各个科室，包括主管审批的人事科和办公室也都大加赞赏，一路绿灯，但因为远方是新近竞聘上岗的林场场长，是林业局二级机构的主要领导同志，这份已经拟定意见"同意"的结婚报告在局长江景天办公桌上已经放了三天了，姚远方几乎天天打电话催促，人事科的同志总是说："会同意的，局长忙，看了批了就打电话告知，报告也不用急着拿走，先办婚礼就是了。"但人事科的同志几乎每天都催江景天，而江景天几乎每次都说："不急，还有好几天嘛！"第四天，也就是要举办婚礼的前一天，人事科的同志又去江局长办公室催要，不仅没讨着批件，连人都找不到了。人事科的同志曾夸下海口，一定要在婚礼前把批件拿下来，这下可傻眼了，经过多方打听，才弄清楚，江景天一大早，就带着结婚报告，带着老婆何家慧、女儿江凤丽奔灵山林场去了。

　　人事科的同志怕节外生枝，不知局长对婚礼持什么态度，因为林业局几乎没有人不知道，七年前，江局长曾有意把自己的女儿介绍给姚远方做对象，局长亲自去到底是什么意思。于是，就给姚远方打了一个电话："姚场长，你好，我是林业局人事科长赵志强。"

　　"科长好，我的结婚报告——"

　　"应该是没问题，但是——"

　　"科长尽管讲。"

　　"可能，可能，江局长去你那里了。"

　　"啊？来灵山，江局长来灵山了？"

　　"一早就出发，如果去，估计快该到了。"

　　姚远方还想说话，林场办公室尤主任推门进来报告："场长，地区林业局江局长到了，就在场部前面的广场上。"

　　姚远方放下电话，直奔楼下，远远就看见江景天，还有局长夫人、地区人事局局长何家慧，还有局长的女儿江凤丽。姚远方奔上前去与江局长一家握手，亲切寒暄："江局长好，何局长好，凤丽好，欢迎你们来林场指导工作。"

　　"小姚呀，恭喜恭喜，我们今天来，一是道喜，二还是道喜，你看你双喜临门，刚竞聘上场长，又要与心爱的人结婚，真是可喜可贺。"

　　"谢谢局长。"

　　而何家慧的话却要亲切得多，家常得多："远方，好孩子，终于苦尽甜来，等到心上人了。好呀，阿姨真心祝福你，过去我就说过，阿姨看好你，阿姨相信你不仅事业有成，而且生活会很美好。今天，我们一家都来了，都来为你祝福，同时，还要看你结婚有什么需要我办的事，我们给你们打打下手。"

"谢谢阿姨。"

"好事怎么就让你一个得了呢？"江凤丽第一句话说得毫无表情。

"谢谢凤丽，你能来我很高兴。"

"我们的账还没算清呢。"

"啊？"姚远方不知道江凤丽要干什么。

"但愿你傻人还真有傻福。"

"凤丽，好几年没见面了，你好吧？"

"你好，我不好，你幸福，我不幸福。"

"你……"远方不知道如何回答江凤丽。

"一会儿咱们单独谈。"

"那好那好。"远方忐忑不安。

何家慧走过来："远方，这是你的结婚申请报告，老江早批了，不仅批了，而且他要亲自送来，婚礼是后天吧，不晚。我们住这里了，后天，我们一家参加你的婚礼，阿姨全家为你祈福，为你一家贺喜。"

姚远方要安排江景天一家去招待所休息，被江景天、何家慧拒绝了，何家慧说："远方，晚上再去招待所，先去你们家，我们去看看新房，看看有什么我们要做的事。另外，我们还从局里带来五六位同志，男女都有，有什么事，安排他们去干。你呢，还要带我们去看看新房，然后再去山上看看，老江说，这山上美着呢，我相信这两年经过修缮加工，一定会更好看了。"

"好的。婚礼也没多少准备的，就是后天，要爬几个小时的山路，在灵山头龙凤顶上合欢树下，太远了，你们就不要去了。"

"我去！"凤丽先开口，"爸、妈，你们如果嫌累，你们可以不去，但我一定要去，我一定要看看新娘子是什么样的仙女下凡。"

"你去，我们当然也去。"

在姚远方家，江局长一家与姚远方父亲，与左梦玲的父亲左贵山一块见了，大家互致敬意，还看见了忙里忙外的张秀巧、马云霞和梁红玉。看见大家忙得热火朝天，江凤丽也加入了忙活的人群，和几个姑娘说得挺开心。还是马云霞心直口快："你就是那个江凤丽，姚场长在林业局时的女……女朋友。"

"是啊，没有什么可害羞的。那时候我们还小，还不懂事，如果是现在，那个——那个左梦玲就没机会了。"

梁红玉明知故问："到底怎么回事？"

"如果不是我们任性，远方就不可能单独上北京香山，如果他不单独上山，就不可能认识这位左梦玲，不认识左梦玲，远方还不知是谁的呢。"

"肯定是你的，对吧。"

"如果是现在的我，肯定是。"

"这么有信心。"

"当然。你们见过左梦玲吗？"

"见过。"

"我比左梦玲长得差吗？"

"不差。"

"我差在那时候没她能通情理、懂人性。现在，我懂了，可也晚了。"

"这么说，你现在还喜欢远方哥哥。"

"别看秀巧年轻，一眼都看清了问题。"梁红玉笑道。

"我才不喜欢他呢！"

趁着江景天夫妇与姚远方一家寒暄交谈的时机，姚远方把江凤丽叫了出来："凤丽，你出来一下。"

为了掩人耳目，凤丽自我解嘲地说："看见没，新郎倌还是忘不了我，要请我做伴娘呢。"

远方和凤丽在远方家旁边一簇青青竹林旁见面了，竹林旁有两块青青石头，正好可以落座。"凤丽，你请坐，咱俩谈谈。"

"谈……谈什么，你都这样了，我们还有什么可谈的。"

"我……我对不起了……让你……生气了……"

"我——呜——"江凤丽说到这里，再也控制不住情感，竟"呜——"地哭了起来。

"凤丽不哭！"

哭了一段时间，凤丽站了起来："好啦，哭过了，难听话也说过了，气也出了，该说正经话了。"

"正经话？"

"对，正经话。在你远方看来，我可能还是那个骄傲、任性、蛮横、霸道的局长千金，是那个让你紧张、让你厌恶、让你不乐意接近的女人，对吧？你错了，我江凤丽已经不是原来的江凤丽了，我之所以能上山，就说明我已经变了，我已经不是过去的江凤丽了，用你希望的话来说，我已经变好了，变正常了，变得通人理，懂情义了。这个变化是我用青春，用血泪换来的。我告诉你，就因为你看不上我，就因为你一个山里孩子看不上我一个城市姑娘，我结了两次婚，又离了两次婚，这两次婚姻，一个是冲着权去的，我找了一个跟我父亲一样级别的官，而且嫁给他后，他又升了一级，但不到两年，我就跟他分手了，因为在他眼里，只有权力，只有当官的欲望，只有往上爬的意念。而缺的是像你一样的对事业的执着，对民生的关怀，对人的情义。另一个是冲着钱去的，离婚后我又嫁给了灵山地区首富，尽管他比我大十五岁，他对我真是很好，因为第一次婚姻前他就一直追我，离婚后他第一个找我，并不计较任何前婚而娶我，但好一段以后，他又回到了他的老路上去，一切为了钱，一切用钱去办事，一切让钱说了算，在钱上他对我真无可挑剔，任我花、任我支取。但和他的关系，除了钱之外，似乎什么也没有了。在我希望他多做点善事、好事无果以后，我毅然决然地离开了他，因为在我心里，只有你的形象，你的真诚，你的善良，你的一切一切，我知道你可能看不上我，但……"说到这里，凤丽又哭了起来，泪如雨下。

"凤丽，我那时也年轻，我不懂你。"

"是的，你不懂得我，尽管那时候我任性、刁蛮，但我对你的感情是真的，喜欢你是真的。"

"是……真的……"

"真的。你回想一下，七年前，爸妈给我介绍了多少对象，但我都拒绝了，唯有你，当爸妈把你的照片放在我面前的时候，我没拒绝，而且同意交往，这证明，证明了什么，你知道吗？证明，第一印象我就看上了你。你再想想，我们交往以后，我除了要点大小姐脾气之外，对你还是很尊重的，对你还是很关心的，给你买衬衣，给你缝袜子，给你带东西吃，对别人，我从来也没做过；你再想想，到香山我为什么不让你跟我一块上香山？"

"为什么？"

"你可能以为我只是蛮横霸道、任性不讲理，但我为什么要治你，就因为我看你其实也是挺犟的，就一个小包包的事，你跟我过不去。其实我知道，你并不是拿不了那个小包包，而是也要争一个道理。而我呢，也要争一个地位，什么地位？我认为你迟早是我的人，迟早我们要成一家，而在这个家，一定是我当家，我说了算，要不，你这么帅的男人，管不住以后风险可大了。我不让你上山，是想让你在山下好好想想，想通了这个道理，你就会好好听我的，我们以后好好过日子。但是，我还是不了解你，是我把左梦玲奉送给了你，是我成全了你。"

说到这里，自以为懂得许多的姚远方也不由得如梦方醒："凤丽，是这样？"

"你再想想，即使你认识了左梦玲，即使我们有了香山的矛盾纠结，我放弃你了吗，我改换目标了吗？没有。我请你吃饭，希望你断了与左梦玲那不切实际的念头，你上灵山，我希望你尽快回来，我后来打电话，写信让你回局里、回城市，难道你一点都读不懂，我为了什么，如果我心里没有你，我会这样一而再、再而三地为你着想，为你奔忙吗？"

"这——"江凤丽说得有理有据，有情有义，远方不能不认，不能不服，"凤丽，对不起。"

江凤丽擦擦眼泪："不说对不起，首先是我对不起你。如果以前的我不是任性蛮横的厉害姑娘，不是霸道不讲理的局长千金，如果我像现在这样懂得人情世故，懂得了做人的道理，你不但不会看不上我，而且，后天在山上与你喜结良缘的那位姑娘，绝不是左梦玲，而是我江凤丽。"

"谢谢凤丽，你今天真是让我刮目相看了。"

"生活让我懂得了许多道理。"

"我真的应该祝福你。"

"也实话告诉你，是你们天方夜谭似的爱情故事感染了我。本来，父亲对你还是有点意见，父亲认为，我江凤丽对你那么好，你看不上，反而去爱一个找不到、摸不见的姑娘，所以，结婚报告他压了三天，还把报告拿回了家，跟我说，他就是要多压几天，甚至不想签字，是我催父亲签字，并提议，我们一家上山，为你们祝福，为你们的婚礼帮忙出力。妈妈也支持我的意见，就这样，我们一家上山了，为你送上最真挚的祝福。"

"谢谢。"

"我也希望像你一样，好人有好报。"

"凤丽，你一定会这样，好人有好报，过去我不理解你，以后我们就是好朋友、好兄妹，这灵山，以后就是你的家。"

"哈——好朋友可以，好兄妹也赞成，但让我住灵山，成为一家人，那可不敢了，因为我怕。"

"怕什么？"

"怕你那个左梦玲吃醋。"

"哈——"

第三十六章

筹办婚礼

在龙凤顶合欢树下举行婚礼，惊世骇俗，声名远扬，独特新颖，山呼水应。说它独特，是因为男女双方相距甚远，一个在高高的灵山上，一个在幽远的滴水岩旁，两地相距有近二百公里，且地点跨两个省、两个市、两个县。还说它独特，是男女双方七年前只是在北京香山有一面之缘，有一天之情，一面、一天一段旷世奇缘，两个人遥相坚守、忠实爱情。再说它独特，是因为无论是灵山，还是在宝山，无论是城市，还是在乡村，在高高的灵山顶、宝山峰，在巍峨的龙凤顶，在奇异的合欢树下举行婚礼，不管从哪个角度想，都是令人激动的，让人热血沸腾的。但毕竟两地相距甚远，婚礼设想很好，但要组织好、办好。为了办好婚礼，在左贵山的提议下，婚礼筹备会召开了。

召开筹备会议前，姚远方提出，举办婚礼毕竟是个人的私事，不能影响工作，更不能作为林场的工作。办公室主任反复要求下，姚远方破例让他参加，但给他两条规矩，一是他只作为个人参加，二是不动用林场的资源，不抽林场的人。尤主任表示，只要让参加，定什么规矩都行。参加婚礼筹备会的人有姚远方，姚远方的父亲、左梦玲的父亲左贵山，江景天没有参加，但何凤丽拉着她母亲何家慧一定要参加。远方没办法，只好答应。然而，会议刚开始，林场一队长、二队长悄悄地溜进了会场，没过五分钟，三队、四队、五队的队长悄无声息地在会场一个角落坐下来，十分钟后，林场所有二级机构的人都来了，而且，县林业局与林场有良好关系的县水利局、县电业局也都派人来了。姚远方看见了，说："会议暂停，几位队长，这不是工作会议，请你们是不是先——离开。"

"场长，我们都是以个人名义参加。"

"坚决不行。"

"真是以个人名义。"

"请你——"

"这样吧，远方，"左贵山站起来了，"咱们是办婚礼，做喜事，别把气氛搞紧张了，既然来了就让他们听听吧，但不让他们承担任务，不让他们影响工作，更不让他们铺张浪费。你看好不好？"

"同意！"会场内一致欢呼。

姚远方只能苦笑笑："怎么会这样——"

远方父亲姚大壮站起来："娃呀，不能扫大家的兴，我知道你在党，在党要有党的规矩。你左爸爸的意见对，只让大家听听。"

"那好吧。"见两位父亲说话了，远方也不再坚持，"你们这帮家伙，看以后怎么收拾你们。"

"还不知道谁收拾谁呢！"

"闹洞房时你等着，我们收拾你。"筹备会开得非常顺利，会议决定了如下事项：

一、与左梦玲联系，请他们明天派有关人士到龙凤顶，与林场一方派去的人会合，双方共同把在山顶举办婚礼的所有事项想好，谋划好，准备好，让后天的婚礼万无一失。

二、婚礼在后天早上八点钟，灵山日出的时候准时举行，婚礼要办得热烈、欢乐、大方、喜庆。

三、双方控制去的人数，经统计和报告，要求上山的人有三百多人，但会议确定，由于上山路程太远，上山的人控制在二百人以内，最好是一百人。

四、由于上山太远，必须在夜里四点出发，同时，由林场准备必须的照明工具，包括手电筒和火把。

在说明第四条的时候，姚远方专门说明："照明工具这一项请林场办公室帮助准备，但费用由我们付，这一点必须讲清楚。"

"没问题。"尤主任点头应承。

看会议开得差不多了，姚远方说："感谢到会的同志们，感谢朋友和乡亲们的厚爱。大家看还有什么问题没有。"

"我有。"远方的话音刚落，一队长就站了起来。

"我有!"

"我也有!"

"我们都有。"几乎所有的队长和其他二级单位的负责人都站了起来。

"什么问题?"

"我说。"

"我说。"

"你们派一个人说。"

"好，"一队长站起来，"我说，我估计大家的意见都差不多。"

"什么意见?"

"大家都要求上山，去参加婚礼。"

"你是不能去的! 你是队长，要在家主持工作。"

"不仅是我，是广大职工，大家都要求去。"

"那不行。"

"不行也要去。"

"你?"

"姚场长，你听我说，你上山这么多年，把心思全部放在山上，为咱林场做了多少好事。为林场职工创下了多少福利，林场能有今天，大家知道，是你的心血，是你的智慧和你心贴心地和我们一块干出来的。你举行婚礼我们一不送礼，二不拿钱，我们就想去道贺道贺，去庆祝庆祝，既不花公家钱，又不用国家物，职工要去，为什么不可以。"

"一队长说得对，他说的是我们心里话，我们队大部分职工都要去。"

"我们去，既是庆祝庆贺，也是想见识见识。"

左贵山到底有经验："那你们总共有多少人去？"

"我们有一百多。"

"俺队也有一百多。"

"咱五队有近百人。"

……

左贵山："感谢同志们的美意，可是这上山太远，人又这么多，在山上这么多人，不说吃饭，连喝水都是难的。"

"这个你不用操心了，我们自带干粮自带水。"

"这怎么行？"远方非常为难。

"姚场长，实话对你说。"还是一队队长，又接过话头，"我已经准备了一千根松油头，几个队里的人都向我要，我估计要，要去的人不会少，我建议，你也别拦，拦也拦不住，倒不如要求各队：务必组织好，保证安全，不出问题。"

"我代表江局长表个态吧。"何家慧说话了，"让远方同意各队职工去，估计通不过，江局长还是林业局长，是林场的顶头上司，我作为地区人事局长，我支持远方，也同意远方的意见，但今天这件事太特殊了，它之所以特殊，一是因为远方这孩子为人太好了，林场职工太在意他了，他为林场做的好事善事太多了。二是这场在高山上举行的婚礼太奇特了，人们新奇、好奇，想亲眼目睹一下左梦玲那位奇女子的风采，也想亲眼目睹一下这场婚礼胜景，所以我说，愿意去都可以去，但老人不能去，小孩也不要去，各队各单位把去的人清点一下，去多少人，回来也必须多少人。去的时候，把干粮、水、防跌防碰的药品全部都带好，真正把婚礼组织好，把去的人安置好。"

办公室尤主任也站起来："我完全同意何局长的意见，江局长也向我们下达了类似的指示。结婚是喜事，是喜事就应该办好。凭着这样一个原则，我看这样办，姚场长，后天你是新郎倌，这组织工作你就别操心了，左总、何局长、江局长，还有地县两级林业部门和兄弟单位的人都是客，你们在灵山玩玩转转，休息休息，具体上山人员的组织安排问题由我与各分厂的负责人商量，把每一个环节、每个程序、每件事情都设计好、安排好、保障好，我们遵循的方针是：办好喜事、保证安全、不搞浪费，办场欢乐喜庆、简朴、独特的婚礼。"

"好！"大家一致赞同。

姚远方还想说什么，但被何家慧、左贵山等拉走了："孩子，家里还有许多事要办呢。"

第三十七章

师生情深

　　左梦玲要结婚的消息，也像这山间的风一样，传得很快。左梦玲在宝山县滴水岩村教了七年书，经她手送出去的学生有几百人了，学生们一传十、十传百，很快整个宝山县，宝山市都知道了，宝山乡政府、宝山公社教管办知道了，因为左梦玲要开结婚介绍信，要向县教育局、乡教办打申请报告，一个老师知道了，一个学校的老师就都知道了，教管办知道了，全乡老师学生几乎都知道了，乡教管办知道了，县教育局自然也就知道了，因此，才有了像黄义龙这样保外就医、监视居住的人也知道了，特别是宝山乡十里八乡的乡亲们，尤其是滴水岩村，两千多口父老乡亲，无人不知无人不晓。左梦玲在宝山市的同学知道了，闺中女友知道了，因而她的大学同学、中学同学也都知道了。人们对左梦玲结婚的消息，与其说是祝福祝贺，倒不如说是好奇。因为所有熟悉左梦玲的人都知道，在这七年几千个日日夜夜的岁月中，很多人关心左梦玲的个人问题，询问过她的对象情况，甚至有不少亲戚、朋友、同学、领导要给她介绍对象，要为她找男朋友，她永远都是微笑的那些话："谢谢，我已经有对象了。"再催急了问急了，她会说："我快要结婚了。""什么时候结？""快了。""快了"永远是她应对所有人的回话，但是七年来，稍为好事的人，多留点心眼的人，对左梦玲感兴趣的人几乎都发现，七年来，没有一个人发现过，看见过左梦玲的对象，或者说男朋友，七年后的今天，左梦玲要结婚的消息像平静春夜的一声炸雷，像如镜水面投进的一块巨石，怎么不令人新奇，怎么不令人关心，怎么不让人兴奋。关心、热爱支持左梦玲的人自然是高兴、激动、奔走相告，而对左梦玲有过想法，或想把左梦玲介绍出去的人也自然要看个清楚，探个明白，看这左梦玲七年之许，七年之守，七年之约，对象是何方神圣，而这个人是有何等魅力，让左梦玲不离不弃，心无旁骛，寂寞等待，默然相守。因此，尽管路途遥远，山路不平，好在到滴水岩小学已经通了土公路，昨天刚架通了电话，所以，不断有人前来。

黄义龙来，带来了前所未有的故事和已经走过的忧伤，以及充满悲剧色彩的觉醒。

市财政局的人来了，因为市财政局是梦玲父亲长期工作过的地方，很多人就是左贵山提拔培养起来的，甚至有些人是看着梦玲长大的，他们来，带来的是殷切的希望和由衷的祝福。

市教育局的人也来了，市委书记黄教仁出事以后，原来教育局长因为向市委书记行贿，被开除免职，接受法律制裁。新任局长是左贵山的朋友，听说左梦玲要结婚，不仅给左贵山打电话，要大包大揽承办结婚所需要的一切，而且真的从市教育局派出了一班人马，带着贺礼，带着物品，带着祝福，来看左梦玲，为左梦玲即将举行的婚礼，增添了几分官办的色彩。

市公安局长，应该说宝山副市长兼公安局长赵安修，也派人来了，赵市长或者说赵局长可真够意思，不仅送了彩礼，而且还派了三辆越野吉普车，还让县里派了七八个警察，以贺喜祝贺为名，为第七天后的婚礼保驾护航。虽然是左贵山主动给赵安修打的电话，但赵安修说得好："老伙计，你不说，我也会派的，咱闺女为人好哇，每次去宝山县宝山乡，没有不夸咱闺女的，我们都老了，为下一代办点好事，还不是应该的。"

　　最让人想不到的，不是宝山县委县政府派人来了，不是宝山乡的领导来了，而是宝山县教育局的那位曾经骚扰、冒犯过左梦玲的局长倪千城也来了，不仅自己来了，而且带来了局领导班子大部分成员，还带来了自己新婚不久，比他小十多岁的妻子。倪千城的到来，让左梦玲有点意外，但局长来了，接待还是正常的，倒是倪千城满脸堆笑，十分谦恭地对梦玲说："左老师，贺喜贺喜，我今天带着局领导班子全体成员还有我新婚妻子来这里，首要是庆贺，庆贺左老师新婚大喜，其次是向你学习的，你是全县，甚至是全市优秀教师的先进代表，是名副其实的为人师表，做人楷模，你扎根深山，教书育人，服务人民，你的优良品质和作风是我们，是全县教育工作者的精神财富，我们一定要发扬光大，认真学习，永远传承。其三是道歉来，我为七年前对你的不敬之举，不当行为，深深地道歉，对不起。"说完向左梦玲深深地鞠了一躬。

　　倪千城来就够意外了，但又道歉又学习的更让梦玲意外了，她只能从心里叹息，现在的世界变化真快呀！

　　来得最多的还是学生，学生拉着学生，学生带着学生，认识的学生拉带着不认识的学生，他们来看他们敬仰，他们佩服，他们喜欢的漂亮女老师，更多的是被老师传奇的爱情故事所感染所吸引赶来的，而且越来越多的来人，不仅是看望左老师，还有一个心愿，一个要求，就是要参加第七天在宝山山头合欢树下举行的奇特婚礼。

　　人来得太多了，要去的人太多了，这让梦玲担心，也让这边筹备婚礼的丁香、琳琅、余水灵担心，更让有着丰富人生经历的老支书担心，于是，以老支书、乡长和丁香、琳琅为主的筹备会议也必须召开了。

　　左梦玲这边，不像远方的林场，有着严密的组织系统，左梦玲担心，着急只能通过来看的人，耐心真诚地劝告："我只是一个山村教师，我结婚纯属个人私事，感谢大家的美意，路太远、山太陡，大家一定不要去，千万不要去，如果乡亲们，尤其是孩子们有个三长两短，摔着了或碰着了，我良心不安，办喜事我心里也不轻松，拜托大家了。"

会议实际上没几个人参加，只有滴水岩村的几个干部和陆续赶过来的得过左梦玲接济的几位村民组组长、乡长来了，坐了一会，提提要求就走了。乡长说："乡里肯定会有人去，还会让派出所的警察全部去，既是贺喜，也帮维持秩序，其他人我回去做工作，可去可不去的都不上山，这上山需要三个多小时呢，虽然有一部分土路通车，但爬上山顶，也要一个多小时。放心吧，左老师，我们一定安排好，既要对得起你七年来对我们山乡培养学生所做出的贡献，也要对得起你父亲左总多年来一直对我们的扶持和帮助。"

乡长走后，左梦玲和老支书、丁香、水灵、琳琅一齐商量，他们最担心的就是学生，怕学生上山不安全，怕学生出问题。几个人商量来商量去，也没有什么好办法，因为学生来自四面八方，即使是在校的学生，也离小学校十里二十里地，要挨个通知根本来不及。

"贴个布告。"已经从学校毕业，在县城上高中的山猴子放假赶了回来。

"这个主意好。"琳琅说。

"左老师，恭喜老师，你看看，那班老同学都来了。"

左梦玲起身，看看门外，石头蛋、吕黑狗、楚山虎，彭山豹、毛妮子、赵桂花，十几个左梦玲刚上山教的学生几乎都到了。左梦玲非常激动，扑上去与每一个学生握手拥抱。

"山虎，听说高中不上了，干什么呢？"

"没办法，老父亲在外是个包工头，老人家突然病逝，留下一大摊子事，包括欠许多农民工的工资，我不能不管，父亲生前承诺，一定不能少农民工的血汗钱。我接了爸爸的班。"

"你才多大呀？"

"二十四五，虚岁二十五岁了。"

"现在怎么样了。"

"左老师放心，就因为你是我们的老师，也是我的榜样，现在企业发展不错，农民兄弟的工资都发放了，一分不少。"

"好样的。"

"老师才是好样的，你家庭情况那么好，能到我们这穷山沟里教我们，你的境界和精神，我这辈子也学不完。"

"真好，我没什么可学的。石头蛋，你呢，高中学习能跟上了吗？"

"我……我……"

"有什么不好意思的，石头蛋不是这样的。"

"我……"石头从书包里掏出一卷东西。

琳琅手快，打开卷着的纸张："啊，这么多奖状。"

左梦玲一张张打开："三好学生"、"优秀班干部"、"数学竞赛第一名"、"化学比赛第一名"、"作文大赛第一名"……左梦玲激动地抱住了石头蛋，"左老师没看错你。"

石头蛋哭了："左老师，为了你我也要把学上好，要不是你，我怎么上得起学，不是你每个月给我寄钱，我早就休学了，听说，听说，你还让同学给我们家捎钱。"说完，石头蛋"扑通"一声跪了下来，"左老师，这些都是我的成绩单，今年全校统考，我总成绩排第一名。"

"快起来，石头蛋！咱不兴这样。"

石头蛋被余水灵连拉带拽提了起来，石头蛋揉揉眼睛说："左老师，明年，明年我一定考上大学。"

"左老师相信你。但你也别学得太苦了，别把身体弄坏了。"

石头蛋拍拍胸脯："我石头蛋，身子硬着呢，要不我会叫石头蛋。"

丁香插了一句："好孩子，好好学习，考上省城大学，我管你。"

"谢谢奶奶。"

毛妮子已经长成大姑娘了，个头几乎快攇上左梦玲了，已经大姑娘的毛妮子走过来紧拉着左梦玲，悄悄地叫了声，"左老师。"

"你和石头蛋好像一块上的高中。"

"左老师，我们一个班。"

"她学习怎么样？"

"让她自己说，教了一路还这么不开窍，还不敢说话，说。"

"石头蛋，干吗对毛妮子这么凶，在学校可不能欺负她。"

"在学校，哼！要不是我，早没她了。"

"怎么回事？"

"她太老实了，别人欺负她，她连吭都不敢吭一声。"

琳琅眼利："这么说，你是护花使者，你是她的靠山了。"

"你问她，一点不假。"

"看来，你们的关系不一般呀。"

"左老师。"毛妮子满脸通红地钻到左梦玲怀里。

左梦玲挽住满脸含羞的毛妮子："嗯，毛妮子是得有石头蛋这样强悍的男人保护，她太柔弱了。石头蛋，你只能保护她，可不能欺负她。"

"你看她那样，打都不忍心下手，好在有我。左老师，你知道吗？你说她软弱吧，偏偏又是一个美人坯子，学校多少不正经的孩子吧，少不了有人想占她的便宜，受了欺负吧，还不敢说，就知道哭。"

"毛妮子，你得坚强起来，硬起来，石头蛋不可能每时每刻都在你身边。"

"我——"毛妮子依然低着头，不敢多说。

"别不好意思，明说了吧，左老师不是外人。"

琳琅又加了句："看出来了，你们是不是私定终身了呀！"

"琳琅，不要胡说。"

"是的，左老师，以后我去哪，毛妮子去哪。离了我，她不行。我们商量了，大学毕业后，我们就成亲。"

"你们在谈恋爱。"

"俺不谈恋爱，我只知道，她该嫁我，我呢，该娶她，保护她。"

"现在不允许谈恋爱。"左梦玲严肃地说。

"放心左老师。"石头蛋大嗓门地说，"俺还不会谈呢，但是她这一辈子只能嫁给我，我们现在的主要任务是学习，学习上我也帮她很多。"

"毛妮子，是不是这样。"

毛妮子仍然低着头，用蚊子般话音说："是。"

"你们今后的路还很长，先学一身本事再说。"

毛妮子终于说话了："左老师，我和石头蛋商量好了，一定要好好学习，考上大学，找个好工作，到时候还你资助我们的钱，你老了，我们好好孝敬你。"

左梦玲也激动不已："好孩子，有你们这份心思就够了。"

彭山虎说："左老师，今天我们一块来，就是看婚礼有我们需要办的事没有，还有，我和石头蛋、山猴子商量，估计后天上龙凤顶的同学们多，因为左老师你人好，忘不了，爱你的学生太多了，我们的任务就是把上山的学生组织好，把婚礼操办好。"

"你们怎么考虑的？"

"我们商量：一是张贴告示，今天就贴出去，布告我们已经写好了，主要是三年级以下的学生不能去，没有家长陪伴的学生不能去，身体不好的学生不能去。二是上山要带必备的东西，主要是手电、蜡烛、水壶、饭团。三也是最重要的，上山的同学一定要结伴而行，上山多少人，下山也多少人，一个不能多，一个更不能少。"

"我已经跟老支书、乡长和村民小组的组长都说了，学生一个也不能去。"

"左老师，拦不住的，你想想，你不让我去，我能不去吗？咱这十里八乡的乡亲和学生，谁没有得过老师的好，谁没有受过教师的惠，老师大婚，同学们乡亲们也送不了礼，上山去贺喜，捧个人场，还能不去吗！"

"那可怎么好？"

"放心，左老师，有我们呢，你的学生已经长大了，这些就交给我们吧，明天不是要派一拨人上龙凤顶与老师爱人那边的人会合吗，我们也商量了，让石头蛋带着吕黑狗、赵桂花，还有学校和村里的人去，他们去，主要是把后天的婚礼安排好，这后天一大早的出行和人员组织，就交给我们了，在乡里的时候，就与乡里和黄校长商量了。"

"黄校长？"

"他说他是你弟弟，身体有残疾。"

"义龙？"

"对，好像叫黄义龙，黄校长说，后天一大早把您、水灵姐、丁香大娘、琳琅姑娘用越野车拉到离山顶最近的地方，因为往上汽车开不过去，这样，坐车得一个多小时，上山一个多小时，八点钟举行婚礼，四点就该出发。"

丁香高兴："嗳，玲儿，你这个学生考虑得就是周到，就按他说的办，因为男女双方相距太远，再加上电话刚接通，好多事只有两边自行安排。我本来就担心，老左去了灵山，这边就我们几个女流之辈，路又这么远，结婚举行仪式又有好多具体事要对接，要办好，有了你这个学生，叫什么？"

"大娘，我叫彭山虎。"

"山虎，好，就按你的安排办。"

彭山虎也不客气："我也从外面带了两辆车，到时候专门在路上收容掉队的人，另外黄校长和我商量，再从县里买一大批手电和蜡烛，放在上山的几个关节口上，还有水，都准备好，另外，乡里派出所在一路上安放有好几拨民警，我们保证，婚礼一定会办得喜庆、热烈、安全、快乐，保证万无一失。"

"好！"左梦玲也不由自主地给予肯定。

第三十八章

花好月圆

万事俱备。

结婚大喜的日子，终于到了。

入夜的时候，万里晴空，一轮皎洁的明月挂在当空，山山水水都沐浴在一片银灰中，山在笑，山风不止，微微拂来，树枝轻柔地，优雅地在摇动，像是庆贺大喜的日子双手鼓掌，树叶颤动，悄然翻动，抖动着月亮撒下它的银灰。有些树叶闪动着，一会儿披上一身满满的月色，一会儿抖落满身的银灰，一会儿伴着银色在整齐翻动，一会儿又捂着月光在悄然起伏。高树葱郁，雄岸从容，它威严地、冷静地，居高临下地注视山上山下发生的一切。小草也在起舞，任凭黑夜的降临，小草安然地毫无顾忌地开始自己的律动，白天可能有人或动物从草丛中路过，而一旦入夜，小草似乎更加开放，可以自由而欢快地摆动。水在笑，流水欢歌，滴水岩高高的珍珠瀑布，伴着月光，随着山风，轻松而欢悦地滴下，每粒从滴水岩上抛下的珍珠，在月光的映照下，显得更加踊跃，更加晶莹，而坠入水潭的水珍珠，溅起一片银光，敲碎一弯明月，从深水潭涌出的清溪水，一路轻吟低唱，"哗——哗"，弯弯曲曲的山溪河流，摆放着无数个大小不一，圆缺不等的月亮，月亮落进水中，水中摇落着月亮，月夜下的山河山溪，美丽而安静，自然地流淌。偶尔有几只山鸟弹起，"嘎呀"一声，划破夜的温馨，继而，夜又恢复梦一般的沉静。

"起风了——"

几阵狂躁的山风刮过来了，草歪树斜，山重水迷，月色被迷糊，山景被撑碎，树枝树叶发出了"哗哗啦啦"的声音，一只、两只，一群鸟被惊起，山间的夜被打乱了。

"上雾了——"

风停了以后，大山死一般的沉寂后不久，山头开始起雾了，很快，灵山山上浓雾弥漫。而在宝山下的滴水岩，月亮被浓雾掩藏，天阴了，变暗了，灵山上的大雾罩住了山上的一切，远山近水几乎看不见任何树木草花，即使是相隔一两米，也看不清对方，看不清树木，看不清人物。准备婚礼的人这一会有点慌神，一会儿就有几拨人报告，大山起雾了，婚礼在山上举行，会不会有影响？这么大的雾，上龙凤顶的路会不会好走？过去准备的各项议程，出发的时间要不要更改？

这些疑问最后都传到了正筹备婚礼的主持人耳中。正在远方家里准备陪女婿启程前往龙凤顶的左贵山听了报告，也有些着急，因为他不是灵山人，对灵山的气象情况不摸底，他就问远方的父亲姚大壮："姚大哥，这天气碍不碍事？"

"雾很大吗？"

来人回答："很浓很厚，还不断飘移积聚。"

"亲家，你在家等一等，我上山去看看风向。"

姚大壮出去有半个小时，然后披一身露水回来了："好天气！"

"雾不是很大吗，怎么是好天气？"

"我在山头上瞧了瞧，这灵山上的大雾是经常的，山高水气大，雾多雨水稠，而今天的雾，两个小时准散开，明天，一定是个大晴天。"

"你肯定？"左贵山有些疑问。

"我在灵山六十多年了，这天气我见多了。这叫半夜雾，早日头，山风刮，大晴天。"

"这是什么道理？"

"大道理，科学的说法我不懂，但我知道，山上起雾是经常的，但如果雾不走，风不刮，那就说明有雨水了，但山风不停，雾就会很快被吹走，天气到快亮的时候就会放晴，放心吧，明天是一个大晴天，好日子。"

"那应该不改变计划。"

"对，远方，通知大伙，该启程了。"

"启程了。"

"启程了——"

随着一声"咚"的大鼓敲响，雄浑，整齐，地动山摇的丰收锣鼓敲起来了。

"咚——咚咚——咚咚咚——"

锣鼓声震醒了沉睡的山山水水，震醒了山上的万物生灵，牵引了灵山上上下下去迎亲、去庆贺婚礼的男女老少。

锣鼓一声一直在敲，敲得灵山上的人心花怒放，笑逐颜开。

人们开始出发了。锣鼓队，彩轿队，秧歌队，表演队，每人都拿着一个火把出发了，登山了……

再说滴水岩小学。左梦玲已经做好了一切准备，虽然她嘴里没说，但她心里特别急切，十分着急地想见到远方，想投进远方的怀抱，想与自己的爱人紧紧相拥在一起。她此时有点发恨，恨时间太慢，恨路途太远，恨不能直上云霄，在几秒钟之内就能到心爱的人身边。她站在小学校的院子里，向宝山顶眺望，脑里出现了许多种两个人相见相拥的画面，她好像把婚礼的议程忘了，把周围的人忘了，甚至把父母及身边的亲人也忘了，只有一个念头，早点，快点与远方相见相爱，然后永远在一起。

"左老师，天气有点阴。"彭山虎进来说。

"噢——"左梦玲好像还没从对美好未来的遐想中回过神来，"天气不好吗？要下雨吗？"

"看不清楚。"

"那怎么办，问问老支书，看他知道吧。"

"天气没事，"老支书从外面走过来，"左老师，这天是昨夜阴的，这天我见过多了，过去也这样，往往夜里阴，有时还下点小雨，放心，现在刚过十二点，天气有点阴，还有点薄雾，但一个时辰过后，天就会亮起来，到咱们出发时，雾估计就差不多了，等到我们爬到宝山龙凤顶合欢树下的时候，一定是日头高照，朗朗晴天！"

"老支书，你就这么有把握。"

"这天气就叫气死懒人。"

"怎么讲？"

"夜黑下雨白天晴，生生气死懒汉人。"

"真有意思。"

"过去，山里一下大雨，生产队里就不开工，社员们就不用干活了。"

"这样天气就不行了，对吧？"

"对，夜里雨下得再大，白天大晴天，你不得照样干活，照样上工吗？"

"老支书，你太辛苦了，你这一宿都休息不成了。"

"左老师，你大喜的日子，俺高兴都来不及呢，哪来的辛苦，俺滴水岩村，老老少少、大大小小都高兴。像左老师这样的好人，应该有好的结果，好人有好报呀！"

"谢谢老支书。"

"该登山了。"

"上山了——"

"起轿了——"

随着一声尖利、响亮的唢呐声起，"百鸟朝凤"的音乐在山间回荡，唢呐开启了山林春色烂漫的凌晨。滴水岩的薄雾已经攀升了，挪动了，随着山风的牵引，薄雾变成了几抹轻纱，给莽莽青山和葱郁树林带来几缕亮丽和雅气，月亮还在山间，只不过是下弦月，眼见得雾藏进深山密林里了，她所绽放的清淡银灰也愈趋清淡，撩拨山林，点醒山林，叫醒青山的是"百鸟朝凤"的曲子，尽管还在夜间，还在夜的大幕中，但喜鹊、画眉、黄鹂、夜莺，各色各种的鸟儿快乐欢歌，喜庆放声，时而高亢，时而婉约，时而激越，时而低回，时而轻巧，时而浑重的音乐穿过密林，掠过草丛，钻进岩缝，渗进碧波，音乐声更在山间的每一个村落缭绕。山里人几乎都早起了，几乎都出发了，几乎都要上路了，这些山民的早起，不是赶集，不是打柴，也不是种地，而是自发地去赶场，他们认为必须去应该去的婚礼。而且，今天夜里上山的人们都有一个特点，就是大人加小孩，或者说叫做学生加家长，他们出家门，到村口，三拐两走，走进了前往宝山山头龙凤顶的山路。当下弦月完全被大山吸尽，当青山云雾还没散尽的时候，大人怕小孩子看不见路，小孩不想受大人牵制，于是每个人都点燃了早已备好的蜡烛。

于是，东村三五支蜡烛，西沟五六支蜡烛，北山上七八支蜡烛，南岭一两支蜡烛，点燃了，他们走着汇着，都汇成了那条攀登龙凤顶的山间路。

在每个大路交叉口，都有明显的指向攀登龙凤顶的路标，路边还摆放着水、蜡烛，没有蜡烛的，点上蜡烛，燃烧完了，续上新的蜡烛。

一个人、几个人、十几个人的手持蜡烛的队伍形成了。

一队、两队、数十里队伍汇成了一路。

一支长长的、源源不断的蜡烛队伍，犹如一条长长的夜明珠串，在青山绿水中环绕前行。前行，前行，往山的高处攀登。

而在灵山山上的灯笼火把，尤其是火把队，更是灿烂光明，烟气缭绕，锣鼓队的锣鼓敲得震天响，锣鼓队带着场部出发的火把队有一百多人，火把队里有姚远方的两个爸爸——姚大壮和左贵山，有姚远方的亲密同事——洪场长和尤主任，有姚远方的红颜知己——马云霞、梁红玉和张秀巧，还有姚远方资助扶持的大学生兄弟，有姚远方背二十里山路往返医院治病救命的父女俩，有姚远方从悬崖上劝回来的失恋青年，一百多人火把队整齐壮观，威风凛凛。到一队路口，伴随着一阵"噼噼啪啪"的鞭炮声，又一队火把队加入了，这一队又有五六十人，他们举着火把，欢歌笑语，拥进了火把大军。到二队路口，又加上一队四五十人；三队八十多人，四队七十多人，五队六十人，六队一百多人……火把队越来越多，越来越长，走在前面的姚远方来到了龙凤山的山顶上，他回头远眺，"啊——真是壮观。"

姚远方拉着左贵山和姚大壮："爸、爹，你看看，多好看！"

左贵山和姚大壮也回头看看来的山路，一路火把的长龙，火把的铁流，火把的队伍，火把的大军弯弯绕绕、曲曲折折，在山林里穿行，在山路间缠绕，在绿水上跳跃，在云雾间激涌，放眼展望，这百里山乡，什么时候出现过、看见过这么壮观的场面，尤其是在月亮躲进山后休息的深夜，尤其是在山里光线十分暗淡的深夜，尤其是在山乡一片寂静的时光。火把的铁流，火把的长龙，把这里的巍峨大山，把这明暗的丛岭，把这碧透的溪水，点燃得更加壮丽，更加光辉，更加好看，火把队太像一条火龙了，壮观、跳跃，充满生命活力，一会儿直行，一会儿拐弯，一会儿环绕，一会儿蹦跳，就如一首激越、高亢的交响曲，时而平静如湖面，时而激越如波山浪谷，时而如"哗哗"和缓缓的流水，时而如欢歌跳跃的山鸟。而高举火把的人们，人人笑逐颜开，人人情绪饱满，人人精神百倍，他们来参加庆贺姚远方的婚礼，他们来赶这个热闹是发自内心的，是自愿的。因此，这灵山林场的七八百名职工，这灵山周围上百名百姓，这与灵山有关系的友好单位几十号人员，还有江景天一家，何家慧局长、江凤丽女士，虽然辛苦，虽然累，但个个喜笑颜开。姚远方时不时缓下脚步，走到江景天身边，"江局长，山太陡，路太远，你累了就休息一会。"

"不累！"

"何阿姨，路这么远，让你受这个累，我真过意不去。"

"孩子，是有点累，但阿姨高兴，阿姨看出来了，大家伙对你是真好，真拥戴。阿姨可以自豪地说，阿姨当年看好你，没错。"

"谢谢阿姨。"

江凤丽虽然上山累得气喘吁吁，但脸上绽开了笑容，远方过来想搀扶她："远方，不要管我，我能行，真是太累了，上山后我怎么也得休息两天。"

"好，我给你安排好，让你在山上休息两天。"

"姚远方，你可以呀。"江凤丽突然变了脸。

"怎么？"远方不知江凤丽要干什么。

"你是个人物呀。"

"我……凤丽。"

"你看看，你回头看看，这百里火龙，千里火把，多壮观，多气势呀。"

"这不算什么。"

"不算什么？算，是一个奇迹。我看出来了，你这家伙在灵山干得真不赖呀，如果林场职工不和你心连心，他们会这么自愿，这么快乐地参加你的婚礼吗，我——我服了你。"

"你又鼓励我。"

"啥鼓励你，我说的是真话，虽然做不了你的那一半，心里酸酸的，但看到你事业有成，爱情幸福，我作为跟你有过交往的朋友，还是很高兴的。"

"凤丽，你真让我刮目相看了。"

"对吧，我还是有长处的。"

"你是一个很优秀的姑娘。"

"唉，那是用青春、用眼泪换来的。远方，问你一句，如果当初的江凤丽是现在这个样子，你会跟我——好吗？"

"你说呢，如果你当年是现在这个样子，怎么会有在北京香山与梦玲的相见……"

"不说了——"凤丽又涌现一汪泪花。

"好，天黑路远，你小心点。"

"两个老相好，又说什么呢？"马云霞、梁红玉、张秀巧赶了上来。

"胡说八道。"江凤丽娇嗔道。

"秀巧，红玉，"姚远方赶紧安排，"凤丽很少爬这么大的山，走这么远的路，你们照应着她，太累了，就让她歇歇。"

"放心吧，会把凤丽照顾好的。"

远方急着往前赶，他要去照顾一直在城市工作、年龄又偏大的梦玲父亲，也是他的岳父左贵山，但赶到左贵山身边，却发现自己的父亲姚大壮一直搀扶着左贵山，远方赶前几步："爸爸，要不我背你吧。"

"方儿，你爸腿有点不方便，你背他一会儿也中。"

"爹，那你也小心点。"

"我能行，在山上都一辈子了，这点山路算什么，我要背你爸，他不让。"

正好是一个下坡路，左贵山有些寒腿，人常说上山容易下山难，左贵山下山时，双腿发颤，远方不背也得其他人背，远方说："爸，上来吧，我身强力壮。"

趴在远方背上的左贵山这么近地接触自己女儿的心上人，心里一阵激动，"孩子，这么陡的山路，你——"

"爸，您放心，我能行。"

"孩子，我老家也有山，只是这几十年来一直在城市工作，又不大注意锻炼，唉，人老了，不行了。"

"爸爸，你正年富力强，只是以后要注意锻炼身体，以后你每年来山上住一段时间，我陪你锻炼，陪你爬山。"

"孩子，你等玲儿，一等就是七年，你相信她会等你？"

"相信。爸，如果开始还不明白的话，是在山上第三年看见了梦玲给我留下的纸条使我坚信，我一定要找到她。"

"纸条，什么纸条？"

"在香山下，她不好意思明说，就往枫叶卡片里夹了个纸条，她告诉我，她爱我。"

"真是奇事。"

"爸爸，我太笨了，让梦玲等了七年。"

"玲儿也找了你七年，每年回省城，她都托她公安局的同学找你，还找了其他几个省，你们呀，也够浪漫的。"

"是，爸爸，浪漫，为了梦玲，这个浪漫，值，为了梦玲等她七年、找她七年，也值。"

"可梦玲为了找你，等你，她吃了多少苦呀。"

"是。所以，我要用一生来好好爱她。"

"远方，好孩子，爸爸相信你。"

"谢谢爸爸。"

"爸爸不是凭你刚才的豪言壮语，而是根据你在灵山林场的工作，你的做人，你在林场受欢迎、受拥护的情况得出的结论，是从我上山对你的考察考试得出的结论。爸爸真是幸福，不仅生了一个好女儿，还有了一个这么优秀的女婿，我这一生，足矣。"

"爸，我跟梦玲商量了，我们结婚后，梦玲就在林场教书，等你们退休后，按你的意愿，让我们去省城侍候你们也可以，你们来灵山养老也可以，一切听你的。"

"怎么都行，只要能跟你们在一起。"

远方背着左贵山从沟里又爬上了一个大山头，左贵山说："孩子，让我下来，我可以走一段。"左贵山和姚远方，应该说火把长龙的所有人都在往这个山头集聚，因为这个山头一过，离这次婚礼的举办地不远了，只有不到一个小时的路程了。

"看啦，看啦，山对面——"

远方也看见了："爸，你看山那边，那一定是梦玲。"

但见对面山林间，星星点点，点点星星，犹如一串巨长的珍珠长链，犹如一条灿烂晶莹的悠长星河，那是星星的长流，那是珍珠的长河，那是蜡烛的长队伍，那是长明灯长流水。实际上，那是滴水岩前后左右、上上下下、大人小孩、老师学生组成的送亲队伍，是手电和蜡烛组成的送亲大军。但一路上，大人牵着小孩，小孩拉着小孩，学生拉着学生，每人手上拿一支殷红的、闪亮的蜡烛，太小的孩子，有的被人留住，让大人带回，有的被安置车里，凡能够上山的都是大一点能够登爬几十里山路的孩子。

最操心的是左梦玲，她一方面急切地希望尽快赶到龙凤顶合欢树下，尽快与心爱的人会合，尽早与心爱的人在一起，永远在一起。另一方面又十分担心，担心跟随上山的学生们，因为学生毕竟还是孩子，好多都还是十岁左右，这么远的山路，这么深的夜，如果孩子们有个闪失，如果学生们有个三长两短，那可是让自己一辈子都不安的事，因为自己办婚事闹出这么大的动静，本来就于心不安。走在送亲队伍前面的她，作为送亲主角的她，一次又一次往后面的队伍看，往后面的人群走，她看见了三年前升入初中的乔桂花："桂花，这么远，怎么来了。"

"左老师，这是我的三好学生证书，是你掏钱让我上的初中，我没有什么好报答的，只有好好学习。"

"桂花，学好知识就是对我的最好报答。"

"左老师，我是余为望，五年前送我上初中，虽然我外出打工了，但我坚持学习，现在高中的课程已学完了，明年我参加高考，争取考个大学生。"

"有志气，一定要考好。"

"左老师。"一对双胞胎姐妹走了过来。

"大菊、二菊，你们怎么跑来了。"

"我们护校也快放假了，老师，您的婚礼，我们不能不来，当年不是你，我们俩可能就在山沟里刨地呢，上完护校，我们还准备考大学。"

"好。"

"梦玲，快往前走，你是新娘子，快到了。"

"啊，快到了，太好了。"

"想远方哥想疯了。"琳琅开玩笑说，"据说还有半个多小时就到了，好姐姐，祝贺你美梦成真，花好月圆。"

"琳琅，你真好，这么远来陪我。"

"姐，你看远方。"

"远方？他来了，他——"

"不是你那个远方，是远方山那边火把长龙。"

"多好看，宛转如长龙，起伏像狮舞。"

"是的，这才是我的婚礼，这才是我的爱人。"

但见：百里宝山，千里灵山。在莽莽崇山峻岭间，在茫茫密林中，在绿水碧波旁，在青青竹林边，树在拍手庆贺，草在点头欢呼，鸟在枝头唱歌，动物在奔走相告，天之下万物欢欣乐道，地之上人们载歌载舞。

这婚礼，是大地一道亮丽风景。

这婚庆，是人间一出传奇故事。

这婚礼中的新娘新郎，是人间好人，是天造地设。

这婚礼中的男女双方，是忠贞爱情的见证，是世俗生活中的精灵。

站在宝山头，灵山峰，站在龙凤顶合欢树下，远眺山下的夜色，远眺山下的美景：

火把长龙滚滚而来，夜明珠的长流翩翩而至，火把长军跳动着，奔涌着向峰顶逼近，蜡烛大队也闪耀着，滚动着向山头集聚。火把长龙，蜡烛长龙，头在山头下，尾在山间中，在黎明即将到来的时候，在长夜即将告别的时候，在婚礼即将举办的时候。

鸡鸣了，天亮了，鼓近了，唢呐更脆了。

朝霞露脸了，东方开门了，青山乐了，绿水笑了，火把长龙和蜡烛长流爬上山顶汇融在一起了。

想你时，你在脑海，
想你时，你在心田，
宁愿相信我们前世有约，
今生的爱情故事不会再改变，
宁愿用这一生等你发现，
我一直在你身边从未走远……

——李健《传奇》

2014年7月20日于郑州

图书在版编目（CIP）数据

爱如山水 / 胡昌国著. -- 北京：作家出版社，2015.8
ISBN 978-7-5063-8081-2

Ⅰ. ①爱… Ⅱ. ①胡… Ⅲ. ①长篇小说 – 中国 – 当代
Ⅳ. ①I247.5

中国版本图书馆CIP数据核字（2015）第130884号

爱如山水

作　　者：胡昌国	
责任编辑：田小爽	
装帧设计：汉石美迪	
出版发行：作家出版社	
社　　址：北京农展馆南里10号	邮　　编：100125

电话传真：86–10–65930756（出版发行部）
　　　　　86–10–65004079（总编室）
　　　　　86–10–65015116（邮购部）
E–mail:zuojia@zuojia.net.cn
http://www.haozuojia.com（作家在线）
印　　刷：北京明月印务有限责任公司
成品尺寸：152×230
印　　张：27.5
版　　次：2015年8月第1版
印　　次：2015年8月第1次印刷
ISBN 978-7-5063-8081-2
定　　价：32.00元